Scrittori italiani e stranieri

Romana Petri

Figlio del lupo

ROMANZO

MONDADORI

L'editore ha ricercato con ogni mezzo i titolari dei diritti di riproduzione per l'immagine di copertina, senza riuscire a reperirli: è ovviamente a piena disposizione per l'assolvimento di quanto occorra nei loro confronti.

librimondadori.it

Figlio del lupo
di Romana Petri
Collezione Scrittori italiani e stranieri

ISBN 978-88-04-72202-1

Pubblicato in accordo con Grandi & Associati, Milano
I edizione febbraio 2020

Figlio del lupo

A Nando,
nel ranch delle Tre Campane

Chi ci ha chiamati sulla terra e dove andremo quando verrà la morte? Oh, quante tazze di vino occorreranno per annegare il ricordo di questa insolenza!

OMAR KHAYYAM

Sapevo che Jack London ti sarebbe piaciuto. È un autore dal quale si impara molto, un personaggio che induce all'identificazione. Forse solo per vanità.

MARIO PETRI

Tra tutti i ricordi, quella sera gli venne in mente proprio il giorno in cui, salito su un treno merci, era andato a vedere le cascate del Niagara. Era rimasto a guardarle per un giorno intero, dimenticandosi anche di mangiare. Si era fatta notte e lui era ancora lì, davanti a tutta quell'acqua buia, al rumore che gli trafficava il cervello. Sembrava glielo sciacquasse come nemmeno i suoi viaggi per mare. Avrebbe potuto ricordarne mille altre di cose, ma quella sera col pensiero tornò laggiù, davanti allo scroscio furioso delle cascate e all'oscurità cupa della notte rischiarata appena da un ritaglio di luna. Ricordò che poi, sfinito, aveva scavalcato una siepe per mettersi a dormire in un campo. Sempre digiuno. Che si era svegliato all'alba, e il primo pensiero era stato di tornare lì, davanti alle cascate. Aveva camminato assonnato, guidato solo da quel desiderio, quando un poliziotto lo aveva fermato, arrestato per vagabondaggio e portato in prigione, nella contea di Erie, dove era rimasto per trenta giorni. E di cose tremende ne aveva viste lì dentro. Ma per ricordarle in futuro si sarebbe dovuto sforzare. Allora aveva immaginato di scriverle, e in una pagina immaginaria, aperta davanti ai suoi occhi, aveva elencato: carcerati in preda a convulsioni, che diventano pazzi, che precipitano da otto rampe di scale, che vengono picchiati a morte… Eppure, di quel lungo mese in cui divenne un carcerato modello, amico di secondini, ascoltatore privilegiato di tante storie e filosofie, ciò che gli rimase impresso fu la visione delle cascate del Niagara, perché in loro, quella notte, si riconobbe.

Si accese una sigaretta al buio per non svegliare l'amico che lo aveva ospitato. Tra qualche giorno sarebbero andati a fare un giro sulla Spray, *la sua barca. Sarebbe stato bene. Avrebbe pescato, bevuto, per un po' dimenticato l'esplosione che era avvenuta in un solo pomeriggio, dopo sei ore trascorse su un'amaca a parlare con quella donna seduta sulle sue ginocchia, sotto gli occhi di sua moglie.*

Si alzò piano dal letto, e con la sigaretta tra le labbra andò in cucina a prendere una birra. Si mise seduto in veranda su un vecchio dondolo e pensò che forse aveva fatto una sciocchezza ad accettare dall'editore quei duemila dollari che coprivano tanto l'anticipo come i diritti futuri. Con il successo che stava avendo il libro... Certo, ma vallo a sapere prima. E poi, con tutti i soldi che l'editore aveva investito nella campagna pubblicitaria... Se non lo avesse fatto, forse ora non avrebbe avuto tanto successo. Diede un sorso alla birra che gli scese frizzante lungo l'esofago e sorrise guardando la notte. «Sono il migliore» disse a bassa voce. «Lo hanno scritto in molti: una rivelazione, la nuova voce della letteratura americana.» Con una schicchera gettò lontano quel che restava della sigaretta, ne seguì il percorso luminoso nel buio. Poi fissò la brace che per un po' rimase ancora accesa.

Non c'era mai stato niente di facile in vita sua. Non si era nemmeno mai lamentato troppo, ché alle complicazioni ci aveva fatto l'abitudine. A casa mancavano sempre i soldi, non faceva che sentire sua madre parlare di conti insieme al marito. L'unica certezza era che non sarebbero riusciti ad arrivare alla fine del mese e che nessuno faceva più credito alla loro famiglia. Era un continuo sbattere porte, anche se a sbatterle era solo sua madre, Flora Wellman, che sembrava lo facesse con metodo: cominciava con l'alzare la voce e poi, una dopo l'altra, sbatteva le porte di casa in un autentico crescendo. Qualche volta, insoddisfatta, tornava indietro e sbatteva di nuovo la stessa porta, magari proprio l'ultima, facendo sobbalzare i cuori di quelli che, in casa, le avevano contate e si erano già messi l'anima in pace.

Era una donna geniale, quando suo figlio era molto piccolo e le stava attaccato alle gonne aveva tenuto conferenze per le strade sullo spiritismo e la vita dopo la morte. La gente che faceva capannello intorno a lei veniva spesso colta da compassione e finiva col farle un po' di elemosina affinché potesse dare qualcosa da mangiare a quel povero bambino bello come un angelo. Era battagliera e non si dava per vinta, al bambino faceva poche smancerie, ma gli voleva bene e cercava di provvedere a lui come meglio poteva. E pensare che veniva da una ottima famiglia: il padre, un uomo di grande ingegno, per lei aveva voluto solo insegnanti privati, lezioni di piano e abiti di lusso che venivano da New York. Poi, da un momento all'altro, si perdono i contatti tra Flora e i suoi genitori e per lei comincia una vita stravagante fatta di vagabondaggi e incontri poco fortunati. Ma ogni tristezza e principio di lacrime li teneva per sé, sapeva interpretare magnificamente il ruolo della madre mai preoccupata per il futuro.

A molti anni di distanza suo figlio Jack, che la adorava, era giunto alla conclusione che in verità non interpretasse nessun ruolo, era proprio fatta così. Aveva dentro di sé un entusiasmo talmente grande che la travolgeva. Aspettava l'evolversi degli eventi sempre con l'identica, infondata speranza. E ciò che più la rendeva sempre ben disposta era lo stato d'animo con il quale affrontava le attese: «Lieto e lietizioso» come diceva strizzando subito un occhio al figlio che aveva sempre bisogno di sentire complice. Perché questo glielo aveva detto fin da quando era così piccolo da non capire nemmeno una parola: «Ricordatelo, Jack, le attese disperate sono quelle che non si avverano mai».

Poi c'era stato quel pomeriggio in cui, insieme a suo padre, era andato a fare una passeggiata fuori città. Camminavano in silenzio lungo un ruscello e ogni tanto si fermavano a raccogliere i sassi più piatti e lisci da far saltare sul pelo dell'acqua.

«Jack» gli disse il padre, «sei diventato molto più bravo di me.»

Quel buon uomo di John non sapeva che pesci prendere. Era da un po' che ne parlava con la moglie. Se l'erano detto da tempo che era ora il ragazzo sapesse. Ma poi John non faceva che rimandare. Più di una volta aveva chiesto a sua moglie: «Flora, ma perché non glielo dici tu?». Lei lo guardava di sbieco, come faceva quando le cose non la convincevano, e poi gli rispondeva: «Sono discorsi da uomini, John. Pensaci tu».

E così, tra un sasso e l'altro che sfrecciava sull'acqua a una velocità tagliente, a un certo punto John glielo disse che non era il suo vero padre. Jack aveva appena raccolto un sasso destinato a un lancio perfetto, ma invece di mettersi a lavorare di avambraccio per fargli prendere la giusta velocità lo fece ricadere a terra. Il rumore gli risuonò nelle orecchie in una strana eco che gli riempì la testa di ovatta. Si voltò verso John e gli chiese:

«E io chi sono?».

«Mio figlio, perché ti ho adottato e ti ho dato il mio nome. Certe volte non conta poi molto che a crescere un ragazzo sia il vero padre. Tu sei il mio vero ragazzo, Jack. E ti chiami London, come me.»

Lo strinse a sé. Non fu un vero e proprio abbraccio, fu più una strattonata. Rimasero così per un po' e poi se ne tornarono verso casa dove li aspettavano Flora ed Eliza, una dei figli che John aveva avuto dalla prima moglie ormai morta da tempo.

La persona più importante, il perno della famiglia London, restava però Flora. Una eccentrica che si entusiasmava per ogni fallimentare progetto, dedita all'occultismo e alle sedute spiritiche. Se ne facevano molte in casa loro. Spesso arrivava qualcuno quando era già calata la notte. Jack ed Eliza venivano spediti a letto, ma mica dormivano, se ne restavano a origliare tenendo la porta della camera socchiusa. Al primo rumore si pizzicavano l'un l'altra con forza per scacciare la paura. Non si poteva gridare, solo mimare il grido spalancando a più non posso la bocca. Nel vicinato lo sapevano tutti cosa succedeva in casa London, dicevano anche di diffidare di quella famiglia, ma poi, al momento opportuno, a testa bassa, bussavano alla loro porta in parecchi per sentire il parere sulla tal cosa da un marito defunto, un fratello, un genitore che, come spiegava a tutti Flora prima di iniziare la seduta, parlavano per bocca di un certo Plume, un capo indiano. C'era anche chi veniva per parlare con un amante, dicendo però che si trattava di un lontano parente. Ma la verità veniva fuori al momento delle sdolcinate parole, delle manfrine che al piano di sopra Jack imitava alla perfezione. Si avviticchiava su se stesso davanti a sua sorella che doveva ridere in silenzio, come per i pizzichi, limitandosi a spalancare la bocca quasi fino a lacerarsela, e con gli occhi che si riempivano di tanta di quell'acqua da gettarla fuori come due rubinetti.

Da quelle sedute se ne andavano via tutti soddisfatti. Spesso la gente si sdebitava portando delle uova, un po' di pancetta, latte, pane. Cose che andavano benissimo soprattutto a fine mese, quando si faceva molta fatica a mettere qualcosa in tavola.

Flora era fiera di sé e le piaceva che anche la sua famiglia lo fosse. Spesso lo chiedeva esplicitamente: «Siete fieri di me, famiglia?». Quella domanda veniva accolta da grida vaccare, soprattutto da quel buon uomo di John che di lei era letteralmente pazzo. Flora non era certo una bellezza. Inoltre indossava spesso una parrucca di ricci neri perché per via di una antica febbre tifoidea le erano caduti quasi tutti i capelli. Da quella malattia le era rimasto il pensiero quasi ossessivo della morte. Del resto, dopo quella febbre era anche improvvisamente invecchiata, come se la malattia si fosse mangiata quel che poteva ancora restarle della giovinezza. Era fisicamente mortificata, sebbene non volesse darlo a vedere. E se si era data allo spiritismo, era perché la morte le ronzava sempre in testa. Qualcuno diceva che quelle febbri le avessero mangiato anche un po' di cervello. Era molto simile a Jack, ma in quello strano modo che a volte solo avviene fra genitori e figli, era come se lui, pur rispettando le somiglianze, avesse assorbito da lei tutto il bello lasciandole soltanto i toni neutri. Ma quello che Jack aveva certamente preso dai suoi genitori era la forte personalità. Un timido d'assalto che sapeva sempre farsi valere, che contagiava chi aveva accanto, piaceva alle ragazze e stimolava la competizione dei maschi per riuscire a frustrarla poi quasi sempre. Se di una cosa era soddisfatto, era la sua muscolatura e la forza fisica. Aveva cominciato da ragazzino, quando durante le prime furibonde scazzottate ne aveva prese talmente tante dai teppistelli del posto che alla fine il suo atteggiamento era cambiato. Sfidava sempre lui per primo. E con quegli occhi di ghiaccio, la mascella sigillata, il pugno sempre più addestrato, si muoveva come un gatto rabbioso che si avvicinava solo per dare la zampata e poi balzare all'indietro. Alla fine, agli occhi degli altri ragazzini era davvero cambiato. Solo dentro di sé Jack sapeva che per combattere le sue paure la strada da fare era ancora lunga. Ma già a quell'età, a nemmeno dieci anni, aveva capito che paura e coraggio potevano camminare insieme anche per tutta la vita. A Frank Atherton, suo compagno di scuola e grande amico che gliene aveva chiesta la ragione, dopo aver sputato lontano Jack aveva risposto: «Chi non ha paura non può essere coraggioso. Giusto incosciente». E poi aveva fatto una espressione molto soddisfatta, un respiro potente gli aveva aperto il petto e si era messo a camminare ciondolando con andatura da marinaio, come avrebbe fatto ben presto, quando il 12 gennaio del 1893, giorno del suo diciassettesimo compleanno, si sarebbe imbarcato sulla *Sophie Sutherland*, una nave carica di cacciatori di foche che andava verso il Giappone. Un viaggio che sarebbe durato quasi un anno e gli avrebbe fatto due regali: il riposo da una famiglia sanguisuga e la visione degli immensi spazi fino a quel momento solo letti nei libri e poi sognati.

Da qualche tempo aveva le idee più chiare sulla sua famiglia. Il suo vero padre era un tale William Chaney, un geniale astrologo ambulante che sapeva fare gli oroscopi alla perfezione e sembrava possedesse uno straordinario talento per la scrittura. Seppe che aveva scritto soprattutto trattati sulle cause della povertà, e questo lo riempì di orgoglio. Jack era povero da sempre, e gli dava una certa soddisfazione l'idea che il suo vero padre, senza conoscerlo, avesse scritto anche di lui. Ma di William Chaney non riuscì mai a leggere nulla. Pare che tutto fosse poi andato perduto. In età più adulta, quando ci ripensava, Jack concludeva sempre con le stesse parole: «Si vede che tra di noi doveva andare così». Sebbene non credesse a tutte le corbellerie che gli raccontava sua madre, una cosa però lo aveva molto colpito: sapere che lui, Jack, era nato il 12 gennaio, il suo patrigno John l'11 e il suo vero padre il 13. «Coincidenze» aveva detto a Flora con aria adulta. Ma lei si era portata l'indice alle labbra, e poi, dopo essersi guardata intorno per assicurarsi che non vi fossero anime di defunti ad ascoltare, gli aveva detto: «Jack, le coincidenze non esistono».

«E nemmeno i morti che parlano» aveva risposto lui.

«E allora cosa mi dici di quello spavento che ti sei preso sulla *Sophie Sutherland*?»

«Quale spavento?»

«L'ho letto in un tuo quaderno. A un certo punto dici: "Una notte, sulla *Sophie Sutherland*, guardando il mare da poppa, ho visto il corpo di Bricklayer che galleggiava in acqua".»

«Appunti per un racconto.»

«Mah...»

«Di queste cose so che scriverò anche senza crederci. Come potrei non farlo? In casa nostra non ho sentito parlare d'altro da quando ero bambino.»

Dalla madre si fece dire più volte come era fatto suo padre, e lei gli rispondeva sempre che erano molto simili. Anche lui si era imbarcato su un peschereccio per due anni, anche lui scriveva, e nel 1866 era diventato apprendista astrologo presso il dottor Luke Broughton. In comune avevano anche la stessa bella e volitiva faccia degli irlandesi. Occhi trasparenti, mascella quadrata e labbra carnose. Dopo aver sorriso, e facendolo diventare completamente rosso, aggiungeva:

«E siete sensuali».

Sua madre sapeva rigirarsi la gente a piacer suo, la seguivano tutti anche lungo le strade più incerte. Specialmente suo marito John, che a causa sua era finito sul lastrico più di una volta. Molti anni prima, sul "Chronicle", era addirittura uscita la notizia che Chaney, il vero padre di Jack, l'avesse spinta al suicidio. Dicevano che si era sparata in testa perché non voleva liberarsi del bambino che portava in grembo come quell'uomo snaturato le chiedeva di fare. Ma quella storia era costata molto più a Chaney che a Flora. Non solo non era morta (pare si fosse sparata giusto di striscio), ma aveva messo in piedi quella bella commedia solo per accaparrarsi un bel po' di solidarietà cristiana, cosa che puntualmente le arrivò a vagonate. Partorì infatti il 12 gennaio 1876 al numero 615 della Third Street di San Francisco nella casa di Amanda Slocum, una sua cara amica.

Sono tutte supposizioni, ma pare che l'astrologo dicesse che quel figlio non era nemmeno suo. Non poteva esserlo per motivi tecnici, arrivò ad affermare. Per non parlare di quella storia molto ambigua che Flora aveva messo in giro all'epoca nel loro palazzo. Era riuscita a convincere metà dei vicini che era sposata con Chaney e l'altra metà che conviveva con un uomo un po' più giovane, domiciliato anche lui nello stesso stabile. Come aveva fatto? Chaney disse che, sebbene non l'avesse ammazzata, come invece volevano quasi far credere sul "Chronicle", avrebbe avuto una gran voglia di farlo perché quella donna era posseduta dal demonio in persona. Al dunque, gli era toccato abbandonare la città. A San Francisco nessuno voleva più farsi fare l'oroscopo da chi aveva cacciato di casa una moglie incinta. «Moglie...» aveva poi ripetuto negli anni Flora, quando parlava di lui. «Ho scoperto che ne aveva sposate almeno altre cinque o sei. E non una alla volta, eravamo tutte sue mogli contemporaneamente.»

Uno strano destino quello di Jack London. Un padre adottivo che per un po' di anni aveva creduto vero, e uno vero che non aveva mai voluto conoscerlo. Quando gli arrivavano questi pensieri si sentiva diverso, inferiore a tutti gli altri ragazzi. Era una sensazione che gli toglieva le forze e gli faceva trattenere il respiro, ma che allo stesso tempo gli accendeva una violenza ubriaca. Se di una cosa era grato a sua madre, era che nel 1879, quando lui aveva solo tre anni, avevano lasciato San Francisco per trasferirsi a Oakland. Giusto dall'altra parte della baia, ma almeno dove nessuno sapeva nulla dei fatti loro.

Con il padre adottivo, però, aveva in comune molte cose, per esempio l'amore per la terra. A Jack piaceva l'idea che avessero lasciato la città per comprare un ranch di venti acri e che lui fosse cresciuto tra semine, raccolti e animali grazie a un padre agricoltore. Ma ce n'era una che valeva per tutte: erano entrambi innamorati di quella pazza incosciente di Flora. Per accondiscendere ai suoi desideri si sarebbero fatti tagliare la testa.

Aveva guardato il brillio di quel mozzicone pensando alla relatività della conoscenza, alla durata del tempo, a quello che può accadere in una vita intera o in pochi istanti. E quando quella brace scomparve, si sentì riportato indietro, ma solo di poche ore. Aveva cenato insieme al suo amico, e adesso vedeva quel che a tavola non era riuscito nemmeno a intuire. Fu come se una cosa appena passata si fosse sovrapposta a un'altra appena finita. "Il rosso del mozzicone della sigaretta" pensò. Lo ripeté più di una volta e capì che quella sera nella bistecca che aveva avuto nel piatto aveva visto il sole, e adesso si rendeva conto che subito dopo gli era addirittura parso di raggiungerlo e di averne sentito l'energia nei muscoli delle braccia che tagliavano la carne, nel cervello che dava ordini. Fino a che il sole se lo era sentito risplendere proprio dentro la sala comandi del cervello, entrambi fatti della stessa sostanza, partecipi l'uno dell'altro. «Tutto correlato» disse bevendo l'ultimo sorso di birra. «Dalle stelle più sperdute nell'immenso spazio alle miriadi di atomi contenuti nei granelli di sabbia.» Vide il volto di sua moglie, quello delle loro due bambine. Un acido forte gli risalì lungo l'esofago e dalla vergogna si coperse il volto con le mani. Provò una gran voglia di piangere.

Sebbene amasse l'uomo dolce e mite che lo aveva adottato dandogli anche il suo cognome, Jack era strano, audace e imprevedibile come i suoi genitori. Guardando la madre, che si muoveva veloce, quasi a scatti, dentro la loro modesta casa, pensava che tutto il suo fascino risiedesse in quella testa sempre in movimento, votata a combinare affari rovinosi, a perdere tutto senza mai perdersi d'animo.

Verso quella famiglia inconcludente, Jack alternava momenti di grande senso di responsabilità ad altri in cui non era nei suoi pensieri.

Aveva solo diciassette anni quando si era imbarcato come marinaio sulla *Sophie Sutherland* che andava a caccia di foche in Giappone, e per quasi un anno se ne era infischiato se a casa facessero o no la fame. Quando stava con loro, si assoggettava ai lavori più duri e mal pagati, e poi scompariva per andare in cerca di pericoli e avventure.

Flora era una donna che si squinternava facilmente. Quella volta che Jack e la sorellastra Eliza si erano presi la difterite, per esempio, li aveva già dati per spacciati. Al medico che era andato a visitarli aveva chiesto se potevano mettere i due ragazzini nella stessa bara. «Per risparmiare i soldi» aveva aggiunto. «In questa casa non ce ne sono mai abbastanza.»

Era stato il suo patrigno, John London, che qualche anno dopo gli aveva raccontato quella storia.

«Valla a capire tua madre. Forse il dolore le aveva dato alla testa.»

«Ed Eliza, a quelle parole, guarì immediatamente» gli aveva risposto Jack.

E poi si erano messi a ridere.

Era stato dopo la miracolosa guarigione che la famiglia London aveva lasciato San Francisco per trasferirsi a Oakland. Per un bel po' di tempo erano stati coltivatori e se l'erano passata anche abbastanza bene, ma poi Flora aveva voluto fare uno dei suoi famosi investimenti. Si era messa in testa di aumentare il capitale convincendo il marito a costruire una stalla per i cavalli e a mettere su un allevamento di polli. Ben presto però, con una idea sbagliata dietro l'altra, comprando sempre più polli che alla fine erano tutti morti decimati da una epidemia, aveva ridotto la famiglia sul lastrico.

A dieci anni, Jack aveva dovuto lasciare la scuola per mettersi a lavorare come strillone. Al mattino si alzava che era ancora buio, beveva in fretta un bicchiere di latte caldo e poi usciva di casa per precipitarsi al chiosco, ritirare i giornali e percorrere le strade di Oakland. Gli davano dodici dollari al mese che consegnava tutti alla madre. La sera si sentiva vuoto, sfinito. Certe volte si dimenticava anche di mangiare e crollava sul letto senza nemmeno spogliarsi.

Gli unici momenti felici erano quelli in cui incontrava Ina Coolbirth, la bibliotecaria. Entrava a fine lavoro con qualche giornale ancora sotto il braccio, mal vestito, stanco, ma poi si illuminava e le chiedeva:

«Cosa c'è di bello da leggere?».

Timido e schivo, Jack promanava invece una grande fiducia in se stesso. E la giovane bibliotecaria pensava: "Ma guarda". Certo, una bella contraddizione: un ragazzo che si sentiva inferiore agli altri per mancanza di studi, povertà e padre mai conosciuto, ma che allo stesso tempo, non c'erano dubbi, sapeva quel che valeva. Era come se in lui la vigorosa intelligenza prendesse sempre il sopravvento. Poi, un po' invasato anche perché Ina Coolbirth gli piaceva molto, se ne tornava a casa e faceva l'alba con gli occhi incollati alle pagine dei libri d'avventura. Che magnifica parola *avventura*, un bell'urto del sangue, gli circolava dentro con la violenza che accelera il battito, era un prorompere sempre destinato a sfondare gli argini. Prima o poi sarebbe partito. Oltre Oakland c'era l'intero mondo ad attenderlo.

Nell'immedesimarsi nei personaggi più audaci di quei romanzi presi in prestito, si sfiniva nelle carni. Alla fine di ogni lettura trascorreva una mezza giornata da disossato. Sentiva che quelle pagine gli avevano portato via tutto, ma che doveva avere solo pazienza, perché ormai l'aveva capito: quel che toglievano lo riportavano poi in quantità doppia, a volte anche tripla. Erano febbri della crescita, di quelle che strappavano e poi ricucivano meglio i pezzi.

Quando ancora frequentava la Cole School, prima di cominciare le lezioni i ragazzi cantavano in coro ogni mattina nell'aula magna. Cantavano tutti tranne Jack, che si limitava a muovere le labbra. Quando la maestra gli chiese perché mai non facesse come gli altri, lui, con spavalda arroganza, le rispose: «Lei è talmente stonata, a seguirla mi rovinerei la voce». Lo mandò dal preside che, dopo averlo squadrato per bene, prese una strana decisione. Davanti al ragazzo disse alla maestra: «Quando al mattino cantate, lasci il ragazzo in classe e gli faccia scrivere un tema». Nessuno capì mai se quella dovesse considerarsi una punizione o un premio. Per Jack fu un premio. Ne rise moltissimo con Frank Atherton, l'unico compagno di scuola con il quale aveva stretto una amicizia che sarebbe durata per sempre, anche a distanza e non vedendosi quasi mai.

«Da domani muoverò anche io solo le labbra» gli aveva detto Frank mentre tornavano a casa a piedi costeggiando il mare.

«Il preside ti metterà a scrivere un tema insieme a me» gli aveva risposto Jack da sotto un berretto troppo grande per lui.

«Accidenti. Mica ne so scrivere uno al giorno.»

«E allora non ti resta che cantare.»

E poi continuarono a camminare esaltati e felici, ignari del loro futuro proprio come tutti i ragazzi, ma capaci di stiparne tanto nei labirintici serbatoi del cervello. Di certo, però, non avrebbero mai potuto immaginare che un giorno Frank Atherton avrebbe scritto un libro intitolato *Jack London in Boyhood Adventures*. Non lo avrebbe mai pubblicato, ma se in quel momento Jack avesse potuto anche solo ipotizzarlo per una frazione di secondo, avrebbe forse visto comporsi davanti ai suoi occhi, come un ologramma, la più grande lusinga di tutta la sua vita.

Poco più di un ragazzo, la scuola ormai abbandonata da un pezzo per portare un po' di soldi a casa, aveva capito che nel suo destino ci sarebbe stata la scrittura. Se ne sarebbe reso conto col tempo, ma tutto era accaduto entrando nella biblioteca di Oakland, e proprio grazie a Ina Coolbirth e alle pile di libri che gli faceva trovare belle e pronte per lui. Quella donna aveva avuto il dono di intuire cosa accendeva la fantasia di un ragazzo dagli occhi sempre così febbricitanti, ma di sicuro non poteva prevedere la lettera che Jack London le avrebbe scritto molti anni dopo e nella quale le diceva:

> *Per tre ragioni sono diventato uno scrittore: la terza è perché quando ero un ragazzino me ne stavo dall'alba al tramonto sotto un albero per avvistare l'arrivo delle api che gli adulti avrebbero poi riunito in sciami per la produzione del miele. Avevo l'intera giornata per leggere e sognare. La seconda è stata la lettura di un romanzo che si chiamava* Signa: *una storia scritta da Ouida, pseudonimo di Maria Louise Ramé, o de la Ramée? Non ricordo. Avevo nove anni e alla mia edizione di allora mancavano le ultime quaranta pagine. Mi creda, ancora oggi non so come va a finire. La prima è stato il mio incontro con lei, Ina Coolbirth. Lei è stata la mia vera dea.*

Jack leggeva quei volumi entusiasmandosi e avvilendosi allo stesso tempo. Era troppo intelligente per non rendersi conto che i suoi pochi studi lo mettevano in serie difficoltà. Nei libri che leggeva c'erano parole delle quali non conosceva il significato. E la cosa più desolante era che anche quando in biblioteca lo cercava sul dizionario, non riusciva a stamparselo in testa. E così, quando ritrovava altrove la stessa parola, veniva nuovamente morso dalla frustrazione. Ma era ostinato, e prima o poi avrebbe trovato un sistema.

Una sera guardò la pila di libri che aveva sul comodino e, toccandone le coste, pronunciò ad alta voce il nome degli scrittori: Scott, Dickens, Poe, Kipling, George Eliot, Whitman,

Stevenson, Shakespeare, Goethe, Balzac. E poi ripeté ancora: «Kipling e Stevenson». E poi disse: «Kipling. Sarò come lui o non sarò un bel niente».

Quando lesse Darwin e Nietzsche ci capì ben poco, ma ne rimase comunque folgorato. «È da questi due che devo imparare a scrivere» mormorò. E allora, quando la sera si metteva a leggere, per non cedere alla stanchezza si dava dei pugni in testa. "Sveglio, Jack" si diceva. "Se dormi non ti basterà la vita intera." Lesse Darwin e Nietzsche con un tale accanimento che, pur continuando a capirci poco, si convinse di essere quanto meno in possesso di una "mezza filosofia", come la chiamava lui, basata sul determinismo scientifico. Un giorno gli sarebbe servita per mettere a fuoco i suoi personaggi e anche per dare forma alle sue idee. E doveva trovare le parole giuste, per forza. Quelle belle, armoniose, precise, acute. Quando diceva *acute* si metteva a ridere.

Una sera, sdraiato sul letto, la luce spenta da poco, gli occhi fissi al soffitto, si disse: "Jack, potresti essere un socialista che pensa a sé". Il superuomo di Nietzsche lo aveva convinto che gli uomini dovessero essere tutti uguali. Tutti tranne lui, che era meglio degli altri. Il socialismo era per le masse fragili che dovevano essere difese. Lui se la cavava da solo. Un giorno sarebbe stato uno scrittore diverso da quelli che andavano di moda a quel tempo in America. Aveva letto qualche loro racconto sulle riviste e si era detto che dovevano avere tutti una gran paura che partiva dalla testa e arrivava alla punta delle dita. Paura della vita vera, della realtà, della verità. Ebbe l'impressione che scrivendo temessero di dispiacere o di dar fastidio ai direttori dei giornali che compravano i loro racconti, che avessero paura di allontanare il pubblico dei lettori. Li considerò stucchevoli e indigesti: «Creatori di storie fasulle. Senza budella e con poco cuore» disse aggiustandosi il cuscino sotto la testa.

Al mattino non ebbe dubbi: avrebbe costretto gli editori a pubblicarlo così com'era. E poi si ficcò le mani in tasca, si calcò il berretto sulla testa, e davanti allo specchio si disse: "Che tu non sia più andato a scuola non toglie nulla al tuo essere un superuomo. Anzi, da superuomo, una volta che avrai imparato, sarai il migliore".

Non poteva nemmeno cominciare a scrivere se non conosceva come voleva lui il significato delle parole. E allora si inventò un metodo straordinario. Cominciò a leggere i classici tenendosi sempre accanto un dizionario. Annotava le parole e il loro significato su pezzi di carta che poi infilava nella cornice di legno dello specchio per poterli ripetere e imparare a memoria mentre si faceva la barba. Era arrivato anche a stendere dei fili in camera sua, ai quali appendeva altri foglietti tenendoli fermi con mollette da bucato, proprio come fossero panni stesi. E così, ogni volta che si muoveva per la stanza, gli bastava sollevare lo sguardo per leggere quelle parole nuove, impararne il significato e tenerlo a mente. Faceva interessanti giochi di associazione che con il significato avevano poco a che vedere, ma lo aiutavano a trovarlo subito. Prima o poi, tutto sarebbe stato spontaneo. Si sarebbe messo a scrivere racconti, e quando avesse avuto bisogno di una parola, quella giusta sarebbe uscita dalle centinaia di elenchi che aveva stilato con pazienza e umiltà. Se ne portava delle liste anche in tasca, che non si stancava di ripassare mentre andava in biblioteca o a trovare Mabel Applegarth.

Il senso di responsabilità per la sua famiglia andava a cicli. Jack era stato capace di vendere macchine da cucire andando di porta in porta, di lavorare in una fabbrica che inscatolava pesce, in una di conserve. E come sempre, non si teneva mai nemmeno un centesimo, dava tutto a sua madre. All'epoca, pensava che i vagabondi scegliessero nomadismo e avventura perché non volevano responsabilità. Pensava anche che fossero un peso morto. Ma poi si era reso conto che quegli uomini non avevano scelto un bel nulla. Un tempo erano stati materiale utile sfruttato fino all'ultimo brandello di carne e poi, quando non servivano più, erano stati gettati alla deriva come vecchie carcasse. Fu in uno dei suoi allontanamenti dalla famiglia che Jack, a poco più di sedici anni ne incontrò molti e con loro andò vagabondando in giro per l'America, chiedendo l'elemosina e morendo di freddo nei carri merci, o vedendosi sbattere le porte in faccia quando bussava per chiedere un pezzo di pane. Condivise con loro la brutalità che i più forti riservavano ai più deboli e ascoltò la storia di molte vite cominciate con le migliori speranze e precipitate nell'abisso. Il corpo aveva una durata breve. Sfruttarlo era bello ed entusiasmante, ma soltanto per metterlo alla prova. E poi, perché farlo a beneficio degli altri? Se avesse continuato a lavorare in quel modo e per pochi dollari al mese, ben presto anche lui sarebbe diventato inservibile. Non erano solo gli anni a consumare gli uomini, era soprattutto il tipo di vita che conducevano, e nemmeno tanto le sofferenze e le privazioni, quanto il fatto di subirle soltanto a beneficio di un padrone. Essere sfruttati era la ragione principale della decadenza. Era così che andava: gli uomini mangiati dal lavoro venivano sostituiti da uomini più giovani o dalle macchine. Lui non avrebbe fatto questa fine. I muscoli erano affascinanti, in certi momenti della vita davano più soddisfazione di qualsiasi altra cosa, ma lui doveva puntare sul sapere. Al dunque, i muscoli erano sostituibili, un cervello lo era molto meno. Non doveva farsi rubare i suoi anni migliori da nessuno.

Fu in questo strano modo che divenne socialista, vedendo la vita della povera gente, dei bambini che lavoravano dall'alba al tramonto all'età di sei anni. E pensò che per diffondere le idee socialiste, le uniche realmente rivoluzionarie, in grado di cambiare un mondo ormai in declino, la sola strada fosse l'istruzione. Avrebbe fatto fatica nel suo Paese, ma poteva essere anche quella la sua missione: parlare alle masse, agli operai, ai giovani, e soprattutto scrivere racconti e romanzi nei quali dare voce agli sfruttati. Continuava a sentirsi poco a suo agio nei panni di un morto di fame che se ne andava in giro vestito quasi di stracci, ma continuava anche a sentirsi prescelto per un grande futuro. Certe mattine si guardava nella vetrina di un negozio, e la sua immagine gli rimandava un'unica certezza: sarebbe stato uno scrittore, e prima o poi gli sarebbe andata bene. Avrebbe cambiato molte cose, e lo avrebbe fatto con la sua forte personalità, con il talento che sentiva di possedere, con la volontà. Non aveva dubbi. Quando fosse stato in grado di scrivere davvero come desiderava, i direttori dei giornali avrebbero letto i suoi racconti e non avrebbero potuto fare altro che pubblicarli. Lo attendeva un grande avvenire. Il solo pensiero gli toglieva il fiato. L'aria gli scendeva nei polmoni a piccole dosi, il volto si arrossava. In quei momenti avrebbe voluto avere tra le braccia una donna, una qualsiasi pur di spegnere almeno un po' quelle energie alate che lo sbattevano da una parte all'altra. Ma era soltanto in quei momenti che voleva una donna qualsiasi. In tutti gli altri, nei suoi pensieri c'era solo Mabel.

All'inizio aveva conosciuto Ted Applegarth che lo aveva portato a casa sua per presentarlo ai giovani intellettuali di Oakland. Jack era entrato con molto timore. Era una famiglia ricca che apriva le porte ai ragazzi di belle speranze, lo aveva sentito dire molto spesso. Scuoteva la testa. Come se le belle speranze potessero nascere solo nelle case dove tutto era già a portata di mano... Chi l'aveva detto che un inizio difficile non avrebbe dato risultati migliori? Era stato con questo martellante pensiero che aveva varcato la soglia degli Applegarth. E si era stupito nel vedere come nonostante la sua timidezza, il modo di parlare, l'ardore che aveva negli occhi e la forza fisica quasi primordiale che promanava da sé, fosse risultato simpatico a tutti. Non erano poi così distanti muscoli e pensiero se tenuti insieme al guinzaglio. Pieno delle incertezze che lo avrebbero sempre tormentato, Jack fece breccia su tutti quei ragazzi ben vestiti, sui genitori di Ted, e, cosa più importante, su sua sorella Mabel.

Le strinse la mano ed ebbe la sensazione che il polso della ragazza stesse per staccarsi dal braccio, lo sentì senza forze. Guardò il suo volto, e sentì che lui, Jack, si stava scomponendo. Trattenne il respiro. L'amore poteva forse farti a pezzi? Ma poi finì in quello sguardo celestiale, aureolato da capelli biondi e sottili, contemplò quel corpo che sembrava tenuto insieme da niente, ma doveva essere molto più forte del suo. Per il resto del pomeriggio restò solo con Mabel. Uscirono in giardino, ognuno con il suo bicchiere di spremuta di arancia in mano. Jack le disse che sarebbe diventato uno scrittore. Il talento gli scorreva nelle vene. Aveva milioni di idee in testa, doveva soltanto avere la pazienza che prendessero forma. La ragazza lo ascoltò rapita. Tutto quello che le diceva la portava lontano, ma era soprattutto il suo aspetto fisico a scuoterla. Difficile che, con i pochi anni che aveva allora, avesse formulato nei suoi pensieri la parola *virilità*. Ma quello era l'effetto che Jack, da quel momento in poi, avrebbe fatto a tutte le donne che avrebbe incontrato in vita sua. Il più delle volte, almeno nella prima giovinezza, senza nemmeno accorgersene.

Gli aveva giovato un viaggio in barca, quando, trafelato come non avesse altra scelta nella vita se non seguire quel comando d'avventura, si era presentato a casa della sua amata balia, Jenny Prentiss, per chiederle in prestito ben trecento dollari per comprare una barca: la *Razzle Dazzle*. Jenny era nata in una piantagione di schiavi nel Tennessee e molti anni dopo, da donna libera, aveva cresciuto Jack dandogli tutto il latte che Flora non aveva mai avuto. Era stato uno strano gioco di equilibri. Jenny aveva perso il suo bambino appena nato e Flora, mettendo al mondo il suo, si era ritrovata con le mammelle vuote.

A quella richiesta di prestito Jenny aveva riso di gusto, non riusciva mai a dire di no a quel suo bel figlio dalla pelle luminosa. Andò a prendere i soldi che teneva in un barattolo e glieli mise in mano contando monete e banconote fino a che la somma non raggiunse i trecento dollari.

«Te li ridarò fino all'ultimo centesimo» le aveva detto lui con la furia già nelle gambe. «Anzi, te ne darò di più.»

«Lo so» aveva risposto lei.

Comprando la *Razzle Dazzle*, Jack ereditò Mamie, la Regina dei razziatori di ostriche. Aveva sedici anni ed era una bellissima, selvaggia vagabonda di mare. Per il tempo che durò il loro viaggio, Jack pensò che quella ragazza gli aveva reso molto accogliente la piccola cabina dell'imbarcazione. Gli era costata anche grande scandalo e molte scazzottate, soprattutto con un certo Frank French, un uomo adulto, che di Mamie era stato il fidanzato.

Che ricordi meravigliosi. Il suo primo attacco ai banchi di ostriche, il suo piccolo equipaggio di pirati: Big George, Young Scratch Nelson, Clam, Whisky Bob, Nicky il Greco e qualche altro impavido avanzo di galera. In poche settimane di quel primo viaggio avventuroso, si era fatto un nome tra i più duri razziatori di ostriche, ne era diventato il principe. E quel che riuscivano a rubare lo vendevano ai ristoranti e ai saloon. Quando i poliziotti salivano a bordo, Jack, come fosse un uomo fatto, offriva loro ostriche spruzzate di pepe e un buon boccale di birra. Fu in quei giorni che assunse una andatura bighellonante, tra il marinaio e il pugile. Insomma, la sua futura fortuna con le donne.

Il sole stava calando dietro i capelli di Mabel e Jack ringraziò sua sorella Eliza che lo aveva convinto a farsi otturare le carie e a sostituire i denti mancanti con delle protesi. Da allora aveva smesso di masticare il tabacco che gli aveva tanto rovinato la bocca e aveva comprato il primo spazzolino della sua vita. Davanti al sole che tramontava sulla baia, accarezzato da un vento placido, poté così mostrare a Mabel il suo accattivante sorriso, le belle labbra carnose e un po' scure sulle quali brillava il biancore dei denti. Decise all'istante che quella ragazza sarebbe stata sua moglie. Lo stabilì con una forza tale che gli diede una leggera vertigine.

Quella sera, tornando a casa a piedi, si disse che se voleva diventare uno scrittore famoso e tanto benestante da convincere i genitori di Mabel a concedergli la mano della figlia, doveva tornare a scuola e rimettersi a studiare. Non aveva paura di niente e di nessuno. Giovane com'era, guardando il tramonto che dava alla baia quel serico che sembrava ricoprire il mare con un velo trasparente, i suoi occhi cercarono fino all'ultimo il chiarore del sole. E nel momento in cui scomparve, quando il crepuscolo cambiò a ogni cosa la sua forma diurna, il suo pensiero fu: "Divori o sei divorato". E allora venne preso da uno strano ardore, qualcosa che di certo lo aveva preceduto, e che lui, senza sapere come, sentiva di conoscere. Quale antico mondo stava veleggiando nel suo cuore di ragazzo? Infilandosi con sfida le mani in tasca, sentì la forma del libro di Swinburne che gli aveva appena prestato Mabel. Lo palpò quasi con furia, ne pregustò al tatto la lettura. E non ebbe dubbi: riuscire a scrivere era proprio l'unica maniera per avere quella ragazza. Non ce n'era un'altra.

In veranda, seduto sul dondolo, allungò le gambe. L'amico continuava a dormire. Era da tempo che non passava una notte fuori casa. Ma ormai aveva deciso così. Lo sapeva perfettamente: l'aveva tramortita. Si era seduta sul letto per non accasciarsi. E con una gran paura addosso, quella che non permette di capire le cose, le aveva detto:

«Me ne vado».

«Perché dobbiamo andarcene, Jack? Siamo arrivati da poco, alle bambine piace molto stare qui. Ci stiamo tutti così bene.»

«Non ho detto che ce ne andiamo. Me ne vado soltanto io. Ti lascio.»

La violenza e la viltà di aver molto ragionato su qualcosa, di averlo fatto da solo e poi, una volta pronto, aver comunicato una decisione definitiva a chi da ogni ragionamento era stato lasciato fuori. Questa volta nemmeno sua madre lo aveva capito. Gli si era rivoltata contro. Ci sarebbe riuscito ad andare fino in fondo senza l'appoggio di quella straordinaria pazza? Si sentì un codardo. Chiuse gli occhi e si accese un'altra sigaretta.

Fu Scotty ad andargli incontro. Scotty... Che fine aveva fatto quel ragazzo? E che sbronza! Non certo la prima. La prima a cinque anni e la seconda a sette. Ma quelle non contavano, e non aveva nemmeno voglia di ricordarle adesso. C'era ben poco di eroico. Quella volta, invece, con Scotty...

Scotty il fuggiasco, la notte in cui lo accompagnò dall'arpioniere della Idler. *Jack aveva appena quattordici anni, Scotty diciassette e l'arpioniere diciannove. Quella sera decise di bere con loro per sen-*

tirsi un uomo. Bere era il marchio della virilità. Per forza, ogni volta che si fa una cosa controvoglia, dietro c'è sempre la zampata forte del voler crescere in fretta. Jack era salito sulla Idler *pensando che quando una balena ti rivolta la barca, in quelle acque gelate non resta da fare altro che mettersi un remo sotto la pancia. Così, quando il freddo ti rattrappisce, almeno rimani a galla. Aveva stretto la mano del giovane arpioniere. Ci avrebbe fatto a cazzotti? Era il più giovane e doveva darsi delle arie. Lo fece raccontando di quando aveva attraversato la baia con la sua barca da trecento dollari.*

«E come li avevi rimediati?» gli chiese l'arpioniere.

«Me li aveva dati Jenny. La mia balia.»

L'arpioniere lo aveva guardato arricciando il labbro superiore, in segno di disprezzo.

«Ma glieli ho già restituiti tutti» si affrettò ad aggiungere Jack.

Dopo le prime due fiaschette di whisky aveva già litigato con Scotty. Si erano messi a urlare mentre l'arpioniere li guardava in silenzio, come chi osserva due ragazzini. L'alcol fa brutti scherzi. Un altro sorso e dalla lite passarono agli abbracci. Doveva resistere più degli altri. Era una sfida. La vita era un po' tutta così, proprio un azzardo.

Continuò a bere e a un certo punto gli venne in mente che intensità e durata erano nemiche. Lo aveva pensato davvero o gli sembra adesso, seduto in veranda, con le gambe allungate, l'amico che lo ospitava già addormentato da un pezzo? "Quanta roba si aggiunge ai ricordi?" pensò. Come li facciamo diventare? Dopo un tiro alla sigaretta disse a bassa voce: «Ogni maratona che corriamo va pagata. E i panni di mare sanno di muffa».

Sorrise perché era vero. Un odore che resta per sempre, ingerito come un cibo che fa indigestione e poi torna su. No, peggio. La digestione ha una durata, può essere lunga ma poi finisce. Gli odori invece… Chiuse gli occhi davanti allo splendore delle stelle. Gli odori, a concentrarsi, ritornano prepotenti. Tra l'altro, lui aveva uno stomaco che avrebbe digerito anche la limatura di ferro. Altrimenti non avrebbe resistito a quella feroce bevuta. All'epoca bere gli faceva schifo. Fa sempre schifo all'inizio. E gli venne da sorridere pensando alla parola iniziazione. *C'era forse qualcosa, nella vita, che potesse davvero piacere fin dalla prima volta?*

Ma quella sera vinse la sfida. A soli quattordici anni li aveva stesi entrambi. Era rimasto l'unico dritto sulle gambe. Gli altri due, sbronzi, si erano addormentati. «E io rimasi solo, indomito, sul campo di battaglia.» *Non ci avrebbe nemmeno trascorso la notte sulla* Idler, *avrebbe dimostrato a quei ragazzi quanto era uomo. Allora scese, alzò la vela della sua barca, levò l'ormeggio e prese posto al timone. Si sentì un dio.*

Poco più tardi, spingendo la barca con un remo per avvicinarsi al porto, avrebbe perso l'equilibrio e sarebbe caduto nella melma per poi sbattere contro una bitta deformata dai molluschi. Lo avrebbe capito in quel momento che era ubriaco. Ma questo sarebbe successo dopo. Per tutto il viaggio di ritorno, con il vento di mare in faccia, quella brezza tanto eccitante che gli fece sognare il mondo e le sue avventure, si sentì vittorioso. Sì, il vincitore di una grande sfida, il più forte. Ed era arrivato fino al porto travolto dalla felicità, cantando a squarciagola Blow the Man Down.

Due cose avvennero quasi contemporaneamente nella sua vita: innamorarsi di Mabel e diventare socialista. In realtà fu prima di tutto socialista, e questo perché aveva il cuore dominato dalla tenebra delle sue origini, dall'essere il figlio non voluto di un padre che dentro di sé non aveva mai smesso di cercare. Certe volte si chiedeva se quell'astrologo vagabondo non avesse già previsto tutto, se non avesse visto il futuro di quel suo figlio e per questa ragione lo avesse allontanato dalla sua vita, rinnegato, ancora prima che nascesse. Rispetto al resto del mondo si sentiva tristemente diverso. Ma non sapeva ancora se, dovendo camminare con quell'ombra sulle spalle, ne avrebbe fatto un bel mantello.

Glielo cucì su misura Nietzsche. Se fin da bambino aveva subìto lo spiritismo di sua madre Flora, il filosofo tedesco, figlio di un prete, era stato vittima di un eccesso di devozione. Leggendolo, spesso Jack pensava: "La morte mi distruggerà esattamente come io posso fare con una zanzara schiacciandola". E provava un vero senso di liberazione. Meglio essere scettici, e meglio ancora provare un grande amore per la verità, il coraggio e l'intelligenza. Nessun futuro poteva essere predetto, non c'erano astrologia e spiritismo in grado di farlo. «Tutte balle per i poveri di spirito» diceva Jack con ironia. «La religione è nata per soffocarci.» Ognuno si costruiva il futuro con le proprie mani. Ma non era questione di libero arbitrio che qualcuno ci aveva concesso, era questione di volontà, perché alcuni uomini ne possedevano in quantità generosa e altri ne erano privi. E non credeva nemmeno nella predestinazione. Quella teoria andava bene per i mediocri che non volevano prendersi responsabilità. Lui credeva nella potenza della sua mente, nel buon materiale con il quale era stata costruita, un materiale fatto troppo spesso di brutti ricordi e di una infanzia infelice – tutte cose, però, che gli erano servite. C'erano andate a finire dentro anche le sue irritabilità, quelle cadute nella cupezza che tanto spaventavano sua sorella Eliza. Sua madre ci faceva poco caso, era troppo concentrata su se stessa. Jack piombava in quelli che Flora definiva "i buchi neri" e sapeva che da lì dentro sarebbe uscito rinforzato. Ricavare forza dalle proprie paure. In questo Jack credeva fermamente, nella capacità di ogni uomo di trasformare buona parte del piombo che aveva nella testa in oro scintillante.

La teoria del superuomo sembrava dunque scritta per lui, un uomo più grande, più forte e più saggio di chiunque altro, pronto ad abbattere ogni ostacolo, a guidare le masse rese schiave verso la libertà. Fu la più magnifica delle sue contraddizioni. La lettura di Nietzsche lo rese per tutta la vita individualista e socialista allo stesso tempo. Avrebbe avuto un altro paio di primati: sarebbe stato il primo scrittore socialista americano e sarebbe anche diventato molto ricco, ché altrimenti non avrebbe mai potuto sposare Mabel.

Da quando gli Applegarth si erano trasferiti nella casa sul mare, appena aveva un po' di tempo libero Jack prendeva la bicicletta e pedalava veloce fino a San José. Mabel usciva di casa senza farsi vedere dai genitori e insieme si avviavano a fare merenda verso i campi di papaveri, sulle colline di Berkeley, affacciate sulla baia. Quando trovavano il posto adatto, sedevano sull'erba. Jack, che aveva sempre una gran fame, apriva subito il cestino che lei aveva portato. Per un po' divorava quei panini e beveva la birra che durante il breve percorso si era già scaldata, poi frastornava Mabel di parole. Accanto a quella ragazza doveva parlare molto, dentro di sé sentiva forte l'impulso delle carni, ma lei non era la Mamie della *Razzle Dazzle*, davanti ai suoi occhi c'era una ragazza delicata che gli faceva esplodere in petto una virilità di contrasto. Era convinto che la delicatezza delle donne facesse questo effetto agli uomini votati all'avventura e all'eroismo: venivano eccitati dal contrasto. Si guardavano un polso, lo paragonavano a quello sottile della ragazza ed entravano subito in un vortice di desiderio e ossessione tutto maschile. Jack sentiva questo genere di impulsi verso Mabel Applegarth. Cercava di mantenere una espressione equilibrata, ma ci riusciva poco. In parte era per via dello sguardo, che dava a ogni suo lineamento la composizione perfetta della passionalità, ma era soprattutto quell'essere un timido fatto di furia, sempre in bilico tra i due estremi: rispettarla o divorarla.

Decise di rispettarla per sempre. E sdraiati sull'erba, con i panini, la spremuta di arancia per lei e la birra per lui, il sole sulla fronte, un cielo corrusco che gli faceva tremare un po' il cuore, non poteva fare altro che riempirle la testa di chiacchiere, travolgerla con il suo passato così diverso da quello di ogni ragazzo di buona famiglia che frequentava la sua casa. Doveva lavorare sull'unico terreno a suo favore: quello della vita. Non era ancora in grado di parlare con lei di scrittori e di poeti, e non aveva voglia di sentirle pronunciare parole che forse non avrebbe nemmeno capito. Di una cosa era certo: se i giovani benestanti avevano imparato tante cose riuscendo a ficcarsele nel cervello, lui non sarebbe stato da meno. Le avrebbe imparate tutte. Ma i primi tempi decise di travolgerla raccontandole della sua esperienza sulla *Sophie Sutherland*, quando era stato marinaio per oltre sei mesi ed era arrivato fino in Giappone costeggiando poi la Corea e la Siberia. Il capitano della nave, un certo Alex McClean, lo aveva considerato fin da subito un uomo. Tale e quale a tutti i componenti del suo equipaggio. «Ed era il 12 gennaio 1893» le disse pieno di entusiasmo. «Ti rendi conto? Il giorno del mio diciassettesimo compleanno!»

Con i loro volti da adolescenti accarezzati dalla brezza calda, qualche volta tenendosi timidamente per mano, le raccontava di come si era presentato su quella nave in qualità di marinaio scelto anche se non lo era. Il terzo giorno di navigazione era arrivata una di quelle tempeste... Ogni tanto si fermava a contemplare le espressioni della ragazza. Gli piaceva molto fare breccia nel suo cuore tanto inesperto. Bene, con tutta quella tempesta lui si era messo al timone e il capitano, guardandolo, non aveva fatto che tanti cenni di approvazione, uno dietro l'altro. E quando la notte tutti si mettevano a dormire, lo sapeva lui che faceva? Mabel faceva di no con la testa, il petto che si sollevava sopra il battito del cuore, provando le sensazioni contrarie a quelle che provava lui. Solo apparentemente contrarie, perché quel desiderio che lui aveva di prenderla, lei lo ricambiava senza freni pensando a cosa si potesse provare tra le braccia di un ragazzo che aveva il collo di un toro. Un ragazzo che odorava di uomo anche più del dovuto. E Jack, quando sentiva la corrispondenza di quel fremito fatto soltanto di materia, se ne appagava e andava avanti di puro spirito. Bene, mentre tutti dormivano, lui leggeva. In quei lunghi mesi fu la volta di *Anna Karenina* e poi di *Madame Bovary*. Leggeva a lume di candela. Spesso per tutta la notte, aggiungeva. E poi le raccontava delle Isole Bonin. Lo sapeva lei dov'erano? Mabel scuoteva piano la testa per dire di no. Erano a sud di Tokyo. In quei mesi trascorsi in mare, Jack aveva cominciato a vedere con i suoi occhi quello che aveva letto nei libri. E glielo disse con una tale prepotenza che insinuò in lei la consapevolezza della differenza che poteva esserci tra la vita sulla carta e quella vera. Ogni tanto arrossivano insieme.

Mabel supina e lui a pancia in giù per guardarla meglio, le raccontò di quando la *Sophie Sutherland* aveva puntato verso nord, fino alle coste della Siberia. «Io scuoiavo le foche» le disse, e lei rabbrividì. Certo, era un lavoro brutale, ma l'avventura era anche questo. L'avventura era tutto quello che era diverso, molto diverso dalla vita degli uomini che si accontentavano di vivere e morire dove erano nati. L'avventura era conoscere altri mondi, adattarsi, goderne.

Mabel ascoltava senza sapere cosa dire, lui se ne accorgeva e ne era fiero. E allora continuava raccontandole che poi, una volta messe a essiccare tutte quelle pelli, la *Sophie Sutherland* aveva virato a sud bella carica. Arrivato a Yokohama, bevendo in una taverna del porto con altri uomini dell'equipaggio, si era reso conto che solo cinque mesi prima non avrebbe mai pensato che la sua vita sarebbe cambiata fino a quel punto.

«Un ragazzo non immagina mai di dover affrontare simili durezze» le disse baciandole una mano. E Mabel, a quel contatto, chiuse gli occhi.

Ogni tanto, Jack smetteva di parlare aspettando che dicesse qualcosa lei. E lei parlava, certo, raccontava dei genitori e del fratello, dei giovani intellettuali che frequentavano la sua casa, di quanto le volesse bene la mamma. E allora lui rincarava la dose, continuava a raccontare. Diceva che arrivato a San Francisco aveva preso il traghetto per Oakland e aveva trovato la sua famiglia carica di debiti, come sempre. Che poteva fare? Con i soldi che aveva guadagnato si era comprato un cappello, un cappotto e una giacca. Il resto l'aveva dato tutto a sua madre. E poi, chiuso in camera sua, si era immerso nei libri.

Con la depressione di quegli anni non aveva avuto scelta, si era messo a lavorare in uno jutificio a dieci centesimi all'ora. Praticamente un dollaro al giorno. E poi, per farla un po' ingelosire, le raccontò le sue esperienze con le ragazze. Non le disse certo di quanto si sentisse goffo in loro compagnia, di come aver frequentato uomini dalle maniere rozze e brusche lo avesse così condizionato da sentirsi perduto ogni volta che ne avvicinava una. E non le raccontò nemmeno che era stato Louis Shattuck, un apprendista fabbro, a insegnargli i primi rudimenti della seduzione: come lanciare uno sguardo eloquente, un sorriso, in che modo inclinare il berretto. Non le confessò di certo che le prime volte, trovando le ragazze strane e meravigliose insieme, al momento opportuno gli mancavano prontezza e coraggio. Si limitò a dirle che gli piacevano le irlandesi, che ne aveva cambiate parecchie fino a che aveva incontrato Haydee durante una riunione dell'Esercito della Salvezza.

«Ho pensato che quello fosse il colpo di fulmine» le disse mettendosi un filo d'erba tra i denti. «Non è stato così, ma allora non potevo saperlo. Ci saremo visti in tutto una dozzina di volte.»

Lei si voltò su un fianco, per guardargli il profilo. Si era messa in una posizione che faceva risaltare la rotondità dei fianchi. Mabel era molto magra, era la struttura ossea a renderla morbida, perché erano ossa minute, e alla poca carne che avevano attaccata addosso lasciavano l'agio della femminilità. A Jack parve di non aver mai visto una ragazza così bella. La guardò dalla testa ai piedi, lo fece più volte. Capelli quasi evanescenti, carnagione chiarissima, occhi azzurri, un corpo che sarebbe cambiato con le maternità, ma di certo in meglio. Lui, in quel momento, si promise che soltanto in meglio lo avrebbe visto. Sentì nascergli dentro un sommovimento, una tempesta, qualcosa che, invece di metterlo in azione come succedeva in mare, gli diede una specie di violenta asfissia. Nella sua mente c'era solo il sano arrovesciamento, il possesso vigoroso, l'impeto. Ma poi l'idea lo spaventava, come poteva pensare certe cose di una dea? Mabel era il solo essere vivente che gli aveva fatto credere nella vita dopo la morte. La sera, quando chiudeva gli occhi e pensava alla morte, si ripeteva spesso questa frase: "E dopo verranno le tenebre interminabili". Ma poi rivedeva Mabel, la ragazza d'altro mondo, e ricadeva nell'incanto. "Jack" si diceva, "la tua natura ha sempre cercato il pericolo per cavarne godimento." E non era mai stata una cosa innaturale, anzi, lui era un coraggioso vero. Forse tendeva giusto un po' ad ammantare di romanticismo le sue avventure, del resto era normale che accadesse davanti a una tale bellezza, a quella ragazza di un mondo superiore. Ma anche lui, ben presto, ne avrebbe fatto parte, e doppiamente, perché, oltre a studiare, avrebbe conservato in sé la conoscenza della vita avventurosa che nessun ragazzo di Oakland poteva offrirle. Ebbe una gran voglia di dirle che lei aveva tutte le doti per essere la moglie di un superuomo. Ma lo tenne per sé, quasi fino a esplodere. E allora prese una cartella che si era portato dietro, le disse che molte riviste cominciavano a chiedergli dei racconti. Tutto merito di quella mezza matta di sua madre.

«È stata lei» le disse appoggiandole la mano destra su un fianco. «Un bel giorno è tornata a casa e mi ha detto: "Jack, il 'Call' ha indetto un concorso, perché non mandi un tuo racconto? Sei pur sempre il figlio del professor Chaney, una gran bella penna. Oltre al debole per le ragazze, avrai preso da lui anche qualche altra cosa, no? Sono sicura che scriverai un gran bel racconto, e che vincerai". Così mi sono iscritto al concorso, e poi mi sono ricordato di un tifone che aveva colpito la costa giapponese. E ho scritto *Manovre di un tifone*.»

«Tua madre ti ha detto proprio così?»

«Certo, ed è andata a consegnarlo di persona attraversando la baia col traghetto. Non si fidava nemmeno della posta. E ho vinto. E mio padre ha comprato tutte le copie del giornale che poteva permettersi per regalarle ai suoi amici. Con le intuizioni di mia madre c'è poco da scherzare. Ha questo dono particolare, lei vede il futuro. Il commento sul giornale al mio racconto era breve e molto incisivo. Hanno scritto: "Parole profetiche". Allora mia madre mi ha detto: "Adesso non vorrai mica continuare a lavorare per un dollaro al giorno, vero Jack? Sfrutta la dote. Non importa se nessuno ci fa più credito, meglio fare la fame per un lungo periodo e poi non farla più. Diventerai uno scrittore molto famoso".»

«E tu le hai creduto?»

«Non ho creduto a lei, ma a quello che sentivo dentro. Sono abbastanza coraggioso per credere in me e nel mio futuro. Mi sono avventurato in mare con qualsiasi tempo, anche il più avverso. E lo sai come mi sentivo?»

«Come?» chiese Mabel sorridendo.

«Come un vichingo. Ho una certa affinità col mare. Una certa affinità con ogni genere di sfida. Sono una meteora, e credimi, sto per fare il mio breve e luminoso percorso.»

«Perché breve?»

«Perché vorrei che la mia scintilla bruciasse tutta e subito, piuttosto che consumarsi fino allo stoppino. I pianeti addormentati non sono per me. Io voglio essere meteora. Ogni mio atomo lo voglio risplendente.»

Mabel scoppiò a ridere. Jack ne approfittò, la strinse a sé e la baciò a lungo. Mentre la baciava sentì di essere un ragazzo irresistibile. Il mondo ce l'aveva tutto in mano. Un momento prima di riprendere le biciclette per tornare verso casa, con una mano sulla ruota anteriore, facendola girare così vorticosamente da far scomparire i raggi, le chiese:

«Mi sposeresti?».

«E quando?» fece Mabel spalancando gli occhi.

«Appena avrò fatto un po' di soldi con quel che scrivo.»

«E quanto ci vorrà?» domandò lei scoraggiata.

«Non fare quella faccia. Abbi fiducia nel tuo uomo.»

Ci sono molti generi di fiducia al mondo. Jack ne aveva un buon numero, ma ogni sua fiducia era nata da un campo arato male, da un clima di tenebra che il sole non aveva mai rinforzato. C'erano cose che gli erano rimaste dentro e nemmeno ricordava, cose lasciate andare a fondo in uno stagno torbido, ma che ogni tanto una corrente sotterranea faceva riemergere in superficie per un istante, come fanno le sbollate dei pesci. Ma quel poco, quel minimo, gli procurava attacchi di forte irritabilità. Difficile dire se realmente ricordava quella volta che aveva sentito suo padre John accusare Flora di aver avuto un figlio fuori dal matrimonio. Forse, le sue furie cominciavano sempre da quella impercettibile sbollata, ma lui finiva per attribuirle a un altro doloroso ricordo. Questa volta qualcosa che ricordava perfettamente, perché ogni tanto la vita va proprio così: di sostituzione.

Quando era molto piccolo, il sabato pomeriggio la sua famiglia andava spesso al Tivoli Theater di Oakland. Durante lo spettacolo mangiavano qualche panino, i genitori bevevano birra e i ragazzi uno sciroppo allungato con la soda. A Jack piaceva moltissimo. Alla fine di ogni numero, a bocca piena, era sempre il primo ad applaudire. Era anche l'ultimo a smettere, e solo grazie alle occhiatacce di sua madre. Un sabato c'era stato un incidente. Eliza aveva appena finito di lavare il pavimento della cucina, Jack era scivolato ed era andato a sbattere contro l'acquaio. Si era fatto uno squarcio che andava dall'attaccatura dei capelli al naso. Erano soli in casa e sua sorella si ricordò di quando suo padre aveva curato la zampa di un cavallo. Fece altrettanto. Gli riempì la ferita di ragnatele e catrame. Il sabato successivo, però, Flora disse che si rifiutava di presentarsi al Tivoli Theater con Jack in quelle condizioni. Se Eliza non trovava il modo di raschiargli via tutto quel catrame, sarebbero rimasti da soli a casa. Jack fece una faccia terrorizzata. Eliza non capì se gli faceva più paura l'idea di perdere lo spettacolo o la raschiata che doveva dargli. Ci pensò un momento, poi non ebbe esitazioni, con un solo strappo tirò via catrame e crosta. Jack si portò quella cicatrice per tutta la vita.

Ci cabalizzava adesso, mentre tornava a casa spingendo la bicicletta a mano per l'ultimo tratto, mentre il vento gli muoveva capelli e pensieri. Ci aveva già pensato molte volte a quella storia, e sempre la sua bocca prendeva una piega amara. Che razza di madre aveva? Ma ogni volta, anche soltanto a mettere insieme quelle poche parole, si smarriva. Sua madre lo amava molto, era solo un po' strana, brusca, turbata. E allora gli prendeva un tremore dentro il petto, come se il cuore glielo avessero messo in un catino di acqua gelata.

Un attimo prima di entrare in casa, si ricordò di non avere nemmeno aperto la cartella che si era portato dietro.

Dopo aver vinto il concorso del "Call", Jack scrisse molti altri racconti. Solo che li mandava tutti allo stesso giornale spendendo pure i soldi per le buste e i francobolli. Il "Call" lasciò passare del tempo, poi gli rispose che non pubblicavano racconti con regolarità. Avevano indetto un concorso letterario, e lui lo aveva vinto perché di certo aveva scritto il racconto più originale, ma per continuare a pubblicare doveva rivolgersi ad altre testate. Jack lavorava allo jutificio, dava quasi tutto quello che guadagnava in famiglia, e la notte la passava a leggere o a scrivere sentendo che le forze, quelle che vengono dall'entusiasmo, lo stavano disertando. Era una questione di genetica, lui era figlio di William Chaney, un uomo che non avrebbe mai concepito un lavoro capace di smungergli tempo ed energia soltanto per fargli mettere in tasca pochi dollari. Lo jutificio lo mortificava, e dopo, quando si licenziò per diventare fochista, la tristezza non fu minore. Gli toccava spalare carbone per tredici ore di fila. Non era fatto per quegli abbrutimenti senza emozioni. Aveva conosciuto la vita per mare, i suoi pericoli, certo, ma anche l'eccitamento. Allora il lavoro non gli pesava, perché non sono mai le ore il fardello sulle spalle, ma l'ottundimento. Si ripeteva che corpo e mente, fino a che si vive, non sono mai completamente separabili. Non era fatto per quei lavori, suo padre, grande penna e fine studioso, non avrebbe approvato. E nemmeno sua madre Flora, ché i sentimenti non sapeva manifestarli, ma sapeva anche lei quello che voleva dalla vita: «Il maggior profitto possibile con il maggior divertimento».

«Jack, vuoi spalare carbone tutta la vita? Non avrai mai un soldo in più in tasca. Vuoi fare la bestia da soma? Accomodati pure, ma poi non venire a lamentarti. La sera, quando torni a casa, sei talmente esausto che non hai la forza di mangiare, e nemmeno quella di spogliarti. Che razza di vita è? Né io né tuo padre siamo mai stati amanti della disciplina, e neppure accaniti sostenitori della fedeltà agli obblighi morali.»

Quella sera, aprendo a caso un dizionario preso in prestito dalla biblioteca, Jack si trovò davanti alla parola *entusiasmo*. L'aveva incontrata molte volte, sapeva benissimo cosa voleva dire, ma non si era mai preoccupato dell'etimologia. Veniva dal greco, voleva dire "avere Dio dentro di sé". Non si trattava dunque di una semplice eccitazione. Era qualcosa di molto più potente. Sollevando lo sguardo verso il soffitto, la definì una parola "massiccia". Voleva dire sentirsi invadere da una forza grazie alla quale nessuna meta era irraggiungibile, non c'erano ostacoli che non potessero essere abbattuti. Era uno stato d'animo attivo e sorridente, proprio come lui, di quelli che schiudono infinite possibilità alla realizzazione dei sogni.

Era il 1894 e mancava poco alla Pasqua. La disoccupazione americana aveva raggiunto proporzioni impressionanti. Jack aveva saputo che a Massillon, nell'Ohio, un certo Coxey aveva organizzato un esercito di disoccupati con l'intenzione di marciare su Washington per chiedere di stanziare ben cinque milioni di dollari per impiegare uomini senza lavoro nelle costruzioni stradali. L'organizzazione prese il nome di Esercito del Bene Comune, e i giornali le diedero grande spazio. A Oakland, il tipografo Charles Kelly stava riunendo i disoccupati in compagnie militari e aveva fatto un accordo con le ferrovie locali affinché tutti quegli uomini non dovessero fare il viaggio su carri bestiame. Camminando per strada, Jack si disse che a quell'avventura era impossibile resistere. C'era un Dio dentro di lui, e gli stava mettendo in movimento proprio le gambe.

Ma quando nel pomeriggio arrivò alla stazione con un tale Frank Davis, conosciuto da poco, venne a sapere che tutti gli altri erano già partiti al mattino. Frank lo rassicurò, di queste cose ci capiva abbastanza. Sarebbero andati a est per conto loro e avrebbero raggiunto l'esercito di Kelly.

Aprirono la porta scorrevole di un carro merci vuoto e ci saltarono dentro. Era buio, ma le assi di legno che non combaciavano perfettamente lasciavano entrare qualche lama di luce. Jack si distese a terra e sorrise. Non aveva un unico dubbio: la vita del vagabondo la conosceva e gli piaceva. Non era la prima volta che si ritrovava sulla strada, lontano dalla famiglia, dalla sua città, dai volti che incontrava ogni giorno. L'attrazione verso tutto quello che era sconosciuto gli correva all'impazzata nel sangue. Se da bambino le sue paure gli avevano tenuto fermi i pensieri, ora erano proprio questi a portarlo lontano. Jack amava la sua famiglia, soprattutto Eliza che lo aveva protetto quando era piccolo, che aveva sentito come una vera madre. Ma il richiamo era più forte. Nel partire senza sapere se ci sarebbero stati un arrivo e un ritorno, c'era per lui qualcosa che equivaleva al soccorso. Sì, era questo, nella vita randagia c'era ciò che più gli piaceva al mondo: tempo a volontà e assenza di monotonia.

Quando arrivarono a Sacramento, l'esercito di Kelly era già partito per Ogden nel primo pomeriggio. Non si scoraggiarono e presero un altro treno della Overland Limited con il quale arrivarono a Trukee, e poi la Transcontinentale. Durante il viaggio, però, si persero. Frank aveva proseguito a piedi e Jack era salito su un merci dove aveva dormito fino a Reno. Quando si svegliò, scese subito e si mise in cerca di Frank. Camminò così tanto che finì per consumarsi la suola delle scarpe. Allora le gettò con rabbia e proseguì a piedi nudi.

Il giorno dopo, distrutto, salì su un treno che trasportava bestiame. Quando al mattino gli uomini delle pulizie lo cacciarono, prese un altro convoglio e percorrendo tutti i vagoni arrivò a quello del carbone. Una scintilla gli mandò a fuoco il cappotto. Con la velocità del treno non ci provò nemmeno a spegnere quell'incendio, se lo tolse e se ne liberò. Lo fece roteare nell'aria e lo lanciò fuori con una pazza espressione di gioia.

Frank lo ritrovò per caso, nella confusione di un comizio in una cittadina dove si erano radunati quelli che la gente chiamava "i ragazzi dell'Esercito Industriale". I due amici si abbracciarono con trasporto, in mezzo alla folla. Frank, però, gli disse subito che di quel viaggio si era stancato e voleva tornare indietro. Per lui, la parte avventurosa e romanzesca finiva lì, restavano solo le difficoltà e lui non ne aveva più voglia. «Ho fatto il pieno» gli disse con una smorfia. «Non penso ad altro che a dormire nel mio letto e a pasti più abbondanti.» Jack non fece commenti e non lo giudicò. Quando si separarono si limitò a sorridergli pensando che i treni più veloci sono sempre quelli del ritorno.

Ma poi tutto divenne molto difficile: saltava sui treni, incontrava altri vagabondi, faceva a cazzotti, bussava alle porte delle case per farsi dare un tozzo di pane. Piantato in asso da un paio di balordi nel deserto del Nevada, camminò una notte intera prima di raggiungere uno snodo ferroviario. Fu però proprio nell'accattonaggio che nacque in lui l'idea di poter inventare storie straordinarie. Capì che la fortuna del mendicante dipendeva molto dalla sua abilità nell'inventare racconti avvincenti. In questo modo gli capitò di entrare più volte in case ospitali, dove i padroni di casa gli servivano uova, caffè e pane imburrato pur di ascoltare le prodigiose avventure di un ragazzo che sembrava avere l'esperienza di un uomo navigato. Le donne spesso venivano turbate dall'odore acre del suo sudore, dai pericoli che raccontava di aver scampato, dalle storie romanzesche che le facevano rabbrividire. Una volta, dopo aver ringraziato i padroni di casa per la loro ospitalità, e soprattutto per aver diviso con lui il poco che avevano, si congedò con una frase che commosse l'intera famiglia: «Un osso dato a un cane non è carità, carità è dividere un osso con il cane quando hai fame». Uscì dalla loro casa e continuò a ripetersi mentalmente quella frase. "È bella" pensò. "Devo segnarmela. Prima o poi la scriverò da qualche parte."

Durante quel viaggio, la cosa che più gli piacque fu la pericolosa lotta con il personale delle ferrovie. Se veniva scoperto doveva saltare giù dal treno in corsa e scappare per poi nascondersi e attenderne un altro sul quale salire, sempre in corsa. Non aveva mai paura di nulla, anzi, dove il pericolo era maggiore, lui trovava maggior sugo e divertimento. Quando riusciva a fermarsi da qualche parte, i pomeriggi li trascorreva nella biblioteca della cittadina. E di quell'avventura tenne un diario che chiamò *La strada*. In quelle note, però, non prevalse soltanto lo sconfinato bisogno di avventura. Quel Dio che aveva dentro di sé, ogni tanto usciva fuori e lo abbandonava affinché lo ghermissero i suoi demoni. Una sera, disperato, in preda a un forte sfinimento dell'anima e del corpo, scrisse: "Ognuno dovrebbe avere diritto al suicidio. Amare la vita non significa non sentirne sempre anche l'intenso e invitante sapore di morte".

Ci arrivò stremato all'Esercito Industriale, quasi spolpato, ma poi passò giorni indimenticabili. Dovunque arrivassero, la polizia scortava i disoccupati per accompagnarli in alberghi e ristoranti. Poi, una volta rimesso in sesto, l'esercito ripartiva. Certe notti, però, lungo la strada non incontravano nemmeno un pugno di case, allora erano costretti a trovare riparo in baracche costruite su grossi tronchi tagliati, nel gelo di un vento che non smetteva un solo istante di cacciare le sue urla lamentose.

Sembrava che ovunque arrivasse, l'esercito avesse l'appoggio della gente. Tutti offrivano cibo a quegli affamati che stavano marciando per il diritto al lavoro. Poi, tutto finì da un giorno all'altro, le cittadine smisero di essere accoglienti e quegli uomini restarono per oltre trentasei ore senza cibo. L'esercito cominciò a disgregarsi e il generale Kelly continuò la sua marcia con poca gente al seguito. Arrivarono finalmente a Washington, ma lì seppero che nel frattempo Coxey era finito in galera. Lo avevano messo dentro per aver calpestato un prato.

Fu in quei giorni che anche Jack decise di abbandonare l'impresa. Era riuscito a raggiungere l'armata il 19 aprile dopo tanto vagabondaggio e il 24 maggio decise di rinunciare. Nel suo diario scrisse: "Domattina la pianto". Era stanco, affamato, una profonda tristezza gli scavava grande squilibrio all'altezza dell'esofago. Ogni volta che deglutiva sentiva andargli qualcosa di traverso. E allora sgrullava la testa, proprio come un cane. Forse non si sentiva più nel posto giusto. In fondo, con altri compagni, non aveva forse anche derubato i camerati dell'Esercito di Kelly dei viveri migliori? Alla fine, quelle scorrerie le giustificava più o meno sempre con le stesse parole: «Siamo ragazzi pieni di iniziativa e il meglio spetta a chi arriva per primo». Perché mai sarebbe dovuto restare ancora? Non c'era più niente da mangiare e lui aveva fame.

Prese un treno per Jacksonville, un altro per Mason City, poi viaggiò una notte intera su un carro bestiame e arrivò a Chicago. All'ufficio postale trovò quattro dollari che gli aveva mandato sua sorella Eliza. Il giorno dopo si imbarcò per St. Joseph e dall'altra parte del lago, nel Michigan, trovò Mary Everhard, una sorella di sua madre che viveva lì con la famiglia. Rimase presso di lei per parecchie settimane, scrisse molte pagine del diario, mangiò come un dannato e raccontò alla zia tutte le straordinarie avventure che aveva già vissuto nella sua breve vita di ragazzo.

Ma non era certo il tipo che poteva stare fermo a lungo. Le comodità che in viaggio gli erano mancate, ora che le aveva a portata di mano gli sembrarono dettagli di poco conto. Salutò la zia stordendola di abbracci sulla porta di casa per ringraziarla di tutto. Dopo che fu partito, Mary Everhard andò a sedersi alla scrivania della sua camera da letto e scrisse alla sorella una lunga lettera che finiva con queste parole: "Tuo figlio è un grande seduttore". Con la lettera in una mano e la busta nell'altra, Flora Wellman, quasi soppesandone l'insieme, disse: «Quando non si conosce il significato delle parole... Jack non è un seduttore. È un ragazzo seducente».

Jack arrivò a New York, dove rimase qualche giorno. Non faceva niente di speciale, per pochi centesimi comprava libri fallati, poi andava a leggerli sull'erba, nei giardini accanto al municipio, bevendo latte fresco per sfuggire al caldo afoso dell'estate. Una mattina, si accorse troppo tardi di ritrovarsi in mezzo a una baruffa. Dei ragazzini in fuga correvano chiamandosi l'un l'altro con la polizia alle calcagna. Senza avere il tempo di capire nulla, Jack si prese una manganellata in testa. Ebbe però la prontezza di non accasciarsi e di fuggire pur con tutto quel frastuono che gli rimbombava nel cervello. Gli ci vollero due giorni per riprendersi, e poi non ebbe scampo. Chissà, forse fu proprio quella botta a illuminargli la strada. Sì, perché salì su un treno merci consapevole di voler raggiungere una unica meta, una soltanto, e che gli era arrivata come un rapimento. Dopo molte ore di viaggio, quando scese dal treno, non cercò cibo né un luogo dove riposare. A ogni passo che faceva, la voce della meta la sentiva sempre con maggior chiarezza. E alla fine, restandone profondamente turbato come se all'improvviso, e senza spiegazione, ogni cosa avesse un unico senso e un unico respiro, si ritrovò davanti alle cascate del Niagara.

Le gambe distese, le braccia lungo i fianchi, la schiena appoggiata contro il legno del dondolo, Jack teneva gli occhi aperti nel buio della notte e ascoltava i pochi versi degli animali, il fruscio degli alberi e quello del vento.

E poi lo colse un impeto, o meglio, il ricordo di una caduta dopo un impatto forte, dopo un balzo non ben calcolato, dopo un azzardo. Sarà stata l'una di notte e doveva essere ubriaco fradicio per aver deciso di saltare dal porto di Benicia sul battello di quel matto di Frank French: il Reindeer. *Ricorda che aveva bevuto fino a tardi al porto, con altri pescatori, e le loro voci sempre più alte. E poi il tuffo nell'acqua gelata che gli era sembrato un ristoro, e la marea dalla quale si era lasciato portare via dolcemente, come se l'acqua fosse stata una melassa che lo induceva all'abbandono. Sentì di essere se stesso ma anche un'altra cosa. Si ricordò della* Razzle Dazzle, *di quando l'aveva appena comprata in quella taverna sul molo che si chiamava* First and Last Chance. *Che nome meraviglioso. Da romanzo. Rideva all'idea di sentirsi così euforico mentre l'acqua salata gli copriva a piccole onde il volto. Un velo che veniva posato e poi tirato via. Stava piangendo? Erano proprio lacrime di commozione? C'era ben poco da guardare in quella notte. Il cielo, certo, sempre così sconfinato. E nessuno si era accorto di lui. La corrente se lo portava via e lui non aveva paura. Pensò: "Questa disavventura mi pare proprio deliziosa". Per forza, accaldato dall'alcol com'era... Non sentiva il gelo dell'acqua, aveva solo la sensazione di avere addosso della bian-*

cheria fresca e pulita. All'improvviso si sentì condannato dall'ossessione di lasciarsi andare alla marea. Gli parve di non aver mai veramente pensato al suicidio in vita sua, ma adesso lo attraeva con potenza, era una seduzione, quasi un richiamo. Provò come un capovolgimento del reale. Lui, che non aveva fatto ancora quasi niente in vita sua, ebbe l'impressione di aver già concluso tutto. Mormorò: «È tempo di cessare». Era l'alcol a trascinarlo via con sé, a proporgli questa morte. E sebbene gli venisse da piangere sulla sua gioventù, gli parve un bel modo di morire. Un modo da vero uomo. Da eroe. Gli venne voglia di cantare, e lo fece. Sommessamente, certo. Un bell'inno funebre. E continuò fino a che il fresco dell'acqua si trasformò in gelo per svegliarlo da quell'incanto, da quel fastigio. Allora si svestì in fretta e iniziò a nuotare con bracciate forti, resistenti, e la corrente la tagliò ad angolo retto. Quando sentì che era fuori pericolo, si mise a fare il morto a galla per riposarsi. «Il morto» disse dando uno schiaffo alla superficie dell'acqua. «Il morto vivo» aggiunse cominciando a ridere. E allora, per gioco, riprese quel canto funebre. Una farragine di note che gli uscivano estemporanee, anche una canzone che ancora non conosceva ma presto avrebbe cantato insieme a una ragazza. "Diamine" pensò. "Ma quando si sta per morire non si vede scorrere tutto il passato? E io allora, perché vedo e sento solo cose ancora da venire?" Doveva decidersi. Era ancora in tempo per tutto. La morte da eroe non gli dispiaceva.

Dalla gola gli salì un verso quasi strozzato. Immaginò di dover vomitare un po' di acqua, ma nel suo corpo non ce n'era. In bocca aveva soltanto il sapore del tabacco e della birra mescolati. Il cuore gli batteva forte come dopo un grande sforzo, le gambe le sentiva rigide, le spalle doloranti.

«Ehi, Frank French» disse. «Che diavolo di fine hai fatto? Te lo ricordi quando volevi affondarmi la Razzle Dazzle *e io rimasi sul ponte, ad aspettarti, con la doppietta in mano?»*

Gli venne da ridere, sentì il fruscio dell'acqua accarezzargli la schiena. Ormai lo sapeva che si sarebbe salvato, sapeva perfettamente come erano andate le cose. Ma volle prolungare il piacere di quell'attesa, convincersi di poter ancora scegliere. E allora rimase lì, sul dorso, a lasciarsi annaffiare dalla luce delle stelle.

L'estate era appena cominciata. Quel pomeriggio, in barca, Jack e Mabel navigavano l'estuario. Lei stava seduta a prua, portava un cappello alla Rembrandt, indossava un abito bianco e leggeva ad alta voce qualche pagina di Swinburne. Erano parole tristi, piene di pessimismo, e la sua voce talmente melodiosa e cadenzata che Jack si addormentò. Mabel chiuse il libro e sorrise. Sapeva quanto fosse stanco in quei giorni e lo lasciò dormire. Ma mentre lui riposava, la marea si ritirò e la barca si ritrovò incagliata nel fango.

«Cosa è successo?» le chiese Jack svegliandosi.

«Ti sei addormentato.»

«Potevi svegliarmi in tempo.»

«Dormivi così bene.»

Jack si arrotolò i pantaloni, la prese in braccio e la depose sulla riva. Poi tornò in barca a prendere i libri, una cartella, qualcosa da mangiare e una coperta da mettere in terra. Vedendolo arrivare, mentre camminava con tutte quelle cose in braccio uscendo dall'acqua, Mabel pensò che era bellissimo. Irradiava più calore del sole. Aveva un'aria intrepida e vibrante che le fece patire una lieve tosse nervosa, di quelle che a ogni colpo si mangiano un battito del cuore. Lui, da parte sua, vedendola seduta sulla riva, pensò che era proprio la donna che voleva. Non aveva ancora il coraggio di toccarla come avrebbe voluto, di considerarla vera. Glielo impedivano le impennate dei suoi sentimenti. A lui, quando le stava accanto, il sangue prendeva a correre in modo lento, quasi congelato. Ma sentiva che le cose sarebbero cambiate non appena avesse potuto stringerla molto a sé. Conosceva il fuoco che lo dominava, sapeva che lo stava solo tenendo a bada. Ogni tanto la baciava spingendo i pettorali contro i suoi seni, e gli prendeva una specie di capogiro che era obbligato a controllare per non darle l'aria di un ragazzo troppo inesperto. Poi, dopo averla riaccompagnata a casa, quei baci diventavano una ossessione da ripetere all'infinito. Riusciva ad addormentarsi ancora con quell'ebetismo addosso, e a svegliarsi con le prime luci del giorno stupendosi che lei non fosse lì. Era per questo che a volte, anche nelle ore più impensate, anche in piena notte, prendeva la bicicletta e andava a San José. Era capace di restare davanti a casa di Mabel per un bel po', giusto per sentire che non erano poi così distanti. Appoggiato a un albero, il berretto di traverso, una sigaretta accesa tra le labbra, pensava: "La donna del superuomo è a portata di mano".

Quel pomeriggio, dopo aver fatto merenda sulla riva fangosa, Jack appoggiò la testa sulle sue gambe e restò a guardarla dal basso. Il sole la illuminava in modo insolito da quella posizione. Sembrava le stesse colando addosso, solo la vaporosità dei capelli non ne era appesantita. Lì, la luce non poteva fare altro che entrare e uscire.

«Presto ti chiamerai Mabel London» le disse sorridendo con quella bocca "dagli angoli dipinti", come l'aveva definita una simpatica signora che credeva nelle sue grandi doti di futuro scrittore. Un giorno glielo aveva anche detto: «Ormai ho un'età in cui tutto è concesso, anche dire a un giovanotto che la sua bella bocca carnosa ha il magnifico dono di essere sempre predisposta a un sorriso aperto e di grande purezza. Lei, Jack, è uno strano miscuglio di cose».

«Corri troppo, Jack» gli rispose Mabel accarezzandogli le labbra con un dito. «E usi troppa fantasia. Se davvero mi volessi sposare ti troveresti un buon lavoro.»

«E per farci cosa? Vuoi lo stipendio sicuro, quello che ti fa vedere sempre tutto in piccolo e...»

«Che dà grande sicurezza a una famiglia? Non importa quel

che si può fare, si può ridurre anche all'indispensabile. Quel che conta è sapere che si potrà fare ogni mese, dal primo all'ultimo giorno del mese.»

«No, io non la vedo così. L'unica cosa che ricordo bene nell'infanzia è che in casa mia lavoravano tutti, per non parlare di mia sorella Eliza. Lo sai che una volta i miei genitori se ne sono andati per due mesi, non ricordo nemmeno dove, e noi abbiamo avuto sulle spalle tutto il peso degli orti, degli animali e della casa? Guarda, ero solo un bambino, ma in quel momento mi sono detto: Jack, la tua donna non dovrà mai faticare tanto. Perché la fatica non è vita.»

«Detto da un socialista convinto...»

«Proprio perché sono convinto, Mabel. Il socialista è contro lo sfruttamento. Sai, c'è un pensiero, o meglio, un ragionamento che mi ripeto spesso e appena posso condivido con gli altri. Un tempo credevo che ai vagabondi piacesse fare quella vita. Ne sono stato affascinato anche io, è una vita che ho conosciuto per spirito di avventura, per smania di sapere. Ma non è come pensavo. La società in cui viviamo vede i corpi degli uomini come muscoli che funzionano e poi smettono di funzionare. Quando il meccanismo si sfascia, questi corpi non servono più a nulla, sono dei rottami. E vengono buttati via. È così che gli uomini diventano vagabondi. Dietro non c'è nessun sogno. E io non voglio fare questa fine. È per questo che ho deciso di andare all'università di Berkeley, anche se per il momento mi tocca frequentare la scuola superiore perché per mancanza di soldi non l'ho mai nemmeno cominciata. E non credere sia facile. Ho diciannove anni e i miei compagni ne hanno quattordici.»

«Puoi dominarli» gli rispose lei pensando di lusingarlo.

«Sono loro a dominare me. Non mi sento all'altezza. Arrivo a scuola mal vestito, non ho le loro buone maniere. E su di me circolano strane voci. Dicono che io abbia compiuto gesta selvagge e...»

«Ma è vero. Anche io ne ho sentite parecchie. Sei stato a lungo per mare, hai fatto il razziatore di ostriche insieme a personaggi poco raccomandabili, e una volta, da ragazzino, quando hai saputo che i cinesi pagavano bei soldi per i gatti selvatici, ne hai catturati e ammazzati parecchi. E non dimentichiamo che sei stato pure in prigione per quella bravata che hai fatto nei giardini del municipio. Mettersi a fare un discorso così...»

«Così come?»

«Così radicalmente socialista. E non pensare che me ne stupisca, anche se a casa mia si ragiona un po' diversamente. Ma in quel modo, Jack... Cosa pensi di ottenere? Questo non è un Paese che va aggredito. Lo hai sentito il giudice, vero? "Per questa volta prenderò in considerazione la giovane età del ragazzo, ma la prossima sarà esiliato dalla California." È questo che vuoi?»

Jack si accese una sigaretta e rimase a guardarla sempre con la testa appoggiata alle sue gambe. Avrebbe avuto voglia di toccarla, di prenderle in mano una caviglia e poi risalire fino alle cosce. Non ci sarebbe stato niente di male, presto si sarebbero sposati. Ma conosceva Mabel, o meglio, conosceva la paura che aveva della madre. Una donna che la sovrastava e contro la quale non era in grado di combattere. Pensarlo gli fece una certa impressione, ma poi si disse che la donna di un superuomo doveva essere fragile e indifesa. Tra uomo e donna, era il contrasto a fare la perfezione.

«Voglio semplicemente di più. Voglio provare a cambiarlo questo Paese.»

«E ci sposeremo quando ci sarai riuscito? Si guadagnano dei soldi a cambiare il mondo?»

«Il socialismo per me è un sistema di logica umana, irrefutabile come la tavola pitagorica. E comunque, io i soldi li guadagnerò con i miei libri.»

Si alzò stiracchiandosi, fece quei movimenti di allungamento che fanno i pugili alla fine dell'allenamento. Poi si avviò lentamente verso l'ombra di un albero dove avevano lasciato le loro cose e tornò indietro con una cartella in mano.

«L'avevo portata anche la volta scorsa, ma poi non ne ho fatto niente. Non ricordo, forse me ne ero dimenticato.»

«Cosa c'è lì dentro?»

«Un racconto.»

«Come si intitola?»

«Non ha ancora un titolo e non l'ho nemmeno finito. Voglio solo leggertelo e sapere cosa te ne pare.»

Si mise seduto accanto a lei a gambe incrociate. Mabel chiuse gli occhi sotto il sole e lui cominciò a leggere.

«Non vendicarti addormentandoti, eh!» le disse sorridendo radioso.

Lei fece una smorfia senza riaprire gli occhi. E lui cominciò a leggere prima a bassa voce, per timidezza, poi prese coraggio e alzò un po' il tono, anche se per l'emozione doveva portarsi continuamente una mano tra i capelli per toglierseli dagli occhi e asciugarsi un sudore che non gli dava tregua. Era una sensazione strana quella che provava. Gli piaceva l'idea di leggere il suo racconto a Mabel, sapere cosa ne pensava, ma nello stesso tempo gli sembrava un gesto troppo audace. No, audace non era la parola giusta. Allora si distrasse, cercò tra i pezzetti di carta appesi in camera sua. Continuò a leggere, ma senza smettere di cercare in quegli archivi. Leggeva bene, certo, ma lui stava altrove, perché in quello che stava facendo non c'era nulla di audace. E allora cosa c'era? In quel momento, come allungando il braccio in una stanza ormai persa nel calderone dei tanti traslochi di famiglia, si ritrovò in mano un ritaglio con su scritta la parola *arroganza*. Un sentimento che forse gli apparteneva per via delle sue origini oscure. Il padre che non l'aveva voluto, che non aveva nemmeno mai visto. Cosa poteva pensare di sé un ragazzo con un padre così fuggitivo? Quanto poteva valere un ragazzo così? E tutta l'insicurezza, la poca stima che nei momenti più cupi aveva di sé, non potevano avere la stessa matrice dell'arroganza? Fu con questi pensieri che terminò di leggere il racconto. Poi sollevò verso Mabel un volto arrossato, che grondava sudore. Le labbra gli tremavano.

«Cosa ne pensi?»

«Non troppo bene, Jack. Certo, lo devi ancora finire, però già si capisce che con questo genere di cose non farai mai dei soldi.»

«Non ti è piaciuto.»

«Non è questo... o forse anche un po'. Ma non credo che ne caverai mai qualcosa. Devi per forza fare lo scrittore?»

Fu quel *per forza* a ferirlo. Ma l'amore per Mabel rimase intatto. La moglie di uno scrittore, anche se leggeva molti libri, non doveva per forza stimarlo come tale. Uomini e donne si incontravano su piani diversi. Potevano riconoscere insieme il valore di molti autori, leggere i loro libri, commentarli. Questo non voleva dire che Mabel dovesse apprezzare anche lui. Ma mentre pensava queste cose si sentì profondamente ferito, e a soccorrerlo fu soltanto l'arroganza.

«Sono destinato a grandi cose, Mabel. Un giorno dovrai cambiare idea. Dammi un anno di tempo e resterai sbalordita.»

Jack dormiva ormai solo cinque ore per notte. Al mattino andava a scuola, poi lavorava e di notte stava sui libri fino all'alba. Le sue quotazioni al liceo si abbassarono notevolmente quando, per guadagnare qualcosa, divenne aiuto bidello nelle prime ore del pomeriggio. I compagni gli ridevano dietro perché puliva i bagni, lavava i corridoi e i vetri delle finestre. Accadeva spesso quando al mattino lo trovavano seduto al banco mezzo addormentato.

Jack era goffo, timido, quando veniva interrogato si alzava in piedi puntandosi con le mani sul banco nel timore di perdere l'equilibrio dall'emozione. E rispondeva a voce bassissima, usando il minor numero di parole, come se gli mancasse il fiato. Alla fine, si accasciava sulla sedia. Sembrava disossato.

Ormai si era rassegnato a non poter vivere come gli altri. Chi glielo impediva era la famiglia, sua madre era una Penelope dell'economia, tutto quello che veniva creato con fatica lo distruggeva nella convinzione di poter avere molto di più. E suo padre era un ingenuo, un grande lavoratore, capace di farsi fregare da uomini mediocri, come quello Stowel, che aveva avuto la brillante idea di prendersi come socio. John, innamorato dei suoi legumi, se ne andava in giro per le fattorie a scegliere i migliori e lasciava la bottega nelle mani di Stowel. John aveva una idea avveniristica dell'agricoltura e dell'allevamento, diceva che solo attraverso metodi scientifici si poteva ottenere il meglio: il miglior grano se era grano, la miglior vacca se erano vacche. Molti anni dopo, quando già era morto, Eliza ebbe la soddisfazione di vedere un venditore ambulante che passava per le strade con un carretto gridando: «Grano, grano John London!». Scese di corsa in strada e gli chiese se sapeva cosa volesse dire. Il ragazzo le rispose che non lo sapeva, ma di sicuro era il miglior tipo di grano in commercio. Eliza gli confidò che molto tempo prima, accanto a suo padre, anche lei aveva contribuito affinché lo diventasse. Ma all'epoca John non poteva nemmeno immaginare questo successo postumo. Gli affari andavano male, sua moglie lo spingeva sempre verso nuove sfide. Per ragioni illogiche avevano già fatto un numero quasi incalcolabile di traslochi, e un giorno, tornando da uno dei suoi viaggi di lavoro, John trovò la bottega chiusa e svuotata. Stowel si era venduto tutto ed era scomparso. Da quell'idealista che era, volle mettersi nelle mani di un legale. Le cose andarono avanti a lungo, alla fine vinse la causa ma si ritrovò in tasca giusto qualche spicciolo. Jack non avrebbe mai dimenticato la sua reazione. Pienamente soddisfatto, si portò una mano tra i folti capelli e fece un gesto sferzato col busto. Poi rovesciò la testa all'indietro e per un attimo rimase impettito, proprio come un vincente.

Jack provava per lui un affetto che si mescolava alla pena. Per tutta la vita si chiese che fine facessero i soldi in casa loro. Certe volte non ce ne erano per davvero, ma anche nei rari momenti buoni scomparivano sempre. E nessuno diceva mai dove andassero a finire. Lo scoperse solo molti anni dopo che sua madre era fissata con le lotterie cinesi e si giocava tutto, fino all'ultimo centesimo, nell'illusione di rimettersi definitivamente in sesto. Lo sapeva soltanto John, ma lui le credeva ciecamente, e se non aveva mai cercato di dissuaderla era perché di quella vincita era convinto anche lui. Era una questione di pura logica, più le cose andavano a rotoli, più dovevano aumentare le probabilità di una soluzione definitiva. Quell'uomo, che aveva sognato per tutta la vita di dedicarsi solo all'agricoltura, per colpa della moglie aveva dovuto assoggettarsi a lavori che non avevano nulla a che vedere con lui. Quel che non poteva nemmeno immaginare era che tutta la sua fallimentare passione l'avrebbe trasmessa a Jack, nemmeno avessero avuto lo stesso sangue nelle vene.

In quei giorni avvenne una strana coincidenza, ma di quelle destinate a non essere scoperte da nessuno. Jack, chiuso in casa, era capace di stare sui libri a studiare matematica, chimica, storia e inglese anche diciannove ore di fila. La sua capacità di concentrazione sembrava non avesse limiti. Si bruciava occhi e cervello per tenere a mente una quantità di nozioni che chiunque altro avrebbe visto scomparire quasi contemporaneamente al tentativo di trattenerle. Non poteva certo immaginarlo, ma proprio mentre lui studiava con tanto accanimento, dall'altra parte dell'America, a Chicago, nell'Accademia di Astronomia, c'era un professore che consumava altrettante ore alla sua scrivania. Un uomo che non aveva mai incontrato in vita sua, ma che gli aveva trasmesso la stessa passione per il sapere perché nelle loro vene scorreva per davvero lo stesso sangue. Si fosse potuto tirare un filo da qui a là, si sarebbero riconosciuti? Chissà se allora il professore avrebbe apprezzato il fatto che quel suo figlio mai voluto e nemmeno conosciuto fosse il più bravo allievo della scuola. Talmente bravo che il preside aveva preferito allontanarlo perché troppo "disincentivante", disse proprio così, per gli altri studenti.

«London, non può fare in pochi mesi quello che gli altri fanno in anni. Lei è troppo brillante e intelligente. Ma all'università non ci crederanno. Temo che possano contestare le credenziali del nostro corso. Diranno che siamo noi a permetterglielo.»

«Preside, ha forse paura di perdere iscrizioni? O c'è invece qualche buona famiglia un po' irritata?» gli chiese Jack che aveva capito l'inizio e la fine di quel discorso.

«Dia retta a me» continuò il preside fingendo di non aver sentito. «Non c'è bisogno di un diploma per avere accesso all'università. Si ritiri e prepari il test di ammissione. Per uno come lei sarà un gioco da ragazzi. A finire la scuola perde soltanto tempo prezioso.»

Ecco perché stava studiando diciannove ore al giorno. Si era iscritto ad Alameda, in un centro studi specializzato nel preparare i giovani che volevano superare il test di accesso all'università. Per la fisica lo aiutava il suo amico Fred Jacobs, un giovane che lavorava in biblioteca, e per la matematica la fidanzata di quest'ultimo, Bessie Maddern. Per tutto il resto faceva da sé. Mancavano solo dodici settimane all'esame, non c'era tempo da perdere. Si sarebbe riposato dopo, adesso doveva fare il più grande sforzo di concentrazione della sua vita, affidarsi all'inesauribile energia della sua giovinezza, dilapidarne un po'. Studiò come forse nessuno mai.

Il 10 agosto del 1896 superò brillantemente il test e venne così ammesso alla Berkeley University. Quando uscì dall'aula fece un profondo respiro, aspirò il profumo del mare e pensò che per un bel po' di tempo non avrebbe voluto più sentire nemmeno parlare di libri. Poi, guardandosi riflesso nella vetrina di un negozio, si disse che adesso era proprio come gli altri, anzi, era molto meglio. Avrebbe potuto presentarsi da Mabel, a ricevere i meritati elogi, e invece si fece prestare una barca e andò a fare un giro per la baia in cerca dei vecchi compagni di ventura con i quali concedersi qualche bella sbronza nelle taverne del porto. E si ubriacò così tanto che al suo ritorno non ricordò nemmeno come fosse riuscito a non perdersi. Quel lasso di tempo gli rimase per sempre oscuro. E se non era caduto in acqua era stato un vero miracolo, ubriaco com'era sarebbe di certo morto affogato. Del resto, dopo tutta quella concentrazione nello studio, che altro poteva fare? Aveva bisogno del mare aperto, del rischio di una navigazione solitaria, soprattutto di ritrovare vecchi amici con i quali aveva ormai ben poco da spartire. Se ne rese subito conto e gli fece male come una coltellata alle spalle che, non ebbe dubbi, stava dando a loro come a se stesso.

Aveva ottenuto quel che voleva, ma si sentiva un pesce fuor d'acqua. Una brutta sensazione che avrebbe provato molte altre volte in vita sua. Ma di tutto quel rimescolio del passato che gli scese giù nelle budella insieme all'alcol, aveva avuto proprio un gran bisogno: lottare per abbandonare le proprie origini per poi sentirsi mutilato. Destinato a essere due, mai uno soltanto. E solo dopo il necessario ritorno nel suo recente passato malavitoso si sarebbe ripresentato in quello che allora era ancora convinto fosse "il gran mondo". Perché ormai aveva le carte in regola, i giovani della buona borghesia di Oakland, gli amici dell'amata Mabel, lo avrebbero finalmente guardato tutti con rispetto.

Quando John venne investito da un treno, poté ritenersi molto fortunato per aver salvato la pelle, ma di certo non era più in grado di lavorare. La sua sarebbe stata una convalescenza lunghissima, di quelle che lasciano strascichi talmente pesanti da cambiare per sempre la vita.

«Credo sarebbe meglio se sospendessi gli studi» disse Jack alla madre in una fredda mattina di febbraio. «Devo trovarmi un lavoro, aiutarvi. Adesso che papà è in queste condizioni non potrà mai più andare in giro a fare il venditore ambulante. Cerca di vedere la realtà, mamma. Almeno una volta tanto. E poi, ti assicuro, non mi dispiace nemmeno molto lasciare l'università. È uno studio troppo lento per uno come me. Puoi star certa che a me bastano gli utensili: i libri. Ci capirò quanto e più di molti universitari. E poi c'è stata anche quell'umiliante questione sportiva...»

«Cosa hai combinato?»

«In un incontro di boxe ho messo al tappeto uno più piccolo di me con quella che il nostro istruttore ha definito "la tecnica del gatto selvaggio". Ma poi uno più grosso mi ha detto che era facile battere un avversario così e mi ha chiesto di salire sul ring con lui. E al tappeto ci sono andato io. Non ci posso tornare per il momento. Nel caso, lo farò solo quando sarò in grado di battere chiunque mi voglia sfidare.»

«Ma pensa te» gli rispose Flora. «Gli inguaribili punti deboli dei maschi... Ci sarà sempre uno più forte di te.»

«Non è detto, io sono un puro pezzo di fermento» le rispose lui ridendo e gonfiando il bicipite destro. Poi, indicandoglielo con gli occhi, aggiunse: «Non mi stupirei se oscurasse il mondo».

«Bene, se vuoi puoi anche interromperli questi studi per te così lenti, ma non cedere, Jack. Mettiti a scrivere piuttosto. Nei hai così tante di idee nella testa, tirale fuori. Per esempio, questa storia del *fermento* mi è piaciuta. Crea un personaggio invincibile, di poca anima ma grande mente, un bruto fascinoso, mettila in bocca a lui. E poi, alla fine, fallo morire abbandonato dalle forze. Oggi è il 4 febbraio del 1897, la somma fa trentuno, due numeri che sommati di nuovo danno quattro. È un bellissimo numero. Dice che la rinascita trasforma la vecchiaia in fanciullezza, annuncia vita e fuoco ardente. È il numero della vita frenetica e delle spese inutili, ma è anche quello dell'abbondanza. E credimi, è il numero della carta stampata, del foglio bianco e del quaderno. Del cielo stellato e delle comete.

Jack, è il tuo numero. Se non ricordo male rappresenta anche le insegne luminose. Avrai un grande futuro. Strizza il tuo bel cervello. Le idee non ti mancheranno.»

«Con le idee non si mette da mangiare in tavola tutti i giorni.»

«Da un bel po' di tempo vai raccontando questa storia. Me lo diceva pure l'altro giorno tua sorella, quando è venuta a farmi visita. Mi ha detto: "Jack ha strani ricordi. Per esempio, è convinto di aver fatto sempre la fame in questa casa". Per quel che ricordo io, invece, non abbiamo mai saltato nemmeno un pasto.»

«Forse ne parlavi troppo, ma'. Anche le parole fanno il loro effetto. Comunque a me mancava la carne. Ho sempre una gran voglia di carne. Deve essermi mancata per forza.»

«Gli scrittori vengono pagati, no? Devo dirtelo io? Prendiamoci questo rischio e proviamo a cavarcela ancora per un po'. Potresti impegnarti la bicicletta, il cappotto. Io potrei impegnare il pianoforte. Mettiti a scrivere e proviamo ad andare avanti.»

«Come fai ad avere ancora tanta fiducia nel futuro? Siamo sempre rimasti senza un soldo. Sempre. Ci fosse stata un'unica volta che...»

«Appunto, dovrà pur essercene una. La prima di molte altre che verranno.»

«Hai parlato con qualche defunto?» le chiese Jack con una espressione ironica e piena di affetto insieme. «Guarda che quelle sono sciocchezze, cosa vuoi che ne sappiano i morti? Eppure, la vita avrebbe dovuto mettertelo bene in testa che il mondo è un enigma cinese. Non esiste nessun Dio, c'è solo il caso, e la fortuna è il suo profeta.»

«Queste parole incomprensibili non venire a dirle a me. Scrivile alla tua ragazza.»

E poi gli diede le spalle, andò all'acquaio e si mise a lavare la verdura. La vide fare i gesti di ogni giorno, come non si fossero detti nulla, come se lui fosse stato lì, in cucina, a leggere come al solito uno dei suoi libri o a studiare. La guardò minuta e forte com'era. Una donna che non aveva mai visto giovane, nemmeno da bambino. Erano tutti stremati in quella famiglia, venivano al mondo per ridursi così. Come gli era venuto in mente di poter sposare una come Mabel? In quel momento sentì una gran voglia di prendere la bicicletta, pedalare veloce fino a San José e dirglielo apertamente. Dirle che era ridicolo darsi un anno di tempo. Poteva passare la vita intera. Con le mani strinse il ripiano di marmo del tavolo, lo strinse con forza, fino a che le dita divennero bianche. Venne preso da molti ricordi. Ne riaffiorò uno recente che aveva cercato di cancellare troppo in fretta, ma invano. Non aveva avuto il coraggio di dire a sua madre che dopo aver tanto cercato era riuscito a trovare l'indirizzo di Chaney e gli aveva scritto. Una lettera breve, nella quale gli chiedeva soltanto di rispondere a una domanda. "Vorrei sapere se lei è veramente mio padre." Chaney gli aveva risposto negando, negando tutto. Non era mai stato nemmeno sposato con Flora Wellman. E con vera impudicizia era stato capace di concludere dicendo che all'epoca della loro relazione era addirittura impotente. In cucina, Jack stava vacillando. Avrebbe voluto sbriciolare quel marmo, invece stava facendo a pezzi se stesso. Dove erano finiti la sua sicurezza, il sorriso smagliante, la convinzione di essere il migliore? Chiuse gli occhi e si mise in ascolto di una tempesta, una qualsiasi. Ne aveva viste tante. Quando ci si trova in mezzo a una tempesta si devono usare gli occhi, ma a lui adesso servivano le orecchie. Si sforzò fino a sentirsi pulsare forte il cuore nelle tempie. Sentì ondate di sangue salire e scendere all'altezza del petto. Provò una stanchezza come dopo una lunga camminata in salita nella neve. Ma quella volta il mare lo tradì. Vide invece un uomo crudele che bastonava il suo cane. Sentì l'odio crescere giorno dopo giorno nell'animale. Capì che entrambi vivevano per veder morire l'altro, che l'uomo voleva piegare il cane e il cane affondare i denti nella gola dell'uomo. E che prima di riuscirci avrebbero dovuto attraversare *le mille e una morte*.

«Che ti succede?» gli chiese sua madre voltandosi verso di lui. «Ti senti male?»

«Ho sentito uno sparo.»

«Uno sparo?»

«Volevano impiccare un uomo, ma dopo averlo fatto salire su una cassetta e avergli messo la corda intorno al collo se ne sono andati, perché forse l'uomo che doveva essere impiccato non era lui. Lo hanno lasciato lì. Non ci avrebbero messo molto a tornare. Poco più in là, però, c'era un cane che sembrava mezzo morto, ma appena gli uomini se ne sono andati ha ripreso vita e con le poche forze che gli erano rimate ha spinto la cassetta con la testa. E mentre l'uomo moriva strangolato, gli sbranava le gambe. È stato allora che gli uomini sono tornati con chi doveva essere impiccato per davvero e hanno sparato all'animale.»

«Povera bestia» disse Flora rimettendosi a cucinare. «Se lo ha impiccato avrà avuto le sue buone ragioni. Se un cane arriva fino a quel punto...»

Dopo cena, Jack disse che era stanco e andò in camera sua. Spense la luce e sentì che sua madre aiutava John a spogliarsi. Quello che si dicevano non riusciva a sentirlo, ma lo poteva immaginare: non le faceva più credito nessuno e lei non sapeva cosa avrebbe messo in tavola l'indomani. Poteva almeno risparmiargli la solita sinfonia ora che era malato. Avrebbe fatto meglio a ricordarsi di tutte le volte che lo aveva rovinato spingendolo a fare il passo più lungo della gamba. Lei e le sue manie di grandezza. Stava per addormentarsi quando sentì un peso sul letto. Accese la luce e si tirò su col busto.

«Cosa c'è?» chiese vedendo sua madre seduta accanto a lui.

«Cosa c'è dovrei chiedertelo io. Che ti succede, Jack?»

«Questa casa non è più la stessa» le rispose prendendole una mano. «Mamma, ma secondo te Eliza ha fatto bene a sposarsi con quel vecchio?»

Si lasciò prendere dalla sua febbre, ma quella volta sentì che non era soltanto farina del suo sacco. Era stata sua madre a iniettargliela con sapienza. Era abile, capace di rigirare tutti perché seducente. E forse lo capì proprio vivendo con la madre che la bellezza femminile era una sostanza cangiante. Le donne erano dominate da impeti diversi da quelli degli uomini. Quando ne venivano travolte non sempre gli altri se ne accorgevano. Avveniva solo dopo, quando le cose si erano aggiustate o rovinate definitivamente. Sua madre era di quelle che mandavano tutto all'aria, ma sempre in buonafede. E quando veniva travolta dai suoi impeti non c'era niente da fare. Visto che nessuno se ne accorgeva, tanto valeva lasciarsi travolgere e vedere dove avrebbero portato.

Flora era potente, la sua sola presenza in casa gli infondeva una energia indomabile. Lei era quella forza che dava a un cielo senza sole la capacità di essere terso. E così, in quei giorni lui non vide nemmeno una nube, e seduto al suo tavolo scrisse un racconto dietro l'altro. Qualche volta chiedeva a Flora se voleva sentirne uno. Lei gli rispondeva:

«Mi fido ciecamente di te. Non leggermi nulla fino a che non avrai finito. Ho paura che potresti mettere un argine a questa bella ispirazione».

Lui le sorrideva. Ogni volta che lo faceva, lei avrebbe voluto avvicinarsi, fargli una carezza. Invece non era capace di dimostrare affetto, ed era la prima a soffrirne. Era però convinta che le intensità emergessero comunque da sole, e dalla pelle. E così, era certa che ogni volta che quel ragazzo sorrideva leggesse perfettamente nei suoi pensieri di madre. E lei pensava quasi sempre la stessa cosa: "Ma come ha fatto questo ragazzo a diventare una strana combinazione tra un marinaio e un dio in terra? Gli ho dato il nome sbagliato, avrei dovuto chiamarlo Raggio di Sole". E poi se ne andava in un'altra stanza, oppure usciva addirittura di casa pensando che quel suo unico figlio irradiava più calore del grande astro. Quando sapeva che non avrebbe potuto sentirla, alzava gli occhi al cielo e diceva: «Accidenti William, solo tu potevi darmi un figlio così intrepido e vibrante. È come se dovesse restare giovane per sempre. Questi vent'anni non glieli toglierà mai nessuno di dosso. Ha preso molte delle tue qualità, ma le ha triplicate. Se tu lo conoscessi ne saresti orgoglioso. O forse no. Di un figlio così potresti anche essere invidioso».

Per Jack non c'erano più né giorno né notte. Lavorava senza mai fermarsi. Fumava molto, mangiava poco, e qualche volta restava come tramortito, con la testa sulla scrivania. Non era un vero e proprio sonno, erano come svenimenti: il modo in cui il corpo gli annunciava senza troppi preamboli che era esausto. Ma lui aveva una capacità di recupero sorprendente. Lo aiutava la passione per il caffè, che beveva a litri. Doveva tenere alto il livello di concentrazione fino a che sentiva di aver consumato tutto quello che aveva da dire. Uno scrittore lo sa sempre da sé quando un lavoro sta per finire. Se ne accorge dal tipo di frenesia che lo assale. È come se non vedesse l'ora di concludere per dare subito spazio alla mente di concepire altro. Sapeva che lui sarebbe stato per sempre uno scrittore così. Avrebbe finito ogni sua opera con la smania di cominciarne immediatamente un'altra. E questa smania sarebbe cresciuta a mano a mano che l'opera che stava scrivendo si fosse avviata verso la conclusione. Quello sarebbe stato il momento più difficile, perché avrebbe dovuto dividersi in due. Un Jack che prendeva subito appunti per la nuova idea e un altro che non doveva affibbiare un finale frettoloso alla storia che stava concludendo. Per non farlo, doveva subito dare un po' di forma ai pensieri che gli cavalcavano dentro, ma mettendo stracci bagnati intorno ai loro zoccoli per attutirne il rumore. Era un meccanismo perfetto. Un racconto giungeva alla fine, e all'orizzonte ne spuntava subito un altro. E lui era come doveva essere. Alla fine di ogni storia si sentiva sazio, ma soltanto di quella. Diviso in due, il suo stomaco aveva già pronto molto spazio per quella che stava arrivando. Scrivere significava proprio questo: tradirsi sempre.

Quando ebbe finito, venne colto dalla febbre più pericolosa, quella dell'attesa. Con i pochi soldi che gli erano rimasti aveva comprato solo la carta da mettere nella macchina da scrivere. Adesso doveva aggiungere anche quelli per le buste e i francobolli. Spedì i racconti uno dopo l'altro ai giornali, e tutti gli tornarono indietro respinti.

«Non farti venire in mente che non siano buoni» gli disse un pomeriggio sua madre vedendolo seduto sul letto con la testa tra le mani.

«I miei racconti somigliano ai pugni che tiravo a quel ragazzo di Berkeley» le rispose Jack. «Te l'ho raccontato più volte, no? Mi sembravano potenti, ma alla fine mi sono tornati tutti indietro. Per come la vedo io, questi racconti stanno solo facendo viaggi da record tra il Pacifico e l'Atlantico.»

«Presto si spalancheranno molte porte per te. Se una volta tanto mi credessi...»

Sua madre aveva ragione, ma non era ancora il momento. Quel ragazzo capace di sognare sempre in grande era anche vittima di cadute estreme, e in pozzi di terribile profondità. Aveva lavorato tanto, sperato nel destino. Se c'era un dio, avrebbe dovuto proteggerlo e premiarlo. In quei momenti alzava al cielo i suoi occhi trasparenti, che diventavano color mare assolato, e allora si accorgeva che nei suoi pensieri c'era soprattutto Mabel. Voleva sposarla, non voleva altro. E desiderava rivederla. Le lunghe giornate di scrittura l'avevano anche tenuto lontano da lei.

Si dava dei tempi, e ogni tanto saliva sulla bicicletta e pedalava fino a San José. La brezza che odorava di mareggiata gli sbatteva contro quel volto giovane e stanco. Il grigio estatico dei suoi occhi lacrimava di vento. Ma quando arrivava a casa di Mabel, quando bussava alla sua porta e lei usciva con una andatura sempre così elegante, il sorriso di Jack tornava quello luminoso e spavaldo di sempre.

«Che ci fai qui?» gli chiedeva lei.

«Dovevo assolutamente vederti.»

Era quell'*assolutamente* che ogni volta le friggeva in petto. Mabel sentiva un grande calore intorno al cuore e nessuna capacità di manifestarlo come avrebbe voluto. Si limitava a sorridergli, ma nel suo sguardo c'era anche l'inconsapevole espressione di chi non capisce fino in fondo e in parte commisera. Si prendevano per mano e uscivano in strada a fare due passi. Ogni tanto Jack si fermava per stringerla a sé e baciarla. Provava sempre lo stesso incanto: il suo corpo di giovane uomo, forte e destinato sempre a vincere, contro quello di una creatura fragile. L'avrebbe protetta da chiunque, per lei avrebbe dato la vita. Spesso, quando se ne stava solo nel suo letto, queste romanticherie le sognava a occhi aperti. Mostrarsi forte e invincibile davanti alla sua donna. Renderla così ancora più sua. E allo stesso tempo darsi interamente, ché il possesso doveva essere reciproco. Il trionfo quello di entrambi. Anche perché Mabel aveva le sue infrangibili forze femminili. Solo lei avrebbe potuto strapparlo a una malattia, ai suoi momenti di caduta nella profondità di quell'infinito pozzo dove morivano le sue speranze, solo lei poteva placare le sue tempeste. Si baciavano e parlavano del futuro. Su quell'argomento Jack inciampava sempre. Cosa aveva da offrire a una ragazza di buona famiglia? Certo, lei diceva che anche in casa sua regnava un certo socialismo. A Jack veniva da ridere ma si tratteneva. Quello che regnava in casa sua era tutt'altra cosa. Era una specie di falsa apertura mentale per sentirsi alla moda, una apertura pronta a chiudersi davanti alle prime idee troppo estreme. Figuriamoci quanto poteva importare a gente come loro degli uomini-macchina che venivano sfruttati fino a che potevano lavorare per poi essere buttati come roba vecchia e inutile. In casa di Mabel si camminava per idee. Mancava l'esperienza sulla propria pelle, quella che aveva Jack da quando era nato. Il nodo era quello. Gli avevano aperto le porte di casa perché era un giovanotto brillante che sapeva intrattenere gli altri con le sue idee, che credeva nella possibilità di cambiare il mondo. Cosa che esalta sempre chi ascolta, soprattutto quando per cinismo già sa da molto tempo che è impossibile. Di fronte a tanta ingenua passionalità si prova sempre l'imbarazzo di non esserne più capaci. Perché in realtà il vero slancio è quello, è la voglia di saltare nel buio, la repentinità nel prendere una decisione. La gente lo sa che questi uomini possono vincere o perdere senza scampo, ed è proprio questo che invidiano. La famiglia di Mabel poteva apprezzarlo, trovarlo un ospite da mostrare al loro mondo di persone alle quali nulla sarebbe mai mancato, ma non poteva certo sperare che sposasse la loro figlia. Soprattutto la madre. Jack temeva molto quella donna che dominava Mabel con tanta facilità. Gli bastava guardarla e lo sentiva: avrebbe usato tutto il suo potere per separarli.

Quella sera Jack le disse del suo fallimento, dei racconti che erano tornati tutti indietro.

«Non importa» aveva risposto Mabel. «Puoi sempre trovare un impiego fisso, avere un minimo che ci garantisca da vivere, e poi scrivere nei momenti liberi.»

«Quali?»

«Tempo fa mi avevi parlato di un posto di lavoro.»

«Certo, alle poste. Ho anche fatto domanda per il concorso.»

«Oh, Jack, speriamo che ti prendano. Sarebbe meraviglioso. E quanto guadagneresti?»

«Trenta, forse quaranta dollari al mese.»

«Nemmeno poi tanto male. E con orari civili, immagino. Nessuno avrebbe da ridire se ci sposassimo.»

Jack si limitò a camminarle accanto. Era proprio in quel preciso istante che stava cominciando a perderla? O era lui a volerla perdere? Quale delle due ipotesi era quella giusta? Le promise che se avesse vinto quel concorso avrebbe accettato il posto. La vide sorridere rasserenata, si sentì baciare con maggior trasporto.

«E se poi dovrai anche avere un grande futuro come scrittore...»

Ma Jack sentì che non era sincera, quel che disse dopo non volle ascoltarlo. Si isolò come ormai aveva imparato a fare. Chiedeva soccorso alle tempeste e quelle arrivavano senza farsi aspettare. E in quel momento, nella sua testa, vide un uomo in mezzo alla neve che cercava di accendere un fuoco. Come era possibile chiamare le tempeste e vedere un uomo che si strofina le mani gelate? Un uomo che ha appena messo un piede in fallo ed è sceso nell'acqua gelata quasi fino al ginocchio? Doveva accendere un fuoco al più presto. Guai se si fosse messo a correre sperando di rimettere in circolazione il sangue... Mentre Mabel continuava a parlare, Jack si ritrovò a pensare: "Accendi immediatamente quel maledetto fuoco, se ti metti a correre di sicuro perdi la gamba".

Quella sera, Jack se ne tornò indietro pedalando piano. Era ormai notte, gli era quasi presa voglia di chiudere gli occhi per capire se davvero quella strada la conosceva a memoria. O forse voleva chiuderli per rischiare qualcosa, una cosa qualsiasi.

Poi, sempre pedalando, alzò la testa come per rivolgersi ancora a Mabel, anche se lei non poteva di certo sentirlo. Ad alta voce le disse: «E se da questo momento in poi ti chiamassi anche io Lily Maid, proprio come i tuoi falsi amici che non approvano le mie attenzioni per te?».

Passò ancora qualche giorno e poi non ebbe scelta. Sì, era ancora convinto che tutte le porte della fortuna si sarebbero spalancate per lui, ma ormai non c'erano dubbi: doveva ancora aspettare. Per uno con la sua natura, questo significava vedere la cenere delle speranze. E Jack depose la penna. Cercò di farlo con il minor dolore possibile, perché non doveva esistere abbattimento in grado di spezzarlo. Depose la penna sempre più convinto, come sempre sarebbe stato nel corso della sua vita, di essere comunque destinato a cose molto grandi che prima o poi gli sarebbero venute incontro correndo. Le vedeva così, proprio di corsa, come a dover recuperare il tempo dell'attesa che gli avevano imposto.

Accettò allora un lavoro nella lavanderia dell'Accademia militare di Belmont. Vitto e alloggio erano compresi, in questo modo poteva inviare i quaranta dollari al mese di paga a Flora. Per sé teneva solo quelli per il tabacco. Passava ore e ore a separare, lavare, inamidare e stirare camicie, colletti, polsini e pantaloni. Era un lavoro rovente che rendeva le sue giornate infinite e molli di sudore. Lo scatolone di libri che si era portato non venne mai aperto. Quando finiva di lavorare, il sonno lo coglieva come un colpo di fucile sparato in mezzo alla fronte. E gli chiudeva i pensieri, faceva quel tipo di buio denso che solo ottanta ore di lavoro settimanali potevano far calare anche in una mente dardeggiante come la sua. Una sera, un attimo prima di addormentarsi, si ricordò di qualche anno prima, di quando aveva lavorato trentasei ore di fila quasi senza sentirne il peso perché sostenuto dal sogno di comprarsi una barca. E della stanchezza che era poi arrivata tutta insieme, quando Flora gli aveva detto che non era il momento giusto di fare un acquisto simile. A casa se la passavano troppo male e gli chiese di consegnarle tutto quel che aveva guadagnato. Quella sera, dopo tante ore di lavanderia e quel doloroso ricordo, si addormentò con i crampi allo stomaco.

Non fece in tempo a chiedersi quanto avrebbe ancora resistito che gli rispose il destino. Nel Klondike era stato scoperto l'oro. Nella primavera del 1896 cominciò quella che venne chiamata La Grande Corsa e Jack fu uno dei primi a partire. Fu più forte di lui. Non volle pensare che in quel modo privava sua madre e John dei quasi quaranta dollari al mese che guadagnava, e nemmeno che per fare quella vita aveva anche rinunciato a studiare e a scrivere. Sentì che l'avventura lo chiamava, e come al solito era irresistibile. A suggerirgli di partire era l'entusiasmo dei suoi vent'anni. Ma forse andò a finirci dentro anche qualche altro sentimento. Qualche altra speranza. Se fosse tornato con l'oro, chissà, magari avrebbe potuto dedicarsi alla scrittura senza rinunciare a Mabel.

Alzò gli occhi al cielo per guardare le stelle che cominciavano a spegnersi una dopo l'altra. Si tastò il pacchetto delle sigarette che aveva nel taschino della camicia, ma non aveva più voglia di fumare, e nemmeno di bere. Sulla fronte, il sudore ormai asciugato doveva dargli una certa lucentezza nel primo chiarore di quella luce.

Si mise a braccia conserte e a bassa voce disse:

«Frank French, dopo avermi venduto la Razzle Dazzle, *cominci pure a guardarmi in modo strano? Lo vedo, sai, quel luccichio proibito nei tuoi occhi. E poi, Johnny Heinold si è chinato sul bancone e mi ha detto: "Ce l'ha con te. Stai attento". E io ho fatto un bel cenno affermativo con la testa, il cenno di chi vuole dare a intendere che ha capito, anche se ci avevo capito ben poco. Frank French, che ne potevo sapere io che eri così latinamente innamorato della Regina dei Pirati delle Ostriche? Eri geloso marcio. Io nemmeno ci pensavo più a quella ragazza. Ci siamo giusto un po' scaldati nella stessa cabina. E adesso tu mi vuoi affondare la barca? Hai i tuoi anni, Frank. Per me ne avevi almeno cinquanta e te la volevi prendere con un ragazzino.*

«Whisky mi ha detto che dovrò fare attenzione quando arriverai sopra il vivaio delle ostriche, perché sarà allora che vorrai mandarmi a fondo. Un vecchio pirata geloso marcio della virilità di un ragazzo di quindici anni. Mi fai ridere, Frank French.

«Personalmente, sono il tipo d'uomo che più vita vede e più se ne innamora. Questa frase prima o poi dovrò scriverla da qualche par-

te. Ma tu ricordati che l'alcol ti spilla i soldi, va giù veloce e non ti lascia niente. Non ci sei mai arrivato, Frank?

«Senti un po', Frank French, ma te lo ricordi di quando volevi affondarmi e io sono rimasto sul ponte, ad aspettarti, con la mia doppietta in mano? Volevo solo che tu lo sapessi. Non mi hai mai fatto paura».

Jack decise di partire per il Klondike in compagnia di Shepard, il marito di sua sorella Eliza. Anche di quel matrimonio era stata responsabile Flora. Per bisogno di soldi aveva affittato una parte del ranch a un vedovo già avanti negli anni e alle sue due figlie. E nel 1885, senza che Jack ne capisse la ragione, Eliza aveva deciso di sposarlo nonostante i trent'anni di differenza.

Ma non fosse stato per sua sorella, quella spedizione non sarebbe mai esistita. Fece un gesto di grande altruismo, anzi, un gesto di grande fiducia. Certa che i suoi uomini sarebbero tornati carichi d'oro, mise una ipoteca di mille dollari sulla casa e ne ritirò cinquecento dai suoi risparmi. In cuor suo era preoccupata per quel marito che aveva già superato i sessant'anni. Ma poteva forse pensare a Jack che partiva da solo? Già tante volte in vita sua l'aveva visto andare molto lontano, e mai aveva capito come Flora potesse continuare a fare la sua vita di sempre senza manifestare apprensione. Lei ci si era stortata i visceri nell'attesa di quel ragazzino che se ne andava in giro per il mondo con i marinai e i pirati. Lo dicevano tutti a Oakland che il passato di Jack era poco chiaro. Lo ammiravano, forse lo invidiavano anche un po', ma verso chi ha il coraggio di scegliere l'avventura sono in pochi a essere benevoli. Sulle navi, però, non era mai da solo. C'erano dei bei rischi, certo, ché molti di quegli uomini erano poco raccomandabili e per un nulla si accendevano. Ma adesso, in quel luogo così lontano, in mezzo a tutta quella neve… Che ne sarebbe stato di un ragazzo di vent'anni?

«Hai fatto una pazzia» le disse Jack. «Se falliamo ti avremo sulla coscienza. Millecinquecento dollari sono troppi, Eliza.»

«Ti conosco. Tra gli orsi grizzly e i lupi ci saresti andato anche senza equipaggiamento» rispose lei sorridendo. «Ti conosco come le mie tasche.»

E poi, mentre se ne stavano da soli in cucina, dopo aver bevuto un caffè e mangiato i biscotti che aveva fatto lei, si strinsero forte. Ogni volta che Jack se la teneva stretta al petto pensava sempre la stessa cosa: "Sono gli unici abbracci di casa". Di tutta la sua famiglia, se avesse dovuto dire come era fatto un corpo avrebbe potuto descrivere soltanto quello di sua sorella. Suo padre John era troppo timido per le effusioni. Quando era commosso, si limitava a passargli una mano tra i capelli dicendogli che era un gran bravo ragazzo. Sua madre neanche a parlarne, non era tipo da smancerie. Flora, sentimentalmente, per Jack era sempre stata un bel problema. Ma tra le braccia di Eliza ci stava bene. Per descrivere la sua idea di famiglia, Jack avrebbe usato solo due parole: Eliza e povertà. E che Eliza venisse prima della povertà faceva parte della sua natura.

Molto più tardi, in un libro sul suo difficile rapporto con l'alcol, avrebbe espresso con chiarezza il suo bisogno di avventura: "Quanta più vita vedevo, tanto più me ne innamoravo". Lo dominava l'entusiasmo. Forse, nel corso della sua vita, ne fece addirittura un uso smodato.

Il mattino seguente, seduti al tavolo della cucina, Jack ed Eliza fecero colazione insieme. Poi lei smise di mangiare, appoggiò il mento tra le mani e lo guardò piena di ammirazione. Lo capì in quel momento che qualsiasi cosa avesse fatto quel ragazzo sarebbe stata dalla sua parte. Era sempre stato così, fin da quando erano piccoli, ma in quel momento ne ebbe una certezza incrollabile. Lo avrebbe seguito e appoggiato in qualsiasi cosa gli fosse venuta in mente, gli avrebbe dedicato la sua vita. Comprese che a quel ragazzo nessuno avrebbe potuto resistere, anche i nemici ne avrebbero subìto il fascino. Ma guardando i suoi occhi sempre così radiosi, quel sorriso contagiante, comprese che avrebbe avuto un destino pieno di gente, ma anche di solitudine. Allora allungò una mano per prendere le sue. Gliele strinse, e per dare maggior forza al gesto strinse anche gli occhi e le labbra. Fanno così le persone quando vogliono dare la loro forza agli altri: si comprimono, si strizzano, vorrebbero essere contenitori piccoli e compatti per un materiale davvero esplosivo.

Dopo essere stati a San Francisco, dove era stato organizzato uno spaccio di rifornimenti per chi andava in Alaska, Jack e Shepard partirono il 25 luglio del 1987 sull'*Umatilla*. In tasca, Jack stringeva una lettera che gli aveva scritto la madre di Mabel nella quale aveva cercato di dissuaderlo dal partire. «Parole false» aveva commentato Jack nel leggerla, «scritte giusto per gettare un po' di polvere negli occhi di quella sua figlia tanto ingenua. In realtà la sua speranza è che io ci resti secco nel Klondike. Dunque, cara signora Applegarth» disse come se lei fosse lì, davanti a lui, «le sue sono solo parole al vento.» Poi appallottolò il foglio e lo buttò in mare.

Jack aveva ventun anni, e anche questa volta era il più giovane. Ed era forte di una grande certezza: amava tutti e tutti lo amavano. Strinse subito amicizia con tre uomini, Fred Thompson, un minatore, Jim Goodman, che di lavori ne aveva fatti tanti, e un tale Sloper, che faceva il falegname. Questi avventurosi cercatori d'oro arrivarono a Juneau, dove si unirono ad altri pionieri per affrontare l'inverno artico in mezzo a tonnellate di provviste. Ma la prima cosa da fare era trovare un accordo economico con gli indiani che li avrebbero guidati a Dyea Beach e a Skagway. Prima di lasciare San Francisco, Jack sapeva che gli indiani, per portare un carico oltre il passo di Chilkoot, chiedevano undici centesimi al chilo. Ma adesso le cose erano cambiate, i cercatori d'oro si moltiplicavano, e gli indiani volevano concludere affari migliori. Quando Jack e Shepard arrivarono la cifra era già salita a cinquanta, spesso sessanta, centesimi. Dopo pochissimi giorni arrivò a cento. Se avessero accettato sarebbero rimasti al verde. La legge, però, diceva che per poter partire i viaggiatori dovevano avere almeno cinquecento dollari e mezza tonnellata di cibo, altrimenti li avrebbero rispediti immediatamente nello Yukon.

Molti cercatori d'oro si resero conto che da soli non ce l'avrebbero mai fatta e rinunciarono subito all'impresa. Tra questi ci fu suo cognato Shepard. Nel vederlo ripartire per San Francisco sull'*Umatilla*, Jack pensò che era vecchio per sua sorella. Era un brav'uomo, ma i trent'anni che li separavano erano troppi perché potesse renderla felice. Si strinsero la mano e Shepard gli augurò buona fortuna.

«L'oro che troverò» gli disse Jack «lo divideremo in parti uguali al mio ritorno. Di' a Eliza che presto saremo tutti ricchi.»

Shepard non rispose nulla, si limitò a sorridergli e a strizzare un occhio. Del resto, era questa la più grande qualità di Jack: se era convinto di una cosa, riusciva sempre a convincere anche gli altri. Sarebbe stato così fino all'ultimo dei suoi giorni.

Rimase dunque con Goodman, Thompson e Sloper, e in uno stato di tale eccitazione che gli lasciava acceso un sorriso sempre luminoso. Avrebbero dovuto valicare il passo di Chilkoot, percorrere quaranta chilometri fino al Lago Linderman, attraversarlo, superare le rapide, fare un altro centinaio di chilometri e finalmente accamparsi a Dawson, a un passo dal sogno dorato del Klondike. E tutto questo prima che l'inverno li bloccasse lungo la strada. Jack, che era l'unico marinaio del gruppo, andò a comprare una piccola barca che poi caricarono di provviste e con la quale avrebbero risalito il fiume Dyea. Ma prima di arrivare al passo di Chilkoot c'erano ben undici chilometri di viaggio da fare tirandosi dietro il carico. E quel passo, così roccioso, scosceso e ripido, era considerato uno dei più pericolosi al mondo per le carovane.

Jack cominciò a inerpicarsi su quella pista che era un fiume di uomini da cima a fondo. Lo fece caricandosi sulle spalle quarantacinque chili di peso. Quando il sole era alto si toglieva la camicia, restava a torso nudo, e davanti allo stupore dei suoi compagni, incitava gli indiani del luogo a muoversi più rapidamente. Era uno spettacolo che visto da lontano lasciava senza parole: quella lunga fila di uomini si assottigliava a mano a mano che proseguiva il suo viaggio. Era come se da quell'insieme venissero ogni tanto via dei pezzi. Erano gli uomini anziani, i più deboli, quelli che, come diceva Jack, «in vita loro il peso più grande che avevano sollevato era stato una scatola di fiammiferi». Gente che era partita perché il richiamo dell'oro era stato più forte delle braccia.

Quando arrivarono al Lago Linderman, molti altri pionieri dovettero rinunciare all'avventura per mancanza di barche. Il gruppo di Jack, invece, nascondeva le provviste e ogni mattina faceva dodici chilometri un po' a monte, dove Sloper aveva improvvisato una segheria. Della piccola imbarcazione che aveva comprato riuscì a recuperare ben poco. Tagliarono allora molti alberi e lo fecero a mano per non far rumore e non essere scoperti dagli altri. Fu Jack a disegnare le due imbarcazioni dal fondo bello piatto, a tagliare e cucire anche le vele. Le chiamò *Yukon Belle* e *Belle of the Yukon*. Quando vennero varate, tirò fuori dal taschino della giacca un foglio, e per ognuna di loro recitò una poesia benaugurante che aveva scritto lui stesso. Attraversarono il lago in breve tempo, e così aumentarono le probabilità di raggiungere Dawson prima che arrivasse il freddo. Quando arrivarono alle rapide di White Horse, lungo la riva trovarono migliaia di barche. Incontrarono quasi solo uomini delusi, e seppero anche di molti che nel tentativo erano annegati.

«Che ne diresti di dare un'occhiata a queste rapide?» chiese Thompson a Jack. «Dicono tutti che sono un suicidio. Ma qualcuno le avrà pur superate, no? Qui c'è gente che non ha mai messo piede su una barca prima d'ora. Vacci a dare un'occhiata tu che sei un marinaio.»

Jack si mise in marcia pieno di ottimismo. Dipendeva tutto da lui, dal suo giudizio, e questo gli piaceva parecchio. "È bello essere il capo quando sono gli altri a volerlo" pensava mentre camminava. L'aria cominciava a essere più fresca, la annusava con la sensibilità meteorologica dell'animale. La respirava a occhi chiusi per concentrarsi meglio. Quei luoghi gli mettevano addosso una gran voglia di lasciarsi trascinare da un istinto primordiale. Jack sapeva che tutti ne conservavano un po', anche se non se ne accorgevano. Lui, invece, era lì per andarne a caccia. Sentiva che certe volte gli sarebbe bastato allungare una mano, come si fa per raccogliere un frutto maturo, e che magicamente gliene sarebbe toccata in sorte una bella fetta. Avrebbe saputo come farla fruttare. Pensava che, se ne avesse strappato un brandello, sarebbe stato capace di ricostruire l'armonia primitiva che l'uomo aveva perduto. Una cosa spirituale, certo, ma che poteva mettere in atto solo con la potenza dei sensi. La carne, il corpo, lo scheletro, quel bellissimo fluire del sangue nelle vene. Perché gli uomini non ascoltavano mai il flusso del loro sangue? Dentro ogni corpo c'erano torrenti, montagne, colline. Molta apocalisse. Certe volte si chiedeva come mai l'idea della morte gli mettesse in circolo tanta vita. E perché gli succedesse spesso anche il contrario, che l'ossessiva forza del vivere lo trascinasse verso il pensiero cupo della morte, forse anche di una morte cercata. Le persone vedevano in lui l'essenza dell'ottimismo, la pacatezza, il ragionamento di chi si ferma sempre a trovare la soluzione giusta per ogni cosa. Gli piaceva essere visto così. Ma poi doveva fare i conti anche con l'anima che teneva nascosta agli altri. E quell'anima, ogni volta lo prendeva alla sprovvista. Se ne andava tranquillo per i fatti suoi e gli saltava alla gola, vi affondava i denti. Non erano malvagi quegli attacchi, e se arrivavano quando lui non aveva difese era solo per aiutarlo. Lo sapeva meglio degli altri, la vulnerabilità nasce dal punto di vista oscuro che teniamo sottochiave chissà dove. Non gli piace sentirsi messo da parte. È per questo che quando ci riesce evade.

Jack si guardò intorno mentre camminava, e poi sorrise dando un calcio a una bella zolla di terra. «Mi pugnali quando meno me lo aspetto, eh?» disse ad alta voce guardando il cielo. La pelle abbronzata assorbiva i raggi del sole senza più bruciarsi, i suoi occhi tra il grigio e l'azzurro assumevano tante tonalità, ma in quel volto color cuoio sembravano sempre più chiari. Sorrise perché sapeva bene che invocare l'angoscia non serviva a niente. Non sarebbe mai arrivata. Per eliminarla, l'unico modo era non averne più bisogno. Ne aveva avuto la certezza quando si era ritrovato davanti alle cascate del Niagara. Si era sentito trapassare la testa da una freccia scoccata da lontano, e da chi ha la mira buona. Aveva guardato tutta quell'acqua muovendo gli occhi a saliscendi. Velocemente. «Uno, due» aveva detto mimando due diretti. Poi era rimasto immobile e subito dopo aveva aggiunto: «Gancio, montante».

Dovette sedersi su una roccia perché era scoppiato a ridere. Le spalle gli tremavano. Volle continuare a ridere ancora per un po' perché gli piaceva molto, gli riusciva bene e lo rimetteva in sesto. Poi si alzò in piedi e prese la strada del ritorno. Gli parve brevissima.

«Non c'è nessun pericolo» disse a Thompson. «Fidati. Le altre barche hanno sbagliato, sono andate controcorrente per evitare le rocce. Noi ci lasceremo portare dalla corrente. E lei sarà generosa.»

Veloce e deciso, Jack prese il comando della spedizione. Fissò le vele sulle provviste, mise Sloper in ginocchio, a prua, con una pagaia, disse a Goodman e a Thompson di stare in centro e lui si mise a poppa prendendo il comando. Passare le rapide fu sorprendentemente semplice: percorsero un canyon lungo un miglio in soli due minuti. Travolto dall'entusiasmo, Jack sfidò il gelo gridando: «Stiamo andando come cavalli da corsa!».

Vi fu un unico momento di difficoltà: Sloper perse la pagaia e fece la pazzia di tuffarsi per riprenderla. Ma ci riuscì e risalì a bordo. Per Jack fu come vedere un uomo che si imbarcava su una cometa. Quando legarono la barca per tornare indietro a piedi e poi fare la stessa cosa con l'altra, Jack provò uno spasimo forte nel petto. Ce l'avevano fatta. Mentre camminavano, Sloper disse: «Ma l'avete vista l'acqua? Era talmente piena di ghiaccio tritato, così addensata, che sembrava pastella per friggere». Risero tutti insieme. Jack si sentì fiero di sé. Tra lui e l'acqua c'era qualcosa di molto forte. Una autentica alleanza.

Non fecero in tempo a tornare che tutti gli chiesero se poteva far passare le rapide anche alle loro barche. Erano disposti a pagarlo bene. Ma lui lo fece solo per una coppia della quale era diventato amico, e senza farsi dare un soldo. Avevano già perso molto tempo. La corsa all'oro era una corsa, no? E la corsa prevedeva che ogni partecipante volesse arrivare per primo. Che senso aveva perdere tempo per far andare avanti gli altri?

Ma l'inverno arrivò all'improvviso con una grande nevicata quando mancavano ancora cento chilometri a Dawson. Trovarono una baracca abbandonata sulle rive dello Yukon e ne presero possesso. Buttarono giù parecchi alberi e ne fecero legna preparandosi al lungo assedio del gelo. Tutti gli uomini della pista dovevano per forza passare dalla baracca di Jack. Quel filo di fumo che si alzava sottile dal comignolo era una tentazione per chiunque. Ne passò di gente per la sua baracca, una sfilata della quale fecero parte Radiosa Aurora, Louis Savard, Peacock, Keogh, Malemute Kid. Erano cacciatori, indiani, minatori, cercatori d'oro, gente che veniva da ogni parte. Facendo la loro conoscenza, Jack non poteva ancora immaginare che un giorno li avrebbe resi immortali nei suoi racconti.

Durante quell'inverno poco laborioso, trasformò la sua baracca in un luogo di propaganda socialista. Goodman preparava da mangiare, Sloper faceva qualche lavoretto di falegnameria. Chiunque passasse di lì trovava ospitalità e ristoro, ma doveva sorbirsi i comizi socialisti di Jack. In quella baracca piena di fumo tutti lo ascoltavano, perché in Jack London c'era quell'innata raffinatezza capace di resistere anche all'influenza delle peggiori compagnie. Forse non tutti si rendevano conto di vederlo come un vero e proprio principe. Jack se ne stava lì, seduto sulla pietra del camino, ed era l'immagine dell'uomo ardimentoso, perché i riflessi della fiamma mettevano in movimento il suo volto anche quando era immobile. Sembrava più vecchio dei suoi vent'anni. Il corpo saldo, quel ciuffo di capelli che mandava all'indietro con un gesto brusco della testa, la bocca carnosa, "dagli angoli dipinti", per via della sua predisposizione al sorriso. Ma quel che lo rendeva più adulto era un lato del carattere che portava scritto nel suo sguardo introspettivo: in lui non c'era mai nulla dell'insolente egoismo della gioventù. L'entusiasmo dei suoi anni si rifletteva, e avrebbe continuato a farlo nel corso della sua intera vita, sull'unica cosa della quale era insaziabile. Per ogni situazione e pensiero dai quali veniva travolto, si chiedeva: "Quale sarà la verità?".

Con Thompson comprò una slitta e una coppia di cani, e insieme andarono a esplorare gli affluenti dello Yukon.

«Ti piace questa vita, vero Jack?» gli chiese un mattino Thompson col vento che li accecava.

C'erano trenta gradi sotto lo zero, avevano occhiali e garze intorno al volto. Gli aghi del gelo affondavano nelle giunture, entravano nel respiro come macigni e poi, una volta arrivati nello stomaco, si scioglievano a fatica.

«Mi piace tutto» gli rispose Jack mettendosi una mano guantata sopra la bocca.

Non riuscì a dire altro per il freddo. Continuò però a parlare dentro di sé e disse: "Mi piace saper accendere un fuoco anche con una tempesta, ma anche fare frittelle al bacon e piantare una tenda per dormire al caldo. La notte non ti puoi lamentare, Thompson. Che vuoi che sia per uno come me? Ho fatto il vagabondo, ho dormito sotto le stelle e cucinato dentro a barattoli vuoti e sporchi".

Thompson scosse la testa. Quel ragazzo aveva tanto di quel fuoco dentro. Chi glielo alimentava?

«Parla di meno o ti si geleranno le budella» gli disse. Ma poi se ne stupì, perché Jack non aveva parlato granché. Che quelle temperature permettessero di leggere nei pensieri?

La notte, quando piantavano la tenda, chi accudiva i cani era Jack. Erano più o meno della stessa taglia, ma uno aveva uno sguardo molto selvatico. Accettava il pesce secco che gli dava per cena, ma senza l'avidità dell'altro. Certe volte lo prendeva in bocca quasi con indifferenza e andava a mangiarlo nella buca che si scavava nella neve per ripararsi dal freddo della notte. Si lasciava avvicinare, certo, era un cane da slitta, abituato al contatto con l'uomo. Ma in principio ogni carezza che Jack gli faceva sulla grossa testa veniva accolta da un tremore, anche da un leggero digrignare dei denti. L'altro, invece, restava indifferente a tutto: agli ordini gridati di Thompson, alle urla che faceva per incitarli, ai colpi di frusta che ogni tanto arrivavano a entrambi sulla schiena. C'era in lui del disincanto, come accade a molti soldati durante una guerra che dura troppo a lungo. Il cane dallo sguardo selvatico era molto diverso. Secondo Jack, pensava ancora a una vita che poteva aver fatto prima di arrivare lì. Nei suoi occhi sempre attenti c'era un passaggio continuo di ricordi. Una volta Jack gli prese il muso tra le mani e gli disse: «Guardami». Lo teneva fermo, ma quegli occhi vibravano, si muovevano da un lato all'altro con frenesia. Erano gli occhi di un fuggiasco che non aveva più paura di nulla ma non si fidava di nessuno. Riuscì a conquistarsi un po' della sua fiducia andando la sera accanto alla sua cuccia. Gli portava da mangiare lì. Un mattino se lo trovò davanti alla tenda scodinzolante. L'altro stava ancora nel caldo della sua buca. Sembrava cambiato, aveva un'aria festante che non gli aveva mai visto prima. L'istinto di Jack sarebbe stato quello di mettersi a giocare, di rotolarsi con lui nella neve. Stava per farlo quando gli venne in mente che non sarebbe rimasto per sempre nel Klondike, un giorno con o senza oro se ne sarebbe andato via e avrebbe dovuto abbandonarlo. A che serviva mettergli nel petto tutto quell'amore? Uscì dalla tenda e fece finta di nulla. Si mise a fare i suoi lavori di ogni giorno, ma con il cane sempre tra i piedi. Poteva tenerlo a distanza, ma di batterlo per farlo ritornare al suo posto non se la sentì. Quando lo attaccò alla slitta, diede una sferzata nell'aria e partirono. Quel cane correva beato nella neve, sembrava non sentisse nulla. Il suo passo veloce obbligava anche l'altro a una urgenza che di certo non provava. E ogni tanto, mentre correva, si voltava verso di lui, la lingua sempre di fuori, per lanciargli uno sguardo di intesa. "Questo cane è ringiovanito!" pensò Jack in piedi sulla slitta. Ma nel pensarlo, il cuore se lo sentì pesante. Avesse potuto tenerlo, portarlo con sé al suo ritorno a Oakland, lo avrebbe chiamato Lupo Bruno. Immaginò la vita diversa di quel cane, i piaceri che avrebbe conosciuto. Ma erano sogni, e lui ad avvicinarlo era stato ingiusto. Serrò le mascelle lungo tutto il viaggio. Quando arrivarono dove avrebbe messo la tenda, gli parve che ad aprire la bocca si sarebbe spaccato la mandibola.

«Frisco Kid» gli disse Thompson, «sei uno strano tipo. O parli troppo o non parli affatto.»

Ma a Jack non venne da ridere, fece un cenno frettoloso con la testa, sciolse i cani, diede a entrambi un bel pezzo di pesce secco. Poi piantò la tenda fingendo di non avere tra i piedi quella sua inutile conquista. Lasciò che fosse Thompson ad accendere il fuoco. Sloper si mise a cucinare. Jack andò a chiudersi dentro la tenda. Sentiva il cane girarci intorno, vedeva la sua ombra. Quando comprese che il freddo della notte lo faceva rinunciare, quando sentì che si scavava una cuccia calda nella neve, Jack si addormentò a stomaco vuoto.

Sloper e Thompson gli chiedevano spesso se avrebbero trovato l'oro, se davvero ce ne sarebbe stato per tutti come avevano scritto i giornali.

«Dovete avere pazienza» rispondeva sempre Jack. «Per il momento siamo qui, abbiamo una bella baracca, tanta gente che la sera viene a bere e a parlare con noi. E mi sono portato parecchi libri da leggere. Avrò molte cose da imparare. Gente diversa da conoscere. Se voglio diventare un vero scrittore, soltanto qui posso capire che l'atmosfera si crea solo quando l'autore si toglie di mezzo. E guardatevi intorno. Non vi pare forse che questo sia il posto migliore per togliersi di mezzo?»

«Siamo venuti per l'oro» gli disse Sloper mentre puliva un pesce che Jack aveva pescato nel fiume. «Ci abbiamo messo tutti i nostri risparmi. Tua sorella ti ha dato un mucchio di quattrini. Come pensi di risarcirla se non porterai un bel nulla?»

«Non preoccuparti, amico mio, sono un uomo pieno di risorse. Non esiste debito che non abbia pagato in vita mia.»

«Strano, però» intervenne Thompson.

«Strano cosa?» gli chiese Jack.

«Un socialista convinto come te, che ha sprecato tanto fiato. Me lo hai detto tu che avevi una voce d'oro e che adesso, a forza di comizi, sembra quella di un corvo. Beh, insomma, un socialista convinto come te che ci viene a fare nel Klondike a cercare l'oro?»

«Sono un individualista, Thompson. Non lo dimenticare mai. Sono il solo socialista al mondo che non ha rinunciato a esserlo. Ma c'è un programma in tutto questo, a me della ricchezza non importa nulla. Un giorno, vedrai, riuscirò a costruire una specie di impero che darà da lavorare a tanta gente, tantissima, e avrò una casa sempre aperta a tutti. Voglio che non ci siano mai meno di venti, trenta persone sedute attorno alla mia tavola. Chiunque passerà troverà un letto, un bagno caldo e cibo. Comprerò molti ettari di terra in California, tutta terra da coltivare.»

«E che ci capisci tu?»

«Mio padre è un coltivatore, non fosse stato per mia madre... Lasciamo perdere. Sarà lui ad aiutarmi, mi insegnerà tutto. Io mi occuperò delle coltivazioni, dell'allevamento degli animali e dei miei libri. Lo sai qual è il segreto di una azienda agricola? Coltivare il miglior grano, le migliori viti, e avere le bestie migliori. Se ci riuscirò con l'oro, ben venga. Altrimenti ci riuscirò lo stesso, in altro modo. Magari con i libri, quelli che scriverò io.»

Thompson si voltò verso Sloper che stava pelando rape e patate. Gli fece un ammiccante sorriso al quale Sloper, per timidezza e rispetto verso Jack, non rispose. Restò con la testa china sulla pentola come chi ha il naso chiuso e approfitta di tutto quel vapore.

«Stai attento, Sloper» gli disse sarcastico Thompson. «Finisce che in quella brodaglia ci farai cadere dentro pure la testa.»

Jack restò a guardarli illuminato da un sorriso che non si spegneva. Lui non misurava mai il valore di ciò che dava agli altri o quanto gli sarebbe tornato indietro. Era disponibile, pronto. Che il favore fosse grande o piccolo, non si risparmiava mai.

Una sera lesse ad alta voce, davanti a molte persone, *Sette mari* di Kipling. Voleva dimostrare che la poesia è bellezza. Quando terminò, si rese conto che tutti avevano ascoltato il racconto fino alla fine, parola per parola, e sentì di aver ottenuto una grande vittoria. E poi, in quella baracca fumosa e piena di gente, si mise a parlare a lungo, anche agli indiani che non conoscevano la sua lingua ma avevano ascoltato la lettura con grande attenzione.

«Che ci avranno capito?» chiese Sloper a Thompson.

«Che vuoi che ti dica, qualcosa di sicuro. Hai visto come stavano attenti? Questo ragazzo ha strani poteri. Non so quali, ma ne tira fuori uno ogni giorno.»

Quell'inverno, Jack passò molto tempo sulla branda a leggere e a prendere appunti sull'Alaska. Trascriveva le storie che sentiva raccontare, tutte le discussioni alle quali partecipava, annotava le espressioni dialettali, tratteggiava la personalità della gente che frequentava la baracca. Per un certo periodo non fece che leggere e parlare di socialismo. Thompson diceva che stava diventando un fannullone. Non andava nemmeno più a spaccare la legna.

«Ma di che razza di socialismo può parlare uno che viene fin quassù a cercare l'oro? Non sarà venuto qui a rompersi la schiena per poi dividerlo con i suoi compagni socialisti, eh? Perché in tal caso mi converto subito» disse prima di scoppiare in una fragorosa risata che contagiò Sloper mentre scuoiava un coniglio da mettere a pezzi nella minestra.

«È possibile» gli rispose Sloper asciugandosi il sudore con il dorso della mano. «Di mezzi matti è pieno il mondo, ma questo è speciale.»

«Già.»

«Lo dico davvero. Conosce tante di quelle cose. Ed è solo un ragazzo. Sta tutto il tempo a leggere e a scrivere. Che ci farà con tutta quella carta?»

«Non ne ho la minima idea, si vede che gli piace. A vent'anni si è curiosi di tutto.»

«Io non lo ero.»

«Se è per questo nemmeno io.»

«Allora vuol dire che lui è davvero un po' speciale» disse Sloper assaggiando il brodo.

«Beh, vede le cose in grande. Secondo me le persone come lui sono destinate a sbatterci le corna.»

«O a diventare qualcuno.»

«Pensa a cucinare, Sloper, hai visto quanta gente ci porta ogni volta? Questa baracca sta diventando un gran bel salottino.»

Così dicendo si piegò in due dalle risate, e dopo un po' cominciò a battersi le mani sulle ginocchia, perché a smettere proprio non ci riusciva. Sloper lo guardò come fosse diventato matto tutto insieme. Ma poi da quella forsennatezza venne contagiato e fece altrettanto.

Arrivò finalmente la primavera. Jack, facendosi aiutare, smantellò la baracca e usò il legno per costruire una zattera con la quale avrebbe disceso il fiume fino a Dawson. Gli riuscì come ogni cosa che si metteva in testa, e al suo arrivo vendette il legname della zattera per seicento dollari. Lungo la discesa del fiume rimase incantato dallo spettacolo di quell'improvviso cambio di stagione. Era ancora freddo, ma già si facevano sentire degli scricchiolii simili a colpi di fucile. Era il ghiaccio che si rompeva. Ben presto avrebbe visto la forte corrente del fiume spingere in aria o sulla riva blocchi di ghiaccio grandi come case. «Li spara come fossero pallottole!» avrebbe gridato voltandosi verso i suoi compagni ammutoliti da quel pericoloso fragore.

Quando arrivò a Dawson gli parve proprio una strana città, quasi una fiera. Le strade fangose brulicavano di gente, c'erano taverne, bettole dove oltre a mangiare si poteva anche trovare una stanza. I sognatori d'oro erano tutti lì, e solo di oro si parlava, di chi lo aveva trovato, di chi lo stava cercando, di chi non lo aveva trovato e in quella storia non ci credeva più, deciso a partire al più presto per tornare alla vita civile. Questi ultimi erano quelli che più spesso scuotevano di proposito la testa davanti ai nuovi arrivati continuando a ripetere: «Che fregatura, quanto tempo buttato. Per non parlare dei soldi». Chi invece l'oro lo aveva trovato non faceva grande pubblicità. Queste persone, però, venivano tradite dal brillio degli occhi e dalla perseveranza con la quale restavano. Ma il gioco non poteva durare a lungo, prima o poi anche loro dovevano andarsene dicendo che non ne potevano più, altrimenti rischiavano di essere derubati e ammazzati. Ma se ne andavano via senza convincere troppo nessuno. Di qualcuno si seppe che aveva avuto un incidente lungo la strada del ritorno e ci aveva rimesso l'osso del collo. A sentire queste storie, gli uomini si guardavano tra di loro, e poi guardavano chi le raccontava con grande sospetto. Spesso al punto che quest'ultimo si affrettava a precisare:

«Questo è quello che mi è stato raccontato. Io mica c'ero».

Non c'era molto cibo a Dawson, e quel che c'era costava caro. Non si trovava un piatto di uova al bacon a meno di tre dollari e mezzo. Per non parlare della frutta e della verdura. Era una cittadina piena di avventurieri, uomini e donne. Spesso, chi aveva trovato un po' d'oro lo perdeva al tavolo da poker senza sapere che stava giocando con un autentico professionista. E c'erano talmente tante prostitute che un giorno arrivò la polizia a cavallo e le portò tutte al di là del fiume, in una specie di campo al quale venne dato il nome di Città dei pidocchi.

«Guarda te se il ragazzo si cerca un lavoro» disse Thompson a Sloper.

«E perché mai dovrebbe cercarselo? Ovunque vada ottiene quel che vuole senza un soldo in tasca. Lo accolgono tutti, gli danno da mangiare, gli offrono da bere. E lo sai perché?»

«No, perché?»

«Perché tutti gli raccontano le loro storie e lui le sta a sentire. È bravissimo a far parlare la gente. Lo hai visto come fa quando quelli non trovano le parole? Gliele mette in bocca lui. È ghiotto di queste cose, credi a me. Dell'oro non gliene importa niente, e nemmeno del whisky che gli offrono. Hai visto come lo guardano le ragazze? Pare abbia il miele addosso. Dicono che è bello, che sa parlare, e così se la spassa senza mai tirare fuori un centesimo. E quando gli altri non hanno più niente da dirgli, allora si mette seduto da qualche parte, la gente gli si fa intorno e comincia a raccontare lui. Una volta, parole sue, ha incantato un poliziotto che l'aveva sorpreso a dormire su una panchina. Gli ha raccontato una delle sue storie e quello è stato lì a sentirlo per due ore. Alla fine gli ha anche dato un quarto di dollaro, così ha potuto pure mangiarsi una bistecca. Ha il diavolo in corpo quel ragazzo. Non si stanca mai. Quando noi dormiamo, lui se ne va nelle sale da gioco. E lo sai che fa?»

«Si fa prestare i soldi per giocare.»

«Neanche per sogno. Ascolta. Prende appunti. Ha riempito una scatola di quaderni da quando siamo qui. Credi a me, sta mettendo insieme materiale per scrivere la storia di questo Paese.»

«E a che gli serve?»

«Avrà di certo un'idea in testa.»

«Secondo me è un perdigiorno» disse Thompson pulendosi i denti con un bastoncino. «Te lo ricordi, giù, alla baracca? Non spaccava più nemmeno la legna, il signor socialista.»

Quando a Jack venne lo scorbuto, Thompson lo portò all'ospedale cattolico e pagò una piccola somma per la sua degenza. Nonostante gli fosse affezionato, imprecò non poco per aver dovuto pure cacciare dei soldi per quel fannullone che si era preso lo scorbuto solo perché non si era cercato un lavoro e aveva mangiato e bevuto soltanto quello che la gente gli offriva per le sue chiacchiere.

In ospedale lo curarono fino a che non fu in grado di affrontare il viaggio di ritorno. Quando arrivò giugno, insieme a Charley, un tale del Kentucky, e a un altro di nome John lasciò Dawson su un piccolo battello con il quale avrebbe coperto i molti chilometri dello Yukon lungo il Mare di Bering.

Jack governava la barca. Di giorno pativano un caldo insopportabile e quando calava il sole si accampavano sulle rive a farsi mangiare vivi dalle zanzare. Sebbene lo scorbuto lo avesse lasciato momentaneamente quasi paralizzato dalla vita in giù e la gamba destra fosse conciata così male da non riuscire nemmeno a tenerla ben dritta, la notte, quando gli altri dormivano, se ne andava a caccia di selvaggina. Gli piaceva vedere le loro facce quando si svegliavano per il profumo della carne arrostita. Allora scoppiava a ridere, non riusciva a trattenersi davanti a quelle espressioni da polli stupiti che allungavano il collo. E la sua risata era talmente contagiante che i suoi compagni, anche se ancora insonnoliti e incapaci di capire da dove venisse tanta ilarità, si mettevano a ridere in modo strano: quello di chi lo fa senza saperne la ragione.

Jack continuava a scrivere su un quaderno, teneva una specie di diario di bordo. In realtà ci scriveva anche cose molto diverse. Cose come il canto dei pettirossi, il modo che avevano di tamburellare le pernici, i gridi dei gabbiani, che sapeva imitare perfettamente, quelli delle rondini di mare, il volo delle anatre selvatiche. E la bellezza della notte lungo le sponde del fiume. C'era stata molta grazia nella vita che aveva fatto nel Klondike. La stanchezza si era sempre trasformata in verginità dello spirito. Più i muscoli dolevano, e più finiva le giornate con l'impressione di essere un incontaminato. Erano i sensi che ogni tanto gli avevano permesso di afferrare almeno un brandello di quella primitività perduta che gli uomini preferiscono fingere di ignorare. Sentiva di averne fatto parte. Il sudore, i tendini, i muscoli, il sangue, tutto era servito per raggiungere quello stato di grazia, la clonazione di un passato apparentemente immemorabile. A volte, sulle sponde del fiume, chiudeva il quaderno, se lo metteva dietro la testa e con lo sguardo alle stelle pensava: "Ci potrei scrivere delle gran belle storie. Potrebbero andare bene per l''Outing Magazine', magari anche per lo 'Youth's Companion'".

Il viaggio durò diciannove giorni. Poi, a Saint Michel, Jack trovò lavoro come fochista a bordo di una nave che sarebbe arrivata nella Columbia Britannica per poi procedere verso Seattle. Era astuto, sapeva come muoversi quando si trattava di mare.

Il mare era la sua naturale inclinazione. Per lui fu un gioco da ragazzi trovare dei passaggi fino a Oakland.

Un giorno, qualche anno dopo, durante una intervista nel suo ristorante preferito di Oakland, il Saddle Rock, a un giornalista che gli chiese cosa amasse veramente, Jack rispose: «La scia di una barca sul mare. Il rumore del sartiame di notte». Sorrise, e poi aggiunse: «Sono cose che danno grandi sensazioni, molto più del whisky».

Arrivò a casa senza un centesimo in tasca. Nemmeno una spolveratina di quel famoso oro per il quale erano partiti tutti presi da frenesia. Anche lui, certo, ma adesso che era tornato non avrebbe neanche saputo dire se era partito proprio per quel prezioso metallo. Sulla porta di casa, le mani in tasca, il suo bel sorriso sulle labbra, gli occhi grigi che cambiavano colore a seconda del cielo, gli parve, scorbuto a parte, di essere tornato da vero vincitore. Da quell'inutile corsa all'oro, era convinto che avrebbe fatto molti più soldi di qualsiasi altro accanito cercatore che si era accampato nella valle di Bonanza.

Stiracchia le gambe. Imita il fruscio di un cespuglio. Ma poi sorride perché gli è venuto male, sembrava più lo sbattere d'ali di una tortora. "Il petto odoroso di una tortora" pensa. "Animali che sanno di grano."

Fa un lento respiro. Adesso l'aria è così tiepida che si intuisce: sta per nascere il giorno. Il bel fresco della notte spazzato via dalle intenzioni del sole. C'è un'ombra dorata nel cielo. E proprio mentre socchiude gli occhi per metterla a fuoco, sente un rumore di passi.

«Ciao, Scratch» gli sussurra. E poi, come rivolgendosi a un pubblico invisibile, dice ad alta voce: «Ecco a voi il più bel cadavere mai ripescato nel Golfo di Benicia».

Nelson detto Scratch, il norvegese dal cazzotto micidiale, gli sta davanti in tutta la sua magnifica stazza. Guardandolo, sente che dentro gli avvampano i tempi di una vita sfrenata in compagnia di quel gigante, il modo che hanno due destini di incrociarsi. Jack si era ritrovato la vela maestra della sua barca bruciata e l'amico era rimasto senza ciurma.

«Non ci resta che unire le forze» gli aveva detto Scratch dandogli una pacca sulle spalle.

E quel buon diavolo dello spaccio, Johnny Heinold, non aveva esitato a far credito a quei due uomini di parola.

«Sai cosa mi piaceva di te, Scratch? La tua mania di rasentare i pericoli» gli dice invitandolo a mettersi seduto accanto lui. «Eppure gli scogli non li hai mai urtati, né ti sei mai incagliato nei banchi di sabbia. Eri il migliore. Per non parlare di tuo padre. Razza d'uomo…

Scese dalla sua Annie Mine *per bere con me che ero solo un ragazzo. È stato per via di tuo padre che accettò di bere con me se poi sono stato capace, sulla mia corvetta, di dare ordini a Scotty, all'Irlandese e al Ragno come fossi un vero lupo di mare. Tu lo sai, con le mani appoggiate su un timone guidi il destino, e ti rendi conto che la vita sul mare è tutt'altra cosa rispetto a quella scialba che si fa sulla terra. Pensavo di essere proprio il figlio dell'acqua. Lo penso ancora, Scratch. Ce la siamo spassata io e te. Non sapevi né leggere né scrivere, ma eri il migliore.»*

Scratch sorride. Poi si copre il volto con le mani e scoppia in una fragorosa risata. Jack gli va dietro volentieri.

«Adesso parlami del mio difetto» gli dice a fatica Scratch che non riesce a smettere di ridere. «Sono venuto qui apposta. Forza.»

«Cantavi male, Norvegese. Sempre a squarciagola, e stonato. Ma questo sarebbe niente. Il problema è che a forza di cantare con te mi hai rovinato. Mi hai fatto perdere la mia voce d'oro. Pare che io l'abbia ritrovata una volta sola, o forse non è ancora nemmeno successo. Forse dovrà accadere. So che a un certo punto una persona mi è venuta, o mi verrà vicino, per dirmi: "Jack, non ci crederai, ma per un istante hai avuto di nuovo la tua bella voce d'oro".»

Scratch si alza passandosi le mani sulla testa. È un gigante dai capelli biondi e gli occhi azzurri.

«Si sta facendo giorno» dice guardando il cielo. Poi si volta verso Jack che è rimasto seduto sul dondolo. «Ti ricordi che cazzotto avevo? Me ne stupisco più adesso che allora. Roba da non credere.»

«E Frank French, ti dice qualcosa?»

«È una vecchia storia, Frisco Kid. È ora di piantarla.»

Quando tornò a casa, a Oakland, trovò la madre in cucina, seduta al tavolo, che faceva un solitario. Non c'era molta luce nella stanza. Appena se lo vide comparire sulla porta, sollevò la testa con l'espressione incerta di chi socchiude gli occhi.

«Sono io, ma'. Sono tornato.»

Flora sistemò le ultime due carte e gli rispose:

«John London è morto. Ma il solitario è venuto e questo vuol dire che lì dove si trova adesso sta bene. È morto da troppo poco perché io possa parlarci. Lo sai bene, quando si muore c'è un lungo periodo di riposo. Ma ci sono altre anime soccorrevoli che mi danno notizie».

«E così ti hanno rassicurata» le chiese Jack con un sorriso triste.

«Sì, ne avevo proprio bisogno. Non ha sofferto nemmeno tanto, sai? Si è spento un po' alla volta.»

«Eliza?»

«A casa sua con il marito.»

«E di te, cosa dicono i solitari?»

«Non ho bisogno di consultarli per sapere quel che penso» rispose Flora in modo secco.

Jack pensò che non si era nemmeno alzata per abbracciarlo.

«Non l'ho poi trovato l'oro, nel Klondike» le disse.

«Non lo hanno trovato in molti, tuo cognato lo ha capito subito ed è tornato a casa. Tu invece sei stato via... Quanto sei stato lassù?»

«Molti mesi, ma'.»

Poi andò all'acquaio, fece scorrere l'acqua e ne bevve un bicchiere tutto d'un fiato. Uscendo dalla cucina le disse:

«Vado a dormire».

«Non ceni nemmeno?»

«Lasciami qualcosa nel caso mi venisse fame di notte.»

Andò in camera sua, e la trovò intatta come l'aveva lasciata. Lo sapeva bene cosa voleva dire. Erano riti propiziatori di sua madre. Di sicuro non ci aveva fatto dormire nessuno. Se avesse avuto un ospite, piuttosto gli avrebbe dato il proprio letto e lei si sarebbe arrangiata sul divano. "Se fai dormire qualcuno nel letto di chi è partito, metti i bastoni tra le ruote al destino di chi deve tornare."

Jack si sdraiò sul letto pensando a quanto fosse triste quell'incapacità di sua madre di mostrare affetto. Poi spense la luce e spalancò gli occhi nel finto buio che aveva creato chiudendo le imposte. Fu in quel momento che venne assalito dalla morte di John. Gli prese un gran fuoco in gola, come avesse mandato giù una sorsata di liquore scadente, come in quegli orribili raduni campestri con gli *alki-stiffs* ai quali aveva partecipato involontariamente da ragazzo. Gli tornò in mente quella volta che con sua sorella e una bambina, della quale adesso non ricordava più nemmeno il nome, erano andati a piedi in una fattoria poco distante dove si celebrava chissà cosa. Era una fattoria di italiani, e prima di uscire sua madre gli aveva raccomandato di non fidarsi di nessuno perché bisognava dubitare di chi aveva gli occhi neri. Inoltre, sempre secondo sua madre, gli italiani non erano brava gente. E così lui si era ritrovato a quella festa in cui tutti bevevano come spugne vino scadente, dal sapore acido. Quando arrivarono, l'atmosfera era già molto accesa. Le ragazze stavano da una parte, nauseate dagli approcci volgari dei maschi. E i maschi si sfidavano a bere. Non sapendo dove mettersi, Jack era andato a sedersi tra i ragazzi per questione di orgoglio, anche se avrebbe preferito unirsi alle ragazze e alla bambina con la quale era arrivato tenendola per mano. Si era sentito molto fiero, durante il percorso, all'idea di avere già una fidanzata a soli sette anni.

E invece era rimasto tra quei maschi urlanti. Si era seduto a un tavolo e aveva assunto una posa educata che aveva intenzione di mantenere fino alla fine. Pensava che l'immobilità lo avrebbe reso invisibile.

Un ragazzo riccioluto e dagli occhi neri come un improvviso calar della notte andò invece a sedersi proprio davanti a lui.

«Un bel bicchiere di vino a questo giovanotto» disse riempiendone uno.

Jack rimase paralizzato. Si ricordò delle parole della madre: «Jack, quella è gente che per un niente tira fuori il coltello». E allora bevve quella schifezza buttandola giù come fosse acqua, tanto per fare prima.

«Bravo, ragazzino» gli disse il riccioluto con occhi febbricitanti e versandogli un altro bicchiere. «Mandalo giù come quell'altro.»

Sperando fosse l'ultimo, Jack lo ingollò con la stessa rapidità e il ragazzo cominciò a battere le mani, ad attirare l'attenzione degli altri.

«Venite qui» disse voltandosi. «Venite a vedere questo ragazzino che beve come un uomo.»

«Quanti anni hai?» gli chiese un tipo scuro e tarchiato che si avvicinò al tavolo.

«Sette, signore» rispose Jack.

«E dovresti vedere come beve» disse il riccioluto.

«Allora vediamolo» disse l'uomo. Poi, voltandosi verso gli altri animi accesi, aggiunse: «Piantatela di azzuffarvi tra di voi, che poi lo sapete come va a finire. Succede sempre che qualcuno tira fuori un coltello e ci si fa male. Venite piuttosto a vedere questo portento di ragazzino che manda giù un bicchiere di vino dietro l'altro. Forza» disse riempiendo di nuovo il bicchiere a Jack. «Facci vedere quanto sei uomo.»

E Jack mandò giù quel terzo bicchiere con le vampe nelle tempie, suoni che si ovattavano nelle orecchie, un forte senso di nausea e una gran voglia di piangere, di chiamare Eliza che stava con le altre ragazze e di cosa stava succedendo a lui non si era neanche accorta.

«Che vi avevo detto?» esclamò il riccioluto con soddisfazione.

E allora tutti quei maschi avvinazzati gli si fecero intorno, e Jack non seppe più quante altre volte gli riempirono il bicchiere, ma dovettero farlo fino a che di quel gioco si stancarono. Poi si fece tardi. Sua sorella gli disse che era ora di tornare a casa. Jack aveva tenuto duro soltanto per paura. Un terrore paralizzante gli aveva impedito di muoversi. Fu la sua salvezza, ché appena Eliza gli disse di alzarsi per tornare a casa fece giusto in tempo a uscire da quella fattoria e svenne lungo la strada. Le ragazze si spaventarono. Eliza cercò di scuoterlo, ma non c'era niente da fare. Jack era bianco come un morto.

«Ma quanto avrà bevuto?» chiese a una ragazza che tornava indietro con loro.

«Non lo so» le rispose quella. «Ma da come sta, direi tanto da poterci morire. A questa età, poi. È solo un bambino.»

«Come facciamo?»

Quando lo visitò, il medico disse che un ragazzino poteva proprio restarci secco con tutto quell'alcol. C'era da mandare in galera chi glielo aveva fatto bere. Ma il ragazzo era forte come un toro. E che stomaco aveva! Uno così digeriva anche i sassi.

"Anche i sassi" si ripeté Jack sdraiato sul letto, le mani incrociate dietro la testa, mentre dagli occhi gli uscivano le lacrime per quell'uomo che l'aveva tirato su come fosse stato davvero suo figlio. Come avrebbe fatto senza John? Era partito per il Klondike sapendo che era gravemente malato. Chiuse con forza gli occhi per il troppo dolore. Come aveva potuto? E lassù dov'era andato, nemmeno un pensiero, non un momento di preoccupazione. Come se andarsene così lontano in cerca di avventure avesse messo una barriera tra lui e il mondo che aveva lasciato. Succedeva così ogni volta che partiva. Il vagabondaggio gli bruciava tutti i confini. Nel Klondike non c'era stato mai un pensiero per il mondo di Oakland. I giorni passavano e lui aveva l'impressione che tutta la vita mai vissuta, quella primitiva e lontana degli avi dell'uomo, lo abbacinasse e gli si attaccasse addosso, pezzo a pezzo, in un grande, emozionante affanno del respiro. Tutto quel che vedevano i suoi occhi era un infinito spazio fatto di molta luce. E non era indispensabile che ci fosse il sole. Bastava il biancore del cielo, e subito gli sembrava di vivere all'interno di un diamante.

Nessuno riesce a sentire più nulla dentro un diamante. Il mondo resta fuori. E purtroppo, in tanta esaltazione, se ne fuggivano via pure gli affetti. Venne preso dall'affanno. Aveva amato John London come e più di un padre. Forse l'aveva amato il doppio proprio perché dal suo era stato rifiutato. Ma la forma del corpo di John gli sfuggiva perché non lo aveva mai abbracciato. Gli uomini passavano ogni tanto una mano tra i capelli dei figli maschi, baciavano sulla fronte le femmine. "I marosi restano dentro" pensò asciugandosi le lacrime con il dorso della mano. Gli piacque la parola *marosi*, gli si addiceva molto. Ma la freddezza dei gesti rimaneva. Ignorare la forma del corpo del padre e della madre era un vuoto che nessuno gli avrebbe mai riempito. E sentì una voglia profonda di diventare padre, di avere una creatura piccola e tutta sua. Non era la prima volta che ci pensava. Gli era già successo quando aveva solo diciassette o diciotto anni. "Chi è abbandonato vuole compensare" disse tra sé. E nel fare quella considerazione gli tornò il sorriso raggiante sulle labbra. Erano capaci di grandi spostamenti i suoi pensieri. Aveva il vento dentro la testa. Gli si illuminarono gli occhi. Sentì lo stomaco vuoto. Ma non era mancanza di cibo, era rapacità. Dolore e voglia di vivere si impadronirono di lui. La forza grande non lo abbandonava mai. Era sempre il ragazzo che aveva rischiato l'osso del collo saltando da un vagone all'altro mentre il treno era in corsa, che aveva frequentato le taverne dei porti, dormito con i vagabondi. Ne ricordava uno che nel passato era stato un pezzo grosso. Ne sapeva di cose, ma poi era finito in mezzo alla strada. A soggiogarlo era sempre e solo l'imprevedibilità. Jack lo sapeva, c'era una furia che lo dominava. Andarsene in giro senza meta era un diverso modo di conoscere. Una addizione. I libri non gli erano mai mancati quando vagabondava per terra o per mare, se ne portava dietro sempre molti, ma se non li combinava con la vita non servivano a niente. Lui lo sapeva per istinto: la vera atmosfera, uno scrittore poteva crearla soltanto annullando se stesso. Quante volte se lo era ripetuto? Ci voleva nutrimento, l'educazione non bastava. Gli scrittori americani, fino a quel momento, non avevano avuto il coraggio di arrivare all'anima delle cose. Con lo sguardo sul soffitto pensò che voleva una letteratura con poco profumo, ma molto odore di vita. Come quella di Kipling. Ne aveva di storie nella testa. E gli tornarono alla memoria le tormente di neve. La sua baracca aperta a tutti. Gli indiani che parlavano solo nel loro dialetto, ma con i quali si capiva a gesti. I due cani da slitta che aveva avuto nel Klondike, il modo che avevano di drizzare le orecchie quando sentivano l'ululare dei lupi in lontananza. In quei momenti, anche lui aveva provato una certa frenesia. Uno sbudellamento senza sangue. Rimescolio. E aveva ululato. I suoi compagni avevano riso di lui, soprattutto Thompson. Solo i due cani lo avevano guardato con rispetto. Se lo ricordava come fosse ora. Quella sera si era voltato verso Sloper che aveva appena acceso a fatica un fuoco, e con una espressione magnetica sul volto gli aveva detto:

«So chi è il mio vero padre. Sono figlio del lupo».

Sdraiato sul letto, quella sera tutto gli si accavallava nella mente con enorme eccitazione. Presto avrebbe scritto un vero romanzo. Di oro non ne aveva trovato in quel lungo viaggio, ma aveva riportato un grande bagaglio. Un bene al quale attingere per anni. Si alzò di scatto. Si guardò allo specchio ravviandosi i capelli. Aveva una espressione triste. "Hai perso chi ti ha fatto da padre" disse tra sé. "Non ci sarà giorno che non penserai a lui." Ma fu il primo a non credere alle sue parole. Nessun dolore poteva indebolirgli l'urto del sangue, l'impeto verso la vita, quella corsa che non rallentava mai.

«Vado a fare un giro» disse a sua madre avviandosi verso la porta.

Flora nemmeno rispose, aveva ripreso a stendere le carte sul tavolo. Jack pensò dovesse essere una riprova. Non si fidava nemmeno delle anime dei morti. Si voltò a guardarla con un lieve sorriso sulle labbra. Quella donna minuscola e spelacchiata era sua madre. Per lo più aveva combinato soltanto danni, ma ora che era rimasta sola, a lei avrebbe dovuto pensare lui, questo non l'avrebbe mai dimenticato. Aveva combattuto tutta la vita, le avrebbe dato una vecchiaia tranquilla. Poi uscì di casa, e con la porta chiusa alle sue spalle fece un lungo respiro. Quella era l'aria che gli era mancata nel Klondike. La brezza fresca del Pacifico, il bel vento che veniva dalla Baia di San Francisco. Tolse il telo che riparava la sua bicicletta. Era lì, lucida e pulita come l'aveva lasciata. Ci saltò sopra e si mise a pedalare con forza. Non aveva voglia di andare da Eliza, per il lungo pianto abbracciato a lei avrebbe avuto tutto il tempo. Ora voleva solo rivedere Mabel.

Quando prese la strada per San José, cominciò a pedalare ancora più velocemente. Ogni tanto, era più forte di lui, chiudeva gli occhi. Un po' per verificare se aveva ancora quella strada a memoria nelle gambe, un po' perché il rischio gli piaceva troppo. E poi perché era pur sempre il figlio di sua madre ed era molto superstizioso, anche se non lo ammetteva nemmeno con se stesso. Pedalare a occhi chiusi significava due possibilità: non mi succede nulla e dunque tutto andrà bene; oppure cado, mi faccio male e il progetto andrà in fumo.

Chiuse gli occhi parecchie volte durante quel tragitto, anche perché il progetto in questione era Mabel. Lo fece con un certo piacere e senso di sfida. Chiudeva gli occhi dandosi ogni volta un tempo più lungo. Cinque secondi, poi dieci, poi quindici. Nemmeno per un istante gli si cancellò dalle labbra quel sorriso contagiante. Seguiva la sua natura, le dava sempre ascolto. E la vita era una corsa veloce, bisognava andarle dietro senza mai perdere il suo passo. L'aveva capito fin da bambino. Era per questo che ogni tanto doveva partire e lasciarsi tutto alle spalle. Era come vivere un po' più intensamente, e dunque più a lungo. Solo la vita di chi rimane sempre nello stesso luogo dura il tempo di un morso. A lui, giovane com'era, sembrava di aver invece già vissuto una vita quasi intera.

Arrivò davanti alla casa di Mabel come una meteora. Frenò e gli fu naturale guardarsi indietro per vedere se aveva davvero lasciato una scia luminosa, ché di questo aveva certezza: le meteore un po' si danno allo spreco. Bruciano senza fare calcoli. Giocano anche su questo.

Guardò la finestra della camera di Mabel e restò a godere un po' di quella luce. Poi fece un fischio che lei avrebbe dovuto riconoscere. Somigliava al canto di un uccello notturno, e sapeva farlo così bene che dovette ripeterlo tre volte prima che la ragazza pensasse a lui. Allora la vide. Aveva aperto la finestra e si stava guardando intorno. Jack si era nascosto per prolungare il gioco. Lui e la bicicletta stavano dietro un cespuglio. Mabel richiuse la finestra sconsolata e lui ripeté quel canto. Mabel tornò alla finestra ma senza aprirla. Appoggiò le mani sui vetri. Jack approfittò della poca luce di un crepuscolo ormai ai confini della notte. Camminò piegato fino a che arrivò sotto la finestra della ragazza, poi si alzò di scatto in piedi, e sul vetro mise le mani su quelle di lei.

Mabel trattenne un grido coprendosi la bocca. Spalancò la finestra e Jack, con un salto, si ritrovò in camera sua.

«Non farti sentire da nessuno» gli disse lei mettendogli un dito sulle labbra.

Lui le fece di sì con la testa, poi le prese entrambi i polsi, li strinse tra le sue mani e glieli sovrappose dietro la schiena. Tenuta ferma così, la baciò a lungo. Non un unico bacio, ma molti, e tutti di seguito, di quelli che non lasciano spazio alle parole. Provò le sensazioni di sempre: il rispetto per la fragilità di quel corpo di donna, il desiderio che sentiva di dover contenere, la bellezza di riuscire a dominarlo nonostante l'impeto del sangue che dal cuore precipitava fino all'inguine, inondante. Quando veniva baciata, Mabel chiudeva gli occhi. Li riapriva soltanto nelle brevi pause, e allora lo guardava piena di apprensione.

«Ti ho pensata ogni giorno» le disse Jack accarezzandole i capelli.

«Non è vero» rispose lei scoppiando a ridere. «Tu non saresti mai capace di pensare ogni giorno a una sola cosa.»

«Ho detto che ti ho pensata ogni giorno, non che ho pensato solo a te.»

«Spero almeno di essere stata l'unica ragazza.»

Jack sorrise e arrossì leggermente pensando alle molte che aveva conosciuto nel Klondike. Però non le aveva mai pensate, su questo non aveva dubbi.

«L'unica» disse.

«Ma nemmeno una lettera, Jack. In tanti mesi che non passavano mai...»

«Avevo molte cose da fare. Tanta fatica fisica. Non credevo di essere così resistente. Certe volte, ero più forte degli indiani.»

Mabel lo guardò con ammirazione, ma i suoi occhi tradirono anche un po' di ironia.

«Non mi credi?»

«Certo che ti credo» rispose scrutandolo. «Sei cambiato, Jack» gli disse poi con dolcezza. «Forse sarà il colore della tua pelle, gli occhi che sembrano più azzurri, i denti più bianchi.»

E poi tacque. Non sarebbe mai riuscita a dirgli che lo aveva sempre visto come un semidio. Lo aveva scritto più volte sul suo diario, ma a matita, per poi cancellare tutto in fretta nel timore che sua madre potesse scoprirlo.

Jack avvampò. I complimenti gli piacevano e non li metteva mai in dubbio. Ormai non era più il ragazzo timido e insicuro che per la mancanza del padre si sentiva inferiore e temeva che sua madre fosse una donna da poco. Lo vedeva da sé, rimetteva in circolo la vita a chiunque gli stesse vicino. Era magnetico. Nessuno poteva sottrarsi alla forza della sua presenza. Ovunque fosse, e per quanti fossero, lui era sempre il primo a venire fuori. Di statura normale, in mezzo agli altri era comunque un gigante. Le ombre del passato, adesso, voleva tenerle lontane. Sapeva farlo con il potere di quell'inesauribile giovinezza che si trascinava sempre dietro. Quando gli camminavano accanto, era capace di non vederle. Sapeva che c'erano ma le ignorava. Il più delle volte gli riusciva così bene che le sue paure erano come sassi gettati in uno stagno dal colore impenetrabile del piombo. Dalla superficie non se ne vedeva più nemmeno uno.

Jack e Mabel scavalcarono la finestra, montarono sulla bicicletta e insieme si avviarono verso un campo poco distante. Era ormai calata la notte e lo stellato sembrava spostarsi insieme a loro. Si sentivano inseguiti alla stessa velocità. L'aria fresca sbatteva sul volto dei due ragazzi sorridenti. Mabel ignara di tutto, come una bambina. Jack, invece, ormai un uomo fatto. Si misero seduti sulla riva di un ruscello, mentre la ruota posteriore della bicicletta, abbandonata contro un albero, continuava a girare ancora per un po'. Jack raccolse dell'erba umida, se la portò sotto il naso per odorarla.

«È morto John London» le disse senza guardarla.

«Tuo padre» rispose lei stupita.

«Non lo era. Ma l'ho amato come e più di un padre vero. Non chiedermi la mia storia perché non la conosco. Quel che non mi è stato detto non l'ho chiesto. Sono venuto qui per parlarti d'altro» le disse intenso, col chiarore delle prime ore notturne che gli si rifletteva liquido negli occhi.

«Non so se lo hai saputo. Ma è morto Fred Jacobs» gli disse Mabel.

«Come?»

«In mare. Andava non so dove. Forse un viaggio di lavoro, o in cerca di lavoro. Bessie è distrutta. Sai, stavano pensando di sposarsi.»

«Così sia» disse Jack. «Ha risolto il grande mistero prima di tutti noi. Non è poi molto importante la morte, tutto quel che conta sta nella vita. Non c'è un attimo da perdere. Mi dispiace per Bessie. Stavano bene insieme.»

Mabel gli prese una mano e pensò che non aveva mai visto in vita sua un ragazzo così straordinariamente bello e senza paura. Avrebbe voluto dirglielo, ma non ne sarebbe mai stata capace. Mabel aveva una sedia a rotelle dentro la testa, e le ruote le muoveva solo sua madre. Allora rimase immobile, in attesa che lui parlasse.

«Sono appena tornato, Mabel. Sono rimasto a casa per poche ore ed eccomi qui. Il tempo che avevamo stabilito è passato. Voglio sposarti e avere almeno due o tre figli. È questo.»

Mabel si morse il labbro inferiore.

«Cos'è, hai cambiato idea?» le chiese lui con fermezza.

«No. Ma avevamo parlato di una vita organizzata, di un tuo lavoro, di un po' di stabilità. Mia madre...»

«Non devo mica sposare lei.»

«Io non potrei comunque lasciarla. Non vivrebbe senza di me.»

«Verrò io a stare da voi.»

«Non è possibile, Jack. Tu non la conosci.»

«In che modo posso sposarti?»

«Dovresti fare una vita normale.»

«Troverò un lavoro, Mabel. Avrai un marito che provvederà a te e ai figli che gli darai.»

«Però discutiamo sul niente. Sei appena tornato dal Klondike e da come parli credo che di oro tu non ne abbia trovato.»

«Ho trovato un oro migliore.»

«E quale?»

«Idee. Ho molte idee per dei racconti. E poi, lo sento, scriverò un grande romanzo.»

«Che sciocchezza! Ancora con questa storia.»

«Sarò lo scrittore più pagato d'America.»

«Vuoi essere il socialista più ricco?»

«Non c'è nessuna vergogna a guadagnare con l'arte. È quando si diventa ricchi sfruttando gli altri che si finisce in miseria. La miseria qui dentro» disse indicandosi il petto. «Ricordati una cosa. Diventerò ricco, e darò lavoro a molta gente. Guadagnerò, ma non sarò mai un capitalista. Lo so, Mabel, farò grandi cose. Sarai mia moglie e le vedrai tutte.»

Parlava senza rendersi conto di quanto fossero diversi. Lui contro le convenzioni e lei che ne viveva. Lui che aveva conosciuto ogni forma di privazione e stento, lei protetta e viziata da una madre soffocante che per la figlia aveva ben altri progetti. Lei rispettava le regole e lui le infrangeva. Lui era vitale, lei passiva. Ma ciò che li divideva veramente era quella sedia a rotelle che Mabel aveva dentro la testa. La madre controllava ogni suo gesto. E la grande aspirazione della signora Applegarth era di far sposare Mabel con un uomo già molto ricco per rimettere in sesto il patrimonio della famiglia che suo marito aveva bruciato in una avventata speculazione. Ma Jack poteva aver paura della signora Applegarth? Aveva navigato sul *Reindeer*, tenuto il timone della *Sophie Sutherland* durante una tempesta, passato le rapide del White Horse e camminato per chilometri e chilometri nella neve con tanto di quel peso sulle spalle che gli indiani erano rimasti sbalorditi. Questo gli piaceva: sbalordire gli altri. E ci sarebbe riuscito anche con la futura suocera.

«Senti» le disse. «Se hai paura di farlo subito ti capisco, prolunghiamo di un po' il nostro fidanzamento quasi segreto. Mi sistemerò in breve tempo, vedrai, avremo una casa tutta nostra. Sarà piena di libri e di quadri alle pareti. E ci sarà un pianoforte, Mabel, così potrai suonare e cantare per me. E poi ci sarà uno studio dove io potrò scrivere e tu potrai aiutarmi, perché io ho mille idee, così tante che non riesco a trattenerle tutte, ma faccio ancora tanti errori di grammatica. Avrò bisogno di te. Saremo pieni di amici, alleveremo i nostri figli. Viaggeremo e la nostra vita sarà molto felice. Credimi, Mabel, è tutta questione di fortuna, un gioco d'azzardo. E l'unica regola per vincere è quella di capirci ben poco del gioco. Guardami» le disse con una espressione esaltata. «Non ti sembra che io abbia già la parola *Fortuna* stampata sulla fronte?»

Sebbene impaurita da tutte quelle parole, Mabel non poteva che restare incantata di fronte a quella specie di miracolo del destino che aveva voluto unirli. Arrivando in bicicletta avevano visto le nuvole a ovest inghiottire il sole e l'arco del cielo diventare rosa. Adesso era notte, le stelle sembrava danzassero perché non stavano ferme un solo istante. Jack le disse che seguivano il ritmo di una musica segreta e non potevano fare a meno di muovere i loro bei fianchi rotondi. Mabel si lasciò stringere, appoggiò la testa sulla spalla di Jack. Il prato era umido dietro la schiena, sua madre non avrebbe approvato. Ma a Jack piaceva la sua voce, le aveva appena detto che avrebbero avuto un pianoforte. E allora, soltanto per lui, si mise a cantare sottovoce *Goodbye, Sweet Day*. Dopo essersi lasciata baciare ancora, ripresero la strada del ritorno un po' in bicicletta e un po' a piedi. Sempre tenendosi per mano.

In quelle poche ore sembrava che il cuore di Jack fosse cresciuto, aveva la sensazione di non poterlo più contenere dentro il petto. Era un superuomo e avrebbe sposato quella superdonna. Non sapeva se poteva davvero considerarla tale, ma quando questo dubbio lo sfiorava lo mandava via come faceva con le sue paure. Un bel lancio e andava a fondo.

Qualche giorno dopo lesse che era stato indetto un concorso per i servizi postali. Seguì l'istinto. Non arrivò nemmeno in fondo alla lettura, chiuse il giornale e andò alle poste. Si iscrisse, fece gli esami e li passò con una valutazione di 85,30 su 100. Prima o poi sarebbe saltato fuori un posto e lui avrebbe cominciato a fare i suoi giri per le strade di Oakland con una sacca a tracolla piena di lettere. Ma nello stesso tempo, sull'"Examiner" di San Francisco, lesse che il compenso minimo della rivista era di dieci dollari per mille parole. Lui aveva almeno una mezza dozzina di articoli che gli spuntavano in testa uno dopo l'altro, quasi sovrapponendosi. Era una buona occasione per separarli e metterli ognuno al suo posto. Se lasciava passare troppo tempo non ci sarebbe più riuscito. Si chiuse in camera da letto e dalle dita gli uscì, come dettato, un racconto sul suo viaggio lungo lo Yukon. Voleva giusto guadagnare quei dieci dollari per far tacere il padrone di casa che minacciava continuamente sua madre di buttarla fuori se non si fosse sbrigata a pagare gli affitti arretrati. Se li sarebbe fatti bastare fino a che non fosse arrivato il lavoro di postino che ormai aveva in tasca. In cuor suo lo sperava, ma di certo non poteva ancora sapere che quella sarebbe stata la nascita di Jack London.

Al suo fianco ebbe subito la sostenitrice delle cause perse: sua madre.

«Hai cominciato a scrivere, Jack» gli aveva detto trionfante. «Non puoi più tornare indietro. Costi quel che costi.»

Non sapeva abbracciarlo e baciarlo, non sapeva dirgli parole che consolassero il suo cuore di ragazzo senza padre, ma il suo amore lo dimostrava con un atteggiamento che nessuna altra madre avrebbe saputo adottare: l'incoscienza. Sua madre era una sensitiva, parlava con i morti, leggeva il futuro nelle carte e nei fondi di caffè. Forse non sapeva interpretare proprio tutto nel modo giusto, forse Jack nemmeno ci credeva tanto a quelle cose, ma ci era nato in mezzo. Sebbene sua madre di latte gliene avesse dato poco e quello che l'aveva fatto crescere sano e robusto fosse uscito dall'abbondante seno della balia, era evidente che anche quel poco aveva fatto il suo effetto.

Scrisse una storia a puntate per lo "Youth's Companion". Ancora prima di capirci qualcosa, aveva già scritto sette storie sull'Alaska delle molte che gli frullavano per la testa. Perché questa era la sua sensazione: stavano diventando inesauribili.

«Hai la tua grande occasione, Jack» gli disse Flora una sera a cena. «Il lavoro alle poste non arriva ancora.»

«Sei l'unica madre a parlare così» le rispose lui a bocca piena.

«Magari sono anche l'unica che sa quanto suo figlio sia speciale. E magari lo so anche perché so come saperlo» disse incrociando le braccia e guardandolo fisso con quegli occhi che lui aveva ereditato.

«E come sai che ci stai vedendo giusto? Il padrone di casa ci sta tormentando.»

«Impegneremo l'orologio che ti ha regalato tuo cognato e l'impermeabile del povero John. Non darti per vinto.»

«È che vorrei sposarmi.»

«Con quella Mabel... Beh, se davvero ti vuole bene ti prenderà così come sei senza fare troppo la schizzinosa. Dille che un giorno avrai soldi a palate. Non saprai nemmeno dove buttarli. O forse sì, dove buttarli lo saprai.»

«Gliel'ho detto.»

«E lei?»

«Non ci crede.»

«È la donna giusta?»

Arrivò l'inverno, e con tutto quello che si era impegnato Jack andava in giro con i vestiti estivi. I bottegai fecero ancora credito per qualche dollaro e poi chiusero le loro porte in faccia a Flora. Se mangiavano qualcosa era grazie a Eliza, che divideva con loro quel che aveva. In più, riusciva quasi sempre a rimediare carta e tabacco per Jack.

«Se non hai carta non sai dove scrivere, e se non fumi non ti si mettono a posto le idee» gli diceva ogni volta sorridendo.

L'unico pasto decente che Jack consumava una volta alla settimana era in casa di Mabel. Ma si conteneva, non voleva che lo vedessero come un affamato. La madre gli faceva sempre molte domande sul suo lavoro.

«Che prospettive ha, Jack?» gli chiese anche quella sera.

«Sto scrivendo molti articoli e molti racconti. Ho tantissime idee, a volte non mi basta l'intero giorno. Rubo parecchie ore al sonno. Ci vuole pazienza. Ho spedito un bel po' di cose. Prima o poi i giornali risponderanno, sono molto fiducioso.»

«E il lavoro alle poste?»

«Sto aspettando anche quello. Mi chiameranno non appena ci sarà un posto vacante.»

«Non è gran cosa, ma almeno è un fisso sul quale contare.»

«Nulla rispetto a quel che guadagnerò come scrittore, signora. Proprio l'altro giorno ne parlavo con Mabel. Apprezzo il suo interesse nelle mie vicende, ma sua figlia e io abbiamo avuto una vita molto diversa. Lei conosce le mie aspirazioni in modo piuttosto vago, del vero Jack e dei suoi pensieri sa poco e niente. In ogni caso, per quanto sappia poco, sa comunque più di chiunque altro al mondo. Ho combattuto e continuerò a combattere la mia battaglia. Sono cose che si fanno da soli. So che non manca molto. Ho appena letto un saggio di Spencer che si chiama *Filosofia dello stile*. Illuminante, mi creda. Dice che uno scrittore non deve usare parole complicate o poco in uso. Sentite questa frase: "Quanto più semplice e ben strutturato, tanto migliore sarà l'effetto prodotto". Vi rendete conto? Conoscere il significato delle parole più complicate, ma usare quelle semplici. È ragionevole, non le pare? In questi giorni, per interiorizzare meglio, sto copiando a mano alcune storie di Kipling. Sto lavorando sodo, ma capisco il suo punto di vista, signora Applegarth. Un marito deve poter mantenere dignitosamente sua moglie.»

Alla parola *marito*, la signora Applegarth preferiva cambiare subito argomento. Era capace di far scivolare il discorso addirittura sul socialismo. In fondo, benché in modo assai più moderato, anche suo figlio Ted... Ma cosa ci trovavano tutti, nella sua famiglia, in quello straccione così sicuro di sé? Provava una rabbia difficile da contenere quando sua figlia lo guardava in quel modo sognante. Una donna non avrebbe mai dovuto guardare nessun uomo così. Una Applegarth, poi... Ne correvano troppe di voci su quel London. Vagabondaggi, corse per mare, strane frequentazioni. Aveva una mente brillante, questo non poteva negarlo, ma non era e non sarebbe mai stato il marito che voleva per sua figlia. La signora Applegarth, però, conosceva bene gli impeti della gioventù: meglio non mettere troppi bastoni tra le ruote se voleva tenere libera la sua strada di madre.

Dopo aver letto qualche racconto del giovane Jack London, la signora Eames, redattrice dell'"Overland Monthly", aveva subito voluto conoscerlo e ne era rimasta molto favorevolmente impressionata. Le piaceva quel ragazzo che nella testa mescolava tempeste e ottimismo. Ne aveva parlato con sua nipote Charmian, una ragazza indipendente, che viveva da sola, andava a cavallo, tirava di boxe, lavorava come dattilografa e nel tempo libero leggeva un romanzo dietro l'altro. Nessuno avrebbe detto che aveva avuto una infanzia triste, e quando le amiche della signora Eames glielo facevano notare, eccola che rispondeva subito: «Povera ragazza. Avrei voluto vedere qualsiasi altra bambina vivere con una madre paralitica e poi perderla all'età di sei anni. Meno male che c'ero io. E meno male che c'era anche l'eredità di suo padre. Ma a guardarla non lo direbbe nessuno, vero? È la gioia di vivere in persona. Entusiasmo puro».

«Vorrei tanto che tu incontrassi questo mio figlioccio» le disse un giorno mentre davanti allo specchio si pettinava. «Vorrei sapere cosa pensi di lui.»

«D'accordo» le rispose distrattamente Charmian. «Com'è che si chiama?»

«Jack London.»

Solo sentendone il nome lo mise subito a fuoco. Ricordava che aveva pubblicato dei racconti sull'"Overland Monthly", e che nella sua famiglia era stato molto lodato. Ma un attimo dopo le era uscito dai pensieri.

«Dovremo organizzare un pranzo fuori» le disse la zia. «Domani verrà a trovarmi nel pomeriggio, ma so che tu sarai impegnata fino a tardi. Sai, tra qualche giorno verrà al museo, nel Ferry Building, dove poserà per un fotografo con un costume dell'Alaska. Gliel'ho chiesto io stessa, per illustrare un mio articolo su di lui. Poi, se ti va, potrei invitarvi entrambi a colazione. Povero ragazzo, non ha un centesimo.»

Il caso volle che il giorno successivo Charmian arrivasse a casa della zia alle sei di sera, proprio mentre Jack stava uscendo. Era vestito in modo stranissimo, almeno agli occhi della ragazza. Portava un berretto molto consumato, una strana cravatta e scarpe da bicicletta che a prima vista lei definì "soffici". Aveva in mano una copia della *Composizione di Boyd* che sua zia doveva avergli prestato.

I due giovani incrociarono gli sguardi per un secondo. Charmian entrò in casa e disse alla zia:

«E quello sarebbe il tuo amato London? Che tipo buffo».

«Cosa conterà mai l'eleganza in un genio...» rispose la signora Eames.

«È l'unico genio che conosci? Se non è l'unico deve essere di sicuro quello con il peggior aspetto.»

La signora Eames si mise a ridere. E le riferì che la domestica aveva avuto la sua stessa reazione nell'aprirgli la porta.

«Pensa che è tornata subito indietro per dirmi che non doveva essere di certo la persona che stavo aspettando. Ha detto che era un ragazzino mal vestito, e che camminava come un marinaio.»

Quando si incontrarono al museo e la signora Eames gli presentò la nipote, Jack le strinse la mano dicendo: «Charmian... *charming*». Cosa che li fece ridere molto entrambi. Sembrava non riuscissero a smettere.

«Piantatela!» disse la signora Eames. «È un riso nervoso e mi dà fastidio.»

Dopo pranzo, i due ragazzi fecero una passeggiata nel giardino del ristorante lasciando la signora Eames con un paio di amiche che avevano pranzato al tavolo accanto. Jack le parlò ininterrottamente, quasi da rimanere senza fiato, di Kipling. Lo definì il più grande scrittore di tutti i tempi.

«Arriva all'anima delle cose, capisci? In lui non c'è limite. È infinito. Semplicemente infinito.»

Charmian pensò che quel ragazzo parlava di Kipling come di un tesoro da condividere. Tanto ardore la commosse e se lo portò a casa dicendogli che se gli interessava qualche volume della sua libreria glielo avrebbe prestato volentieri. Non aveva ancora mai letto nulla di lui, nemmeno uno dei suoi racconti o articoli pubblicati sull'"Overland", ma adesso cominciava a incuriosirla.

Jack si guardava intorno in quella casa così eccessivamente femminile. Gli sembrava tutta una infiocchettatura che poco gli si addiceva. Ma lui conosceva gli uomini, la natura selvaggia, la vita avventurosa, che fosse di mare o di terra. Il mondo delle donne gli era lontano, difficile da capire. Quasi ostico. Ne era attratto, ma se ne sentiva anche escluso. Fu pensando a questo, mentre Charmian gli parlava delle sue passioni – letteratura, musica, equitazione, danza –, che Jack le disse candidamente:

«Non ho mai imparato a ballare, la sento come una cosa contro la mia natura. Credo inoltre che mi sia sempre mancato il tempo per imparare questi divertimenti. Però vorrei che tu leggessi un mio libro. Mi piacerebbe che sull'"Overland" lo recensissi tu».

E dicendolo le allungò il dattiloscritto che si era portato tutto il giorno sotto il braccio. Charmian lo prese e ne lesse il titolo ad alta voce: *Il figlio del lupo.*

«Immagino sia il titolo del racconto più importante» gli disse. «Di cosa parla?»

«Di un cercatore d'oro, tale Mackenzie, che dopo due anni trascorsi nel Nord decide di prendere per moglie un'indiana, Zarinska...»

«Sembra un nome russo.»

«Sì, forse. Insomma, la tribù non è a favore di questo matrimonio, tra l'altro la ragazza è la figlia del capo. Ma Mackenzie li stupisce per il suo coraggio e la sua forza. Alla fine il capo acconsente. E alla tribù lo annuncia con queste parole: "È una forza della natura contro la quale non si può combattere. È il figlio del lupo".»

«E cosa vuol dire essere figlio del lupo?» gli chiese Charmian guardandolo negli occhi.

«È il nome che danno gli indiani artici all'uomo bianco conquistatore.»

«E tu, Jack, sei un conquistatore?»

«Ho visto che hai un pianoforte» disse lui cambiando discorso. «Conosci *Recessional* di De Koven? È su versi di Kipling. A San José ho degli amici. Questa canzone l'ho sentita da loro.»

Nei giorni successivi, Charmian lesse il libro e ne rimase così colpita da non sentirsi più all'altezza di recensirlo. Cominciò allora a pensare a Jack in un modo diverso. Lo rivide in camera sua, con quegli occhi luminosi che correvano veloci sulle coste dei volumi mentre, come in stato di grazia, ne mormorava titoli e autori. Erano racconti, tutti bellissimi. Anche i titoli lo erano: *Il silenzio bianco*, *Il figlio del lupo*, *In un paese lontano*, *Prerogativa del prete*, *Saggezza della traccia di neve*. Ne venne travolta e turbata senza comprenderne la ragione. Restò in questa sospensione fino all'ultimo: *L'Odissea del Nord*.

Solo quando chiuse il libro capì che in tutte quelle storie che parlavano dell'immensità dei deserti coperti di neve, dell'altezza del cielo e della profondità del silenzio, di ladri che finivano col rubare a loro stessi, della difficoltà di un prete nel decidere quale fosse il maggior peccato commesso dall'uomo, della legge della fedeltà e del destino dell'uomo e dell'animale, su ogni cosa, in realtà, dominava soltanto la morte. Ma una morte diversa da quella che era stata abituata a leggere fino ad allora. Quella di Jack London era una morte che faceva morire. Non poteva recensire un libro così. Non avrebbe saputo cosa scrivere. Seduta in poltrona, chiuse gli occhi con il dattiloscritto aperto sul petto per qualche minuto. Poi si tirò su di soprassalto. Si era forse addormentata? Le era sembrato che all'improvviso le fosse mancato il fiato.

Qualche tempo dopo, la signora Eames ricevette una lettera di Jack. La lesse con attenzione mentre sua nipote Charmian le girava per casa preparando il tè e tenendo d'occhio il forno per controllare che i biscotti non si bruciassero. Era una lettera abbastanza lunga, che la lasciò pensosa.

Quando Charmian arrivò in salotto con il vassoio in mano, la signora Eames, la lettera posata in grembo, le disse:

«È molto strano questo London. Forse avevo dimenticato di dirtelo, ma da quando lo conosco non ha fatto altro che parlarmi di una certa Mabel Applegarth come l'unica donna al mondo che avrebbe potuto sposare. Raramente ho visto un ragazzo più convinto di lui. E adesso, invece, sai cosa fa? Mi scrive che il prossimo sabato non potrà venire a trovarmi perché sta per sposarsi con una tale Bessie Maddern. E anche altre cose che non stanno né in cielo né in terra. Senti qui: "E non mi dica che mi lego prematuramente e troppo in fretta. Io sono già legato. Benché scapolo, ho dovuto mantenere lo stesso una famiglia, la mia. Anche se desiderassi andare in Cina, dovrei provvedere lo stesso alle spese di casa, con o senza moglie. In questo modo sarò più saggio, e potrò dedicare più tempo al mio lavoro di scrittore. Insomma, la vita è una sola. Perché non viverla? E poi il mio cuore è grande, sarò un uomo più sobrio e più onesto con una restrizione, invece di essere libero di seguire qualunque fantasia". Charmian, ti rendi conto di cosa sta per fare questo giovanotto? Praticamente afferma che il matrimonio è una *restrizione*, e poco più avanti continua dicendo che ha scelto di fare "un matrimonio ragionevole". Ci voleva proprio un matrimonio *ragionevole* per un uomo appassionato come lui. A meno che io non mi stia sbagliando e non sia affatto un passionale. E poi mi dice che la vita è una sola e che vale la pena di viverla. È pazzo se crede che sposandosi con queste premesse possa anche vivere la sua vita. Non capisco cosa gli sia successo».

«Delusioni, cara zia» rispose Charmian. «E una gran voglia di non digerirle.»

Bessie Maddern era esattamente il contrario di Mabel Applegarth. Non solo non era bella, ma era soprattutto una donna robusta e massiccia, con una faccia rotonda e nessun lineamento che lasciasse trasparire languore. Jack l'aveva conosciuta qualche anno prima, quando con il suo fidanzato, Fred

Jacobs, lo aveva aiutato a prepararsi alla prova di ammissione all'università. Si erano ritrovati da poco, quando Jack si era ormai reso conto che Mabel non sarebbe mai riuscita a liberarsi dell'influenza della madre e proprio mentre un altro, improvviso e devastante incontro gli stava rimescolando tutto il sangue che aveva in corpo.

Era il 31 dicembre del 1899, era a casa con Flora e a un certo punto si mise a fissare le lancette dell'orologio. Mano a mano che si avvicinava la mezzanotte, venne preso dalla convinzione che non stava solo per nascere un nuovo secolo, ma che lui stesso stesse venendo al mondo. Tra pochi minuti la sua vita sarebbe cambiata, e avrebbe realizzato molti dei suoi sogni. Quando scoccò la mezzanotte abbracciò Flora, la prese in braccio, le diede un bacio pieno di trasporto tra i capelli e poi uscì di casa. Respirò quell'aria come un balsamo che gli avrebbe curato ogni ferita. Si sentì travolto e deciso al tempo stesso. Si calcò il berretto in testa, montò in bicicletta e nel forte odore di mare che il vento del Pacifico gli portava a ondate sotto il naso si diresse verso San José.

Quando arrivò davanti a casa di Mabel, vide che le luci erano tutte accese. Dovevano esserci molte persone che festeggiavano l'arrivo del Nuovo Secolo. Bussò e alla domestica che andò ad aprire chiese di poter parlare con la signorina Mabel.

«Ma perché non entra, signorino Jack» gli disse la donna. «Saranno tutti molto felici di vederla.»

«Non sono vestito in modo adatto» rispose lui sorridendo radioso. «Voglio solo farle gli auguri di persona. Non ho nemmeno molto tempo.»

Mabel arrivò poco dopo. Uscì di casa con un abito talmente leggero che Jack si tolse subito la giacca e gliela mise sulle spalle.

«Buon 1900» le disse abbracciandola.

Mabel aveva il viso arrossato e gli occhi lucidi. Si strinse a lui senza dire nulla. Il Nuovo Secolo per loro due cominciava così, con un abbraccio pieno di significati in quell'aria fredda che non dava scampo. Jack mantenne sul volto una espressione rassicurante e forte.

«Siamo giovani e vedremo un nuovo secolo» le disse baciandole una guancia.

«Tutta la vita davanti» gli rispose lei sforzandosi di sorridere. «I nostri progetti restano intatti, vero Jack?»

«Credo che nulla potrebbe cambiarne il corso» disse lui abbassando lo sguardo.

«Potremmo darci un altro anno di tempo» disse lei guardandolo negli occhi con una espressione disperata. «In un anno qualcosa potrebbe cambiare.»

«Ne sono sicuro» le rispose Jack.

Ma sulla sua bocca dagli angoli dipinti, qualcosa si spense. Nel buio della notte restò solo la luminosità dei suoi occhi che continuarono a sorriderle. Sentì di amarla in modo straziante, ma che non era più la sola. E gli sembrò che in quei giorni la vita lo rendesse pazzo.

«Perché non entri un momento a salutare tutti? Sarebbero felici di vederti.»

«No, Mabel, guarda come sono vestito.»

«Ma cosa vuoi che importi...» insisté lei quasi supplichevole. «Sei di casa.»

Jack la guardò negli occhi. La vide come il malinconico personaggio di un romanzo. Prima o poi avrebbe scritto di lei. Niente e nessuno avrebbe potuto cancellare Mabel.

«Ci scriveremo molte lettere.»

«Perché, parti?»

«Non ho ancora in mente nulla. Ma credo che noi due ci scriveremo sempre.»

«Ci sposeremo tra un anno» rispose Mabel.

«Avrei preferito adesso» le rispose lui a bassa voce. «Forza Mabel, vai a prendere qualcosa e mettila in una valigia. Oppure non prendere proprio nulla, solo un giaccone pesante e vieni via con me.»

«Abbiamo detto tra un anno...»

«Sposami adesso.»

«Oh, Jack. Che cosa sconsiderata. Così, senza pianificare nulla, con questo nuovo anno che è appena cominciato...»

«Ecco, un nuovo anno. È già trascorso un anno da meno di un'ora. Tra un anno è adesso.»

Ma poi non disse altro. Le accarezzò il volto e la contemplò con sentimenti molto cambiati. Era sempre la meravigliosa Mabel, ma era davvero ancora insostituibile? Quella nuova, improvvisa invasione del suo cuore gli parve un assedio. Non aveva scampo, quando certe cose accadono non c'è che un'unica soluzione: se voleva sopravvivere avrebbe dovuto sostituirle subito entrambe, e senza mai fare paragoni. Questo, giovane com'era, pensava dell'amore: il più affascinante dei pericoli, ma forse anche l'unico da evitare.

«Tra un anno sarà tutto risolto, Jack» gli disse lei. «Ne abbiamo di progetti da fare. Oh, sono certa che avrai un ottimo lavoro, che pubblicherai un libro di grande successo. Jack, sarà tutto facile per noi.»

Ma l'ultima frase la disse che lui stava già pedalando. Il giovane London respirava l'aria del Nuovo Secolo. Dentro di lui molte cose si stavano mescolando. "Ne ho ancora tanti di errori da fare nella vita" pensò staccando le mani dal manubrio e incrociandosele dietro la testa. "Sempre meglio un errore che un rimpianto." Poi rallentò all'improvviso, pedalate inconsapevoli lo portarono avanti a velocità minore. "E se commettere un errore fosse la vera fonte di un futuro rimpianto?"

Rimise le mani sul manubrio, il freddo gli irrigidì le spalle, riprese a pedalare lievemente staccato dal sellino, e di gran potenza di gambe. Dentro di lui esplose una euforia inattaccabile.

Jack e Bessie si sposarono un sabato mattina. Nel primo pomeriggio presero le biciclette e fecero una gita di tre giorni. Non c'erano soldi e tempo per fare di più. E poi Jack aveva fretta di tornare e mettersi al lavoro. Era convinto che quel matrimonio gli avrebbe calmato le acque e presto avrebbe trovato la giusta pace per scrivere una storia che aveva ancora una incerta identità, ma era solo questione di poco tempo, su questo non aveva dubbi. E sarebbe stato un romanzo. Ormai si sentiva pronto.

Fu per questa ragione che la prima notte di nozze, quando nel buio di una piccola stanza ammobiliata si ritrovò tra le braccia quel corpo robusto, ancora prima di cominciare ad accarezzarlo Jack chiuse gli occhi quasi a farsi male nello sforzo di cancellare dalla mente i due volti che lo perseguitavano. A dire il vero, quasi solo uno. Allora si sforzò di credere che la vita era connessione e bisognava rivolgere il proprio pensiero a se stessi, non agli altri. Prima di abbandonarsi pronunciò di solo pensiero una frase che non capì e sulla quale non volle soffermarsi: *Si perde la vita che abbiamo e si vive quella che si perde*. Era sua o l'aveva letta da qualche parte? Chiuse ancora più forte gli occhi.

Quando si ritrovò sdraiato accanto a Bessie, si accorse che lei gli stringeva una mano. La ritrasse e cercò il pacchetto di sigarette, ne accese una e sentì il corpo di sua moglie caldo e appagato accanto al suo. Fu nel primo sbuffo di fumo che vide un'immagine. E capì subito che se gli stava davanti era soltanto per spezzargli il cuore.

Era una fotografia scattata in uno studio. C'era un'amaca e subito dietro una sedia. Alle spalle un fondale che rappresentava una foresta tropicale. Sull'amaca stava seduto lui che indossava un abito elegante, le mani erano arrese sulle gambe, come non avessero più forza di fare nulla. Ed erano ritratte, come nel timore di ciò che aveva davanti. Il volto era di tre quarti, ma che era estasiato si vedeva bene. Aveva gli occhi adoranti, un sorriso quasi inconsapevole sulle labbra. Sulla sedia stava seduta una donna che guardava intensamente nell'obiettivo, indossava un abito bianco, un grande cappello di paglia, la mano sinistra sorreggeva il volto e il gomito lo teneva appoggiato sull'amaca. Ricordava perfettamente il giorno in cui se l'erano fatta scattare in quello studio fotografico. Ricordava anche la faccia paffuta del fotografo, i suoi pochi capelli e i baffi folti. Si era forse già scambiato delle promesse con quella donna? Gli occhi di Jack avevano quella forza sentimentale capace di abbattere ogni ostacolo. In quelli di lei, invece, c'erano due espressioni sovrapposte: la sottomissione e l'audacia. Si stupiva di non riuscire a separare quei due volti. Allora, con la sigaretta ancora in mano, pensò: "Avrei dovuto saperlo allora e invece lo so adesso: Mabel, sei tu, ma sappi che la tua bellezza aristocratica, la cultura e l'eleganza non ti saranno mai di nessun aiuto. Se invece non sei tu, perdonami".

Jack si portò una mano al petto come avesse avuto una fitta. A un tratto ebbe la certezza che quello scatto fotografico appartenesse al futuro.

«Ti senti bene?» gli chiese Bessie.

«Sì. Deve essere stata una bolla d'aria. Qualcosa tra lo stomaco e il cuore.»

D'istinto, Bessie gli mise una mano sul petto per fargli un massaggio circolare. Era notte fonda, si sentiva il rumore del mare e quello delle foglie degli alberi mosse dal vento. Nel buio della stanza, Jack si addormentò confortato da quella mano che lo accarezzava. L'espressione che gli restò sul volto, invece, andò a riprendersela in un passato molto lontano. Fu come se la sua infanzia povera e dolorosa avesse preso il sopravvento sulla fiducia nel futuro.

"Questa è una notte di dolore" pensò senza avere più voglia di bere e fumare. "Forse un giorno mi chiederò come ho potuto. Forse anche il modo in cui l'ho fatto. Come è possibile diventare improvvisamente vili quando solo la mancanza di coraggio mi ha sempre fatto orrore? C'è quella mia fotografia in posa da pugile. Sto in guardia e le gambe sono nella posizione giusta, soprattutto i piedi. Le braccia stanno un po' a casaccio. Troppo basse, insomma, non mi difendo. Certo, è una foto, dall'altra parte c'è soltanto un obiettivo, non un avversario. Proteggersi il volto non avrebbe molto senso. Però mi mette in imbarazzo tutto l'insieme. Ho una espressione troppo mite. Quella riga da una parte. I mutandoni. Troppo mite. Sembra che io stia lì pronto a prendere un cazzotto che mi farà cadere fulminato a terra.

"E invece questa volta il fulminatore sono stato io. Ho tirato un cazzotto invisibile che l'ha presa in pieno petto. Non sono nemmeno stato capace di dirle la verità. Lei ha spostato tutto da un'altra parte, e io non ho fatto nulla per dissuaderla solo perché ho bisogno di prendere tempo.

"C'è bisogno di mare. In tutti i momenti difficili della mia vita sono andato a cercarlo, e lui è sempre stato lì ad accogliermi, placido o indiavolato. Oggi ho guardato la terra di Glen Ellen e ho pensato: 'Sei di un verde tardivo'. È per questo che ora vorrei il vento del mare. Perché non è mai semplicemente vento, è un pirata. E l'acqua la frantuma perché soffia anche sotto il mare.

"Ripenso a quel giorno felice, con la marea crescente, dopo diciot-

to mesi di studio e su una barca che mi avevano prestato. Una volta tesa la vela di bompresso, è svanita ogni mia sofferenza. Mi sono ritrovato nelle acque di S. Pablo. Me ne sono andato dritto verso lo Stretto Carquinez. E poi ho preso la direzione di St. Joaquim. Nulla poteva più fermarmi. Solo la notte. Ho ancorato vicino al fiume e sono rimasto incantato dalla voce degli uccelli. E allora ho pensato a Scratch, alla sua morte che era proprio avvenuta lì, quando le acque di Benicia si erano ingrossate sotto l'arcata del porto. E a quel punto mi sono chiesto dove potevano essere andati a finire tutti quanti. Che fine avevano fatto mentre io studiavo tanto assorto, ma senza mai dimenticarmi di loro. Avevo trascorso una eternità su un altro pianeta. Quanto ci avrei messo a tornare? Un'ora? Due? Allora ho tirato su l'ancora e puntato verso la bella mareggiata del porto di Suisun. Mi ci voleva una sbornia per digerire tutto quello studio. Poi, superata la scogliera di Solano, ho attraccato.

"Ne ho ritrovati parecchi: Charley Le Grant, Nelson, Chem. E sono venuto a sapere di chi era morto o aveva fatto una brutta fine. Tutti i miei vecchi amici pirati sono morti impiccati, o fucilati, o annegati... Gli altri riposano in galera.

"Ho cominciato a bere con loro e ho dimenticato tutto. Avevo ancora il mare addosso. Profumavo.

"Mi sono fermato una settimana. Soltanto sbronze e canzoni che mi hanno rimesso perfettamente in sesto. Mi ero privato a lungo di quei miei vecchi amici. Lì, con loro, non potevo certo saperlo, ma avrei continuato a farlo. Ormai ero cambiato."

Rimase seduto sul dondolo con le mani aperte sulle ginocchia. Incerto se fare pressione per alzarsi o restare seduto. Lo vinse il ricordo di una canzone di quegli anni. La cantò:

Trattate mia figlia gentilmente
tenetela lontana dai pericoli,
in compenso vi lascerò la casa
e tutte le galline del giardino.

Un matrimonio doveva essere *ragionevole*, altrimenti poteva creare molto impedimento, mettere il famoso bastone tra le famose ruote. Aveva fatto la scelta giusta. Restare in attesa degli indecisi era tutto tempo perso, gli avrebbe portato via parecchie delle sue inesauribili energie. "Mai fare troppo affidamento sull'inesauribilità" si era detto un mattino guardandosi allo specchio. Di lui, dicevano che fosse un pozzo senza fondo. Ma chi poteva dirlo se a forza di scendere... Non esistevano i pozzi senza fondo, ne era consapevole anche quando sognava molto in grande. Contagiato dalla frenesia, sapeva che tutto quel consuonare con l'universo era un dono, anzi, occasioni che non andavano sprecate. Un matrimonio ragionevole gli avrebbe permesso di coglierle tutte. Si fosse messo ad aspettare, ne avrebbe perse troppe nei lambiccamenti dell'attesa. Occasioni e neuroni. Il cuore di un uomo coraggioso doveva essere una strada spianata, curve e dossi facevano perdere un bel po' di tempo.

Dopo il matrimonio, Jack si allenò all'incenerimento, e gli parve di riuscirvi a meraviglia. Fu come prendere una fiamma ossidrica, puntarla sui ricordi e aumentare l'intensità della fiamma. Una lingua di fuoco li travolse. O almeno così volle credere.

Una sera, dopo aver messo la cena in tavola, Bessie annunciò al marito e alla suocera che aspettava un bambino. Jack si aperse in un sorriso che restò muto per lo stupore. Ma a riempire il silenzio ci pensò sua madre.

«Era ora» disse. «Siete sposati già da qualche mese. Cominciavo a preoccuparmi. Ho pensato: "Una donna così bella robusta che non è capace di fare un figlio".»

Il buon carattere di Bessie mise tutto a posto con una risata.

«E vuol dire che vi siete sbagliata» rispose alla suocera senza volergliene. «Presto diventerete nonna. E state certa che non sarà l'unico. Ho intenzione di metterne al mondo almeno un paio.»

«Questo sarà un maschio» proclamò Jack con entusiasmo. «E lo sarà anche il prossimo.»

«Sul sesso dei figli bisogna aspettare di veder crescere la pancia» disse Flora. «Quando è a punta sarà un maschio. Se invece è rotonda sarà di sicuro una femmina.»

Jack scosse la testa divertito. Sua madre era sempre la solita guastafeste. Ma non disse nulla, in un certo senso continuava a commuoverlo. Da quando aveva preso moglie, gli sembrava più triste. Non che non fosse contenta di saperlo sposato, ma le si leggeva in faccia che il vantaggio di vedere quel figlio sistemato, e chissà, forse anche un po' meno attratto dall'andare sempre a caccia di qualcosa di nuovo nel mondo, non le colmava il dispiacere di sentirsi meno importante in casa sua. Allora Jack stappò una bottiglia di birra, ne versò nei tre bicchieri e alzando il suo disse:

«A mio figlio».

«A quel che sarà» rispose Flora avvicinandosi il bicchiere alle labbra ma bagnando giusto il becco. «Oggi sono venute a trovarci la signora Eames e sua nipote Charmian. Due brave persone. Tua moglie e quella Charmian se la intendono perfettamente. Non sai come le abbiamo sentite ridere mentre io e la signora Eames ce ne stavamo in salotto a bere una tazza di caffè. Sembrava che tua moglie non fosse nemmeno incinta da quanto rideva. E quella Charmian fa discorsi che non stanno né in cielo né in terra per una donna. Va a cavallo con i pantaloni, parla dei lunghi viaggi che farà, dice che diventerà un critico letterario. E tira di boxe. Una donna che tira di boxe... Te lo dico io, quella lì la pancia non ce l'avrà mai, né a punta né rotonda. Fosse nata maschio, sarebbe stato molto meglio per lei.»

La pancia fu rotonda. Nessuno disse mai una sola parola durante la gravidanza di Bessie, ma sia Jack che Flora la tenevano sotto controllo. Entrambi si accorgevano quando l'altro la scrutava. E se ad accorgersene era Flora tratteneva a stento un sorrisetto ironico.

Quando nacque Joan, Jack non riuscì a nascondere la sua profonda delusione. Come era potuto accadere? Gli misero in braccio quella bella bambina e lui, dandole un bacio sulla fronte, non poté impedirsi di guardare Bessie con un certo rimprovero. Fu allora che Flora si sentì per la prima volta solidale con la nuora.

«Non ti è mica capitata una disgrazia, eh?» gli disse. «Ringrazia il Signore che è una bella bambina. Guarda come è sana e perfetta.»

Jack fece di sì con la testa e si consolò pensando alla prossima gravidanza di sua moglie.

Fu poco dopo la nascita della bambina che la mente di Jack cominciò a essere visitata da un cane. All'inizio pensò che doveva essere il buon ricordo dei due cani da slitta del Klondike. Ma poi capì che se ne stava creando uno tutto suo. E si stupì di pensarlo californiano, ben pasciuto, un cane enorme. E che cominciava a seguirlo ovunque andasse. Ogni tanto si voltava, lo guardava e sorridendo gli diceva: «Ma che vuoi da me?». Spesso si toglieva il berretto per sbattierselo contro una coscia. Era insistente quell'animale, gli stava col fiato sul collo. Che doveva fare, credere nelle vite passate come sua madre? Certe volte, con il berretto si copriva la faccia per mettersi a ridere e non farsi vedere da nessuno. Quel cane lo seguiva dappertutto. E poi cominciò anche a entrargli nei sogni.

«Bessie» le disse una mattina mentre facevano colazione insieme. «Non faccio che sognare un enorme cane.»

«E ti morde?»

«No, no. Mi segue e basta. Qualche volta sono così condizionato che mi pare di vederlo anche di giorno.»

«Beh, di giorno di cani ne vedo parecchi anche io» disse lei scoppiando a ridere.

«Ma io vedo quello del sogno.»

«Va bene, Jack. Finisci la colazione.»

«È un cane di un altro regno.»

«Allora riaccompagnalo a casa sua.»
In veranda trovò Flora che stava pelando le patate. Aveva un'aria molto assorta in quello che stava facendo. Jack sapeva che non era mai così. Sua madre sembrava assorta perché in realtà i suoi pensieri la portavano lontano. Lei diceva che le succedeva contro la sua volontà, che c'erano per tutti noi degli accordi presi molto prima di venire al mondo. Una volta, gli aveva spiegato che prima di nascere stipuliamo un accordo con altre anime destinate a ricoprire un ruolo importante nelle nostre molte vite. Gli disse che dopo l'incarnazione quelle anime dovevano creare la coreografia dei loro futuri incontri.
«Come un ballo?» le aveva chiesto lui.
«La vita lo è» aveva risposto Flora. «Siamo tutti molto sballottati. Alla fine, però, ci si incontra sempre al momento giusto.»
Jack si accese una sigaretta e restò a guardare sua madre circondata da tre secchi: uno per le patate, uno per le bucce e un altro per quelle pelate. Sebbene sapesse quanto fosse strana, in quel momento gli parve in perfetto equilibrio. Era suo figlio, ogni tanto doveva pur vederla così. Buttò il mozzicone della sigaretta, si infilò le mani in tasca e le disse:
«Sogno e vedo un cane».
Flora tirò su uno sguardo disattento.
«Lo scopo della nostra anima non lo raggiungiamo mai da soli» gli disse. «Di solito richiede un lavoro di squadra. Te l'ho detto tante volte, sono tutti accordi che stipuliamo prima. Si stabiliscono dei codici di luce.»
«Un lavoro di squadra... Codici di luce... E come ci si riconosce?»
«Dalla familiarità e da un'altra cosa. Ma non te lo so spiegare, è come quando una immagine si ferma all'improvviso. E lo fa solo per te.»
«E può succedere anche con un cane?»
«Passaci del tempo insieme, esplorate i vostri sentimenti. Fate quello che si fa nella vita.»
Jack la lasciò nel patio e Flora riprese il suo lavoro. Il cane lo incontrò quando si avvicinò al mare. Fece finta di non vederlo, ma quello gli andò incontro e poi cominciò a seguirlo.
«Abbiamo un po' di cose da fare insieme» gli disse Jack af-

fondandogli una mano nel pelo. «Pare che io debba riportarti a casa.»

E poi aggiunse:

«O che tu debba riportarci me».

Fino ad allora aveva scritto molti articoli e racconti, e le riviste avevano anche cominciato a pagare. Per pochi che fossero, a lui quei soldi sembravano sempre molti rispetto agli stipendi che aveva guadagnato nelle fabbriche e in lavanderia: un dollaro al giorno per tante ore di lavoro. Ormai, invece, gli mandavano anche quaranta o cinquanta dollari per ogni racconto, proprio come aveva fatto la rivista "Black Cat". E i racconti gli uscivano dalle mani con grande facilità. Era vero quello che aveva detto tornando dal Klondike: non ci aveva trovato l'oro, ma qualcosa che gli avrebbe reso molto di più. In quei giorni, camminando per le strade di Oakland, andando in bicicletta fino al mare o nell'entroterra, in quel clima fresco che attaccava addosso il buon odore della salsedine a seconda di come girava il vento, ebbe la sensazione che quanto stava per nascergli avesse altre dimensioni. Spesso pensava: un racconto lungo. Poi, a seconda di come gli cresceva l'entusiasmo dentro, poteva anche aggiungere: un racconto molto lungo. Forse un romanzo.

A casa, però, c'erano Bessie e Flora. Se nei primi tempi la poca confidenza tra le due donne aveva reso il loro rapporto abbastanza pacifico, ormai bastava un niente a farle infiammare. Flora sentiva di non essere più la signora London, che un'altra aveva preso il suo posto diventando prima la moglie di Jack e poco dopo anche la madre della sua bambina. Purtroppo, quello che lei chiamava il suo "percorso spirituale" non l'aveva aiutata in nulla se non nel farle crescere una smisurata considerazione di sé. E così, anche se i conti le tornavano, non le era possibile accettare la retrocessione. Quel che più la affliggeva era la certezza che suo figlio Jack non avesse nulla a che vedere con quella faccenda. La sua perdita di potere era dovuta solo all'arrivo della più giovane, e alla malcelata convinzione di Bessie che una moglie valga subito più di una madre.

Qualche volta aveva provato a parlarne con Jack, ma lui si mostrava sempre poco interessato all'argomento. Le sorrideva, le accarezzava una mano, al dunque finiva col dirle di non dare troppa importanza a una cosa tanto naturale. Era solo l'entusiasmo della giovane sposa.

«Sembra più vecchia di te» gli disse un giorno Flora.

«Non lo è, e comunque io ho molta più vita alle spalle. L'esperienza mi ha reso più maturo di qualsiasi giovane donna.»

«E non è stata nemmeno capace di darti un figlio maschio.»

A quelle parole, Jack si era allontanato. Che importanza poteva avere per lui mandare avanti un nome che non era nemmeno il suo? Era un brutto pensiero, e lo rattristava molto.

Quella volta, Flora gli andò dietro e non poté fare a meno di rincarare la dose:

«E quella Mabel che volevi tanto sposare, che fine ha fatto?».

A sentire il nome di Mabel, Jack divenne forastico e le disse subito di abbassare il tono della voce.

«Vuoi farti sentire da mia moglie?»

«Accidenti, figlio mio, quando ti arrabbi tua moglie non ha più nemmeno un nome? Mica sono una stupida.»

«Mabel era un'altra questione» le rispose guardandosi intorno nel timore di poter essere ascoltato.

E a quel "era un'altra questione" non aggiunse altro. Gli diede uno sgradevole torpore sentirla nominare. Il nome Mabel lo rallentava. E poi vedeva subito anche il volto di un'altra persona con la quale si stava scrivendo una lettera dietro l'altra. Nell'ultima le aveva appena detto che con sua moglie le cose non stavano andando bene. Anzi, alla fine aveva tagliato corto affermando che il matrimonio era proprio un fiasco. Se gli dava del tempo... "Immaginatemi inginocchiato davanti a voi. Immaginate che vi stia supplicando."

Non aveva bisogno di parlare di certe cose con Flora. Non voleva. Quando scherzando parlava di sé, le diceva frasi come: «Mi è toccata in sorte la velocità delle meteore». Oppure: «Morirò giovane perché il fuoco che ho dentro ha una fame da lupo».

I continui litigi tra Flora e Bessie e i pianti di Joan che non digeriva il latte materno lo mettevano di malumore. Soprattutto lo deconcentravano, anche se in quella casa aveva la fortuna di potersi chiudere in una stanza. Quelle due donne si davano contro senza tregua, anche sulle cose più futili. Quando un giorno le sentì discutere su come dovevano essere piegate le lenzuola, si preparò una piccola valigia e se ne andò via dicendo:

«Vado a casa di Eliza. Qui non riesco a concludere niente. Quando voi due avrete trovato un modo civile per vivere insieme, me lo farete sapere».

Stava scrivendo molti racconti, ma aspettava l'ispirazione giusta. E sapeva che anche quella sarebbe arrivata all'improvviso. Ma per accoglierla aveva bisogno di pace. Spesso, dalla casa di Eliza prendeva la bicicletta e andava da Jenny Prentiss. Ogni volta che la vedeva, non poteva fare a meno di pensare che se non fosse stato per il latte di quella grande donna nera, non ce l'avrebbe mai fatta. Era stato il suo latte sempre abbondante a farlo crescere forte e robusto. Una ex schiava che si era conquistata la libertà dopo anni di lavoro e che lo aveva preso a balia dopo aver perso il figlio che aveva appena partorito. «Che dovevo farci con tanto latte?» diceva ogni volta che ritirava fuori la questione. «Mandarlo a male non mi avrebbe ridato il mio bambino. L'ho dato tutto a Jack, alla mia balla di cotone.» Lo chiamava così perché da bambino aveva avuto una malattia che gli aveva fatto venire i capelli tutti bianchi. Lei era stata l'unica a non preoccuparsi troppo. «È sano come un pesce» diceva. «Una volta ho visto un cane che deve aver avuto la stessa malattia del mio Jack. Come gli è venuta, gli è passata. Mi sembra di vederlo ancora adesso. È stato un cane grande e grosso per molti anni.»

Solo con quella possente guerriera Jack si lasciava andare alle effusioni. E ogni volta che lei lo stringeva tra le braccia, non poteva fare a meno di pensare che non aveva mai conosciuto così bene il corpo di sua madre. Ci stava volentieri a casa di Jenny. Era lei che spesso gli raccontava il suo passato. Cose che altrimenti non avrebbe mai saputo. E conoscendolo molto bene, gli raccontava soprattutto le cose che gli facevano piacere e lo divertivano.

«Avevi solo cinque anni quando ti sei ubriacato la prima volta» diceva spesso, soprattutto se in casa c'era qualcuno che non conosceva la storia. E cominciava subito a ridere con quell'enorme seno che seguiva le sue corde vocali in tanti piccoli e ritmati sobbalzi. Lo guardava come per avere il suo assenso e poi continuava a rivolgersi all'interlocutore. Jack le dava il via con un cenno degli occhi: «Avreste dovuto vederlo. La madre gli diede un secchiello di birra da portare al padre John che lavorava nei campi. Mi pare di averlo davanti agli occhi. Quando hai dato il latte a qualcuno, te lo sai immaginare nel passato, nel presente e nel futuro. E io me lo vedo come fosse adesso, con quelle sue gambette forti, i calzoncini corti, i boccoli in testa e quel secchiello pieno di birra fino all'orlo. Deve essere stata la schiuma a farti venire quella bella idea, vero Jack?».

E Jack, facendo di sì con un lieve dondolio del mento, le rispondeva che era andata proprio così, era stata la schiuma. Jenny si faceva una di quelle risate che tolgono il fiato e poi ricominciava.

«Ecco, la schiuma, così densa che agli occhi di un bambino di quell'età doveva dare più l'impressione di una cosa che si mangia. Come una meringa. O la manna che Nostro Signore ha fatto venire giù dal cielo. E sapete cosa ha fatto? Ci ha messo la testa dentro e ha morso. Ma mica è arrivato al liquido biondo. No, è rimasto in superficie, e quando si è rimesso in piedi si è ritrovato in faccia quella roba amarognola che sembrava schiuma da barba. Allora ha tuffato meglio la testa e ha dato una lunga sorsata. Di' la verità, Jack, mica ti è piaciuta» diceva lei guardandolo. Ma poi non gli dava nemmeno il tempo di rispondere e continuava: «Ci mancherebbe che una cosa simile possa piacere a un bambino. Ma il mio Jack era già molto testardo. Deve aver pensato che se quella roba piaceva a suo padre, che era un brav'uomo, doveva per forza piacere anche a lui. E così ci ha ficcato di nuovo la testa dentro, e stavolta ha bevuto più della precedente. E poi, con quel secchiello che non era certo più all'orlo, ha ripreso la strada. È stato a quel punto che il mondo gli si è capovolto. Guardava il cielo e aveva l'impressione che la testa non gli stesse più sopra il collo nello stesso modo, ma che fosse fissata con un perno girevole. Ricordo che mi disse una cosa che mi fece ridere tanto, mi disse:

"Jenny, vedevo tutte le cose insieme". E le gambe cominciò a sentirsele molli e nello stomaco gli sembrava di avere una vibrazione d'arpa che gli arrivava al cervello. Povero figlio mio, ci fosse stato nelle vicinanze un fiume e lui avesse camminato sulla riva come piace fare a tutti i bambini, avrebbe rischiato di finirci dentro ubriaco e di annegare».

A Jack piaceva ascoltare quella vecchia storia, perché Jenny, a seconda di chi aveva davanti, la infiorettava un po'. Ma non gli veniva mai in mente che potesse aggiungerci qualcosa di suo. Erano le storie che erano fatte così. Ritornavano in mente sempre con qualche modifica che completava l'insieme. Per non parlare poi del fatto che in quel frangente lui era solo, nessuno l'aveva visto. E dunque Jenny non poteva che ricostruire tutto con la sua intuizione di madre di latte. Forse anche con quello che le aveva raccontato Jack quando si era ripreso dalla sbronza di due anni dopo lasciando il medico interdetto:

«Alla sua età, con tanto alcol in pancia ci si può morire».

A Jenny piaceva molto anche questa frase. La cambiava sempre un po', ma la diceva con un tono di voce stupido perché era una grande interprete, e voleva che il suo pubblico capisse fin da subito con quale personaggio aveva a che fare. E quel medico era proprio uno stupido. Per chi l'aveva preso il suo Jack, per un gatto? Un cucciolo di cane? Anche se quel secchiello lo avesse bevuto tutto, non gli sarebbe successo niente di grave. Aveva nel sangue il buon latte della sua Jenny.

Jack la guardava con molto amore. Anche con un gran senso di colpa, perché sebbene fosse innamorato di Flora fin da bambino, sentiva che il vero affetto materno lo provava per quel grande corpo di nera che continuava a fargli da madre e a considerarlo come i suoi figli. Ogni volta che Jack arrivava, ancora prima di abbracciarlo, si voltava, puntava gli occhi sulle scale e gridava: «Venite tutti giù a salutare vostro fratello che è venuto a trovarci». E Jack proprio fratelli li considerava, anche se si incontravano solo lì. Flora non aveva mai espresso un unico giudizio in proposito. Chissà se avrebbe mai immaginato che tanto latte avrebbe prodotto anche tanto indelebile amore.

Quella volta, era andato da Jenny per raccontarle che sua madre e Bessie litigavano in continuazione. E per dirle anche che si portava un macigno in petto. Prima che si mettesse a parlare, lei andò a sedersi accanto lui, gli prese la testa e se l'appoggiò al petto accarezzandogli i capelli. E allora Jack le raccontò che poco prima di partire per il Klondike con il marito di sua sorella, quando avevano ormai girato tutti gli empori per fare gli acquisti d'equipaggiamento, suo padre, che era già molto malato, si era fatto prendere da una grande frenesia e gli aveva chiesto, quasi supplicandolo, di portarlo in quella magnifica spedizione insieme a lui. «Se mi portassi con te nella neve, io riprenderei tutte le mie forze, ragazzo. Ne sono proprio sicuro.»

Che non ce l'avrebbe mai fatta ad affrontare un viaggio simile, Jack lo sapeva benissimo. Quello che si chiedeva e non si perdonava era perché mai avesse deciso di partire quando era evidente che al suo ritorno non lo avrebbe trovato vivo. Jenny lo strinse con maggior forza al seno reso ancora più morbido dal passare degli anni. Jack se ne restò lì, quasi soffocato in quel budino, quando sentì le lacrime di Jenny che gli cadevano una dopo l'altra sui capelli.

«Non devi soffrire, balla di cotone. Quando eri un ragazzino per essere felice ti bastava una di quelle caramelle... Come si chiamavano?»

«Palle di cannone» le rispose lui.

«Bastava dartene una ed eri felice. Perché ti piacevano così tanto?»

«Prima di tutto perché duravano tantissimo, e poi perché erano davvero molto buone, sapevano di caramello» le disse tirando su la testa e guardandola negli occhi. «Se non rovinassero i denti le mangerei ancora. Sai una cosa? Ogni volta che mi sono ubriacato in vita mia, ho sempre pensato che nessuna bevuta valesse come una palla di cannone.»

L'aveva scampata. Se avesse sposato Mabel avrebbe dovuto accettare il lavoro di postino. Invece, quando quel famoso posto vacante fu assegnabile e gli arrivò la lettera a casa, si poté togliere la soddisfazione di presentarsi alle poste non per firmare il contratto, come tutti avevano pensato vedendolo arrivare, ma per dire che non accettava il lavoro, come nessuno avrebbe mai nemmeno ipotizzato. Non lo fece con supponenza, ma trasudando una grande allegria, facendo sentire a tutti l'odore e il sapore, anche solo di sfuggita, di un uomo libero.

Bessie era la donna giusta per lui. Una moglie che non interferiva nella vita del marito, che gli lasciava carta bianca, lo ascoltava in silenzio e faceva quasi sempre di sì con la testa. Lui ne aveva troppe di idee, lei lo sapeva ma preferiva tacere piuttosto che intromettersi in quello che chiamava "il suo vortice". Quel vortice glielo lasciava in pace e lui gliene era grato. Non importava se un giorno faceva un progetto e poi, qualche giorno dopo, lo smontava. Bessie sapeva che se lo stava facendo a pezzi era perché ne stava spuntando uno nuovo all'orizzonte. Era una donna abbastanza semplice, ma consapevole di aver sposato un grande scrittore, e il suo compito era sostenerlo. Forse non aveva mai formulato un pensiero così preciso, ma la sua indole materna doveva aver capito che chi scrive è molto fragile, anche quando ha attaccati addosso un bel po' di muscoli.

Aveva fatto benissimo a sposarla. Una come Mabel non gli avrebbe mai dato pace. Figuriamoci, con quella madre al fianco, e lei che ne era così succube. Ogni volta che Jack faceva questi ragionamenti doveva arrivare fino alla *scacchiera* e ricordarsi di quella volta che lui stava facendo una partita da solo. Gli capitava spesso quando voleva concentrarsi su una storia. Alla fine della partita, era capace di avere tutte le idee chiare in testa e di mettersi a scrivere per posare la penna soltanto a racconto finito. Quel giorno Mabel era nervosa. Quello stupido gioco glielo portava via. Si era mai visto un ragazzo che invece di scambiarsi un po' di melassa con la sua fidanzata, preferiva starsene lì, muto, quasi con le lune storte, a giocare a scacchi da solo? Jack glielo aveva detto tante volte che in quel modo si concentrava di più, che quando sentiva arrivare un'idea era la maniera migliore per aprirle la strada. Ma lei non voleva o fingeva di non capire.

«Quando arriva un'idea...» gli aveva detto quel giorno. «Quando arriva vuol dire che è bella che arrivata, cos'altro devi fare?»

«Fissarla» le aveva risposto lui cupo. Innervosito dal fatto che gli stesse facendo perdere il filo dei pensieri.

«Allora comprati un po' di colla» gli aveva risposto lei furibonda.

Poi si era chinata sul tavolino dove lui stava giocando, e guardandolo dritto negli occhi aveva spazzato via i pezzi dalla scacchiera con l'avambraccio destro.

Aveva fatto benissimo. Qualche giorno prima di sposarsi con Bessie, si erano incontrati per ridarsi tutte le lettere che si erano scritti. Jack lo fece con aria tranquilla, fingendo di ritrovarsi semplicemente con una vecchia e cara amica. Lei aveva negli occhi l'espressione di chi sapeva di averlo deluso con le sue aspettative borghesi. Aveva un volto così triste che Jack si chiese se sarebbe mai tornata quella di prima, la magnifica ragazza che aveva conosciuto e della quale si era innamorato... Quel pensiero preferiva lasciarlo in sospeso. Il *perdutamente,* che per logica avrebbe dovuto concluderlo, lo escludeva. Quel giorno aveva voluto sentirla troppo diversa da sé, inconciliabile. A quella ragazza, se voleva scrivere in pace, doveva rinunciare per forza. Solo per un momento, riuscendo a vederla tutta, dalla testa ai piedi anche se l'aveva troppo vicina, e immaginando che si sarebbe allontanata da lui per sempre, seppe che la sua rinuncia nasceva soltanto dalla paura di soffrire. Stava facendo una cosa che nella vita gli era estranea. La stava lasciando nel mondo dei sogni non realizzati.

Quando si dissero addio, Jack pensò che l'unica cosa che Mabel aveva potuto trovare in lui era proprio quel desiderio di avventura a lei tanto estraneo. Vedendola che si allontanava, però, seppe che quelle lettere non doveva gettarle. Prima di andarsene se le mise in tasca. Un giorno, prima o poi, ne sarebbe uscito fuori qualcosa.

Non passò molto tempo e Bessie rimase di nuovo incinta. Ormai tra lei e Flora le tensioni si erano allentate. Avevano imparato a riconoscere le rispettive spigolosità e il segreto per smussarle. Ma a compiere il momentaneo miracolo era stata soprattutto Joan, che Flora amava molto. Adesso si lasciava andare alle espansioni come non era mai riuscita a manifestare al suo unico figlio. Almeno questo errore lo aveva capito, anche se ormai era troppo tardi per tornare indietro. Tra lei e Jack c'era stato e continuava a esserci un rapporto molto solidale. Cercava di alleggerirsi le colpe pensando che se le cose erano andate in un certo modo era perché a Jack era toccato crescere troppo in fretta. Non metteva mai in conto che tanta rapidità fosse dovuta anche alle paure, alle incertezze, ai pochi abbracci di sua madre che non avevano compensato l'assenza paterna. E alla sconsolatezza di essersi sentito un bambino diverso da tutti gli altri e molto solo. In quegli anni, però, Jack non poteva sapere che ai bambini "diversi" qualche volta toccava in sorte anche un destino speciale. All'epoca ne sentiva soltanto il dolore e gli sarebbe piaciuta una famiglia vera. Quando arrivava a questa conclusione, la pancia gli si riempiva di indigeribile aria e cominciava a dolergli. Come poteva pensare a John London in questi termini? Lo amava quanto e più di un padre. E allora regolava quei difficili conti concludendo con un: "Sarebbe bastato che lo fosse stato veramente". Ma subito ripiombava nello sconforto, e malediceva il giorno in cui, durante una passeggiata, quel brav'uomo si era sentito in dovere di dirgli la verità.

La prima gravidanza aveva aggiunto a Bessie molti chili, la seconda la stava rendendo decisamente grassa. Jack le voleva bene, ma a non desiderare altre donne non ci riusciva. Se non sapeva controllare i suoi istinti, reggeva però bene sul piano sentimentale. Erano tutte storielle di passaggio che si consumavano appena soddisfatti i suoi appetiti. Si complimentava con se stesso dicendosi che in fondo, lasciando altrove il cuore, si comportava come un buon marito. Ma se si soffermava troppo sulla parola *cuore* veniva subito preso dall'umor nero. Allora era capace di tornare a casa prendendo a calci tutto quel che gli veniva a tiro durante il cammino. Fu tornando da uno di questi incontri clandestini che si rese conto di una cosa con tanta intensità da dirla ad alta voce: «Che fine ha fatto il cane?».

Jack sentiva che il matrimonio con Bessie gli aveva portato fortuna. Aveva finalmente pubblicato il libro di racconti che tanto aveva scosso la nipote della signora Eames, quella ragazza che si chiamava Charmian e che lui aveva considerato simpatica ma poco interessante. Da tempo aveva voglia di scrivere un romanzo, ma si era convinto che la stesura gli avrebbe preso da sei mesi a un anno. Per non parlare del fatto che non avrebbe potuto fare altro. Cosa avrebbe dato da mangiare alla sua famiglia? Decise allora di scrivere a McClure del "McClure's Magazine", la rivista che gli aveva pubblicato parecchi racconti. L'editore capì il suo problema e gli promise centoventicinque dollari al mese per cinque mesi.

Sono certo che scriverà un gran libro, gli rispose in una lettera. *Lei è un vero narratore, pieno di fuoco, sentimento, forza e virilità. Le sue belle storie sono intessute della poesia e del mistero del grande Nord. E la nota dominante è la tragedia. Lei è il primo scrittore americano a non usare il lieto fine. Tutto in lei rivela i segni del genio. Nella commedia e nella tragedia della vita del Klondike, c'è molto della forza immaginativa e drammatica di Kipling. Ma in lei ci sono una tenerezza e un apprezzamento dei più nobili sentimenti di eroismo che raramente si trovano in Kipling.*

Lo aveva paragonato al suo autore preferito e aveva detto che lui era addirittura più bravo. Lesse più volte la lettera a Bessie e a Flora che stavano sedute al tavolo della cucina a tagliare verdure. La lettura veniva di tanto in tanto interrotta dal piagnucolio di Joan che stava mettendo gli ultimi denti. Allora Jack la prese in braccio. Stringendola a sé, continuò la lettura senza più essere interrotto. Quando ebbe terminato, Flora si alzò in piedi e disse:

«Io lo sapevo che eri destinato a grandi cose. Ti saresti seppellito da solo accettando quel maledetto lavoro alle poste. Sono davvero orgogliosa di te. Ora sei contento, ma questo è ancora nulla, Jack. Andrai molto lontano».

Bessie si era commossa e si stava asciugando gli occhi con un fazzoletto che aveva tirato fuori dalla tasca del grembiule. E Jack, per la prima volta consapevolmente, volle dare retta alle intuizioni magiche di sua madre. Di sicuro aveva ricevuto la visita di un defunto importante che le aveva annunciato il destino del figlio. Gli venne una stretta nello stomaco pensando all'idea che potesse essere il suo vero padre, quel Chaney che non aveva mai conosciuto e dal quale, per quel poco che gli aveva raccontato Flora, aveva ereditato il dono della scrittura. Ma la stretta si trasformò subito in una spina per non aver pensato a John. Non poteva essere lui l'annunciatore del suo glorioso futuro? Per non fare torto a nessuno, Jack decise che sua madre poteva parlare anche con chi doveva ancora nascere. Diede dunque il merito di quei vaticini al figlio che Bessie portava in grembo. Quel figlio che di sicuro sarebbe stato finalmente un maschio.

Poche ore dopo aver letto quella lettera, sentì che dentro di lui qualcuno stava sfregando due belle pietre focaie. Era seduto al tavolino della sua stanza da letto, come un uomo in attesa, quando sentì la prima scintilla. Allora prese la penna, abbassò la testa e cominciò a scrivere *La figlia delle nevi*.

A non aiutarlo furono la moglie e la madre che, nonostante gli sforzi, gli mostrarono una dura evidenza: una cucina non era mai grande abbastanza per due donne. Quel che Flora si era tenuta dentro lo vomitò tutto e senza riserve. Quel figlio era un traditore, dopo tutti i sacrifici che aveva fatto per tirarlo su, tutta la miseria passata, ora che si cominciava a vedere qualche soldo ecco che si era portato dentro casa un'estranea e metteva al mondo dei figli. Ogni mercoledì la loro casa si riempiva di gente, tutti amici di Jack che tiravano tardi mangiando, bevendo e chiacchierando. Parlavano di letteratura, di socialismo. Jack aveva finito con l'iscriversi al Partito socialista grazie a un tale Herman Whitaker, che a convincerlo ci aveva messo pochi minuti, e che poi, come non bastasse, gli dava anche lezioni di scherma e di boxe. «Il mio Jack sa combattere già di suo» gli aveva detto un giorno senza peli sulla lingua. E quell'altro, con un'aria da damerino che la infastidiva al punto da farle venire il prurito ai gomiti, le aveva risposto: «Lo so, cara signora, ma io gli insegnerò la nobile arte del pugilato».

In quelle riunioni si infervoravano tutti così tanto che alla fine solo l'alcol li stremava un po'. Giusto quando si dedicavano allo sport bevevano meno. Andavano in bicicletta, tiravano di scherma, di boxe. Alla fine, Jack si esibiva sempre nel suo pezzo forte: camminava sulle mani divertendo tutti. Ma che fossero competizioni dove a parlare erano i muscoli, o disquisizioni sui massimi sistemi, chi stava lì a cucinare per tutti, a portare il vino italiano in tavola, a distribuire sorrisi e ricevere complimenti? Bessie. Quella donna l'aveva sostituita e ora faceva la padrona. Questo voleva dire solo una cosa: Jack le voleva meno bene e la stava mettendo da parte. Ci divenne nevrastenica e ricominciò a litigare continuamente con Bessie. Proprio lei che non era mai stata capace di un gesto affettuoso verso quel figlio che amava così morbosamente di nascosto.

Ora che stava scrivendo il suo primo romanzo, Jack aveva ancora più bisogno di concentrazione. Le fughe a casa di Eliza non bastavano più. Qualche volta aveva provato a supplicarla affinché andasse lei a calmarle. Eliza usciva in tutta fretta dicendogli di presentarsi dopo un paio di ore. Quando lui arrivava trovava Eliza che aveva la situazione in pugno. Ma durava poco. Certe volte non durava nulla. E allora non ci fu altro modo. Jack prese in affitto una villetta non troppo lontana, e ci sistemò Flora che se ne andò via esasperata, furibonda. Era stata cacciata dalla casa del figlio, rinnegata. Ma il trasferimento di Flora non riuscì a risolvere completamente i problemi. Quella benedetta donna gli piombava in casa a qualsiasi ora e sempre con atteggiamenti bellicosi verso la nuora. Inoltre, con i nuovi vicini, aveva cominciato a lamentarsi del figlio suscitando molti pettegolezzi. E aveva anche ripreso a fare i suoi piccoli commerci sballati di un tempo, sempre convinta di avere un gran fiuto per gli affari. Ma questi commerci finivano tutti in debiti che alla fine le doveva pagare "quel figlio irriconoscente".

Per tutta l'estate e l'autunno Jack portò avanti il romanzo. Ma il suo temperamento fosforico non gli impedì di tenere conferenze per il Circolo socialista di San Francisco, di andare ai comizi degli altri, di frequentare il Circolo Ibsen e di continuare a prendere lezioni di boxe e di scherma da Whitaker. Il mercoledì sera la sua casa si riempiva sempre di gente. Tra i suoi ospiti c'era "l'atletico poeta" George Sterling, che diceva di scrivere "per amore della verità". Jack era convinto che quel ragazzo tendesse un po' alla schizofrenia, diviso com'era tra l'amore per il socialismo e "l'arte per l'arte". Ma sapeva scrivere bene e lo considerò la persona giusta, l'unico che poteva aiutarlo a smussare le sue "aspre punte". Gli dava sempre da leggere e correggere quel che stava scrivendo. C'era anche James Hopper, il possente giocatore di rugby conosciuto all'università. Anche lui stava cominciando a muovere i primi passi nel mondo della letteratura. Poi c'era lo sfrenato Jim Whitaker, che aveva ben sette figli e aveva lasciato un lavoro sicuro per mettersi a scrivere. Il pittore spagnolo Xavier Martínez e Frederick Bamford, aiuto bibliotecario, un quarantenne con il pizzetto che aveva indirizzato Jack alla lettura di testi socialisti. E naturalmente la signora Eames, che si portava sempre dietro gli amici letterati e notizie fresche dall'Europa che le arrivavano da sua nipote Charmian. Cloudesley Johns arrivò da un paesino sperduto della California per trascorrere una settimana con Jack, al quale aveva scritto che aveva molto apprezzato *All'uomo sulla pista* quando era apparso sull'"Overland Monthly". Si erano conosciuti così, dopo quella lettera di elogi, ma la loro amicizia sarebbe stata duratura e fondamentale per entrambi.

Durante quei mercoledì, si affacciava un po' di tutto sulla

porta di quella casa sempre aperta. Non c'erano solo scrittori e poeti, arrivarono anche parecchi marinai e vagabondi, antichi compagni di sbronze. Jack era felice di poter mostrare ospitalità a tutti, di vedere tanta gente diversa capace di stare così bene insieme. Dopo aver trascorso l'intera giornata a scrivere, gli sembrava non ci fosse modo migliore per concludere la serata. Era capace di intrattenere i suoi ospiti fino all'alba. Parlare per ore non gli pesava affatto, anzi, era bello stare al centro dell'attenzione. Sentiva di avere sempre più fascino. Non sarebbe mai più stato timido agli occhi di nessuno. Se qualcosa del suo passato doveva ancora sopravvivere, l'avrebbe nascosta in uno scrigno. Una sera se lo immaginò. Era di metallo opaco e si chiudeva con delle cinghie di pelle nera e una piccola chiave. Ci mise dentro quello che non voleva più vedere di sé e la chiave immaginaria la gettò lontano pensando: "E adesso fammi vedere quanta forza hai ancora per uscire di qui!".

Una sera, appena arrivata da San Francisco, con la sua misteriosa ed esotica bellezza aristocratica, con il fuoco dei suoi occhi tanto grandi e scuri, si presentò a uno dei suoi mercoledì anche Anna Strunsky.

Ormai si era quasi fatto giorno. Tra i rami degli alberi si sentivano i primi tramestii del risveglio, si vedevano i raggi obliqui di un sole ancora diluito. Aveva una grande arsura in gola, come se pensare tanto gli avesse asciugato la salivazione. Il suo amico Cloudesley Johns dormiva ancora. Domani sarebbero finalmente saliti in barca per partire verso giornate libere. E il suo cervello sarebbe stato risciacquato dall'acqua limpida del mare, dagli spruzzi carichi di sale. Se si passava una mano su una guancia, gli sembrava già di sentirla come a fine giornata: granulosa sotto le dita. Cervello pulito. Almeno fino a che non avesse risolto quella terribile storia. Come aveva potuto? «Non ci si conosce mai abbastanza» disse accendendosi controvoglia un'altra sigaretta, mentre sul dondolo sentì il peso leggero di un altro corpo che si sedeva accanto a lui.

«Mabel... La mia Lily Maid» le disse accarezzandole una mano. «Ti chiamavano così i giovanotti della buona borghesia di Oakland solo perché accettavi le mie attenzioni. Una Lily Maid... Non sono stato onesto nemmeno con te, lo avresti mai immaginato? Non eri la sola che amavo prima di sposare Bessie. È una storia lunga. Forse te l'avrò anche nominata qualche volta quella... Beh, esattamente il tuo opposto, una russa dagli occhi orientali. Troppo intelligente, Lily. Voi donne non potete esserlo così spudoratamente. Mi sono spaventato.

«Parlare con lei significava sentirsi sempre indietro. Ci arrivava veloce alle cose, ci arrivava per prima. Anche quel libro che scrivemmo insieme senza mettere i nostri nomi in copertina... Non ebbe mol-

to successo, ma la parte scritta da lei fu elogiata molto più della mia. E io ero già Jack London. Lei non era nessuno. È per questo che nella seconda edizione ho voluto che i nostri nomi comparissero. Ma ormai, quello che era stato detto non si poteva cancellare.

«Sempre così sicura di sé. Devota e altera. Allora a che serve la devozione? Mi amava, oh se mi amava... Dimmelo sinceramente, Lily, come avrebbe potuto non amarmi? Sono stato sempre molto amato. Anche le tue amiche mi guardavano. Anche tua madre.

«Se avessi sposato te avrei avuto una triste vita borghese. Se avessi sposato lei avrei rischiato... No, non intendo un secondo posto nel mondo, ma un insopportabile secondo posto dentro casa. Eppure, credimi, pur di restarle accanto avrei scritto con lei qualsiasi altra cosa. Possibile mai che l'unica soluzione per me sia sempre la fuga? E così, come scelsi Bessie al posto tuo...

«Lascia stare, Lily. Ho combinato solo guai. E tu non ti sei ancora sposata, forse non ti sposerai mai. Se stai facendo Penelope e mi stai ancora aspettando, ti avverto che è tempo sprecato. L'ho fatta grossa, Lily Maid. Ho perso due volte.»

Bessie aveva continuato a dare lezioni private fino all'ultimo giorno di gravidanza. Quando cominciarono le doglie mandò a chiamare il medico, che arrivò in fretta ma purtroppo dimenticando l'anestetico. Fu Jack che prese la bicicletta e andò a comprare una bottiglia di cloroformio. Durante il ritorno però cadde, la bottiglia si ruppe e si tagliò una mano. Arrivò a casa pensando che quel giorno non ne andava dritta una.

Bessie partorì un'altra femmina che chiamarono Bess. Non se ne stupì Flora, che appena la prese in braccio disse a Jack:

«C'era da aspettarselo. La pancia, del resto, è stata sempre rotonda. Dall'inizio alla fine».

Per Jack, invece, la delusione fu ancora più cocente della prima. Rimase stordito all'idea che molto probabilmente non avrebbe mai avuto un figlio maschio con il quale condividere il suo spirito avventuriero. Se l'era immaginato tante volte questo figlio uguale a lui. L'aveva visto crescere, stargli accanto nelle veleggiate, nelle giornate di pesca, nei lunghi viaggi che avrebbero fatto da soli lasciando Bessie e le ragazze a casa. Sperava che sua moglie sarebbe stata in grado di costruirgli quel ruolo che tanto aveva desiderato: essere padre del suo vero figlio. L'affetto che non riusciva a dimostrare alle bambine, lo avrebbe riversato tutto su quel ragazzo. Lo avrebbe manifestato in modo virile, certo, ma quel che avrebbe provato per lui sarebbe stato chiaro dallo scintillio degli occhi. Gli occhi di un padre orgoglioso dardeggiano e vibrano nell'orbita quasi senza trovare pace. È la legge della discendenza. E non gli importava che il suo vero cognome non fosse London ma Chaney. John London era stato l'uomo che lo aveva adottato, e suo figlio ne sarebbe stato il nipote. Ci sarebbe stata discendenza, sissignore, pensava girando tra quelle stanze che si riempivano delle grida di un'altra bambina. Uscì di casa, e nel patio fu colto dalla brezza profumata che veniva dal mare. Chiuse gli occhi come faceva ogni volta che lo prendeva di sorpresa, e come sempre si lasciò colmare di entusiasmo. Quel figlio maschio prima o poi sarebbe arrivato. Erano soltanto al secondo parto. Una donna forte e robusta come Bessie, di figli poteva farne quanti ne voleva.

Fu aspirando quella mareggiata, guardando le nuvole che si erano messe a correre veloci nel cielo, sentendo una specie di brivido che non era di freddo ma di emozione che ripensò al cane. Non lo seguiva e non lo sognava più. Se ne era chiesto parecchie volte la ragione, ma riuscì a coglierla solo in quel momento. Forse ci voleva una delusione così grande per aprirgli la porta. E Jack gliela spalancò. Si appoggiò alla balaustra perché gli vacillarono le gambe. Si accese una sigaretta, ma dopo due tiri la spense sotto la suola di una scarpa. Poi prese una posizione bella eretta e fece un enorme respiro. Sul volto gli si disegnò il sorriso estatico di quando la vita fa un grande dono. Si sarebbe messo a scrivere subito. Doveva essere veloce, perché quella storia gli stava ordinando di sbrigarsi, gli diceva che il tempo cambiava rotta. E soprattutto che c'era un ritmo serrato da seguire, e lui doveva essere pronto perché non gli avrebbe dato pace. Gli parve quasi di sentire una voce nella testa:

"Ne sarai capace, Jack?".

Scoppiò a ridere pensando: "Una storia che mi parla".

Poi rientrò in casa, fece una carezza alla bambina appena nata, prese in braccio Joan e diede un bacio a Bessie dicendole che la ringraziava per quella nuova vita.

«Nonostante tutto?» gli chiese lei sorridendo solo con le labbra.

Jack pensò che non doveva nemmeno fingere. Ma non lo pensò nei riguardi di Bessie, bensì per il risarcimento che presto avrebbe avuto. La delusione di un'altra figlia femmina gli aveva acceso un motore potente, e lui stava per partire per un viaggio lungo e veloce allo stesso tempo. E se la storia voleva essere scritta tanto rapidamente, non poteva scegliere uomo migliore di lui. Quasi benedisse quella seconda femmina. Il destino aveva fatto la sua parte e lui lo accoglieva con quel solito entusiasmo che riusciva sempre a riaccendere. Glielo diceva Flora ogni volta che lo vedeva risorgere: «Dell'entusiasmo tu devi avere la formula!».

Se non avere un figlio maschio gli aveva messo addosso una gran tristezza, la storia che gli si era aperta davanti glielo aveva già mitigata. E dimenticare era un po' il destino degli scrittori. Il ricordo serviva per scrivere, nella vita, invece, andava sempre scavallato. Jack era convinto che i ricordi fossero utili a chi legge, per gli scrittori erano solo materia da consumare con molto acume. Una volta diventati carta, potevano essere abbandonati. "I ricordi rimangono lì dove si sono creati, a che serve portarseli dietro?" aveva detto a Mabel quando si erano lasciati. Lo sapeva bene che non si abbandona mai nulla veramente, ma da scrittore aveva almeno il vantaggio di trovare per ogni cosa il suo cassetto. Andare poi a riaprirlo era una scelta. Jack aveva un temperamento sognante e pratico allo stesso tempo, aveva imparato che a tenere troppe cose in piedi c'era solo da rimetterci.

Rimase ancora un po' lì con Bessie, ma la sua testa era già altrove. Lei lo capì e gli disse:

«Non è necessario che tu stia qui. Adesso devo soltanto riposare. Se avrò bisogno di qualcosa chiederò a Flora. Più tardi, poi, verranno anche Charmian e sua zia Eames. Sono persone meravigliose, Jack. Credo che Charmian stia diventando la mia migliore amica. È così gentile e premurosa. Forse mi piace tanto perché ha uno spirito avventuroso. Un po' come il tuo».

Jack se ne andò carico di riconoscenza e senza alcun senso di colpa. Non aveva parole da dirle, i suoi pensieri galoppavano veloci, se non li fermava uno per uno avrebbe rischiato di perderli. Non riusciva nemmeno più ad ascoltarla. Le poche parole di Bessie venivano mangiate da una forza maggiore: la sua. Gli stava nascendo dentro la storia che aspettava da tempo, a cos'altro avrebbe dovuto dare udienza? Non era vero che la negligenza sentimentale non poteva essere risarcita. Con sua moglie, lui aveva già provveduto dandole due figlie. Le femmine di tutte le specie quando hanno dei cuccioli da allevare si mettono tranquille.

Andò a chiudersi nel suo studio a pianoterra. Dalla finestra si vedeva la strada che portava al mare. Si mise seduto alla scrivania, allungò le gambe e intrecciò le mani dietro la nuca. Chiuse gli occhi e cominciò a pensare che quando un uomo si avventura in un Paese lontano deve essere preparato a dimenticare molte delle cose che ha imparato per impararne di nuove: quelle che regolano la vita della nuova terra. Pensò che ci voleva una capacità di adattamento proteiforme. Pensò proprio così. «Chi non sa adattarsi farebbe bene a restarsene nel suo Paese» disse a bassa voce. E poi tornò ad aprire gli occhi e si chiese se un ragionamento simile potesse valere anche per un cane. Per esempio, quante volte doveva ripeterla una esperienza per ricordarla e farne buon uso?

Cominciò a muovere in fretta una gamba. Che scrivere? Era la storia di un cane, certo, ma per parlare di cosa? Forse della fiducia tradita, ma anche della capacità di ritrovarla. Un libro sull'amore, sulla forza dello scambio sentimentale, ma anche su un richiamo che viene da lontano. Cose mai conosciute che stanno in noi. "La quintessenza di ciò che siamo è la somma di tutti i secoli che ci hanno preceduti" scrisse su un foglio. Ma poi pensò anche che un uomo non sarebbe stato in grado di esserne risucchiato fino in fondo. Per sentire la potenza dei primordi ci voleva un cuore molto più all'erta, ci volevano fiuto e udito fino, l'istinto di chi un pericolo lo intuisce. E ci volevano quattro zampe per correre più veloci. Avrebbe parlato di un cane californiano molto agiato, il cane di un ricco signore che viveva in una bella villa piena di servitù, con i figli del padrone che lo amavano, avrebbe parlato delle lunghe passeggiate per la proprietà, della grande fiducia nei confronti dell'uomo. Esiste forse animale più fiducioso del cane? Se riceve affetto si affida. Se gli viene tolto è un po' duro d'orecchi. Per assimilare le esperienze, le deve ripetere. E il cane del quale avrebbe parlato lui aveva avuto fin dalla nascita una vita facile, era stato circondato da persone che non aveva mai dovuto temere. Questa era la sua conoscenza del mondo e dell'uomo. E sarebbe stato un cane enorme, un meticcio con qualcosa del San Bernardo. Per quel che avrebbe dovuto affrontare, gli serviva una forza fuori del comune. E Jack, prima di tutto, credeva nella forza fisica.

«Stanotte ho sognato mio padre» disse a sua madre quella mattina scendendo per fare colazione.

Ogni volta che usava la parola padre, Flora non gli chiedeva mai quale dei due intendesse. Lui lo sapeva e non specificava.

«Pensa» continuò, «eravamo in una grande fattoria. Anzi, c'ero soltanto io, ma a un certo punto è arrivata una automobile che ha percorso un viale molto luminoso. E io stavo proprio giù, in fondo al viale, davanti alla casa. Accanto a me c'era un cane enorme che appena lo ha visto scendere dall'automobile gli è andato incontro muovendo la coda. Mi è rimasta impressa soprattutto la luce. Nel cielo c'era un bellissimo scintillio.»

«Allora è tornato?» fece Flora con un sorriso ironico.

«Chi?»

«Il cane. Mi stavo chiedendo quanto ci avrebbe messo. Hai già scritto qualcosa?»

«Solo la prima frase. Dice così: "Buck non leggeva i giornali, altrimenti avrebbe saputo quale guaio stava bollendo in pentola".»

«Sei stato troppo in cucina con me quando eri bambino. Ci dovevi proprio mettere la parola *pentola*?»

«Sì, mi piaceva. Chi legge i giornali sa cosa succede nel mondo, i cani no. Loro sanno altre cose.»

«Quando stanno nel loro mondo» gli rispose Flora.

«È proprio quello che voglio fare: riportarcelo.»

«Da dove lo farai partire?»

«Più o meno da queste parti e da una vita facile. Ma poi arriverà nel Klondike.»

«Questo Klondike ti ha bruciato la testa, figlio mio. In quanti altri libri vorrai ancora metterlo?»

Furono trenta giorni senza discontinuità. Jack non uscì quasi mai dal suo studio, e il giorno e la notte si susseguirono per tutti tranne che per lui. Non se ne accorse nemmeno. E dormì pochissimo, solo quando lo fulminava la stanchezza. Sebbene sua moglie e Flora avessero ripreso a litigare, riuscì a estraniarsi e a non sentirle. C'era ben altro a cui prestare attenzione. Stava facendo una cosa molto particolare, forse unica. Non stava scrivendo di un cane, cercava piuttosto di vivere e pensare come un cane. Non voleva che il lettore avesse l'impressione di leggere una storia raccontata dall'uomo, ma da chi l'aveva vissuta. E a viverla sarebbe stato dall'inizio alla fine soltanto Buck. Per riuscirci doveva diventare cane. Chiuso nello studio, spesso Jack si guardava allo specchio facendo facce e versi strani. Cercava di esercitarsi soprattutto nel ringhio basso, quello della rivolta e della rabbia. Per quando avrebbe finito il libro doveva aver imparato a ululare. Ma c'era ancora tempo. Si doveva cominciare dal furore, e le corde vocali dovevano indurirsi per far uscire il tuono.

«Cosa sta succedendo a Jack?» chiese una sera Bessie alla suocera che stava rigovernando.

«Si sta trasformando.»

«Non mi faccia paura.»

Jack aveva imparato ad arricciare il labbro superiore con una certa ferocia. Qualche volta, di giorno, cercava di guardare il più a lungo possibile il sole nella speranza che i suoi occhi si schiarissero ancora di più, che diventassero come quelli dei due cani da slitta che aveva avuto nel Klondike. Perché lui non voleva diventare quel che era Buck all'inizio del romanzo, ma ciò che alla fine l'avrebbe trascinato via. Più che un cane, Jack doveva diventare un lupo.

«Sei ridotto male, figlio mio» gli disse la madre mettendogli nel piatto due fette di polpettone. «Mangi poco e fumi troppo. Che fine ha fatto il Jack che si lamentava di vivere in una casa dove c'era poco da mettere nella pancia?»

«Chi lo diceva?»

«Lo dicevi tu a tua sorella, a tuo padre. Loro venivano a dirlo a me e io ci restavo male. Non ho mai avuto l'impressione di mettere poca roba in tavola.»

«Forse c'era poca carne.»

«L'abbiamo sempre mangiata almeno un paio di volte alla settimana.»

«Io ne avevo bisogno tutti i giorni.»
«E perché mai?»
«Perché so di chi sono figlio» le rispose arricciando il labbro superiore. «Forse non te ne sei mai accorta, ma io sono figlio del lupo.»

Jack l'aveva sempre saputo: dentro di lui c'erano grandi libri. Sarebbero venuti fuori non appena avesse trovato se stesso. L'aveva ripetuto molte volte. I racconti e *Il popolo degli abissi*, che aveva scritto quando invece di andare come corrispondente della guerra dei Boeri si era fermato a Londra, tra la gente dell'East End, mescolandosi a chi viveva oltre la miseria per toccare fisicamente le disparità sociali, erano soltanto l'inizio. E che aveva finalmente trovato se stesso lo capiva ora, non quando era avvenuto, tra esploratori e indiani, nell'unico elemento che poteva mettergli in circolo la vita come la sentivano gli animali: l'esatto contrario della morte. Solo adesso sapeva che tutto quello che aveva visto, provato e sentito era in grado di scriverlo di puro istinto, dandosi interamente al movimento. "Fino a che puoi muoverti e correre dominato dall'impeto, dai muscoli, dalle giunture, dai tendini, dall'ardore e dalla violenza..." si ripeteva mentre riempiva le pagine che avrebbero fatto di lui uno scrittore leggendario. "Tutto finisce solo quando senza più guardare gli altri da loro sarai ancora guardato."
Una sera, dopo aver lavorato per tante ore di seguito, indossò una giacca, uscì di casa e camminò fino a che arrivò davanti al mare. Si mise seduto sulla sabbia umida e si tolse le scarpe. La marea si stava ritirando velocemente, come risucchiata da una forza grande. E gli parve che anche l'acqua del mare stesse ringhiando. Allora, con le mani che gli tremavano, pensò: "Tutto quello che scriverò dimostrerà una sola cosa: in vita, il più potente dei richiami è quello della morte".

Finì il romanzo e lo intitolò *Il richiamo della foresta*. Anzi, il titolo glielo trovò l'editore, lui aveva proposto *The Wolf*, oppure *The Sleeping Wolf*. In uno dei loro mercoledì, quando la casa si riempiva di amici e gente di passaggio, Jack lo lesse dal principio alla fine ad alta voce senza mai fermarsi. Non era la prima volta che leggeva ciò che aveva appena scritto. Quel momento di protagonismo gli correva felice nel sangue, e per quanto andasse veloce gli dava l'insolito piacere della pacatezza. Lo appagavano la curiosità e l'attenzione degli altri, percepire che tra ogni sua parola c'era la loro attesa. Aveva già fatto un bel pezzo di strada, il suo nome era ormai molto conosciuto. Lo scrittore ribelle, il socialista, il vagabondo, il navigante, l'esploratore. Era l'avventura. Ma con quel romanzo le cose stavano per cambiare. Brett, il suo editore, dopo averne lette le prime pagine gli aveva proposto duemila dollari. Non ci sarebbero stati diritti d'autore. Duemila dollari secchi. E lui aveva accettato. Nessuno gli aveva mai dato tanti soldi. Dopo molto tempo, ma senza nessun rimpianto, avrebbe detto che se avessero concordato un altro tipo di contratto si sarebbe arricchito molto prima.

Ma tutto questo, quella sera non poteva saperlo. Gli amici lo ascoltavano muti, ognuno con il suo bicchiere in mano, e lui teneva gli occhi fissi sulle pagine che girava lentamente. Buck il buono, il fiducioso, veniva travolto dalla brutalità degli uomini. Dalla placida vita della California era passato al gelo del Nord, alle bastonate, alle lotte tra cani da slitta, alla supremazia come sinonimo di sopravvivenza. Più lottava e più si rendeva conto di quanto fosse forte, nessun altro cane avrebbe mai avuto la meglio con uno come lui. Così, la vita aveva finito per forgiarlo in altro modo. Ma quando più nulla si aspettava, se non cedere al desiderio bruciante di un richiamo lontano che pure gli era sempre appartenuto, quando i selvaggi lupi atavici uscirono dall'ombra per invitarlo a seguirli, a conquistarlo fu ancora l'uomo. E il suo cuore fu diviso in due: le corse che lo allontanavano dal mondo per avvicinarsi al branco, e il fuoco acceso nella neve dove non poteva fare a meno di tornare. Lì trovava ogni volta le brusche carezze di John Thornton che gli aveva salvato la vita. Gli piaceva quell'uomo, gli aveva rimescolato in petto un amore nuovo, acceso lo sguardo, dato tutto un altro ritmo al cuore. Avesse potuto... Ma come si poteva? Correva all'alba per rovistare in un passato che sentiva sempre più vicino. E la notte tornava al campo dove ad attenderlo trovava il sentimento, il fuoco, il cibo, qualche gioco forzuto prima di cedere al sonno. Che poi vero sonno non era. Era un dormire sempre all'erta. Sempre.

Un attimo prima di terminare la lettura, Jack vide sua madre che si allontanava. Tra di loro non c'era bisogno di spiegazioni. L'unico uomo buono di tutta la storia l'aveva chiamato John. Sapevano entrambi che il cognome Thornton era solo una convenzione.

Anna Strunsky era nata in Russia ed era emigrata in America all'età di nove anni. Del suo Paese di origine aveva pochi ricordi: la lunga strada del villaggio, i bambini scalzi e le stalle scrostate. Era arrivata a New York con la sua famiglia che si era portata dietro giusto i letti e le posate di rame.

Qualche anno dopo si erano trasferiti a San Francisco. Aveva incontrato Jack a una lettura di Austin Lewis, al vecchio Turk Street Temple. Era stato un suo amico, Strawn-Hamilton, un ragazzo socialista che era già stato almeno una trentina di volte in carcere, che a un certo punto le aveva sussurrato all'orecchio: «Vuoi conoscerlo? È Jack London, un compagno che ha parlato per le strade di Oakland. È stato nel Klondike e per vivere scrive racconti». Anna gli strinse la mano e provò subito un senso di grande felicità. Era come se davanti a lei fossero apparsi tutti insieme Lassalle, Karl Marx e Byron al culmine della loro giovinezza. Sentì che quel ragazzo apparteneva ai pochi che non muoiono. All'epoca gli mancava qualche dente, ma nonostante ciò Anna lo trovò piuttosto bello: una statua greca. E greco era il naso, il collo massiccio, il corpo, che dava una idea di grazia e forza atletica allo stesso tempo. Tra di loro nacque subito una amicizia instabile, data forse dalla loro disparità, dal fatto che si piacessero molto ma non volessero ammetterlo, dalle aspirazioni verso l'assoluto, la verità di diritto e di giustizia, forse anche la famosa uguaglianza tra uomo e donna, cosa nella quale Jack non credeva affatto anche se ci metteva molta buona volontà. Si dichiarava spesso femminista e suffragista, ma non riusciva mai a convincerla davvero.

All'epoca, Jack era ancora innamorato di Mabel, ma Anna ebbe su di lui un effetto potente. Era una bella ragazza che un giorno un'altra donna avrebbe definito: «Una splendida ardente creatura, intellettuale, brillante parlatrice, calda e piena di colore come un rosolaccio al sole d'aprile». Guardandola, Jack pensò che quella giovane donna possedeva la bellezza dell'intelligenza perché era l'autentico ritratto della donna del ventesimo secolo: forte senza essere dura, intelligente senza essere mascolina, coraggiosa e affascinante, capace di combattere accanto al migliore degli uomini. Non è da escludere che i limiti di Anna Strunsky, anche agli occhi di un uomo emancipato come lui, fossero proprio l'inesauribile intelligenza, la forza della personalità e una famiglia colta che alla sua tavola accettava soltanto persone all'altezza.

Come lui, anche Anna era socialista. I primi tempi che i due giovani trascorsero insieme, per lo più parlarono di questioni sociali e di politica. Jack la ammirava al punto da sentirsi quasi inferiore accanto a lei. Fu orgoglioso e allo stesso tempo molto turbato dal fatto che il "San Francisco Examiner" l'avesse pubblicamente definita "la ragazza socialista della città".

Fu solo vicino a lei che Jack sentì di avere incontrato l'anima gemella, quella che il suo senso pratico aveva sempre rifiutato, perché per lui contava prima di tutto la libertà. L'amore, come ripeteva spesso, non era che un trucco. E per trucco intendeva proprio quello dei prestigiatori che ti fanno vedere un fazzoletto e poi, davanti ai tuoi occhi, lo trasformano in una colomba. A quell'amore che faceva vedere una cosa per un'altra, che turbava le notti e portava gli innamorati a cristallizzarsi a vicenda, lui non aveva mai voluto credere. Dopo aver letto *De l'amour* di Stendhal era sempre più convinto che amare fosse una gran perdita di tempo. Energie sprecate che le persone di ingegno potevano rivolgere altrove. A cosa serviva vedere qualcuno migliore di quello che era se poi il tempo avrebbe rimesso le cose al loro posto? Le persone che riuscivano a evocare tanto invaghimento erano da fuggire come fossero appestate.

Per un certo periodo amò Mabel e Anna, e di questo doppio sentimento riuscì anche a rincuorarsi dicendo a se stesso che tutto era superabile. A volte, però, era il suono implorante e doloroso della voce di Anna a stringergli il petto. Nello sguardo di quella donna c'era sempre il rigore, ma dietro alla severità anche il pulsare forte della gioventù. Non la trovava fragile come Mabel, perché il fuoco di Anna era bruno, i suoi occhi languidi sempre attraversati da un dardeggiare che gli provocava grande sgomento. Quegli occhi neri lo scrutavano facendolo sentire sfoderato ed esposto.

La nascita di quell'amicizia, alla quale Jack non volle dare il giusto nome a lungo, poteva essere paragonata a una lotta. Lei voleva tirargli fuori il democratico sociale, il rivoluzionario, l'idealista morale, il romantico e il poeta. Esplorare le personalità di Jack le turbava il cuore. Fin da subito gli aveva detto che per lei era una specie di Napoleone della penna. Lui era scoppiato a ridere felice, colpito da quel paragone tanto imperiale. Ma non aveva capito che nelle parole di Anna c'era soprattutto il timore che lui potesse accumulare ricchezze e trionfi personali pur essendo un socialista. Tutto ciò ai suoi occhi lo rimpiccioliva. Temeva molto che l'ambizione divorasse la sua forza e la sua grandezza. Anna soffriva perché in lui voleva vedere la stoffa dei martiri e degli eroi. Allora lo accusava di mancanza di spiritualità, e lui a quelle parole si sentiva un'anima inaridita dalla solitudine. Provava il risentimento di chi è frustrato e vuole emergere, trionfare su chi lo ha umiliato. Erano questi i momenti in cui si sentiva esposto e senza difese. Avrebbe voluto darle ragione, ma non poteva. Le loro vite erano state diverse. La rabbia lo faceva continuare dritto per la sua strada.

Un pomeriggio, quando ancora si conoscevano da poco, passeggiando lungo la spiaggia Jack aveva cercato di farle capire quale fosse la sua idea di letteratura. Poi, raggiante, aveva detto:

«Ecco, a uno come Kipling, con un talento così immenso, perdono anche l'imperialismo anglosassone. E lo sai perché? Perché scrive dei poveri, degli ignoranti, dei sommersi, dei soldati e dei marinai, e facendoli parlare nella loro lingua».

Anna sorrise portandosi una mano tra i capelli mossi dal vento.

«E tu?» gli disse. «Tu come fai a sentirti socialista e a desiderare di diventare ricco? È un controsenso imperdonabile.»

«Non è vero. Sono socialista ma voglio battere il capitalista sul suo stesso terreno. Un giorno dovranno capire tutti che per essere socialisti non è necessario essere anche dei derelitti. Un giorno avrò talmente tanti soldi che darò lavoro a migliaia di persone. E senza mai sfruttarle.»

Per tutto quel pomeriggio la guardò parlare e camminare al suo fianco. Se ne sentì così attratto che ancora una volta volle credere, e con maggior decisione, al suo ragionevole punto di vista: non era la donna giusta da sposare. Qualcosa di atavico continuava a dirgli che le donne da sposare dovevano essere semplici e abili nel fare le madri. Ma nel pensarlo fu come se degli spilloni gli si conficcassero uno dopo l'altro nella testa. E li contò. Erano cinque, come le lettere che componevano il nome di sua madre.

Quando era lontano da Anna, aveva l'impressione di accumulare le ore avidamente. Qualche volta se ne andava sulla spiaggia a far volare un aquilone. Ne aveva molti, qualcuno l'aveva costruito lui stesso. Correva tenendo i piedi nell'acqua, i pantaloni rimboccati all'altezza dei polpacci. Si sentiva giovane, molto avventuroso, romantico, e con un grande genio per l'amicizia. Una volta che aveva scritto per giorni e giorni senza fermarsi, Anna gli aveva detto:

«Tu lavori troppo, Jack. Te lo prendi mai un giorno di riposo?».

«Certo» le aveva risposto, «una volta alla settimana mi dedico a un amico in difficoltà. Ho un bruttissimo vizio, colleziono amici e non litigo mai con nessuno.»

«Vorrei leggere una tua poesia.»

«E a me piacerebbe scriverne. Ho imparato la semplicità dai versi di Milton, ma i poeti fanno la fame. Scriverò poesie quando sarò diventato un romanziere famoso. Quando non avrò più bisogno di soldi e...»

«Stai ipotecando il tuo cervello per soddisfare le richieste del mercato. Sei un uomo forte, per certi versi anche normale. Chissà perché ti sei affidato a uno strumento difficile come la penna.»

«Un giorno sarò anche un coltivatore come mio padre John. Coltiverò la mia Valle della Luna. Avrò tanta di quella terra, ma così tanta, che nemmeno lo immagini. E comunque non sto ipotecando nulla. La mia letteratura non sarà solo vendibile, sarà soprattutto indispensabile.»

Anna gli faceva paura. Con lei provava una emozione troppo forte per poter continuare a credere che le donne fossero inferiori agli uomini. Era così piena di ingegno, abile nello scrivere, priva di melassa... Cominciava forse ad averne bisogno? Quando se lo chiedeva sentiva una fitta all'altezza della cervicale, una specie di infuocamento che gli saliva dalle spalle. Cosa gli succedeva? Lui veniva da gente di scarpa greve, pugno duro e voce rozza. Possibile mai che accanto a quella donna avesse addirittura voglia di cantare come un usignolo? Fino a quel momento era stato convinto che gli esseri umani potessero essere tutti divisi in categorie. Ma con Anna non ci riusciva e una volta glielo scrisse:

Cara Anna,

ho forse detto che gli esseri umani possono essere archiviati in categorie? Allora, se l'ho detto, lasciami fare una precisazione: non tutti gli esseri umani. Tu mi sfuggi. Non riesco a classificarti, non riesco ad afferrarti. Posso indovinare, nove volte su dieci, a seconda delle circostanze, posso prevedere le reazioni, quelle nove volte su dieci, dalle parole o dai gesti, posso riconoscere le pulsazioni dei cuori. Ma al decimo tentativo rinuncio. Non ci arrivo. Tu sei il decimo tentativo.

Per certi versi sentiva che erano simili, ma quando erano diversi lo erano in modo inconciliabile. Si capivano, e poi, all'improvviso, diventavano estranei. Erano uguali solo quando venivano attraversati da un lampo, allora avevano qualcosa in comune che li faceva respirare insieme. Si fosse detto apertamente, e in tempo, il nome di quei capovolgimenti, tutto sarebbe andato in altro modo. Una volta, stupendola molto, le aveva detto: «Sono un idealista senza illusioni. E nei confronti della morte ho un atteggiamento da barbaro, sono pronto ad andarmene in qualsiasi momento». All'epoca, benché ancora molto giovane, il suo passato solitario gli pesava troppo sulle spalle. La vita gli aveva lasciato il sentimento, ma distrutto ogni sentimentalismo. Gli aveva insegnato che la ragione era più potente dell'immaginazione, e che l'uomo emotivo era senza scampo. Non lo sapeva ancora, ma avrebbe dato qualsiasi cosa per cominciare a dimenticare.

Credeva di essere ancora innamorato di Mabel quando sposò Bessie, e invece amava solo Anna.

Jack venne preso dalla smania di continuare a frequentarla, ma non doveva destare sospetti. Aveva sempre sostenuto di non credere nell'amore platonico e tanto meno nell'amicizia tra un uomo e una donna. Una aberrazione, una cosa che il mondo non poteva nemmeno concepire, così come non sarebbe mai stato in grado di concepire l'infinito. Ma di Anna non poteva più fare a meno, doveva trovare un modo per non interrompere le loro lettere quando erano lontani, le loro passeggiate quando lei tornava. Non sapendo quale piega dare al loro inconfessato sentimento, decisero di scrivere insieme un romanzo epistolare sulla filosofia dell'amore. Lo avrebbero intitolato *The Kempton-Wace Letters*, perché lei si sarebbe chiamata Done Kempton e lui Herbert Wace. Lei, un poeta, avrebbe sostenuto le origini poetiche dell'amore, e lui, un economista, quelle materialistiche dell'evoluzionismo scientifico.

Ma Jack avrebbe potuto davvero scrivere ciò che fino a quel momento aveva pensato dell'amore anche se adesso lo stava rinnegando? Ci sarebbe riuscito ancora a dire che era una follia, una febbre che passava? Che l'unico matrimonio felice era quello tra due persone che si sceglievano per le loro qualità? Stava cominciando a cambiare opinione, ma sapeva che l'amore restava pur sempre un segnale di pericolo nella vita di un essere umano. Soprattutto per lui. Una sera, mentre Bessie metteva a letto le bambine, seduto in poltrona si ritrovò a fare questo pensiero: "Ci hai già rimesso Mabel, cos'altro stai facendo?".

Lo sapeva bene cosa stava facendo: aveva acceso di nuovo la fiamma ossidrica. Solo che questa volta puntarla contro Anna non era servito a molto. Quella donna si liquefaceva per poi ricomporsi all'istante. E poi, tra di loro c'era stato un momento terribile. Si erano finalmente parlati in modo chiaro, Jack le aveva detto che nel suo matrimonio con Bessie non credeva più. Doveva solo dargli tempo. Anna aveva abbassato gli occhi per poi rialzarli verso di lui alteri e dire: «Va bene, aspetterò». Ma tutto finì quando Bessie rimase nuovamente incinta. Anna si sentì tradita e ruppe la promessa.

Del romanzo da scrivere insieme discussero tutta una notte in barca. Veleggiarono nella baia parlando a voce bassa, seduti uno accanto all'altra, con lo stesso vento tra i capelli, lo stesso fresco sulle guance. Provarono l'impeto e la repressione del desiderio. Se avessero portato a termine quel progetto, sapevano che avrebbero goduto della passione e della bellezza delle loro anime senza ferire nessuno. Ma sapevano anche che a nessuno di loro due poteva bastare. Scese il buio e gli occhi di Jack presero a brillare del loro chiarore nordico, quelli di Anna, invece, si fecero ancora più scuri e profondi. Continuarono a parlare sentendo che le loro spalle si sfioravano, e di quel contatto, destinato a restare privo di armi, sentirono con anticipo il languore doloroso della mancanza. Videro la luna alzarsi in un cielo di poche stelle, poi cominciare a impallidire, e infine la notte che lentamente si schiarì. Quando spuntò il giorno avevano concordato la trama del loro libro, ma subito dopo si guardarono negli occhi con sgomento. L'unica cosa che Jack riuscì a fare fu stringerle con forza un polso dicendole: «Ah, credimi Anna, le cose non dette sono sempre le più grandi».

Lavorare da lontano e sentirsi vicini. Una mattina, guardandosi allo specchio mentre si faceva la barba, Jack si disse sorridendo: "Così potrò difendere il mio matrimonio ed evaderne al tempo stesso". Cos'altro poteva sperare da un sentimento comunque avverso al suo destino? Troppo rischiosa quella donna. Aveva fatto altri progetti ed era stato sempre molto determinato. A non cedere aveva fatto bene. Nel matrimonio ci voleva saggezza, bastava quella. La vita era da dedicare al lavoro, e per il suo ci voleva la testa pulita. Scegliere Anna... Tanto valeva si fosse aperto da solo la porta per l'inferno. Era sulla strada giusta. Per i piaceri più immediati c'erano molte altre donne, Bessie l'aveva già tradita, ma in quegli amplessi il suo cuore era sempre rimasto ben custodito altrove. Altra fine avrebbe fatto con Anna. E se con lei quei primi tempi tanto palpitanti fossero durati per sempre? E se l'amore fosse stato una febbre cronica? Avrebbe mai potuto vivere in una simile prigione uno come lui, che già bruciava tonnellate, ettari ed ettari di vita? Con una donna poteva concepire un patto vita-morte, ma mai rimettersi a lei. La sensazione di vaghezza che aveva sempre provato accanto ad Anna ne era la prova: uno stato di pura e pericolosa confusione. Una volta aveva provato a spiegarglielo in una lettera. Le aveva scritto: "Prendimi così, come un ospite randagio, un uccello di passaggio che con le sue ali salate plana per un istante sulla tua vita". E con queste parole aveva dichiarato la sua rinuncia, senza sapere che quelle ali salate non avrebbero planato soltanto sulla vita di Anna, ma sull'intera sua vita, e non per un solo istante.

Quando cominciarono a scrivere *The Kempton-Wace Letters*, si resero conto che a distanza le loro intelligenze si compensavano, sebbene continuassero a discutere di biologia, materialismo e socialismo. Ma poi quelle lettere presero un'altra strada senza che loro se ne accorgessero, e divennero più tenere. Jack arrivò a scrivere: "Noi due siamo intonati". E poi non riuscì a fare a meno di dirle che si erano gettati l'uno nella vita dell'altra. A mano a mano che scriveva, si rese conto che stava cercando di conquistarla definitivamente a distanza. Si stava spingendo oltre, stava andando a finire laggiù, dove nemmeno la presenza di lei era riuscita a portarlo. Una sera, mentre stava scrivendo, si alzò di scatto dalla scrivania, si accese una sigaretta e andò a fumarla nel portico. Bessie e le bambine già dormivano da qualche ora. Come incantato, si mise in ascolto della notte guardando il cielo. Sentì una lieve accelerazione del cuore. Dovevano finirlo in fretta quel romanzo. Era un uomo sposato e non voleva distruggere il suo matrimonio. Era per questo che fingeva di accontentarsi di un amore spirituale e dunque innocuo? Se ne sentì travolto. Rientrò in casa e cominciò a bere un whisky dietro l'altro. Non gli era mai piaciuto, sapeva di acido. Ma in quel momento gli fece bene, sciolse tutto il peso che si sentiva addosso. Quello che si portava dietro dall'infanzia. Aveva già bevuto molto in vita sua, poi, a tratti, era riuscito a farne a meno. Ma John Barleycorn era efficace, un nemico molto premuroso quel lanciafiamme che bruciava stomaco e intestino. Ogni tanto doveva riaprirgli la porta e lasciare che si accomodasse. Scendeva lungo l'esofago e lentamente spegneva le dolorose sospensioni della paura. Sorrise pensando che aveva davvero lasciato la porta di casa aperta. Con la mano fece un gesto di saluto al nemico che era tornato a trovarlo. Il buio della notte gli parve avesse dei bagliori. Il vento portava odore di pioggia. E allora dovevano essere dei lampi. Pensò che un po' di pioggia avrebbe fatto bene ai campi. Gli parve di rivedere suo padre che alla sera si toglieva il cappello di paglia per scrutare il cielo e capirne le intenzioni. Le chiamava così. «Guarda, Jack» gli diceva mostrandogli la cesta piena di ortaggi e terriccio che portava a casa. Poi ci affondava dentro una mano. Il resto lo sapeva bene: la tirava fuori brandendo il trofeo e gli diceva: «Un gran bel cavolo, eh?».

Pensò che aveva fatto male ad accettare quei duemila dollari secchi dal suo editore. Con tutte le copie che stava vendendo *Il richiamo della foresta*, adesso con i diritti d'autore sarebbe stato già ricco. Non se lo sarebbe mai aspettato quel successo. Ne avevano parlato tutti i giornali d'America. Ce l'aveva fatta. Sua madre aveva avuto ragione. Ma sua madre non faceva fatica a sapere le cose con anticipo. Gliele dicevano i morti. Si mise a ridere e gli parve di vederla circondata dai suoi accoliti. «L'avete sentito tutti cosa hanno detto, vero? Il mio Jack diventerà il più famoso scrittore americano in tutto il mondo. Quando succederà ricordatevelo. Potrete dire che voi eravate qui quando ce lo hanno detto.»

Cominciò a muovere il naso con la velocità dei conigli. Era un uomo che amava bruciare, esaltare, ma era capace di arrivare anche alla profondità della disperazione. E quella notte sentì che, nonostante fosse ormai un padre di famiglia, avrebbe avuto una gran voglia di riprendersi la libertà e mollare gli ormeggi. Una gran voglia di andarsene per mare a veleggiare con la prima marea del mattino. Di andare lontano. Poi, con un sorriso triste e molto infantile, guardando il buio della notte disse tra sé: "Lontano. E da un'altra donna".

L'ultimo pipistrello della notte gli aveva volato per sbaglio intorno. Doveva essere ancora molto giovane, o forse aveva perso il senso dell'orientamento, o non si era accorto che ormai era quasi giorno.

Prima di vederlo ne sentì il verso. Gli parve di essere in grado di riprodurlo. Faceva già caldo. Durante il giorno era meglio restare in casa, o cercare riparo nei boschi, vicino a un ruscello.

Che ne sarebbe stato delle sue figlie?

Guardando fisso nel vuoto gli apparve una fotografia. La conosceva bene, era quella di lui seduto su un'amaca e di una donna alle sue spalle che sull'amaca appoggiava il gomito. Cercò di metterla a fuoco, di guardare i lineamenti della donna. Come era possibile che ora gli tornasse in mente proprio lei? Quella sera, a casa della sua famiglia, si era sentito proprio un pesce fuor d'acqua. Ma era stato anche bene tra quella gente che si amava e lo dimostrava. Le manifestazioni di affetto tra genitori e figli non c'erano mai state nel suo mondo. Erano rivelazioni all'altezza di esistenze che si raggiungono nel mondo superiore. Per l'amore, aveva languito tutta la vita. Poi si era indurito, ma quella sera si era accorto che gli era servito a poco. Venne rapito dalla famiglia elegante di quella fanciulla che gli era parsa una dea. L'idea della carne quasi lo fece vergognare. Uno come lui, con le nocche sbucciate per via di quella scazzottata... Contro chi? «Siete stato molto coraggioso, signor London» gli aveva detto lei. «Senza di voi, chissà cosa sarebbe stato di mio fratello.» Sì, un bagliore, adesso lo vedeva, dei ragazzi ubriachi, il giovane in difficoltà e lui che ne scazzotta facilmente qualcuno. «Avete mani piccole per un corpo tanto robusto.»

Era vero. Ogni volta che sfracellava una mascella si sfracellava anche le mani. Se le guardò provando vergogna. Per una ragazza così, la bellezza di un uomo doveva essere fatta di grazia ed eleganza. Però lei lo guardava per altre ragioni, era confusa, turbata. Attratta dai muscoli che gonfiavano i suoi abiti, dal passo rollante da marinaio, dall'aria goffa che aveva quando non stava su una nave. «Avete letto L'albatros?» E lui aveva scosso la testa, come quando i fratelli di lei parlavano di mat e trig. Che poi non erano altro che matematica e trigonometria. Basta saperle le cose, conoscere quelle di quel singolo universo. Era uscito dalla loro casa e gli era sembrato di aver conosciuto il mondo degli dèi, o semplicemente quello dei libri. Swinburne. Lei aveva detto che c'erano dei versi da togliere nelle sue poesie. Lui, invece, era riuscito anche a pronunciare male il nome del poeta. E poi aveva aggiunto che non era d'accordo, per quel poco che aveva letto, gli erano sembrati tutti meravigliosi e pieni di vita entusiasmante. Aveva detto proprio così, ma ne aveva letto qualcuno solo in quella casa, mentre uno dei fratelli di lei stava scorrendo la posta impilata su un vassoio. Aveva voluto mostrarsi all'altezza e si era sentito molto inadeguato. Avevano invitato a cena il selvaggio? E allora tanto valeva farlo, a cosa gli serviva una maschera che non gli stava incollata alla faccia nemmeno per pochi minuti? E dunque fu se stesso, raccontò di viaggi per mare, pronunciò parole dal suono esotico e le tradusse per loro. E lo sguardo della ragazza si trasfigurò. Anche se era una dea, lo vide con i suoi occhi che stava desiderando un mortale. Le sue mani volevano avvicinarsi a lui, alle sue ferite, alle sue cicatrici. Un giorno, non sapeva ancora come, quella ragazza sarebbe stata sua per sempre.

Cercò di avvicinare gli occhi a quell'ologramma di fotografia che gli era apparso dopo la fuga dell'ultimo pipistrello. Come aveva potuto sbagliarsi così clamorosamente? La ragazza che poggiava il gomito sull'amaca non era Mabel Applegarth. Ma non era nemmeno Anna Strunsky. Chi diavolo era?

La stesura di *The Kempton-Wace Letters* durò ventidue mesi. Visto il ruolo che doveva assumere, Anna non si privò certo di criticare il matrimonio senza amore del suo interlocutore. Bessie non faceva troppi commenti, ma non vedeva di buon occhio quel sodalizio. Le stava nascendo dentro una gelosia mai provata prima. Del resto, quando si erano sposati sapeva perfettamente che Jack non era innamorato di lei. Ma nemmeno lei lo era. Aveva perduto da poco il fidanzato in guerra, Fred Jacobs, un carissimo amico di Jack. Il giorno del matrimonio si era detta che si sarebbero rispettati e voluti bene nonostante lui fosse innamorato di Mabel e lei ancora di Fred. Non aveva messo in conto che Fred era morto, non certo le donne che Jack avrebbe potuto incontrare. E poi chissà, forse si era innamorata di suo marito col tempo, l'aveva legata a lui il fatto di essere la madre delle sue figlie, o che era uno scrittore importante. Anche se a suo tempo gli aveva dato lezioni di matematica per superare il test di ammissione all'università, Bessie era una donna semplice e per considerarlo tale le bastava la stima che il mondo gli manifestava. Era la signora London, quando era nata la loro prima figlia la notizia era andata a finire sui giornali. Non succedeva mica a tutte le donne. E poi era un uomo strano, poco marito e poco padre. Ma sul poco padre Bessie cercava di consolarsi. Ben presto gli avrebbe dato il famoso figlio maschio. Pregava che fosse uguale identico a Jack. Allora sì che sarebbero stati felici.

Quella Anna Strunsky, però, la infastidiva. Le poche volte che l'aveva vista le aveva dato l'impressione di essere una donna che ci teneva molto a mantenere le distanze. In casa, Bessie la chiamava *Io qui e voi lì*, ottenendo quasi sempre il consenso di sua suocera. Ultimamente i loro rapporti stavano cambiando. Continuavano a litigare spesso, ma avevano cominciato a capirsi meglio, soprattutto a essere solidali contro tutte le altre possibili donne di Jack. Bessie lo faceva in modo naturale, Flora per un'altra ragione. In fondo, quella Bessie non le aveva tolto poi molto. Con un'altra avrebbe potuto rischiare ben di peggio.

Quando ebbero finito di scrivere *The Kempton-Wace Letters*, Jack chiese ad Anna di trasferirsi per qualche giorno nella sua casa di Piedmont, nella quale viveva da quando gli era nata Bess, per fare insieme la revisione dell'opera. "È un luogo stupendo" le scrisse. "Da casa nostra si vede tutta la baia di San Francisco. Sarà molto più semplice lavorare così che da lontano." Alla notizia, Bessie rimase in silenzio. Jack la rassicurò dicendole che non aveva proprio niente da temere. Non vedeva Anna da molto tempo, quasi due anni, di cosa aveva paura? Bessie non aveva di certo i mezzi per leggere nell'appannamento degli occhi di suo marito l'involontaria menzogna con la quale cercava di convincere prima di tutto se stesso. Dopo tanto tempo, in realtà Jack non ce la faceva più a non vederla. Tutto quell'amore consumato sulla carta gli aveva messo addosso il bisogno di verificare in cosa si era trasformato. Aveva l'impressione che i mesi trascorsi glielo avessero immobilizzato facendolo restare nell'identica posizione nella quale l'aveva visto e sentito ogni volta che era stato accanto a quella donna. "Ciò che produce il tempo possiamo verificarlo solo spezzando il tempo" pensò un mattino, quando Anna stava per arrivare. Ventidue mesi potevano anche essere stati sufficienti per aver capovolto tutto, oppure per aver cementato.

Arrivò Anna, e Bessie cercò di essere molto gentile. Al vicinato aveva detto che avrebbero ospitato una russa intellettuale con la quale suo marito doveva discutere di cose molto importanti. Le sarebbe piaciuto poter dire che stavano facendo la revisione di un libro che avevano scritto insieme. Ma le era stato vietato da Jack. Il libro sarebbe uscito anonimo nella speranza di fare più scalpore. Bessie cercò di fargli capire che era una sciocchezza. La signorina Strunsky non era nessuno, ma Jack London era uno degli scrittori più noti d'America. Era molto meglio se ci metteva almeno il suo nome. Jack scosse la testa e le diede un bacio su una guancia. Era così eccitato all'idea che Anna fosse lì... riusciva persino a essere più affettuoso con sua moglie. Poi si guardava allo specchio e diceva: «Giuda l'oscuro». Ma subito dopo si giustificava pensando al grande sacrificio che aveva fatto in nome della famiglia. Quanti altri uomini ci sarebbero riusciti?

Il cuore, però, prendeva altre strade: ciò che si poteva comandare alle azioni era quasi impossibile con le intenzioni. Bessie poteva ritenersi soddisfatta. A una donna mai amata, Jack aveva sacrificato il più grande amore della sua vita. Mabel era stata un'altra cosa. L'aveva vista e misurata con i suoi occhi di ragazzo pieno di complessi, con il senso di inferiorità verso il mondo di lei che lo aveva fatto sentire un bruto e nello stesso tempo un prescelto. Durante i primi incontri le era sembrata la ragazza più colta e affascinante che esistesse al mondo. Col tempo aveva capito che, come molti altri, aveva semplicemente studiato. Del resto, se lo ricordava bene il loro primo incontro. Quando le aveva chiesto come aveva fatto a imparare così tante cose, lei gli aveva risposto molto candidamente: «Andando a scuola». La differenza, all'epoca era quella, lui a scuola non ci era praticamente stato. Aveva frequentato giusto le elementari. «Ma con voti altissimi» si era affrettato a dirle, sentendo subito dopo la voglia di mordersi la lingua a sangue. Gli era uscita di bocca una sciocchezza, se ne era reso conto che non aveva ancora finito di pronunciare la frase. E infatti lei aveva sorriso. Ma all'epoca gli era parso giusto un sorriso benevolo. Fino a quel momento aveva conosciuto solo un altro genere di donna, non poteva certo immaginare che anche quelle come Mabel provassero degli istinti verso un ragazzo così visibilmente sano come lui. Gli era bastato guardare suo fratello Ted, i suoi amici. Mabel apparteneva a un mondo in cui anche la bellezza maschile era associata alla grazia. Lui era un esemplare diverso. Era forte, abbronzato, le sue mani erano quelle di un lavoratore. Anche i suoi muscoli. Guardandola, lui aveva provato l'attrazione verso la dea immortale, lei quella per l'uomo che a ogni respiro le toglieva il fiato facendola vergognare di se stessa. Un giorno, molto tempo dopo, glielo aveva anche confessato:

«La prima sera che sei venuto a cena da noi, ho pensato che tu fossi il male. Ho anche cercato nello sguardo di mia madre lo stesso pensiero per confortarmi. Mio Dio...».

Stavano sdraiati su un prato, supini, con il volto al sole. Lui l'aveva afferrata e stretta a sé con forza facendo combaciare i loro corpi in un abbraccio vigoroso. Non era andato oltre. Il petto di Mabel si era alzato e abbassato più volte. E poi l'aveva guardata a lungo negli occhi. Senza dire una parola.

Ma quelli erano altri tempi. Era giovane e cercava di vedere anche nella realtà la vita letta nei libri. Trovarla in casa di Mabel Applegarth lo aveva profondamente stupito. Anzi, lo aveva ubriacato.

Ora era tutto diverso. Da ragazzo, ogni volta che i suoi amici gli avevano chiesto come facesse ad avere tanto successo con le donne, lui aveva dato sempre la solita, lapidaria risposta: «Non curandomi di loro». Ma con Mabel prima e con Anna poco dopo, aveva capito che poteva non darlo troppo a vedere. Anche lui, come chiunque altro, era destinato a curarsene. Con Anna, poi, se ne stava addirittura curando troppo. Quelle lettere gli avevano messo addosso una febbre altissima.

Sotto gli occhi di Bessie, lui e Anna al mattino si alzavano presto, facevano colazione e poi uscivano. Andavano a passeggiare nei boschi vicini, dove rimanevano a lavorare anche tutto il giorno. Si portavano dietro il dattiloscritto, lo leggevano a turno ad alta voce all'ombra di un albero, sulla riva del fiume. Si portavano anche qualcosa da mangiare, ma finivano sempre per dimenticarsene e prima di rientrare la lanciavano in acqua per poi rimanere ancora un po' lì, a guardare il pane che si gonfiava, fino a che arrivavano tanti piccoli pesci affamati. Una volta, Jack li imitò fingendo di muovere la coda. E poi le disse:

«Adesso avranno di che lavorare di ganascia per un po'».

Anna sorrise. Non era donna capace di risate fragorose. La

cupezza del suo sguardo si mescolava a un languore profondo che chissà da dove le arrivava fino all'altezza di quei grandi occhi neri. Erano passati ventidue mesi, e per lui l'incanto era rimasto intatto. Forse in lei qualcosa era cambiato, ma Jack non volle indagare. Gli bastava avere la certezza che l'avrebbe amata per sempre, che la febbre cronica, alla quale aveva rinunciato, se la sarebbe portata dietro silente fino alla fine. Non ci sarebbero state medicine.

Bessie sopportò ancora qualche giorno, poi cominciò a tormentare il marito.

«Quanto deve ancora restare quella lì in casa nostra?»

«È una mia carissima amica, Bessie. Non capisco perché tu debba essere così ottusa.»

«Senti. Io non sarò intelligente come te, tu ne saprai di socialismo e di letteratura, ma io ne so delle mie cose. E quella donna se ne deve andare da casa nostra.»

«Cerca almeno di non essere così fredda con lei.»

«E come dovrei essere? Guarda, fosse Charmian, potrebbe stare da noi tutto il tempo che vuole, lei sì che è una carissima amica. Saprei con chi chiacchierare e mi aiuterebbe con le bambine. Per non parlare di sua zia, la signora Eames. Quanto ti ha aiutato i primi tempi, Jack. Ha avuto fiducia in te. Una fiducia cieca.»

Anna capì ben presto la situazione. Una sera che se ne stavano in giardino a fumare una sigaretta, gli disse:

«La mia presenza non è molto gradita a tua moglie».

«Perché lo dici?»

«Perché è la verità e lo sai benissimo. Noi due siamo molto pericolosi insieme.»

«Mi stai dichiarando qualcosa, Anna?»

«Non facciamo altro da quando ci siamo conosciuti. Ma non riusciamo a venirne fuori. Si vede che doveva andare così.»

«Non voglio vederti partire, sei arrivata da poco, abbiamo ancora tante cose...»

«La revisione l'abbiamo finita. Il libro funziona, Jack. Siamo noi due che non funzioniamo.»

«Te l'ho mai detto come ho preso moglie?»

«No.»

«Durante un trasloco. Mia sorella Eliza mi stava aiutando a mettere in ordine la mia nuova casa, e lo faceva insieme a una amica che si era portata dietro. Una amica che conoscevo bene. Pensa che quando ero tornato a scuola mi aveva anche aiutato con la matematica. A un certo punto, sdraiato su un tappeto, mi sono messo a guardare questa ragazza che faceva avanti e indietro. E mi sono detto che poteva essere quella giusta. E allora glielʼho chiesto, e lo sai lei cosa mi ha risposto? Mi ha detto: "Lʼavevo capito, avevi gli occhi pieni di sogni".»

«Che cosa romantica.»

«Non fare finta di non capire. Era a te che pensavo.»

«Ci siamo pensati troppo. È arrivato il momento di fare una pausa.»

«Non ci vediamo da tanto di quel tempo…»

«Ma ci siamo scritti in continuazione. Non cʼè via dʼuscita, Jack. Quando ci si fissa su una cosa, si fa quasi sempre una brutta fine.»

«Resta ancora un poʼ.»

«Cosa cambia?»

«Ho fatto un errore, mi sono sposato in modo ragionevole. Te ne sarai accorta mentre scrivevamo, no? Alla fine il signor Wace la pensava quasi come Kempton.»

«Troppo complicato. Ci potevi pensare prima. Non eri ancora sposato quando ci siamo conosciuti. Jack, hai avuto paura. E a me è passata la voglia di togliertela.»

Con lʼanticipo ricevuto per *Il richiamo della foresta*, Jack si comprò una barca, la *Spray*, e se ne andò in giro per la baia. Lo appagavano la solitudine e il silenzio. E certe volte gli sembrava di diventare pazzo perché con il mare aveva lʼimpressione di parlare e cantare. Navigava tutto il giorno e poi cadeva sfinito a terra, avvolto in una coperta di lana ruvida. Veniva svegliato dalle prime luci del mattino, dal grido sempre così indecifrabile dei gabbiani ai quali rispondeva imitandoli alla perfezione. E sempre, ogni volta che apriva gli occhi, aveva la sensazione di essere un naufrago felice. Era inutile cercare di convincersi a credere in una vita dopo la morte, come aveva fatto quando aveva conosciuto Mabel. La vita era nel frettoloso presente, dopo la morte ci sarebbero state solo le tenebre interminabili. Su questo ragionava, ma a tutto ciò non riusciva a credere completamente perché l'infanzia aveva fatto il suo corso e lasciato i suoi segni. Quell'astrologo di padre e quella spiritista di madre... Li aveva negati, ma sentiva che sotto, nello stagno scuro delle cose che abbiamo voluto perdere, ogni tanto c'era qualche ribollio. Sorrideva porgendo il volto agli spruzzi marini quando il vento li accelerava, e pensava che se davvero ci fosse stato qualcosa dopo la morte, allora voleva pensare a un luogo di riposo e di attesa, dal quale prima o poi si veniva richiamati quaggiù per vivere un'altra vita. Non aveva paura di morire, era pronto ad andarsene in qualsiasi momento. L'attaccamento gli veniva dal pulsare forte e continuo del suo vigore, dalla certezza di averne ancora tanto da spendere. Una vita sola non poteva bastare. Non aveva dubbi, dopo la vita non poteva esserci premio migliore del ritorno. E se già ne aveva conosciute altre, dovevano essere state più o meno come quella che stava vivendo: meteore. Chissà, forse un giorno avrebbe conosciuto anche il pianeta sonnolento che tanto detestava. Una vita più ragionevole con un matrimonio più appassionato.

Dopo qualche giorno di felice navigazione tornò a casa e cominciò a scrivere. Avrebbe raccontato l'incontro tra un uomo di cultura che crede nell'immortalità dell'anima e un lupo di mare, bruto e nichilista. Un uomo abituato ad affrontare e a dare la morte e che considera l'immortalità una canzone per uomini vili. Lo scontro tra i due personaggi si sarebbe protratto onda dopo onda. E Jack si sarebbe identificato in entrambi, perché anche questo romanzo, un po' come tutti quelli che aveva e avrebbe scritto, poteva raccontare una storia, ma il contenuto restava quello che lo aveva ossessionato fin dai primi racconti: la lotta tra la vita e la morte. E dove la morte, per impareggiabile superiorità, avrebbe sempre vinto. Fece raccontare al suo lupo di mare una parabola di grande tristezza, quella del seminatore cieco che butta i semi a caso. I semi possono anche essere tutti di buona qualità, ma se germogliano in un ambiente sfavorevole non potranno mai elevarsi al di là delle loro radici. Era stata la sua ossessione da sempre: la sua nascita storta e il tentativo di raddrizzarla, le buone maniere, la bellezza, ed essere nato a un livello così basso che, ovunque fosse andato, non sarebbe mai riuscito a strapparsi di dosso il marchio a fuoco della brutalità. Scrivendo *Il lupo dei mari*, Jack capì che quel marchio poteva essere il suo orgoglio. Di certo non c'erano altri scrittori che lo portassero con altrettanta disinvoltura.

A casa sua, certe volte il troppo rumore gli impediva la giusta concentrazione per scrivere. Jack aveva un ritmo e voleva mantenerlo: doveva scrivere tra le mille e le millecinquecento parole al giorno. Come faceva in quella famiglia urlante? E allora, quando tutto sembrava esplodere in quel mondo fatto di pranzi e cene, bambine da lavare e rimproverare, radio accesa e Bessie che ci cantava dietro mentre batteva la carne, Jack se ne andava a scrivere nella sua barca che teneva ormeggiata proprio lì vicino. Fu proprio in barca che ebbe una intuizione per il personaggio principale: Lupo Larsen. Sarebbe stato molto simile al capitano Alex McClean, quello della nave *Sophie Sutherland* che lo aveva preso a bordo quando era solo un ragazzino molto coraggioso. Ma ne avrebbe fatto un uomo spaventoso, un bruto con fosforescenti residui di splendore intellettuale, invincibile e tremendo. La meravigliosa scena che aveva appena finito di scrivere, per esempio: Lupo Larsen attaccato dalla sua ciurma, assalito da tanti uomini insieme. E lui che si aggrappa a una corda, si tira su di sola forza delle braccia con tutto quel grappolo di uomini addosso. Se ne libererà scalciandoli, uno dopo l'altro, anche quello che gli stava aggrappato a un polpaccio con i denti. E voleva che grande, dalla prima all'ultima pagina, fosse il suo sprezzo per la morte e chi la teme. Una parte di sé nell'oscuro Lupo Larsen, quel sentirsi puro fermento. E la terribile, cupa certezza che la morte di un uomo non aveva più valore di quella di un insetto.

Quell'anno Bessie aveva affittato un casotto in un villaggio organizzato da Ninetta Eames, la zia di Charmian, come residenza estiva. Il villaggio si trovava a Glen Ellen, nella contea di Sonoma, nella Valle della Luna. Jack era rimasto a Piedmont per finire il suo libro. Ormai però, anche se la casa era silenziosa, si era abituato a scrivere in barca. Lavorava su un tavolinetto basso e si era procurato qualche pietra per tenere fermi i fogli quando aveva voglia di scrivere e guardare il mare. Poi, quando smetteva di lavorare, prendeva il largo. Quei giorni gli parvero magnifici. Certe volte, il piacere della libertà gli metteva addosso una sensazione quasi amorosa: il cuore gli mandava il sangue su per la gola. Quasi lo soffocava. Ma non era l'amore, era il passato che tornava, l'infanzia infelice, i duri anni di lavoro nelle fabbriche, le tante ore di studio strappate alle poche di sonno. Il ricordo di Mabel, di quel che aveva provato per lei quando l'aveva conosciuta. Quel primo amore così poco esperto che non subito gli aveva fatto capire quanto fossero diversi. In fondo, era stato lui a lasciarla. Se qualcuno glielo avesse detto quando l'aveva conosciuta gli avrebbe dato del pazzo. E così, libero navigante nella sua baia, a volte il mare gli dava la stessa euforia provata a vent'anni per i capelli evanescenti di Mabel. Se lo ricordava bene quel giorno, stavano uno accanto all'altra, senza ancora essersi mai toccati, e una ciocca di quei capelli gli aveva sfiorato una guancia mentre erano entrambi chini su un libro di grammatica che lei gli spiegava con pazienza, inconsapevole dell'eccitazione che quel ragazzo pieno di salute le metteva in circolo. Soltanto una volta formulò un pensiero che la fece rabbrividire. Gli stava accanto e pensò: "È quasi violenta tutta questa sua salute!".

Jack avrebbe dovuto raggiungere la sua famiglia in vacanza a Glen Ellen, ma un incidente ne ritardò l'arrivo. Era fine giugno, e una sera, mentre tornava con un paio di amici su un calesse, uscì di strada e finirono lungo il pendio di una collina. Rimasero tutti illesi tranne Jack, che si prese una storta e fu costretto all'immobilità. A uno dei due amici chiese di telegrafare a sua moglie per avvertirla e Bessie si rivolse subito a Ninetta Eames.

«Devi farmi un grandissimo piacere, Ninetta. Lo so che Charmian dovrebbe arrivare qui domani, ma devi dirle che Jack si è ferito a una gamba ed è solo in casa. Chiedile di dargli una mano fino a che non potrà partire. Magari potrebbero poi venire insieme.»

Quando finalmente arrivò, Jack non ebbe dubbi: quello era uno dei luoghi più belli al mondo. La signora Eames aveva fatto costruire sulle rive di un fiume una struttura ottagonale che aveva chiamato Wake Robin. Non se la stava passando molto bene economicamente, e per ricavare un po' di soldi da quel progetto aveva fatto installare dei capanni e piantato delle tende che affittava per l'estate. Jack decise all'istante che in quel magnifico posto doveva comprare un bel po' di terra, costruire una grande casa e fare il coltivatore come suo padre John. La sua famiglia era sistemata in uno di questi capanni con il tetto di tela, in mezzo a un boschetto di uva ursina e corbezzolo. Aspirò profondamente quell'odore e disse a Bessie:

«Quando mi ritirerò da tutto, non voglio respirare altro che questo magnifico profumo».

E così dicendo prese le sue figlie in braccio esortandole a respirare a pieni polmoni quel balsamo che definì miracoloso. In realtà, tutto quell'entusiasmo gli veniva da ben altro rimescolamento. Gli era successa una cosa molto strana dopo l'incidente con il calesse. Si era messo a letto dicendo agli amici che non aveva bisogno di nulla. Solo di riposo. Loro avevano insistito per restare.

«Ne approfittiamo per fare un po' di baldoria.»

«Non devo fare nessuna baldoria, devo riposare, riprendermi e poi andare dalla mia famiglia, a Glen Ellen. Da quando è arrivata, mia moglie non mi dice altro che è un luogo meraviglioso. Non vedo l'ora di andarci.»

Gli avevano portato giusto qualcosa da mangiare e se ne erano andati via. Era stato verso le sette di sera che Jack aveva sentito aprire la porta. Charmian gli era apparsa in camera da letto sorridente.

«E così siamo caduti giù per la collina come dei ragazzini ubriachi, eh?»

«Non eravamo proprio ubriachi» rispose Jack. «Giusto un po' brilli. Ma tu che ci fai qui?»

«Mi ha telefonato mia zia, è stata Bessie a dirle di farlo, è preoccupata per te. Diceva che potevi aver bisogno di aiuto, e allora hanno mandato me.»

«Una infermiera davvero molto *charming*, cara Charmian. Ma, come vedi, non ho bisogno di gran cosa. Mia moglie esagera sempre. È stata solo una storta. Tra un paio di giorni starò benone.»

«Beh, non sono venuta qui per nulla. Ho con me tutto l'occorrente. Faccia il paziente paziente» gli rispose lei scoppiando a ridere per quel gioco di parole che trovò più divertente di quello che faceva lui ogni volta che si incontravano. «Ho portato tutto quel che serve: disinfettante, garze, una benda elastica. Si tratta della caviglia, giusto?»

«Giusto.»

«E allora si faccia da parte.»

Da una borsa da campeggio, Charmian tirò fuori quello che le occorreva per curarlo. E le sue mani furono molto abili. Prima di disinfettare il ginocchio sbucciato gli fece un profondo massaggio su tutta la gamba cominciando dal piede per arrivare fino all'inguine. Jack se ne stava a letto coperto solo da un lenzuolo e teneva quella gamba di fuori. Era abbronzato, gli si erano schiariti i capelli e mentre lei lo toccava così intimamente ed energicamente per fargli risalire il sangue dal basso verso l'alto, Jack la vide per la prima volta in vita sua. E si domandò come fosse possibile. Si conoscevano ormai da tempo, spesso si frequentavano, era diventata una buona amica di sua moglie, ma era come se non l'avesse mai vista. Charmian era una donna vigorosa, sana e forte. Non c'era nulla di etereo in lei. E aveva una espressione ironica perché sorrideva in modo malizioso, più con gli occhi che con la bocca. Non doveva essere per timidezza, ma per quel suo modo di vedere la vita e gli altri come una sfida. Ma una sfida divertente. Un gioco.

E a Jack venne da ridere. Non una risata vera e propria, semmai un sorriso stampato sulle labbra sempre sul punto di esplodere. Gli occhi gli brillavano con tanta forza che da grigi divennero di un azzurro profondo.

«Cosa sta succedendo, signorina Charmian?» le chiese lui sforzandosi di mantenere solo quel devastante sorriso e dandole del lei per stare al gioco.

«L'imponderabile» fu la risposta pronta.

«E per imponderabile intende di poco peso o imprevedibile?»

«Direi imprevedibile, perché quanto al peso potrebbe averne molto, signor London. La vita è un rischio continuo.»

«Oh, lo so bene. Non ho fatto altro che rischiare.»

«Ho una certa predisposizione anche io» disse lei togliendosi il cappello e sciogliendo i capelli.

Fece quel gesto che fanno le donne quando li sentono ricadere sulle spalle: mosse la testa da una parte all'altra e dei capelli mise in movimento il color miele. Poi si spogliò davanti a lui senza nessun pudore. Lo fece lentamente, per esasperarlo. E in tutta quell'operazione non dissero nemmeno una parola. Jack era nudo sotto il lenzuolo. Quando lo fu anche lei, si avvicinò, sollevò il lenzuolo e prima di sdraiarsi gli disse:

«Vedo che lei è già pronto, signor London».

«Jack» rispose lui. «Mi chiami solo Jack, signorina Kittredge.»

Furono giorni di grandissima allegria. Forse non aveva mai amato una donna in quel modo indiavolato. Era capitato molti anni prima, con le famose ragazze del popolo: operaie, stiratrici, giovani che lavoravano almeno quattordici ore al giorno, e alla fine erano talmente stremate da cercare il piacere del corpo così come si cerca l'alcol. Charmian era stata allevata diversamente, sua zia Ninetta Eames le aveva detto che tra uomo e donna c'era ben poca differenza, e che lei era libera di fare esattamente quello che faceva un uomo. Naturalmente non l'aveva mai esortata a darsi bel tempo con i padri di famiglia. Questo lusso Charmian se l'era preso da sola perché aveva molti anni meno di Ninetta e alla sua fede così progressista sentiva di poter aggiungere qualche ulteriore passo in avanti. Ma dietro a questa sfrenata voglia di vivere liberamente c'era una infanzia dolorosa e immobile che aveva voluto cancellare a colpi di euforia: quella madre invalida, come spesso ripeteva Ninetta Eames, morta quando la bambina aveva solo sei anni. Quel vuoto l'aveva colmato con la passione per il movimento. Sembrava che Charmian non potesse mai stare ferma, che l'immobilità la spaventasse. E nella scuola dove sua zia lavorava come segretaria aveva imparato subito a nuotare, a tuffarsi, a tirare di boxe e ad andare a cavallo, che rimase per sempre il suo sport preferito. Quello che chiamava «il doppio movimento».

Jack era rimasto stupito dall'abilità della ragazza, dalla sua capacità di stare con un uomo per la prima volta e farlo sentire completamente a suo agio. C'era in lei l'amazzone e la geisha, e Jack non poteva sapere che quello era il connubio infallibile anche nella mente dell'uomo più evoluto. Era perfetto perché confondeva e prendeva sempre in contropiede. Era devota fino all'asservimento e poi era capace di andarsene e scomparire. Lo fece fin da subito, mentre lui era a letto con quella gamba che non funzionava. Un po' stava lì con lui, gli preparava da mangiare, glielo portava a letto su un vassoio. Poi usciva per andare chissà dove e rientrava ore dopo con i capelli scompigliati, la faccia piena di vento, e odore di cavallo addosso.

Entrava in casa, si toglieva il cappello e diceva:

«Dovevo fare una corsa».

E poi era capace di spogliarsi immediatamente, e con tutto quell'odore selvatico addosso di infilarsi nel suo letto.

Si era fatta avanti solo adesso, credeva di non saperne la ragione nemmeno lei. In realtà era stata Anna Strunsky a tenerla buona. Quella donna le faceva paura. Per Jack era troppo importante, si vedeva da lontano. Ma un giorno se ne sarebbe andata via indenne, Jack non avrebbe mai avuto nemmeno il coraggio di passarle un braccio intorno alla vita. Ormai il suo passato lo conosceva bene. A parte le donne di passaggio che incontrano tutti i marinai, ne aveva amate solo due. Mabel non le faceva nessun effetto, roba da ragazzini, tutta una infatuazione montata dalla fantasia, dal bisogno di amare. Jack l'aveva vista come una dea e poi aveva dovuto ridimensionarla. Lei, la maestra di letteratura che si vede superare dall'allievo. Era stata una delle prime cose che Jack le aveva raccontato: «A un certo punto mi sono accorto con stupore che il mio cervello era superiore a quello di Mabel, e a quello di suo fratello e di suo padre. In un anno di studi individuali ero arrivato a vette così alte che lei non poteva nemmeno intuire. E poi era molto condizionata dalla famiglia. Aveva il terrore che volessi fare lo scrittore, voleva sposarsi e avere un uomo da stipendio fisso, anche molto basso pur di cominciare. E ben più di una volta mi ha fatto capire che suo padre mi avrebbe assunto e col tempo, chissà, magari sarei diventato un ottimo avvocato. Un giorno, dopo averle letto una mia novella la commentò con queste parole: "Quando scrivi sei come un toro in un negozio di porcellane"».

«E non te la sei mai portata a letto?» gli chiese Charmian.

«L'ho stretta a me, l'ho baciata. Ma non ne ho mai avuto il coraggio. Mi sembrava di sciuparla. Anche se aveva qualche anno più di me, la vedevo come una bambina. E molto pura.»

«Tutte le donne non vedono l'ora di smettere di esserlo. Le avresti fatto un grande favore, Jack. Proprio grande» gli aveva risposto ridendo. Poi si era tirata su col busto, e con i capelli arruffati aveva aggiunto: «Allora sai cosa ti avrebbe detto? Non certo quella stupida frase borghese sulla tua scrittura, che magari non le piaceva davvero perché non era in grado di comprenderla, o forse molto più miseramente perché voleva che tu trovassi un lavoro qualsiasi per sposarti in fretta. Beh, se lo avessi fatto, invece di quella ridicola frase avrebbe potuto dirti: "Jack, tu sei un toro e io la tua porcellana"».

Qualsiasi cosa Charmian dicesse, Jack scoppiava a ridere. Quella ragazza sapeva essere di una simpatia travolgente. E poi se ne intendeva anche lei di letteratura, pittura, musica, filosofia, ma in modo più intelligente di Mabel, e meno profondo di Anna. Charmian era il tipo di donna che non si sarebbe mai messa in competizione con l'uomo che se la portava a letto. Ma di Anna Strunsky, o meglio, della Russa, come la chiamava lei con sua zia, aveva avuto un gran timore. Sapeva che se quella donna avesse mosso un dito Jack sarebbe scomparso. O forse no, non poteva proprio scommetterci. Mabel lo criticava apertamente sulla sua scrittura (povera scema!), Anna voleva addirittura dargli a intendere che era più brava di lui (povera pazza!). Aveva parlato chiaro l'esito del loro libro. Lo avevano pubblicato anonimo, le critiche erano state piuttosto buone alcune, un po' meno altre. Ma tutte avevano messo in evidenza che, quanto a stile e profondità di pensiero, quelle scritte "apparentemente da una donna" (avevano detto proprio così) erano decisamente di un livello superiore. Una storia del genere doveva aver sommosso un bel po' d'acqua in uno come Jack. Charmian lo ascoltava e fingeva di credere a tutto quello che diceva, ma sapeva bene che era come ogni grande o piccolo scrittore: anche lui voleva fama e danaro. Lui più di altri, perché veniva dal basso e aveva una gran smania di riscatto. Quando aveva voglia di dirglielo lo faceva a letto, e poi lo paragonava a un pugile. E Jack svettava, non gli passava neanche per la mente che tutta quell'adulazione mai ricevuta prima da una donna del suo ceto facesse parte di un disegno ben preciso. Di queste cose era inesperto. Mabel era una piccola borghese impaurita anche se si era presa una laurea in Lettere. Lo denigrava senza fare calcoli, o facendo solo quelli sbagliati. Pensava di togliergli dalla testa la letteratura per allettarlo con il matrimonio. Anna, invece, voleva dominarlo, metterlo davanti alla sua superiorità. Sapeva essere sarcastica e lapidaria inconfutabile insieme. Aveva dalla sua di non essere di certo la ragazzina che vuole trasformare il suo uomo speciale in un esemplare più comune per compiacere la sua famiglia. No, Anna Strunsky era temibile perché era davvero una donna seducente. Ma questo genere di donna, anche se lascia una profonda, spesso indelebile traccia, non è certo imbattibile. Bisogna avere la pazienza di aspettare il momento in cui l'uomo sente di scendere un gradino. E questo era avvenuto con quelle critiche su *The Kempton-Wace Letters*. Alla seconda edizione, Jack pretese che ci fossero i loro veri nomi in copertina. Ovviamente con la scusa che il libro non stava vendendo molto e il suo nome, già noto, avrebbe dato maggior visibilità. In realtà voleva rimettere in pari le cose. Voleva vedere se qualche critico, adesso, avrebbe osato dire quella stupidaggine sulle lettere scritte "apparentemente da una donna". Figuriamoci se una donna poteva valere più di un uomo. Dove si era mai sentito?

Charmian era arrivata al momento giusto. La timida borghesuccia e la presuntuosa intellettuale erano uscite di scena. L'ultima, probabilmente, lasciando un segno. Ma ora, sul palcoscenico della vita di Jack London era salito quel tipo di donna di cui nessun uomo, nemmeno il più intelligente, coraggioso e avventuroso, una volta conosciuta avrebbe potuto fare a meno: la seduttrice.

Non poteva dire di non aver mai chiuso occhio su quel dondolo. Ogni tanto gli era parso di stare come in una specie di dormiveglia. Ecco perché immagini e ricordi gli andavano a sbattere addosso come uomini dalle spalle larghe e poi lo avvolgevano come il ragno fa con la sua preda. E lui se ne era rimasto lì tutta la notte, con l'amico che si era addormentato dopo un paio di birre e gli aveva detto: «Di tutta questa faccenda ne parliamo domani, Jack. A mente più lucida». E lui gli aveva risposto che sì, aveva proprio ragione, a che serviva mettersi a letto con quel traffico di pensieri dentro la testa? Erano finiti i bei tempi in cui aveva lavorato come un forsennato in una lavanderia e spesso, a fine giornata, a stento riusciva ancora a pensare. Era come se la casa dei pensieri la stanchezza gliela avesse chiusa a chiave. Ma quella notte la stanchezza non l'aveva aiutato. I ricordi erano tornati, ma senza la cronologia. O forse un ordine c'era, ma lui in quello stato non era in grado di riconoscerlo.

Si cominciavano a sentire i primi versi degli uccelli quando si svegliano al mattino. Quell'entusiasmo, lo stupore di ritrovarsi ancora vivi. Quei canti venivano fuori tagliuzzati, quasi stonati, ché la sorpresa di esserci ancora li obbligava ad accordare lo strumento per poi rimettersi a cantare come sempre. Gli uomini, invece, senza ringraziare mai nessuno si rimettevano in piedi e ricominciavano da dove si erano interrotti. Come non fosse passato nemmeno l'intero tempo di una notte.

E in quelle prime luci del mattino Jack vide due cose, una dietro l'altra.

La prima furono le ciliegie. Rivide quella volta in cui le aveva mangiate con Mabel. Enormi ciliegie di un rosso scuro che tiravano fuori un succo denso come quello di un vino forte. All'epoca non l'aveva ancora mai baciata. Dopo quella merenda, seduti su un prato, Mabel aveva cominciato a leggergli delle poesie, e in quel momento lui aveva notato che le sue labbra si erano macchiate di succo di ciliegia. Fu allora che per la prima volta la vide anche donna e non solo dea immacolata. Se le sue labbra potevano macchiarsi di succo di ciliegia, allora anche tutto il resto del suo corpo era uguale a quello degli altri mortali. Desiderò molto baciarla. Fu sul punto di farlo, ma poi si ritrasse. E lei tornò a essere diversa, irraggiungibile. A quel punto, la domanda che si poneva era sempre la stessa: perché mai non la adoravano tutti gli uomini del mondo? E poi pensò che se le labbra di Mabel erano macchiate di succo di ciliegia, le sue erano invece macchiate di sangue. Perché la grande differenza tra loro era che si trattava di un uomo e di una donna.

E allora, a rimettergli un bel po' di sangue in circolo, fu la volta di Faccia di Formaggio. Quel ragazzo l'aveva tormentato fin da quando aveva undici anni, solo che Faccia di Formaggio ne aveva due di più, e a quell'età si sentono. Ogni volta che si incontravano, se le davano di santa ragione. Doveva esserci stato odio tra loro, ma Jack non lo ricordava già più all'epoca. Doveva essere stato uno di quegli odi atavici, bave che ci vengono dietro da altre vite, ma che a un certo punto vogliono pure una conclusione. Avevano fatto a botte tante di quelle volte, ma Jack le aveva quasi sempre prese. Poi erano passati anni, Jack ne aveva diciassette e si erano incontrati di nuovo.

«Dobbiamo affrontarci per l'ultima volta» aveva proposto Jack.

«Va bene, sono d'accordo» aveva risposto Faccia di Formaggio.

«Ma questa volta non può andare a finire alla pari. Stavolta ci deve essere un solo vincitore. Per sempre.»

E l'altro fece di sì con la testa. Capirono entrambi che in quel momento i millenni di sforzi dell'umanità per ascendere in alto erano andati smarriti. Ogni tanto doveva pur succedere. Era sempre da lì che poi si ricominciava. Per rimettersi in piedi era necessario andare a finire in terra. Quella sera ne sentirono entrambi un gran bisogno. Si riaffacciava la bestialità, e per avere la certezza che per un po' se ne sarebbe stata buona, bisognava aprirle la porta. Per combattere si diedero appuntamento sotto le luci elettriche del ponte dell'Ottava Strada.

Faccia di Formaggio voleva vincere a tutti i costi, ma capiva che la sua superiorità fisica non era più quella di un tempo, Jack era cresciuto molto, era diventato forte. Allora infilò la mano in una tasca e indossò un pugno di ferro. Fu con quello che gli diede un cazzotto in faccia. Jack non ne capì la violenza, ma ne intravide il luccichio.

«Non fare porcate» gli aveva urlato. «Dammelo subito.»

Da una parte e dall'altra c'erano i loro sostenitori venuti ad assistere all'incontro. Jack si voltò verso uno della banda di Faccia di Formaggio e gli urlò:

«Glielo hai dato tu, Testa Rossa! Ti ho visto! Ho visto che gli scivolavi dietro ma non avevo capito perché».

Jack cercava di tenere alta la guardia, ma le braccia pesavano ormai troppo. Anche Faccia di Formaggio non ce la faceva più. Era arrivato a un punto che avrebbe preferito rendere l'anima a Dio. Ebbe un momento di esitazione, ma Jack si fece avanti e ricominciò a colpire, come se il cedimento del nemico gli avesse rimesso la forza nelle braccia.

Tra i ragazzi delle due bande si sentì una voce che diceva:

«Questa non è una lotta. Qui finisce col morto».

Ma nessuno li fece smettere. Stremati, si giravano intorno pieni di sangue. Jack cercava di guardarlo negli occhi. Sapeva che era sempre negli occhi di un uomo che si poteva leggere il suo cedimento. E quando lo intuì gli fu addosso, lo fece cadere a terra e continuò a picchiarlo su quella faccia ormai gonfia e sanguinolenta dicendogli ossessivamente: «Ne vuoi ancora? Ne vuoi ancora?».

Seduto sul dondolo, quella frase gli risuonò come l'avesse pronunciata in quel momento. Di fronte a lui, c'erano anche le invitanti labbra di Mabel macchiate di succo di ciliegia. Adesso, nel dormiveglia, poteva scegliere. Baciare la ragazza o inveire contro chi aveva perso.

Si alzò in piedi di scatto, come un felino. E riportato in un istante sotto le luci elettriche del ponte dell'Ottava Strada, con tutto il fiato che aveva ancora in gola, sputando lo stesso sangue di allora, gridò: «Te le ho date, Faccia di Formaggio! Ci ho messo tanti anni, ma alla fine ti ho gonfiato!».

Dopo *Il richiamo della foresta* i giornali avevano scritto che il giovane London aveva inaugurato un genere nuovo: crudo, eroico e romantico insieme. Ed era un po' come se la forza fisica, la salute e il vigore, che lui stesso possedeva in abbondanza, trascinassero il lettore senza dargli mai tregua.

«Al mio pubblico faccio un effetto molto simile a quello che ha provato Mabel il giorno in cui mi ha conosciuto: finto ribrezzo e una irrefrenabile, autentica attrazione» disse un giorno a Eliza.

Si poteva concordare o meno con la sua selvaggia visione del mondo, su quella lotta estrema per la sopravvivenza, quel realismo di cui andava tanto fiero, ma che poi realismo non era mai, perché in lui dominava sempre l'impeto, la necessità dell'eccesso; ma di certo nessun lettore poteva resistere alla potenza del suo linguaggio, alla visione della primitiva armonia del mondo. Un critico disse che la scrittura di Jack London era come una slavina, veniva giù senza freni e non risparmiava nessuno.

Ormai erano lontani i tempi in cui la povertà lo costringeva a far bollire la frutta secca per ricavarne una specie di burro da spalmare sul pane. Anche se allora non poteva saperlo, la sua vita era stata divisa in due dal destino: un lungo periodo di sforzo che sembrava dovesse portarlo all'annichilimento, e poi una grande, improvvisa apertura. Tutto ebbe inizio con il primo articolo e i primi cinque dollari. Con la sottile busta ancora chiusa in mano, prova evidente che quella volta non gli rispedivano il manoscritto e non potevano che inviargli un assegno, si ritrovò davanti a una lettera con la quale lo informavano che ad articolo pubblicato gli avrebbero mandato cinque dollari. Una miseria rispetto ai suoi calcoli. Le sue parole sarebbero state finalmente stampate, ma a cosa gli serviva se anche così doveva continuare a patire la fame? Si ammalò per la prima volta in vita sua, gli venne una febbre che lo lasciò tramortito per tre giorni. Ne riemerse con la più grande amarezza che avesse mai provato e una unica decisione: avrebbe smesso di scrivere. Non immaginava nemmeno che da quel momento in poi nulla di ciò che avrebbe scritto sarebbe mai più stato rifiutato. E gli editori, quelli che per tanti mesi aveva finito col considerare inesistenti, semplici ingranaggi che toglievano i suoi manoscritti da una busta per metterli in un'altra e rinviarli al mittente, lo avrebbero ricoperto d'oro.

Il mistero della bellezza e della vita... Quali bizzarri princìpi lo regolavano? Di cosa era fatto? Se avesse potuto dire adesso a Mabel di cosa era composto, le avrebbe elencato solo tre cose: sole, polvere di stelle, meraviglia.

Quella sera, a Glen Ellen, intorno ai tavoli da picnic e agli sgabelli ricavati dai tronchi degli alberi che la signora Eames aveva organizzato per i suoi ospiti, Jack lesse qualche pagina del *Lupo dei mari* davanti a un folto gruppo di villeggianti. Rimasero tutti in silenzio. E da parole così assonanti vennero travolti e attraversati per ore.

Quella sera, ogni uomo avrebbe voluto essere Jack London. Tutte le donne, la sua donna. Se ne rese perfettamente conto. Ogni volta che i suoi occhi grigi si sollevavano dalle pagine, vedeva molte frecce infuocate andargli incontro. Ma chi lo capì meglio di lui fu Charmian Kittredge. Durante la lettura spesso i loro sguardi si incrociarono, e Jack sentì che le tempeste descritte nel suo romanzo, tutto quell'eccesso di furore e vita, erano poca cosa rispetto alla paura di perdere il corpo che Charmian gli aveva saputo offrire così bene. Bastarono poche ore e si convinse di aver sepolto tutto il suo passato: la virginale bellezza di Mabel, il suo mondo che aveva visto superiore. E la violenta, inafferrabile intelligenza della donna che avrebbe invece rappresentato per sempre il suo decimo tentativo. Finita la lettura, però, Charmian rimase di cattivo umore e molto silenziosa. Camminava da sola, a passi lenti. Jack la raggiunse.

«Cosa c'è che non va?» le chiese.

«Oh, niente» rispose lei. «Proprio una piccolezza.»

«Se è così piccola potrai anche dirmela, non credi?»

Con un tono di voce plateale e fintamente allegro, Charmian rispose:

«Stoici nelle grandi cose e fanciulleschi nelle piccole».

«Quando parli per enigmi non mi diverto.»

«Sarò allora molto più chiara. La protagonista del *Lupo dei mari*, Miss Maud Brewster, è la copia sputata di Anna Strunsky. Credi che non me ne sia accorta? Capelli castani, grandi occhi scuri, bocca piccola, ovale perfetto. Per non parlare di quando per descrivere una sua espressione dici "quegli occhioni". E non venirmi a dire che non è lei.»

«Sei più gelosa di Tosca. Bene, non lo nego, così come Mario Cavaradossi non negò che la donna dipinta in chiesa era l'Attavanti. Mi sono ispirato al volto di Anna. Non c'è niente di male.»

«Ma è anche la donna della quale il protagonista si innamora.»

«E allora, ammetterai che il protagonista maschile non sono io. Trovi che mi somigli?»

«Jack, a me non puoi darla a bere. Tu sei sia Van Weyden che Lupo Larsen. Prendi due protagonisti maschili, frullali e ne uscirà sempre Jack London. Del resto, anche Lupo Larsen non è indifferente al fascino di Miss Maud. Forse non se accorgerà quell'ingenua di Bessie. Ma io sì. Tu sei ancora innamorato di quella donna.»

«Io non sono mai...»

Ma Charmian non volle sentire più una parola, accelerò il passo e raggiunse il gruppo di villeggianti. Incrociò lo sguardo di Bessie, era raggiante. "Quella scema è felice" pensò. "Suo marito fa di Anna Strunsky la sua eroina, guarda caso pure poetessa di grande talento, viene a letto con me, e lei è lì con quell'espressione di moglie soddisfatta stampata in faccia." E nel pensarlo chiuse con forza il pugno destro. Ma poi le venne da ridere, perché un cattivo pensiero la mise di buon umore: "Sarebbe proprio un lavoro inutile. Non ha nemmeno un bel musetto da rovinare". E se ne tornò nel capanno di sua zia con il respiro corto, molta rabbia in corpo e una notte di insonnia assicurata.

Una mattina presto, Jack uscì a fare una passeggiata con Bessie lungo il fiume. Le disse che voleva andarsene da Piedmont, in quella città il suo lavoro era continuamente interrotto da troppa gente che veniva a trovarlo. Voleva comprare un ranch nel deserto della California meridionale.

«Hai nulla in contrario?» le chiese.

«No, per me va bene, Jack. Purché anche lì vi siano tutte le comodità per le bambine.»

«Sotto questo profilo non mancherà nulla» le disse abbracciandola. E poi, pieno di entusiasmo: «Bene, cominciamo a fare progetti».

Ma il ritorno fu meno gioioso. Jack era lontano, chiuso in pensieri suoi che secondo Bessie con il ranch avevano già poco a che vedere.

Dopo pranzo Bessie prese le bambine e le mise a dormire. Charmian si aggirava nei dintorni, quando vide Jack uscire dal casotto gli andò incontro e insieme si avviarono verso un'amaca. Bessie li vide dalla finestra e tirò un sospiro di sollievo: "Lei lo capisce meglio di me" pensò. "Speriamo sappia dargli dei buoni consigli e riesca a fargli capire una volta per tutte che quella Anna non fa per lui. Povero Jack. Pensa che andando a vivere in un ranch nel deserto potrà togliersela dalla testa."

E poi andò a sedersi in poltrona sentendo una specie di traffico molto caldo che le saliva dal collo per poi formicolarle tra i capelli. Ogni tanto si alzava per guardare fuori. Erano ancora tutti e due lì, seduti sull'amaca. Era un osso duro, suo marito, chissà quanta buona volontà ci stava mettendo Charmian per fargli ritrovare la ragione. "Non avessero mai scritto quel libro insieme!" pensò.

Bessie era una donna semplice, ma stando accanto a Jack si era resa conto che scrivere non era un mestiere che migliorava la vita. Scrivere, la vita la complicava un bel po'. Perché c'era la realtà vera e poi quella che si metteva sulla carta, e non le ci era voluto molto a capire che le due cose insieme facevano una gran battaglia e alla fine della storia rimanevano mutilate entrambe. Solo che le mutilazioni sulla carta potevano diventare capolavori, proprio come quelli che scriveva Jack. Quelle della vita, invece, erano un'altra cosa. E lei ne aveva paura. Credeva sinceramente di essere il puntello della vita di quell'uomo che l'aveva sposata in modo ragionevole. Lo aveva apprezzato molto per questo, anche perché lei stessa era convinta che un vero matrimonio dovesse poggiare su basi solide, fatte soprattutto di profonde radici che l'affetto avrebbe fatto affondare sempre più giù, nella terra. Ecco, il compito di un matrimonio era proprio quello, mettere radici così lunghe da non poter mai più essere estirpate. E per renderle così robuste non ci voleva nulla di turbolento da fargli scorrere dentro. "Il turbolento infradicia" pensava spesso. "E indebolisce. E se lì sotto si ammollano troppo, a sfilarle, poi, non ci vuole niente." Ma Bessie non aveva ancora compreso che forti come voleva lei erano soltanto le sue di radici, non quelle di Jack. Si erano mai viste profonde e robuste radici di carta?

Jack e Charmian restavano ancora sull'amaca a parlare. Quanto tempo era passato? Bessie non aveva guardato l'orologio, ma dovevano essere trascorse almeno due ore.

Tornò a sedersi e riprese a rimuginare. Quale grande dolore stava cercando di scansare, Jack, dalla sua vita e dai suoi doveri? Credeva di conoscerlo, ma non si ricordava mai abbastanza che era figlio di un astrologo ambulante e di una spiritista. Jack se ne sarebbe spaventato di lì a poco. Spaventato, sì, perché il dolore che gli si stava per presentare era il futuro matrimonio di Anna Strunsky. Un giorno, a cose fatte, Anna gli avrebbe scritto queste precise parole: "Caro Jack, mi sono sposata con William English Walling. Un uomo molto meno borghese di me. E io, lo sai, non sono certo borghese. Vivremo in modo tale che anche tu capirai quanto questo mio amore sia quello giusto".

Ma prima di ricevere quella lettera, Jack ne ebbe notizia dal giornale. Il "San Francisco Call" scrisse: "La ragazza socialista ha vinto un milionario". Lesse solo il titolo dell'articolo. Poi rimase per un pezzo a guardare soltanto la foto di lei in primo piano, di profilo. La fronte era appoggiata sulla spalla del marito. E l'espressione del suo volto era raggiante.

Jack e Charmian trascorsero almeno altre due ore seduti sull'amaca. Bessie cominciava a preoccuparsi. Verso le sei di sera, Jack entrò nel capanno, la guardò a occhi bassi e le disse:

«Bessie, io ti lascio».

«Vuoi dire che torni a Piedmont?» rispose lei che non aveva capito nulla.

«No, voglio dire che ti lascio, mi voglio separare.»

Bessie si lasciò cadere sul letto e congiunse le mani che le restarono strette in grembo. Un brusio. Nelle orecchie sentiva un brusio che doveva essere quello di un moscone entrato nel capanno. Si guardò intorno pensando di vederlo volare in quel modo così elettrico, a scatti, come se ogni direzione presa sempre all'improvviso lo convincesse solo per pochi istanti. Ma non c'era nessun moscone. Il brusio ce l'aveva dentro le orecchie, era un fischio rauco e prolungato che le stava incidendo il cervello. Le parve di sentirne le tenaglie. Senza nemmeno una lacrima negli occhi, alzò lo sguardo verso di lui e gli disse:

«Mi hai appena parlato della California...».

Ma Jack continuò a ripetere che voleva separarsi. Lo ripeteva in modo ossessivo come se in quell'affermazione ci fossero pure tutte le spiegazioni. Allora Bessie scoppiò a piangere.

«Perché? Cosa è successo? Almeno spiegami.»

Lui uscì dal capanno rifiutandosi di dire altro.

Bessie rimase paralizzata sul letto fino a che Joan e Bess non cominciarono a fare troppo rumore. Allora si rese conto che era venuta l'ora di preparare la cena e si mise a cucinare come tutte le altre sere. Anche Jack sedette a tavola e fece il possibile per comportarsi in modo naturale. Quella sera mise a letto lui le bambine. Raccontò loro un paio di storie e poi le abbracciò. Bessie stava rigovernando. Non si dissero più nulla.

In quel capanno di tela, a Glen Ellen, mentre le sue bambine dormivano tranquille, Jack trascorse la notte più infelice della sua vita.

Bessie, senza chiudere occhio, odiò con tutte le sue forze Anna Strunsky che era finalmente riuscita a portarglielo via.

Avrebbe avuto voglia di alzarsi e di andare da Charmian per farsi raccontare tutto. Di certo era stato a lei che Jack aveva detto ogni cosa. Glielo impedì la dignità. Soprattutto, il fatto di essere madre.

E poi si ritrovò a pensare che sarebbe stato bello se al mondo tutte le donne fossero state come Charmian. Non era bella, aveva sei anni più di Jack e a Piedmont era oggetto di molti pettegolezzi. Si erano sempre frequentate molto, certo con Jack era più intima, ma lei aveva sempre così poco tempo per via delle bambine. E poi quei due parlavano di letteratura, di musica. La intimidivano. E comunque, Jack le aveva anche confessato parecchie cose sconvenienti sul suo conto. Una così non poteva piacergli. Sospirò ancora, e sentì un profondo dolore dentro il petto per non poter esaudire quel suo desiderio di far diventare tutte le donne del mondo indesiderabili agli occhi di suo marito come la signorina, ormai zitella, Charmian Kittredge.

La mattina dopo, prima di lasciare Glen Ellen, Jack si incontrò di nascosto con Charmian verso l'alba e le chiese un favore.

«Stai vicino a Bessie» le disse. «Rassicurala. Nel caso, dille che è tutta colpa del mio amore per Anna. Ci crederà.»

Si salutarono dopo essersi baciati e accarezzati a lungo contro il tronco di un albero, scambiandosi frasi sdolcinate che mai, fino a quel momento, erano uscite dalla bocca di Jack London. Si separarono con il fuoco nel cuore, promettendosi che si sarebbero rivisti il prima possibile. In quel frastuono sentimentale, a nessuno dei due venne in mente quanto fossero entrambi disgustosamente vili nei confronti di Bessie Maddern.

La notizia della separazione di Jack e Bessie London finì ben presto sulle prime pagine di molti giornali. Qualche reporter tentò di intervistare il famoso scrittore, ma Jack si rifiutava di parlare. La colpa, allora, venne unanimemente data alla pubblicazione di *The Kempton-Wace Letters* scritto con Anna Strunsky. Tutti riportarono una frase del famoso scrittore: "Il sentimento dell'amore non si basa sulla ragione". E così dissero che la signora London si era sentita offesa da quel romanzo epistolare, che non ne aveva sopportato l'evidente retroscena amoroso.

Jack era tornato a Piedmont, ma aveva lasciato la casa che era sempre stata piena di amici. Aveva preso le sue cose e si era affittato una stanza sperando di poter continuare a scrivere *Il lupo dei mari*. La testa, però, non riusciva a tenerla ferma. Non si era ancora reso conto di quello che aveva fatto. Conosceva Charmian da molto, da prima che lui e Bessie si sposassero. Adesso gli sembrava di aver provato per lei una certa attrazione già da allora. Ma a volte, quando una storia comincia dopo l'amicizia, si ha la tendenza a innamorarsi anche retroattivamente. A Jack questi meccanismi riuscivano bene, un grande scrittore come lui conosceva come pochi l'arte della cristallizzazione. Del resto, è così che si riempie una pagina vuota. Ricordò per esempio una passeggiata a cavallo con Charmian, a un certo punto lui le aveva chiesto: "Andiamo nei campi?". E lei, senza scomporsi, gli aveva risposto: "Non questa sera".

Charmian era molto furba. Era temuta da tutte le sue amiche perché di lei dicevano che non avesse "nessun rispetto per la proprietà privata se c'erano di mezzo gli uomini". E si mormorava anche che ne cambiasse spesso, inventando per ognuno di loro grandi ma passeggeri amori. Non era una bellezza, ma sapeva valorizzare i suoi difetti perché era accattivante e seduttiva. Era consapevole che per piacere doveva metterci del suo: pianificare, studiare, prevedere. E la sua arma vincente era la capacità di tenere banco in scioltezza, di essere sempre e ovunque il centro dell'attenzione. Era brillante, e quel gioco le riusciva bene. Del resto, molto diversa dalle altre, si era resa indipendente quando le donne che lavoravano erano mal viste, praticava l'equitazione rifiutandosi di cavalcare all'amazzone, tirava di boxe ed era affascinata da ogni sport e avventura. Sapeva danzare, suonare il piano, aveva una discreta voce e in casa sua c'erano molti dei romanzi più moderni e audaci banditi dalla biblioteca comunale di Oakland.

Aveva messo gli occhi su Jack da tempo, certa che prima o poi sarebbe riuscita a tessere la sua grande tela di ragno. E lui sarebbe stato una preda, certo, ma sentendosi un re.

Alla fine, dopo quasi sei ore di chiacchiere sull'amaca, era riuscita a fargli fare ciò che Jack non aveva mai nemmeno ipotizzato. Come era possibile che uno come lui, che si era imposto di resistere ad Anna pur di salvare il suo matrimonio, avesse poi capitolato in così breve tempo? La risposta era chiara e Charmian la conosceva perché sapeva leggere nella testa di un uomo: Jack era semplicemente pronto. Non la spaventava l'idea che se non fosse stata lei sarebbe stata un'altra. Le bastava sapere che, al momento giusto, a cogliere il fiore era stata lei. Cogliere... Gli si era avvicinata con un bel paio di cesoie e l'aveva reciso senza fargli sentire nemmeno dolore. Le sue erano cesoie imbevute di un forte anestetico, tutta lei ne era intrisa. Ed era astuta perché, per quanto emancipata, conservava quel fondo di tradizionalismo che può tenere un uomo legato a vita. Era un gioco abbastanza semplice, bisognava sapersi dare in modo totale, cedere il proprio corpo con audacia e sottomissione, ma consapevoli che il pezzo forte era ben altro. Charmian sapeva che per soggiogare un uomo ci voleva molta adulazione. Un lavoro complicato, perché non aveva a che fare solo con i primi tempi, l'adulazione doveva essere quotidiana, e a vita. Certo, ci voleva anche un soggetto adatto, ma Jack lo era. Le era bastato studiare un po' il suo passato: Mabel apparteneva a un mondo che lui aveva considerato superiore quando era ancora quasi analfabeta. Era stata per lui una dolce maestrina, e la sua casa un castello incantato. Ma poi, come l'aveva vista subito con occhi diversi quando aveva capito cosa voleva fare di lui. Per non parlare di quando gli aveva confessato che ciò che scriveva non le piaceva affatto. L'incanto doveva inevitabilmente finire. Bessie era quello che era, più madre che donna, ottima compagna, grande lavoratrice. Per il primo anno di matrimonio lo aveva anche sostenuto economicamente, affinché lui potesse dedicarsi alla scrittura. Lavava, faceva da mangiare, cucinava. Tutto quello che scriveva Jack lo trovava "buono", gli diceva sempre così, in questo modo liquidava ogni altro giudizio e tornava ai lavori domestici... Anna era troppo sofisticata, veniva da una famiglia realmente colta, era di una intelligenza superiore alla media, era acuta, veloce, drastica nei giudizi, ma sempre con una capacità di discernimento che conquistava tutti. Era sovrana e dominante ovunque. E, soprattutto, le avrebbe fatto ribrezzo usare quelle che definiva "le mediocri armi della femminilità". Poteva fare dei complimenti oggettivi e motivati, ma non avrebbe mai adulato nessuno. E poi, se qualcuno doveva proprio essere adulato era senz'altro lei. Niente da fare, non era la donna per Jack. Jack si diceva moderno ma era antico. E allora bisognava fargli credere di avere a che fare con una donna moderna ma disposta a stare al gioco della schiava. Anna Strunsky piuttosto si sarebbe sparata un colpo in testa.

Quando fu il momento, Charmian eseguì anche con un certo piacere l'ordine di Jack. Andò a trovare Bessie molto spesso. Cercava di consolarla e, contemporaneamente, di indagare. Si mostrava dolce e comprensiva. Prima di entrare in casa sua si addobbava la faccia con una espressione di profonda circostanza, quasi un mezzo lutto. La prima volta che andò a trovarla, la abbracciò e le disse:

«Amica mia, che cosa terribile».

«Terribile e incomprensibile. Se ne è andato e non ha voluto dirmi nulla. Uno come lui, capisci? Deve essere impazzito.»

«Oh, sì, noi donne crediamo sempre che diventino matti da un giorno all'altro. Lasciati servire da chi ha più esperienza di te: sono fatti così. Anche i più grandi eroi, gli uomini migliori, quelli che crediamo dei semidei, di fronte a una difficile spiegazione sentimentale si tagliano la lingua e sgusciano via con la coda tra le gambe. Il tuo Jack non fa eccezione.»

Bessie era molto orgogliosa, ma di fronte a tanto affetto, quella volta non riuscì a trattenere le lacrime tra le braccia dell'amica.

«Ma cosa gli ho fatto?» le chiedeva piangendo. «Perché mi ha cacciata così dalla sua vita?»

«Non hai nessun sospetto, Bessie?»

«Beh, lo hanno detto pure i giornali, quella Anna Strunsky. Se è lei, ha rovinato tutto per nulla.»

«Perché lo dici?»

«Perché Flora, la madre di Jack, sa cose che gli altri non sanno.»

«Davvero?» chiese Charmian con tono impaurito.

«Oh, sì, lei parla con l'aldilà. E sa perfettamente che quella donna è una arrogante. Dice che è una che sale in cattedra e con una così Jack non avrà futuro. Mi ha anche detto un'altra cosa che mi ha molto rincuorata.»

«Cosa?»

«Che secondo lei Jack si è già pentito e sta pensando di tornare a casa» disse Bessie con un sorriso infantile e ancora bagnato di pianto.

«Davvero?» fece Charmian impallidendo. «Beh, comunque io a queste cose non credo.»

«Ho sempre paura che stia per partire.»

«Per andare dove?»

«Da lei.»

«Ah...» Charmian tirò quasi un sospiro di sollievo. «Mi avevi spaventata.»

«E di cosa?»

«Ma di nulla. Non so. Tutta questa storia mi ha messa in subbuglio. Anche mia zia ne è rimasta profondamente turbata.»

«Siete delle così brave persone» le disse Bessie commossa. «Charmian, vieni a trovarmi quando vuoi. Sono qui, da sola, con le bambine. Qualche volta mi farebbe anche molto piacere se ti fermassi a dormire.»

Quando Charmian uscì da quella casa, si ritrovò le api nel cervello. Per un po' sentì solo il rimbombo del ronzio. Ma poi si sentì pungere dappertutto, come se le fosse entrato uno sciame intero nella testa. Dopo qualche passo si fermò, fece tre grandi respiri e si disse convinta: "Charmian, tu non stai facendo del male a nessuno. Non sei tu che sei sposata e hai due figlie. E quella matta di Flora non sa quel che dice. Tornare a casa, figuriamoci... Con le lettere che mi scrive".

Con le lettere, però, aveva cominciato lei. Nel corso dei primi due anni della loro relazione gli aveva scritto tante di quelle lettere che avrebbero formato l'equivalente di una mezza dozzina di romanzi. E con quelle lettere artificiose, verbose, svolazzanti e piene di civetterie lo aveva rintronato al punto da fargli credere di essere amato come nessuno era mai stato fin dall'origine dei tempi. Jack ne era stato così lusingato da arrivare ingenuamente a credere che forse lui non sarebbe mai stato in grado di amarla altrettanto. Charmian aveva teso l'arco e fatto centro. E che lui si sentisse impari nell'intensità amorosa era cosa perfetta. La storia dell'uomo e della donna sempre così comincia: la donna brucia i tempi, arriva prima a ogni tappa. Ma sa quando potrà rallentare la corsa, quando le parti si invertiranno. Allora potrà ridurre il ritmo senza che l'uomo se ne accorga. A patto che sappia tenere in piedi il puntello dell'adulazione. Le vincenti si distinguono per la capacità di restare a cavallo. L'importante è non togliersi mai gli speroni, purché intrisi di un forte anestetico al quale è necessario aggiungere sempre una sostanza molto zuccherina. In questo, Charmian non aveva rivali, era sempre stata una eccellente cavallerizza.

Nella sua vita, di uomini ne erano entrati e usciti parecchi. La zia, sperando ogni volta nel matrimonio, aveva accettato ogni sua spregiudicatezza accogliendoli sempre tutti quanti.

«Possibile tu sia l'unica a non trovare marito?» le aveva chiesto un giorno.

«Lo troverò quando lo incontrerò.»

«Allora sbrigati, beata figlia. Ormai hai trent'anni, ti stai facendo vecchia.»

E anche quella volta, la signora Eames fu la prima a sapere e a stare al gioco. In principio non capì per quale ragione far credere a tutti che quel romanzo fosse la causa della separazione. Ma Charmian le spiegò che con un uomo come Jack doveva andarci cauta. Cosa credeva, che fosse immune dai sensi di colpa? Dovevano dargli tempo, rispettare la clandestinità che desiderava. Lo sapeva bene che spesso vacillava al pensiero di quella povera moglie e delle due bambine. A fargli fretta c'era solo da rimetterci. Figuriamoci, lo scrittore d'America che pianta in asso la moglie per un'altra. Rischiava, rischiava grosso. Meglio che lei apparisse quando tutta quell'ombra fosse sfumata. Sempre che Anna Strunsky non venisse fuori a smentire... Meglio aspettare. Per il momento, lui aveva tagliato la corda. Già quello era un buon segno. Per non parlare della madre. Flora la impensieriva molto. Aveva un tale ascendente su di lui, e adesso gli era pure contro. Avrebbe retto? Immobilità, ecco cosa doveva fare: stare immobile. E scrivergli, scrivergli una lettera dietro l'altra, non farlo mai sentire solo.

In fondo era vero, la colpa era tutta di *The Kempton-Wace Letters*. Il delirio che Jack non aveva potuto riversare per intero nel romanzo, ora debordava nelle lettere che scriveva a Charmian. Era stato contagiato da lei, e senza rendersene conto si stava lasciando trascinare in un campo minato. Quando Mabel gli aveva chiesto di trovarsi un impiego, quando al dunque gli aveva anche proposto, visto che amava tanto scrivere, di tentare la carriera giornalistica, Jack le aveva risposto secco: «Non ho nessuna intenzione di farmi rovinare lo stile. Ci ho messo un bel po' di tempo per trovare il mio». E adesso, a quale ibrido si stava concedendo? Scriveva sdolcinate frasi d'amore che lo avrebbero fatto inorridire anche quando della parola *stile* non conosceva nemmeno il significato.

Tutto quel padre non avuto, averne amato un altro senza mai mostrare troppi slanci... Un giorno, quando aveva visto Mabel abbracciare con trasporto i suoi genitori, aveva compreso che tutto era molto inaudito per lui. Non solo la bella casa, i quadri alle pareti, gli abiti eleganti, la tavola apparecchiata... Essere di un altro mondo era anche il lusso di poter esternare. Le ruvide mani di Flora, invece, poche volte lo avevano accarezzato. Quella minuscola donna sempre in movimento si preoccupava soprattutto di tendere l'orecchio a ogni scricchiolio della casa.

«Li senti, Jack?» gli diceva facendogli ogni volta un po' paura. «Sono i morti, e vogliono sempre dirci qualcosa.»

Era sprofondato nell'antico bisogno d'amore. Senza rendersene conto, stava facendo posto a quello che non aveva nemmeno voluto intravedere tra le righe di *The Kempton-Wace Letters*, e lo stava facendo con il più retrocesso sentimentalismo di cui fosse capace. Adesso scriveva frasi come: "Che tu sia per me la donna tra le donne, che il mio bisogno di te sia più grande della fame. Vivere o morire per te è la prova che questo amore significa più della vita o della morte". Una sera, quando volle sottolineare la profondità del suo sentimento generato dai sensi, le scrisse: "Quando hai suggellato con il tuo adorato corpo tutto ciò che la tua anima mi aveva già detto, allora ho saputo che eri tutta mia, mia fino in fondo. Solo dopo il tuo nobile dono sono diventato il tuo schiavo e ho espresso la volontà di morire per te e tutte le altre deliziose iperboli dell'amore".

Ora scriveva "le deliziose iperboli dell'amore". L'autore del mondo crudo e selvaggio si trasformava in una Marie Corelli di quint'ordine. Si era lasciato ipnotizzare dallo stile di Charmian, e per accecamento non si accorgeva di usare quel manierismo contro il quale si era tanto scagliato quando, fin dal principio, aveva capito di volere una letteratura "con poco profumo, ma odore di vita". Quante volte aveva detto che la vera scrittura non veniva fuori dal calamaio ma si costruiva come un muro, scegliendo i mattoni migliori? Adesso però era confuso, stordito, invaghito della passione che aveva suscitato. E lasciò che Charmian evocasse in lui tutto ciò che per paura aveva fatto tacere a lungo.

In un certo senso, quella donna era perfetta: a metà strada esatta tra Bessie e Anna. Capace di aggiungere al poco e sottrarre al troppo.

Per la prima volta Flora non fu al suo fianco. Con Bessie non aveva fatto altro che litigare, ma ora che lui l'aveva lasciata la difese con tutte le sue forze e scrisse a Jack una lettera che lo turbò molto.

Poche chiacchiere, figlio mio,

mi deludi profondamente. Pare che le colpe dei padri debbano ricadere, e con lo stesso identico vestito, sui figli. Lo avresti mai detto? Speravo che dal tuo vero padre avessi preso l'unica cosa buona: la scrittura. Non so se te l'ho mai detto, ma a scrivere era molto bravo, per questo ti ho spinto ad andare avanti anche a costo di tanti sacrifici. Quando tutte le riviste ti rimandavano indietro i manoscritti, ti ho sentito dire spesso che quel che scrivevi nessuno lo capiva. Dillo di Mabel, se vuoi, non di tua madre. Non che tu mi facessi leggere molto di quel che scrivevi. Ma lasciamo perdere. In ogni caso ci avevo visto giusto. Dal tuo padre adottivo, invece, speravo prendessi quel che ti aveva quotidianamente mostrato: un buon equilibrio.

Resti mio figlio, ma per la prima volta in vita mia ho l'impressione di volerti un po' meno bene del solito. Mi stai facendo ricordare troppe brutte cose. Per il momento preferisco considerarti lo scrittore Jack London, perché come marito e padre mi fai solo rabbia.

Tua madre

Finito di leggere, Jack piegò la lettera e la rimise nella busta. Provò a pensare ai difetti di sua madre, al fatto che fosse stata la rovina di tutti e che il primo della lista era proprio il povero John. Sempre scontenta, anche nei pochi periodi buoni, aveva continuamente alzato la posta fino a che anche l'ultimo tentativo era stato un fallimento. Quando arrivò il momento di pagare l'ipoteca sull'allevamento di polli che lo aveva convinto a mettere su, John non ce la fece. Persero la casa e si ritrovarono come molte altre volte per strada, con tutte le loro cose sul vecchio carretto delle patate. Sorrise con amarezza cercando di nascondere a se stesso lo sgomento. E si sentì solo, profondamente solo e perseguitato dall'intero mondo.

Lo decise in quel momento di partire. Bessie, Charmian, sua madre, le bambine. Soltanto donne. Adesso doveva sciacquarsi il cervello. Allora prese carta e penna e scrisse a Cloudesley, l'amico dalla preparazione accademica, il poeta che lavorava nell'ufficio postale di una cittadina nel Sud della California. In quel momento gli parve l'unica persona al mondo. Con il foglio di carta ancora bianco, la penna in mano, disse a bassa voce: «Non ce n'è un'altra».

Caro Cloudesley,

credo di aver voglia di mare e di compagnia maschile. Sono successe delle cose nella mia vita. Ti racconterò. Sta di fatto che non riesco a finire Il lupo dei mari, *e questo non va bene perché ho molte spese e avrei bisogno di un bell'anticipo da parte dell'editore. Nel frattempo (per fortuna) non ho ancora dovuto vendere la* Spray *(te l'avevo scritto che ho comprato una barca, vero?), e allora mi sono detto che potremmo navigare un po' insieme, pescare, prendere il sole. Che ne dici? Potrei raggiungerti con la barca, dormire una notte da te, giusto il tempo di fare un po' di provviste. Credo che in mare e in tua compagnia potrei rimettermi a scrivere. Sarò da te al massimo entro quattro giorni.*

Il tuo amico Jack

Sul dondolo, a occhi chiusi, respirava il primo sonno che finalmente l'aveva colto. Aveva navigato così tanto per l'intera notte, viaggiato con la velocità che solo si raggiunge quando si crede di sognare... Un dormiveglia costante che adesso sembrava essersi placato. Il petto si alzava e abbassava col ritmo dolce di quando si lacera la sottile intercapedine che separa la veglia dal sonno. In quella specie di trapasso appena avvenuto, però, si stupì di sentire un forte odore di caffè. Aperse allora gli occhi, ma dapprincipio gli sembrò che tutto fosse offuscato. Poi, lentamente, intravide davanti a sé una sagoma che gli parve oscillante. E nel cuore sentì un rumore, o forse un peso, una vibrazione forte, quasi un boato, come spesso accade a chi si addormenta accanto a qualcuno che sta parlando: la leggerezza di un frullio che si fa macigno. E allora fece un respiro grande, quello di chi riemerge dall'acqua dopo esserci stato troppo a lungo, e
di fronte a lui, le gambe leggermente divaricate, un vassoio in mano e un bel sorriso sulle labbra, c'era Cloudesley.

«È dunque questo l'effetto che ti fa l'amore?» gli disse l'amico posando il vassoio in terra e porgendogli una tazza di caffè.

Con gli occhi ancora socchiusi Jack gli sorrise. Gli piaceva Cloudesley, gli piacevano soprattutto i baffi, che gli davano una bell'aria da trasognato rivoluzionario. E i capelli indomabili, che portava con la riga da una parte, a sinistra, gonfi e ricciuti sulla destra. Aveva un naso nobile, il mento con una fossetta nel mezzo, e teneva la testa sempre un po' alta, con la mascella lievemente in su, che gli dava un che di fiero e di romantico. Jack prese la tazza in mano e, dopo una notte come quella che aveva appena trascorso, il suo pensiero fu: "Povero Cloud, con tutta la sua cultura e il suo talento di scrittore, lavora in un ufficio postale. Fa esattamente quello che Mabel avrebbe voluto per me".

«Il grande Jack London non soltanto ha smesso di scrivere, ma anche di parlare» disse Cloudesley come rivolgendosi a un pubblico assente. «Speriamo almeno che sappia ancora bere un caffè appena fatto e mangiarci due uova.»

E così dicendo rientrò in casa per andare a prendere il resto. Nel patio c'era un piccolo tavolo sul quale Cloudesley aveva steso una tovaglia di un azzurro un po' scolorito e dei piatti sbeccati che a Jack ricordarono quelli di Flora. Solo il pensiero della madre gli diede una fitta allo stomaco. Con la bocca ancora piena, quasi involontariamente, disse:

«Questa volta mi ha abbandonato anche lei».

«Lei chi?»

«Mia madre. Ha preso le parti di Bessie. E ancora non sa la ragione vera. Figuriamoci quello che succederà dopo...»

«Le cose si ricomporranno, vedrai. Ti ha detto quel che ti doveva dire.»

«E mi ha messo molti dubbi in testa.»

«È un bene, amico mio. È giusto che tu senta il bisogno di riflettere.»

«Mi chiedo se sia giusto fare un sacrificio per la famiglia.»

«Onestamente, non vedo per chi altri» rispose Cloudesley guardandolo fisso negli occhi.

Stava pensando a una vecchia frase di Jack, e senza accorgersene scosse la testa.

«Che succede?»

«"Un uomo senza coraggio è la cosa più spregevole che si trovi sotto il sole, una parodia dell'intero schema della creazione." Lo hai scritto tu. Qualcosa mi sfugge.»

«Anche a te?» chiese Jack tornando indietro col pensiero, e senza nessuna voglia di spiegare all'amico l'associazione.

«A me come a molti, immagino. Hai lasciato tua moglie senza darle una spiegazione. Anzi, me lo hai detto tu, lasciandole il sospetto che si tratti di un'altra donna e non di quella vera. E te ne sei andato via con la coda tra le gambe per venire qui da me a chiedermi di salpare.»

«Ho solo preso tempo.»

«No, vuoi solo rimandare le tue responsabilità. E questa Charmian? Andare proprio lei a consolare Bessie. Come le è venuta in mente una cosa simile?»

«Glielo ho chiesto io. Fa quasi tutto quel che voglio.»

«Comincio a capire molte cose.»

«Vuoi salpare o vuoi essere mandato al diavolo?» gli chiese Jack con un sorriso triste sulle labbra mentre infilzava l'ultimo pezzo di frittata che gli restava nel piatto.

«Tutte e due» rispose Cloudesley. «Non sono qui solo per darti ragione. Sono sicuro che non sei venuto a cercarmi per questo.»

«Quello che avevo da dirti te l'ho detto ieri sera. Adesso ho soltanto bisogno di andare per mare e scrivere.»

«La vita vera, eh, Jack? Credimi, sulla carta non se ne trova. La vita vera si vive. Ma non farti illusioni, amico mio, sei uno scrittore. E gli scrittori sono tutti così.»

«E tu?»

«Io scrivo poco, e poi cerca di ricordare quel che mi dicesti quando ti feci leggere il mio *La filosofia della strada.* "Falla emergere dai personaggi la filosofia della strada, dalle loro azioni, dai comportamenti, dai discorsi." Detto dallo scrittore del *Popolo degli abissi*... In quel libro, io non ci ho letto tutto questo amore per i vagabondi. Lì dentro c'era qualcosa di molto diverso e abbastanza spaventoso. Non importa che il lettore lo colga. Credimi, un giorno per quel libro ti daranno del razzista. È un inno al popolo anglosassone e un profondo disprezzo per chi si mescola con altre etnie. Sbaglio o quella Anna Strunsky è ebrea?»

Jack si pulì la bocca e bevve l'ultimo sorso di caffè.

«La lezioncina mi è piaciuta molto. Ricordo bene anche il tuo libro e il consiglio che ti diedi. Adesso te ne aggiungo un altro: studia Stevenson e Kipling e vedrai che grandi alleati avrai accanto. Creeranno cose capaci di vivere e respirare. Allora sì che l'attenzione di chi legge non si spegnerà. Dànnati, dimentica te stesso e il mondo, forse, ti ricorderà. E adesso basta. Non voglio più parlare di libri e di scrittura, e nemmeno della mia vita personale. Sono qui per prendere aria.»

«Allora andiamo subito allo spaccio. Non vorrei finisse il whisky» rispose Cloudesley alzandosi in piedi per sparecchiare.

«Si salpa nel pomeriggio» disse Jack.

Era la fine di settembre, ma il clima era ancora molto dolce e caldo. La brezza del Pacifico portava uno strano odore, come di mandorle cotte nell'acqua di mare. Jack stava al timone con aria serena, le gambe elastiche, divaricate e leggermente piegate per assecondare il dondolio della barca che tagliava l'onda.

Tutta la sua vita era stata una battaglia che aveva vinto con la pura forza fisica. Avrebbe vinto anche questa, perché la forza di un uomo era tutta nella biologia, nella selezione. La Natura spargeva i suoi doni, ma la maggior parte la destinava agli uomini forti. Sapeva di essere un esemplare raro. In quel momento, poi, c'era Charmian a esaltarlo. Era una brava dosatrice, lo aveva reso dipendente dai suoi elogi, e per questa ragione ogni tanto ne faceva economia. Quando Jack arrivava al giusto grado di astinenza, ricominciava a servirglieli nei suoi toni euforici. E lui riprendeva vita.

Adesso, sulla *Spray*, non avrebbe avuto molte notizie dal mondo fermo. Ma il cuore gli si appesantiva per Bessie. Era rimasta laggiù con le bambine, senza aver capito per quale ragione suo marito l'aveva abbandonata. A dire il vero non senza averlo capito, ma senza averlo saputo, ché Jack si era astenuto dal dare spiegazioni. C'era poco da dire: aveva avuto paura. Forse non se ne era nemmeno reso conto, ma quello era stato il modo peggiore di umiliarla. E Bessie, dignitosa, non aveva chiesto, ma ora cabalizzava e odiava con tutte le sue forze Anna Strunsky. Nell'improvvisa fuga di Jack, vedeva tutte le conferme ai suoi sospetti.

In quei giorni Jack ruotava l'asse longitudinale dell'imbarcazione, avvicinava la prua alla direzione dalla quale spirava il vento e così riusciva a cancellare dalla mente le sue preoccupazioni. Ogni tanto, voltandosi verso l'amico, gli diceva: «Guarda come vado all'orza!». E poi rideva soddisfatto passandosi una mano tra i capelli pieni di salsedine. Anche sul volto, che si grattugiava con le unghie.

Cloudesley si occupava della cucina e preparava ottimi pasti che annaffiavano con whisky e soda. Jack era stato capace di non bere a lungo, ma ora ne sentiva il bisogno. Diceva all'amico che era uno dei suoi tanti atavismi. Reggeva l'alcol come pochi, anzi, gli faceva da corroborante. In quei giorni gli servì molto. Riprese in mano *Il lupo dei mari* e ricominciò a scrivere le sue mille parole al giorno.

«Per scrivere non c'è niente di meglio dell'aria di mare» disse una sera mangiando il pesce che aveva pescato nel pomeriggio.

«Per scrivere non c'è niente di meglio che essere Jack London» gli rispose Cloudesley. «Vedo che stai andando veloce.»

«Sì, mi dispiace solo non essere bravo come vorrei con la macchina da scrivere. Se fossi più veloce non perderei un pensiero.»

Tornare a lavorare gli aveva rimesso in circolo tutta l'energia. Al mattino si svegliavano presto ed entrambi scrivevano o leggevano fino all'ora di pranzo. Nel pomeriggio nuotavano, pescavano e andavano a caccia di anatre che poi Cloudesley cucinava per cena. Una sera, dopo aver mangiato e bevuto, Jack gli disse:

«Più sto qui con te e più mi piace. Sei leale, capisci bene la disciplina di una barca. E sei un ottimo cuoco».

Ma tra i tanti pensieri che lo tormentavano, ce n'era un altro che aveva preso a rodergli il cuore. Aveva saputo che Bessie parlava di lui come di un uomo economicamente rovinato perché incapace di gestire i suoi guadagni.

«Ha ragione» disse una sera a Cloudesley con la testa su una coperta arrotolata, gli occhi verso lo stellato. «Ho solo cento dollari. Se mi arrivasse un conto da centocinque dollari sarei al verde. E i cinque dovrei chiederli a te.»

Allora mise da parte il romanzo e scrisse un racconto per lo "Youth's Companion". Quando lo pagarono, decise di scriverne subito degli altri per sentirsi più tranquillo. Certe volte, la sera, beveva così tanto da dimenticare di andare in coperta. Al mattino, Cloudesley lo trovava addormentato nell'aria ancora umida, in preda a lievi *rictus* di freddo. Lo svegliava spostandolo amichevolmente con un piede perché in mano aveva sempre due tazze di caffè.

Il bello di Jack era che appena apriva gli occhi sorrideva sempre con aria infantile, tanto a chi aveva di fronte quanto al nuovo giorno che era nato. Sapeva che per il tormento bastava la notte, e che al sole del mattino doveva consegnare l'entusiasmo, qualunque doloroso traffico avesse nel cervello.

Ogni tanto, per inviare lettere e racconti o ritirare la posta, si fermava in qualche cittadina come Stockton, Antinoch, Vallejo.

Fu in una di queste soste che trovò una lettera di Bessie. Gli diceva che Joan aveva le febbri tifoidee.

Jack interruppe la navigazione spensierata con Cloudesley e corse al capezzale di Joan convincendosi che se la figlia fosse morta sarebbe stata la giusta punizione che gli mandava il cielo per aver abbandonato la famiglia. Flora non fece nulla perché cambiasse idea. Non che si fossero parlati, ma conosceva bene suo figlio, ai suoi sguardi atterriti rispondeva sempre con un: «Nostro Signore sa quel che fa». E poi aggiungeva spesso che certe volontà si esprimevano anche per altre vie, insomma, come lei ne fosse a conoscenza lui lo sapeva bene. Quando parlava di queste cose, Flora alzava lo sguardo al cielo. E così restava a lungo, magicamente attratta, quasi assente. Jack sapeva che lassù, per lei, non ci stava solo Nostro Signore. Allora venne preso da una paura così grande che per la prima volta si rivolse a Dio. Gli giurò che se avesse salvato sua figlia avrebbe rinunciato a Charmian per tornare a casa dalla famiglia. I giornali scrissero che i London si erano riconciliati al capezzale della loro bambina. Lentamente, Joan cominciò a riprendersi, e subito a Jack parve di sentirsi strangolare, gli mancava l'aria. Aspettò solo fino a che la figlia fu fuori pericolo e poi, rimandando ogni decisione definitiva a chissà quando, tornò alla *Spray* dove ad aspettarlo c'era ancora Cloudesley. Si svuotò la mente e navigò con lui ancora per due settimane. La notte non riusciva a dormire e rimaneva a lungo al timone. Quando era nuvolo, mare e cielo si confondevano e gli sembrava che la barca avanzasse in un buio senza fondo. Era uno scivolare lento, senza direzione. Se ne restava all'ascolto di ogni cigolio, dell'urto dell'acqua contro la prua, e quello stare all'erta lo faceva sentire un predatore. Assorto nelle sue molte riflessioni, si confortava pensando che di momenti difficili ne aveva già attraversati molti. Tuttavia, la storia con Charmian doveva rimanere ancora segreta. Nessuno doveva sapere. Tutte le avventure vissute, l'euforia per la vita come per ogni pericolo di morte, gli sembravano ormai ben poco di fronte alla confessione che prima o poi, se avesse rotto il giuramento e deciso di restare con Charmian, avrebbe dovuto fare a Bessie. Decise che era meglio rimandare, e per farlo doveva scomparire. Era necessario trovare qualcosa che lo portasse lontano. Non aveva più un soldo, ma il successo de *Il richiamo della foresta* gli aveva fatto capire che la sua buona stella avrebbe ormai continuato a seguirlo. L'aveva detto anche a Cloudesley:

«Bisogna solo aspettare che si affacci una volta. Poi sai che continuerà a farlo».

«Deve dare una certa soddisfazione.»

«Non lo so» rispose Jack con aria sconsolata. «Non so proprio dirtelo, forse dipende da quanto hai aspettato.»

Aveva bisogno di soldi e allora inviò alla "Century" quel che aveva scritto de *Il lupo dei mari*. La rivista gli propose quattromila dollari. Come ogni volta che il danaro gli piombava addosso, Jack si sentì immensamente ricco. Gli avevano chiesto di poter fare qualche modifica al dattiloscritto. Temevano che la crudezza dei temi potesse infastidire il pubblico, soprattutto nella seconda parte ancora da scrivere, e che non lasciava sperare in nulla di consolatorio. Jack rispose che per quattromila dollari potevano fare quello che volevano. Poi issò nuovamente la vela, attraversò l'estuario, attraccò al molo e riuscì a finire *Il lupo dei mari*. Le mille parole al giorno che si imponeva di scrivere gli fecero concludere il lavoro in trenta giorni. Qualsiasi cosa vivesse, Jack era capace di escludere la vita che lo circondava. Tutto gli ritornava addosso quando finiva di scrivere l'ultima parola del giorno. Era solito dire: «Scrivere è una urgenza che ti ripulisce solo per il tempo della sua durata. Poi, della vita, ti devi riprendere tutti gli arretrati».

Era arrivato Natale, ma per i soldi della "Century" doveva ancora aspettare. Non aveva potuto fare nemmeno un regalo alle bambine. E Charmian continuava scrivergli lettere di passione. Sembrava che sulle pagine ci buttasse sopra un bel po' di carboni ardenti. Lui cercava di risponderle nello stesso tono, ma adesso gli riusciva difficile. Doveva partire, mettere distanza, fingere di abbandonare e lasciar passare il tempo da un luogo che doveva essere lontano, molto lontano.

La sua buona stella si affacciò di nuovo, ormai conosceva la strada. Da qualche tempo era chiaro che tra la Russia e il Giappone sarebbe scoppiata la guerra. C'era in gioco la supremazia sulla Corea. Dopo cinque inutili mesi di negoziati, la marina giapponese attaccò i russi nell'Oceano Pacifico. Jack era un socialista, dunque sempre pronto a schierarsi contro ogni guerra che mandava al macello uomini innocenti. Ma quella gli tornò molto utile. Disse a Cloudesley che aveva studiato un po' di strategia militare ed era curioso di vedere con i suoi occhi di quale genere di distruzione fosse capace una guerra moderna. L'amico lo ascoltava con una certa accondiscendenza. Si accendevano una sigaretta dietro l'altra e bevevano birra. Ma a parlare era solo Jack. Alla fine, Cloudesley gli disse secco:

«Non ci girare troppo intorno, Jack. È esattamente quel che stai cercando. È di nuovo l'avventura, no? È la strada che ti chiama. Il cazzotto più forte di Oakland non è in grado di mettere ordine nella sua vita e preferisce scappare».

«Credi che io abbia paura?» gli chiese Jack con tono arrogante.

«Credo proprio di sì. Hai sempre avuto molto coraggio, ma anche parecchia incoscienza. Forse non è soltanto paura, Jack, forse stai crescendo.»

«Bel modo» rispose lui spegnendo una sigaretta sotto la scarpa. «Fuggendo...»

«Si vede che devi prendere tempo, che hai bisogno di riflettere. Sono tuo amico e non posso nasconderti che ti sei comportato... Beh, poteva essere tutto molto più lineare, e invece sei entrato di tua volontà in un labirinto. Parti, e vedrai che al tuo ritorno ne troverai l'uscita.»

Riviste e giornali mandavano inviati di guerra in Giappone. Jack ricevette offerte da molte agenzie. Accettò la migliore. Andò alla redazione dell'"Examiner" e si fece fotografare in cima all'edificio. Gli erano cresciuti un po' troppo i capelli durante il giro sulla *Spray*. Indossava una tuta da lavoro e scarponcini alti.

Aveva sul volto l'espressione tirata che gli aveva regalato la separazione da Bessie. Un attimo prima che cominciassero gli scatti, si chiese dove fosse andata a finire la sua bell'aria fanciullesca. Di fronte all'obiettivo che lo inquadrava, fu come se si fosse già visto sulla carta stampata. Al posto della brillantezza, vide solo il tormento. E fece un pensiero che lo turbò. In posa eroica davanti al fotografo, sapendo che il giorno dopo quell'immagine sarebbe apparsa sui giornali, si domandò se tutto quell'impeto, quel coraggio che viveva e faceva vivere ai personaggi dei suoi libri, non fosse in realtà null'altro che la grande fantasia di uno scrittore. Abbassò gli occhi a terra per poi rialzarli forzando un sorriso. E se da lì avesse fatto un bel salto nel vuoto?

Prima di partire chiese al suo editore di mandare un assegno mensile a Bessie, e a sua sorella Eliza di fare in modo che nulla mancasse a Charmian. Al suo amico e grande poeta George Sterling chiese di fare la revisione de *Il lupo dei mari*.

Mancavano cinque giorni al suo compleanno. Stava dunque per compiere ventotto anni quando il 7 gennaio del 1904 salì sul piroscafo *Siberia* con destinazione Yokohama.

Jack lo sapeva bene, la sua era stata una fuga. Sarebbe andato anche all'inferno pur di prendere tempo. Tutta quella distanza per riflettere... Balle. La decisione l'aveva già presa, era la risoluzione a richiedere tempo. Quella volta, però, l'inviato di guerra riuscì a mettersi solo nei guai. Aveva cominciato con una semplice gara di salti nella quale si era slogato una caviglia, per poi comprare dei cavalli e fuggire di nascosto dagli altri inviati di guerra e dirigersi a nord, verso la Corea, per raggiungere le truppe russe. Questa bell'idea gli costò una settimana di prigione. L'accusa era inconfutabile: non aveva nessuna autorizzazione a seguire l'esercito. Il guaio più grosso, però, avvenne quando entrò in una stalla in cerca di un po' di foraggio per il suo cavallo e trovò un soldato coreano che tentò di impedirglielo. Jack lo accusò di essere un ladro di cavalli, l'altro gli si scagliò addosso con un coltello ma venne messo a terra da un cazzotto che lo centrò in piena faccia. Per Jack niente di straordinario, cose che gli erano capitate tante volte nella sua vita di mare e di terra. Ma questa volta venne riportato in carcere e corse addirittura il rischio di essere giustiziato. Fosse accaduto qualche tempo prima, quando non era nessuno, ci avrebbe di sicuro rimesso la pelle. Ma adesso era uno scrittore importante, *Il richiamo della foresta* andava a ruba, anche *Il popolo degli abissi*, e tutti i racconti e gli articoli se li contendevano le riviste più prestigiose alzando i compensi. Lo salvò dunque la fama. Fu il presidente Roosevelt in persona a intervenire affinché lo scrittore americano più famoso nel mondo, Jack London, fosse liberato.

Sulla nave che lo riportava a casa, Jack pensò molto a quanto era accaduto. Ne aveva tratto un bel vantaggio, certo, ma il privilegio che gli aveva salvato la vita gli parve anche qualcosa di molto opaco. Era uscito di prigione con l'impressione che il mondo fosse diventato lattiginoso. Stava godendo di un favore che gli aveva regalato la fama. Una fama che era arrivata per un lavoro già fatto. Cominciava a ripetersela spesso quest'idea del *già fatto*. Perché tra quello che era stato e quello che era diventato non c'era molto altro a fare la differenza. Jack guardava il mare, e fumando con i gomiti appoggiati sulla balaustra pensava proprio a questo improvviso cambiamento che aveva a che fare con il mondo borghese, quello che tanto aveva disprezzato. Che dovesse tutto proprio a quel mondo? Del resto, chi li comprava i suoi libri? Ripensò a Mabel che, spinta dalla famiglia, lo aveva convinto a rompere il fidanzamento perché non credeva più in lui. Sulle labbra gli si disegnò un sorriso amaro all'idea che adesso i suoi genitori lo avrebbero accolto con ben altro entusiasmo. Eppure, molte delle cose che oggi gli pubblicavano sui giornali Mabel e i suoi le avevano lette scuotendo la testa.

«Non credete in me» aveva detto un giorno alzandosi di malumore dalla loro tavola.

Mabel lo aveva rincorso e poi raggiunto per abbracciarlo alle spalle. Ricordava bene quanto l'aveva stretto. Allora lui si era voltato e le aveva preso il viso tra le mani. Lo aveva avvicinato a sé.

«Anche tu non credi in me, vero?»

La risposta era scritta nei suoi occhi che si erano abbassati.

Dunque non contava il valore ma il riconoscimento. Era solo questo, ed era molto semplice. Bastava un successo e tutti cambiavano opinione. Un giorno l'avrebbe scritta quella storia. La storia di un giovane ingenuo che aveva creduto nell'amore, quello puro, senza orpelli: due persone che si incontrano, si guardano negli occhi e sanno di essere state scelte dagli astri, dagli dèi. Non era stato così. Non era mai così. Lo sapeva adesso che tornava a casa dopo essere fuggito per non dover dare spiegazioni a Bessie. Avrebbe avuto ancora il diritto di scrivere la storia di un giovane pieno di impeto e illusioni che, nonostante non avesse mai avuto paura della vita, all'improvviso, e per delusione, se ne ritrovava tristemente sazio? Era con questo umore che tornava a casa, sentendo che qualcosa dentro di lui era andato in frantumi.

Avrebbe continuato a scrivere. E ancora per molto, perché di idee in testa ne aveva tante, se ne accendevano in continuazione. Era la vita. E non poteva essere altro, solo il desiderio forte di restarle ancora addosso nonostante lo sprezzo e l'amarezza. Si era sempre sentito così diverso dagli altri e ora, invece, più simile. E sradicato. Ché gli amici di un tempo, quelli delle scorribande che lo avevano sempre amato per ciò che era, adesso gli sembravano irraggiungibili. In realtà era lui a non essere più autentico come un tempo. Era cambiato. Per non parlare degli amici nuovi, che adesso vedeva tutti come una dolorosa delusione. All'inizio erano stati grandiosi nella sua fantasia, poi si erano ridotti, rimpiccioliti, fantocci fatti di carta e opportunismo. Scrivere e diventare famoso lo aveva dunque allontanato dai tempi in cui era convinto che quanta più vita vedeva tanto più se ne innamorava. Vivere avventure come quelle dei libri... Gli tornarono in mente i nomi dei compagni di allora: Bob detto Whisky, il Ragno, e quell'altro, un giovanotto alto e grosso che chiamavano Minestra. E gli tornarono in mente anche quelli che gli erano stati accanto prima delle avventure in mare: quel Jimmy al quale rubava sempre le ragazze, e lo stagnino, come si chiamava? E quell'altro, grosso e forte quanto lui? Molti nomi erano ormai perduti. E con i nomi la verità della vita che aveva vissuto. Tanto valeva allora guadagnare il più possibile, diventare molto ricco, avere di che vivere per una lunga vita. E poi farsi costruire una barca, prendere Charmian e andare a vivere lontano, nei mari del Sud. Chiudere con quel mondo infatuato.

Pensò al suo racconto *Wiki-Wiki*, a quando lo aveva letto a Mabel dicendole che era proprio l'ultimo, aveva finito di scriverlo quella notte stessa sacrificandogli il sonno. Con l'entusiasmo negli occhi, poi, aveva aggiunto: «Ed è diverso da tutti gli altri, sai?». Ripensò alla sua voce che leggeva, al freddo che faceva nella sua stanza senza nemmeno una stufa, a Mabel che lo ascoltava.

«Ti è piaciuto?» le aveva chiesto, quasi senza fiato dall'emozione.

«Jack, credi che una cosa simile si possa vendere?»

Gli aveva sempre giurato di amarlo, e lui le aveva creduto. Ma Mabel viveva di pregiudizi borghesi, sembrava amasse solo quelli. Si rivedeva, infervorato, dirle cose come: «Il realismo è imperativo per la mia natura, e lo spirito borghese odia il realismo, lo capisci? La borghesia è vile. Ha paura della vita». Ecco, ora era consapevole di non averla mai realmente amata. Aveva amato il bell'addobbo che la sua ignoranza del mondo le aveva messo addosso. Soltanto quello.

Di fronte a tutto quell'oceano che lo riportava a casa, Jack chiuse allora gli occhi per ricordare invece le canoe leggere, le danze con le giovani donne inghirlandate dei mari del Sud. Il ricordo di quel racconto, letto alla donna che aveva inutilmente amato, gli diede un tale struggimento che gli fiaccò le spalle. A labbra strette, disse tra sé: «Mi dà giù il cuore».

Quando la nave arrivò a San Francisco, Jack era convinto che ad attenderlo al molo ci sarebbe stata Charmian. Invece trovò un ufficiale giudiziario con la richiesta di divorzio da parte di Bessie che pretendeva tutti i suoi soldi, anche quelli che doveva ancora ricevere. Poco più in là vide sua sorella Eliza. Si abbracciarono a lungo. Come ogni volta che tornava, Eliza un po' lo stringeva a sé e un po' lo allontanava per guardarlo. In quei momenti cominciava dai capelli, poi gli toccava il collo, le spalle e finiva sempre col prendergli le mani:

«Grazie a Dio sei ancora tutto intero» gli diceva con gli occhi che le brillavano di commozione.

Quella volta, dopo la veloce revisione, gli consegnò una lettera.

«È di Charmian» gli disse. «Sei proprio convinto di aver fatto la scelta giusta, Jack? A me va tutto bene, sono tua sorella. Voglio solo che tu sia felice.»

«Con Bessie ho fatto un matrimonio ragionevole» le rispose lui. «Poi deve essermi successo qualcosa di strano. So che per rispetto e onestà sposerò Charmian appena possibile. Ma credimi, questo sarà un matrimonio irragionevole.»

«Allora dovrai farne un terzo, Jack» gli disse lei abbracciandolo di nuovo e mettendosi a ridere. «Dovrà pur esserci una via di mezzo tra il ragionevole e l'irragionevole, non credi?»
«Certo, la perfezione» le rispose lui dandole un bacio sulla fronte. «Ma è un treno che è già passato da un pezzo.»

Con la busta aperta in una mano e la lettera nell'altra, Jack lesse le parole di Charmian.

> *So che sarai deluso per non avermi trovata ad attenderti. Oh, Jack, sono spaventata, terrorizzata per tutti i miei cari. È per lo scandalo, capisci? Per quello che può venir fuori nei prossimi mesi. Non voglio sembrarti fredda. Anzi, so di non averti mai amato più pazzamente. Ma per amore di chi mi sta accanto, non devo perdere la testa.*

Jack ne fu disgustato, ferito. Il giorno dopo andò a Piedmont per incontrare Bessie e abbracciare le sue figlie. Cosa gli stava succedendo? Aveva avuto il coraggio di attraversare il Mar Giallo, per quale ragione non poteva essere altrettanto coraggioso da restare con la sua famiglia? Bisognava per forza mollare gli ormeggi per la prima donna che...
Il giorno dopo, i giornali diffusero la notizia che la moglie di Jack London aveva chiesto il divorzio perché suo marito le aveva preferito Anna Strunsky. Jack lesse quelle parole seduto su una panchina di legno. Dalla rabbia ne strinse una stecca che spezzò di netto. Allora tornò da Bessie, e con un volto disfatto e le labbra asciutte le disse che Anna non aveva nulla a che fare con la loro separazione. Le prese una mano e le chiese di ritirare la richiesta di controllo delle sue entrate. Non si rendeva conto che in questo modo le tasse si sarebbero mangiate gran parte dei soldi? Non sarebbe rimasto molto per le bambine. Bessie capì. Accettò e limitò la denuncia all'abbandono. In cambio gli chiese se poteva darle una casa a Piedmont. E poi si misero seduti sul letto, come avevano sempre fatto quando c'era da affrontare un problema.
«Questa volta, mi pare che tutto sia già risolto» disse Bessie amareggiata. «Non preoccuparti, Jack, ritirerò il nome di Anna Strunsky dalla causa.»

«Ecco, invece devo ancora dirti qualcosa, Bessie. Fino a ora me ne è mancato il coraggio. E me ne sono stupito, sai? Mi chiedevo: come posso non dirglielo? Quando mi deciderò a dirglielo?»

«Chi è?» lo interruppe lei guardandolo fisso negli occhi.

«Charmian Kittredge» le rispose lui quasi senza voce.

Bessie rimase in un silenzio che parve annebbiarle la vista. I suoi occhi, benché ancora fissi in quelli di lui, lo trapassarono senza vederlo. Poi, con le mani appoggiate in grembo, abbassò lo sguardo.

«Di' alla signorina Kittredge che non intendo vederla mai più.»

Quella sera, Jack rispose alla lettera di Charmian.

Oggi ho visto Bessie e le bambine. Le ho detto di noi. E credimi, ho dovuto fare appello a tutta la mia risolutezza per non tornare sui miei passi. Le ultime quarantotto ore mi hanno scosso molto. Stando lì con loro, non ti nascondo che mi è sembrato quasi facile sacrificare me stesso per le mie figlie.

Jack

Gli parve fosse cominciato un nuovo periodo della sua vita il cui unico scopo era quello di collezionare dispiaceri. Troppe cose lo tormentavano: l'idea di aver abbandonato le figlie, di aver fatto del male a Bessie (forse non sapendo nemmeno fino a che punto ne valesse la pena) e di aver coinvolto Anna. Charmian non viveva con lui, e all'improvviso sembrava solo preoccupata di un possibile scandalo. Ormai l'aveva detto a Bessie, perché tanta paura? E poi pensava che in Corea avesse solo perso tempo e salute. Aveva l'impressione che i suoi pensieri fossero diventati all'improvviso aridi, senza sostanza. Non gli veniva in mente un'unica cosa buona da scrivere. Si guardava allo specchio e si diceva: "Semplice: hai perso l'entusiasmo. Non sei più sicuro di poter concepire e realizzare grandi progetti".

Fu in uno di questi momenti di profonda inquietudine che scrisse ad Anna per dirle che si sentiva cambiato, stava vagando nella sua esistenza facendo del male a tutti quelli che amava. "Credimi" le scrisse, "che il tuo nome sia finito sui giornali, che tu sia stata considerata la causa della mia separazione, mi ha molto addolorato. Potrai mai perdonarmi? Un tempo ero un materialista, ma possedevo almeno la grazia dell'entusiasmo che ormai sento di aver completamente consumato. E sento di essere diventato così meschino... Anna, forse *è meglio* che mi dimentichi, che non debba mai più ricordarti di me."

Fu una lettera breve, che non rilesse nemmeno. La spedì il

giorno stesso mettendosi subito in attesa di una risposta che non sarebbe mai arrivata.

I suoi libri venivano continuamente ristampati. Ma nemmeno questo gli dava piacere. Un giorno, in una rivista, lesse l'articolo di un critico che diceva: "Non si capisce perché mai un uomo della forza di Jack London debba sprecare tanto tempo a parlare solo del gelido Nord". Jack era così fragile in quei giorni che gli diede ragione. Poi gli venne la febbre, e subito dopo un gran prurito nervoso. Cominciò a fare una vita molto sedentaria, divenne magro, debole, irritabile.

Si risvegliò da quel torpore soltanto per far costruire una casa per Bessie e le bambine a Piedmont. Ci spese tutti i quattromila dollari ricevuti per *Il lupo dei mari* e rimase nuovamente al verde. Fu la mancanza di soldi a fargli ritrovare l'energia. Rimise mano a dei libri che aveva già finito, scrisse articoli sul suo viaggio in Corea. E poi cominciò un breve romanzo sul pugilato che avrebbe intitolato *Il romanzo di un boxeur*. Attraverso la boxe, Jack parlò dei temi che gli erano sempre stati cari: rivoluzione e speranza, gloria e declino, amore e morte. In quelle pagine fece della boxe un modo per parlare e scrivere d'altro, e ci mise dentro tutta l'epicità della sofferenza, del dolore, della passione e del coraggio. Nel descrivere gli allenamenti e la fatica dei pugili, parlava del senso della vita, di quello che stava cercando di capire. Ci dovevano pur essere delle ragioni importanti per cui un uomo decideva di salire su un ring per farsi prendere a pugni. E la risposta poteva essere una soltanto: per vincere, per dimostrare di essere il più forte. Ma in quei giorni, sebbene mettesse in quelle pagine la maggior quantità di muscoli, sudore e sangue vincenti, ciò di cui voleva davvero parlare era il dolore della sconfitta. E senza nessun pudore usava la potenza del cazzotto per confessare quello che sentiva di aver preso lui, e da una mano ancora più selvaggia: la sua.

Si era rimesso a lavorare, ma non aveva molta fiducia in ciò che scriveva. Spesso mandava qualcosa da leggere a Cloudesley, che gli rispondeva sempre con parole piene di entusiasmo. Era ormai uno scrittore di grande successo, ma era ripiombato nell'insicurezza di quando vedeva tornare indietro tutti i suoi dattiloscritti senza nemmeno due righe che ne spiegassero il rifiuto. Se li ricordava bene quei tempi, l'aveva raccontato tante volte, soprattutto a Eliza: era arrivato a pensare che gli editori nemmeno esistessero. Era solo un perverso meccanismo, e faceva sì che lui spedisse i suoi racconti e articoli a persone e luoghi inesistenti, e che in qualche strano modo pure arrivassero a destinazione, ma soltanto per poi riprendere subito la strada del ritorno.

Jack tornò a vivere con la madre. Era stanco. Spesso i suoi pensieri erano così lontani da non essere più in grado di sapere a cosa pensava. Una sera, mentre cenavano, disse a Flora:

«Il mio corpo è perfettamente sano. È la macchina del pensiero che va male».

«Qui ci starai bene, Jack, recupererai le forze.»

«Non ce l'hai più con me?»

«Ho difeso Bessie fino a che ho potuto. È una brava donna ed è la madre delle tue figlie. Ma tu sei testardo, lo sai, ora ti sei messo in testa questa Charmian. Chissà cosa ci avrai trovato in quella specie di gatta miagolante. Non mi piace per niente.»

Il volto di Jack si illuminò, per un istante gli tornò l'espressione giocosa del passato.

«Per forza» le rispose. «Ti piacerà soltanto se un giorno dovessi lasciarla.»

Allora fu Flora a sorridere. Poi allungò le mani sul tavolo per prendere tra le sue quelle del figlio. Quella volta, volle fargli sentire tutta la sua solidarietà. Non se lo dissero, ma lo pensarono entrambi: stavano stipulando una specie di patto di sangue. Quelle mani, oltre a stringersi, si incrociavano cercando di far combaciare un lieve e immaginario taglio sulle palme. Una cosa da adolescenti che ognuno tenne per sé. Se lo dissero solo di pensiero.

«Mi credi così gelosa?» gli chiese Flora.

«Sono il tuo unico figlio. Sono bello, affascinante, adesso anche di successo e...»

Ma scoppiò a ridere e non riuscì ad andare avanti.

«In effetti sono sempre stata un po' gelosa di te» gli disse Flora mollando la presa e cominciando a farsi scrocchiare le dita una dopo l'altra, come un pistolero.

Fu allora che fecero un altro pensiero insieme, ma con diverse conclusioni: Jack pensò che con Charmian sarebbe andata d'accordo non appena gli avesse dato il primo figlio maschio. Flora, invece, pensò che quella donna a fare figli non sarebbe mai stata buona.

Con Flora, Jack si era stabilito in un capanno di Wake Robin. Poi aveva venduto un racconto e con i soldi aveva comprato un cavallo. Non era per sé, lo aveva dato a Charmian che in questo modo poteva raggiungerlo quando voleva percorrendo i trentacinque chilometri che separavano Pataluma, dove stava lei, da Glen Ellen. Era entusiasmante mettersi di vedetta quando sapeva che stava per arrivare. Ci si divertiva anche Flora.

«E all'orizzonte» diceva facendo una voce seria, «all'improvviso appariranno cavallo e cavaliere.»

Si divertiva a darle del maschio per via della sua paura dello scandalo. Voleva dare a intendere al figlio che per arrivare a Glen Ellen quella gatta si travestiva da gatto. Poi guardava Jack, che di lei nemmeno si accorgeva, e rientrava in casa. Se ne andava in camera sua e chiudeva la porta per lasciare da soli i piccioncini. Ma per lei erano tutte balle le paure della signorina Charmian. Una come lei, figuriamoci... E a quel *figuriamoci*, che solo pensava, seguiva sempre un bel fischio prolungato. Era tutto teatro che Charmian faceva per Jack. In realtà voleva soltanto che si sbrigasse a ottenere il divorzio per poi farsi sposare. Non aveva soltanto paura che Jack ci ripensasse e tornasse dalla moglie, era anche gelosa di qualsiasi altra donna, soprattutto da quando lui le aveva mostrato la lettera di una sua ammiratrice. Era una lettera piuttosto lunga e di cose ne diceva molte, alla fine anche una di troppo che aveva lasciato Charmian senza fiato.

Come avrà capito, la mia ammirazione per lei come scrittore e come uomo è infinita. Lei rappresenta per me la perfezione maschile. Mi permetta allora di dirle che sarei onorata di poterla incontrare. Spero non si scandalizzi, ma con lei vorrei un incontro speciale, signor London. In realtà, da lei vorrei avere un figlio. Sarei allora certa di mettere al mondo un autentico genio.

«È disgustoso!» aveva urlato Charmian cercando di strappargli la lettera di mano.

«È solo divertente» le aveva risposto Jack riuscendo a tenersela. «Non privarmi di un cimelio simile. Non potrebbe esistere lusinga maggiore per un uomo. Ti rendi conto? Un figlio da me. La concessione di un dio verso una povera mortale.»

«Questa donna è una pervertita» gli aveva detto Charmian. E poi era uscita di corsa dalla stanza.

La gelosia di Charmian lo metteva di buon umore. Spesso la considerava esibizionismo, però gli piaceva, gli era mancato tutta la vita. Si chiedeva se fosse un eccesso di sincerità o di falsità. Erano comunque spettacoli di basso livello, ma stimolanti. Poi smetteva di porsi quella domanda e si limitava a godere degli effetti. Si toccava il mento e sorrideva. Era "la perfezione", come gli aveva scritto la sua spudorata ammiratrice, ma era pur sempre un uomo.

Una sera cenarono prima del solito. Fuori c'era ancora un po' di luce e Jack chiese a Flora se aveva voglia di fare due passi. La aspettò sulla porta di casa con una sigaretta tra le labbra. Flora prese uno scialle e lo raggiunse.

C'era la luna piena, e questo voleva dire che presto la valle si sarebbe immersa in una nebbia opalescente. Passeggiarono a lungo in silenzio. Quando decisero di rientrare, Jack, ormai a metà strada e guardandosi intorno, le disse: «Ora capisco perché gli indiani chiamano questo luogo Valle della Luna». Flora gli cinse la vita con un braccio. Era molto minuta e Jack ebbe l'impressione di avere al suo fianco una bambina.

Arrivati a casa bevvero una birra in veranda continuando a guardare quel magnifico panorama.

«Questo posto ha un suo odore» disse Jack.

«Certo. È l'uva ursina.»

«Mi piace. Credo che prima o poi sarà proprio qui che verrò a vivere.»

«È possibile» gli rispose Flora continuando a guardare davanti a sé.

«Mi fa molto bene stare qui con te. Pensa che mentre stavamo passeggiando mi è venuta all'improvviso l'idea per un altro romanzo. Un'idea bellissima, ho già tutto in testa: storia e titolo.»

«Un altro cane, vero?»

«Sì, ma come fai a saperlo?»

«Sono tua madre. So che queste cose ti fanno paura, ma io ti leggo dentro.»

«Tu non mi leggi dentro perché sei mia madre. Lo sai fare perché è il tuo mestiere. È questo che mi fa paura di te.»

«Sputa il titolo.»

«Lo sto pensando. Lo sto pensando con tutte le mie forze. Non ti arriva?»

«Non essere ridicolo e sputa questo titolo.»

Jack aveva abbassato la testa, il mento quasi gli toccava il petto. E stava ridendo. Lo faceva in silenzio, ma lo tradiva il movimento sussultorio delle spalle. Flora se ne accorse e si mise a ridere anche lei. Poi bevve ancora un sorso di birra, rivolse gli occhi al cielo e li chiuse. Restò così, con le palpebre che le tremavano leggermente.

«Si chiamerà *Zanna Bianca*» disse Jack. «Sarà un po' il contrario di Buck. La sua strada fatta all'inverso.»

«Sarà un grande successo. Puoi non credermi, ma tu guadagnerai almeno un milione di dollari. Peccato che sarai capace di spenderne di più.»

«Da qualcuno avrò pur preso» le rispose lui sorridendo. «Successo e soldi vanno bene. Mi piacerebbe però sapere se sarò mai anche un po' felice.»

Flora storse la bocca e si passò una mano sul collo che cominciò a grattare nervosamente. Poi prese tanta aria nei polmoni, la trattenne e la tirò fuori in un sibilo lungo e leggero. Era come se quell'aria si potesse anche vedere.

«Te lo puoi scordare, Jack. Non avrei voluto dirtelo, ma questo del prevedere è un gioco che deve andare così: menzogne non se ne possono dire.»

«Tanto lo sai che non ci credo. Fosse davvero così, avessi saputo le cose per tempo... Mamma, non ne hai fatta una giusta.»

«Sarai anche il più grande scrittore americano, Jack, ma resti sempre lo stupido ragazzino che ho tirato su. Non si interviene sul futuro. Si può solo prevedere.»

«Storie. Quando prevedevi che un affare sarebbe andato a gambe all'aria, potevi almeno evitarlo.»

«Non è come credi. Dimentichi la voce *speranza*. Speravo sempre di sbagliarmi.»

Uscì *Il lupo dei mari* e fu un trionfo. La buona stella non era nemmeno più intermittente, ormai era di casa. Jack non provò molta emozione quando sfogliò le copie del libro, né quando lesse le critiche entusiastiche sui giornali, e nemmeno per la vendita dei diritti all'estero. Tenendo in mano quel volume, sentì che tutto lo struggimento gli arrivava da molto più lontano. Allora vide chiaro, davanti a sé, il volto del capitano Alex McClean. Non lo avrebbe mai scritto quel romanzo se non avesse realmente conosciuto il capitano della *Sophie Sutherland*. Finendo di bere l'ultimo sorso di whisky, quella sera pensò che da ragazzo aveva avuto le idee chiare: la letteratura non poteva esistere senza la vita. La lezione l'aveva imparata da Kipling. Era molto semplice. Letteratura e vita erano povere se tenute separate. La magnificenza stava tutta nel metterle insieme.

Doveva aver pensato ad alta voce, perché Flora, che stava rigovernando, si voltò di scatto asciugandosi le mani insaponate sul grembiule.

«È proprio così» gli disse. «E cerca di fare in modo che i tuoi lettori non lo scoprano mai.»

«La magnificenza del mistero?» le chiese lui stiracchiandosi e cominciando a sbadigliare.

«Come in ogni cosa» rispose Flora. «Se hai lasciato Bessie è stato perché di misteri non ne aveva. E se non hai avuto il coraggio di correre dietro a quella russa è perché ne aveva troppi.»

«Continua.»

«E se hai scelto questa gatta miagolante è perché ti ha fatto credere di averne in giusta quantità. Te la sei bevuta, Jack. Se davvero fosse la gran donna che vuole apparire, non te la saresti mai presa. Voi uomini avete un sesto senso. Quando si tratta di una donnetta lo sapete anche quando non volete saperlo. E tirate sempre un sospiro di sollievo.»

«Tu non sei mai stata una donnetta.»

«E infatti tuo padre mi ha dato un bel calcio nel didietro. John, invece... Beh, lui era un uomo molto fragile. Fargli credere che lo fossi io per poi proteggerlo è stato un gioco da ragazzi.»

«Ma se lo hai rovinato!» le disse Jack tirandole dietro un foglio di carta appallottolato.

«Quella è un'altra storia» rispose Flora schivando il lancio. «Lì c'erano le mie speranze. Ma quante volte te lo devo dire?»

Fu la gelosia di Charmian a vincere, ma anche l'amore di Jack per Glen Ellen. Gli sembrava che dopo tante avventure dovesse scegliere un punto fermo. E il luogo dove tornare non poteva che essere quello. Brett, il suo editore, gli aveva scritto che in poco tempo *Il lupo dei mari* aveva superato le ventimila copie, e gli assicurava che secondo i suoi calcoli presto le vendite sarebbero raddoppiate. Di lui, i critici dicevano che possedeva una personalità dall'insolito e magnetico potere di attrazione. La lettera finiva con queste parole:

> *Il suo* Lupo dei mari *sta invadendo il mondo come un uragano. Caro Jack, lei esalta la qualità della moderna letteratura romanzesca. Nessun lettore americano era mai stato abituato alla suspense mortale, all'autentico senso della tragedia che lei sa mettere nel conflitto tra idealismo e materialismo. I personaggi di Lupo Larsen e di Peter von Weyder rimarranno nella Storia della nostra letteratura. Lei ha dato alla lezione rivoluzionaria del diciannovesimo secolo una veste drammatica. E il bello è che è comprensibile a tutti, anche a chi non ne sa un bel niente di evoluzionismo biologico. Creda a me, Darwin, Spencer e Nietzsche sono i suoi veri protagonisti. Ma per mia fortuna sono invisibili.*

A tormentarlo, però, c'era Charmian con la sua gelosia. Dopo una lettura pubblica, tornando verso l'albergo, gli disse chiaramente che secondo lei i suoi interessi si stavano dirigendo verso un'altra donna.

«Ti ho visto, sai? Mentre parlavi i tuoi occhi la cercavano, le hai anche fatto un cenno. E lei è arrossita. E poi vi siete appartati e vi siete accesi una sigaretta. L'ho capito da come fumavate insieme che siete già stati a letto. Tu non ce l'hai nel sangue la fedeltà. Sto anche provando ad accettarlo, ma lo sai cosa mi fa soffrire? Mi fa soffrire che ultimamente mi sei sembrato più felice. Sì, uso proprio questa stupida parola. Ma la causa di tutta questa tua euforia, e non contraddirmi perché non me la dai a bere, non sono io. Così come la protagonista del tuo libro. Certo, alla fine mi hai detto che ero un po' anche io, perché la Maud del romanzo è coraggiosa e pur di fuggire da Lupo Larsen impara anche a governare una imbarcazione. Mi dispiace, Jack, ma non bevo nemmeno questa. Maud è Anna Strunsky dall'inizio alla fine. Diciamo che hai voluto affibbiarle qualche mia qualità.»

E così, un pomeriggio, mentre cavalcava con Charmian respirando il buon profumo di salvia e uva ursina, all'improvviso si ritrovò a Hill Ranch, davanti a una cinquantina di ettari di una magnifica terra che a fondovalle raggiungeva il Monte Sonoma. I suoi occhi cominciarono ad aprirsi e chiudersi nervosamente. Charmian si limitò a guardarlo senza dire parola. Allora Jack scese da cavallo e confuso, quasi esaltato, disse: «Ma qui ci sono sequoie che possono avere anche diecimila anni, centinaia di abeti, querce stupende, corbezzolo, e poi questo odore di uva ursina... ma lo senti? Da queste parti invade tutto. Questa è la terra più meravigliosa e selvaggia che si possa trovare in America».

Decise su due piedi che avrebbe trovato il proprietario di quella terra e l'avrebbe comprata. Charmian lo sostenne con tutte le sue forze. Sarebbe andata ovunque, sentiva che solo tenendolo lontano dalla città e dalle donne poteva evitare il rischio di perderlo.

Jack riuscì a comprare tutti quegli ettari pagandoli ben più del dovuto. Ma non importava, aveva fatto il più grande affare della sua vita. Firmato il contratto, abbracciò Charmian e le disse: «Sono di nuovo al verde, Charm. Cosa vuoi che ti dica, sono come mia madre. Non so prevedere perché vivo di speranze».

Previde invece per lui, ancora una volta, la sua buona stella, perché con poche e lapidarie parole Jack convinse l'editore a mandargli subito un assegno di settemila dollari quale anticipo dei diritti che stava macinando così in fretta quell'uragano del *Lupo dei mari*.

«L'abitudine di spendere i soldi, oddio! Ne sarò sempre vittima!» disse Jack a Charmian che si era sdraiata sull'erba a prendere un po' di sole. «Sono nato povero, e lo sono stato per troppo tempo, la mia vita era solo una questione di vitto e alloggio. È per questa ragione che ai miei occhi l'unica via d'uscita era in alto.»

Con gli occhi chiusi, Charmian allungò una mano verso di lui. Jack avrebbe potuto aiutarla mandandole incontro la sua, ma era preso da altri pensieri e non lo fece. Charmian si tirò su col busto e lo guardò con aria di rimprovero.

«Cosa credevi che volessi, due noccioline?»

Jack scosse la testa, come tornando di questo mondo.

«Sto già pensando di mettere su una vigna e di piantare un frutteto. Ho ordinato polli e maiali, e non ho ancora fatto costruire nemmeno una baracca nel ranch. Ma ho pensieri in grande, sai Charm?»

«E quando mai non li hai avuti? È una idea meravigliosa questa del ranch, l'unica cosa che non capisco è perché mai vuoi anche diventare coltivatore e allevatore. Non ti basterebbe startene qui a leggere e a scrivere?»

«Ho scritto per passione, certo, ma anche per bisogno. E continuerò a farlo perché è l'unico modo in cui so guadagnare. Ci ho provato da ragazzo a vendere altro, ma ho rischiato di finire in galera o di spremere la mia forza» disse seduto accanto a lei ma continuando a guardare davanti a sé. «Sono diventato socialista per salvaguardare i miei muscoli» aggiunse.

Charmian fece una smorfia tra il sorpreso e il divertito. Ogni volta che Jack le raccontava qualcosa di già detto, non se la sentiva di farglielo notare. Preferiva fargli credere che per lei era una novità. Allora spalancava gli occhi e gli si avvicinava.

«Cosa vuoi dire?» gli chiese.

«I muscoli, Charmian, a usarli troppo e a sproposito si consumano, mica si rinnovano. È per questo che a una certa età quelli che lavorano con il corpo sono macchine da buttare. Una volta, ho lavorato per un padrone che mi dava trenta dollari al mese. Mi sentivo ben pagato anche se lavoravo dodici ore al giorno. Poi sono venuto a sapere che prima di me il lavoro lo facevano due uomini a quaranta dollari al mese ciascuno. Quel padrone stava sfruttando i miei muscoli risparmiando al mese cinquanta dollari di paga. Non mi sono mai tirato indietro quando c'era da lavorare, ho fatto qualsiasi cosa. Ma poi il lavoro mi ha disgustato. Credimi, non potevo accettarlo nemmeno negli altri. E allora ho mollato tutto, ho vagabondato per l'America, ho chiesto l'elemosina e fatto la fame... Ma queste cose le sai.»

«Sì, ma è sempre così bello sentirtele raccontare» disse Charmian con il tono di voce più sdolcinato che riuscì a trovare. «Questo luogo è come se già lo vedessi finito.»

«Davvero? E come lo vedi?»

«Beh, è difficile dirlo così. Più che altro mi affido a te, so che lo renderai magnifico... Jack, ma perché vuoi fare anche il coltivatore e l'allevatore?»

«Lo devo a mio padre. Era il suo sogno, in fondo è stato sempre un po' anche il mio. È una alternativa.»

«A cosa?»

«Non lo so fino a quando avrò tutte queste idee a vagonate per scrivere libri. Mi sta venendo il dubbio che anche il cervello sia un muscolo. Non voglio ritrovarmi senza più nulla da scrivere e senza niente da fare. Costruirò la casa più bella che tu abbia mai visto in vita tua. Presto cominceremo i lavori. Nel frattempo farò costruire una casa più piccola dove vivremo prima che l'altra sia pronta. Mi toccherà scrivere notte e giorno, ma questo luogo diventerà la leggenda di Glen Ellen. E la nostra casa avrà un nome, si chiamerà la Tana del Lupo.»

«Il lupo sei tu, Jack?»

«Io sono il figlio del lupo. Il lupo era mio padre.»

«Di quale dei due?» chiese lei troppo precipitosa.

«Di entrambi» rispose lui distrattamente. «Di quello che mi ha azzannato da cucciolo e di quello che poi mi ha curato.»

Si mise in piedi, allungò un braccio e aiutò Charmian a tirarsi su. Montarono a cavallo e si avviarono verso il casotto dove li aspettava Flora. Quel giorno era arrivata anche Eliza, e sarebbe rimasta per una settimana. Charmian non si trovava molto a suo agio tra quelle due donne. Preferiva la vecchia balia di Jack che le raccontava tutta l'infanzia di quel magnifico bambino e nel farlo sembrava tornasse indietro nel tempo, perché ogni volta che se lo ritrovava a portata di mano lo accarezzava e baciava come fosse di nuovo la creatura da attaccare alla sua mammella piena di latte. Erano gli unici momenti in cui Jack si lasciava andare. Le piaceva vederlo ridere così di gusto.

Quando furono a metà strada, Charmian cambiò idea:

«Vado a Pataluma da mia zia» gli disse. «Torno a trovarti un'altra volta.»

«Perché?»

«Devo stare un po' lontana, ecco. Ci sono ancora troppe cose da definire, Jack. La gente parla.»

«E a te cosa importa?»

«Amore, lo faccio soprattutto per te, per i tuoi lettori, per quello che scriverebbero i giornali. Tu sei Jack London.»

Si salutarono con tutte le moine che volle lei. Al momento del congedo sapeva sempre come sedurlo. Poi, una volta in sella, gli voltava le spalle e prendeva la lunga strada che l'avrebbe riportata a casa. Lo faceva senza mai voltarsi indietro. Jack rimaneva fermo fino a che lei non scompariva dal suo orizzonte, sempre con la speranza che magari, all'ultimo, si sarebbe voltata. Ma non accadeva. Faceva parte dei suoi misteri posticci. Quelli che lui beveva a ettolitri.

Se ne tornò a casa in preda a troppi pensieri. Presto avrebbe fatto un giro di conferenze nel Midwest. Era sostenuto da una grande pubblicità perché era diventato una delle figure più romantiche dell'epoca. Quando Jack predicava il socialismo, i suoi ascoltatori rimanevano incantati. Erano le sue origini a parlare, era l'unico che sosteneva la libertà dell'uomo delle caverne rispetto all'uomo moderno, obbligato a lavorare anche diciotto ore al giorno per pochi centesimi. Lo diceva con fierezza: «L'uomo delle caverne dedicava alla caccia non più di un paio di ore al giorno. Poi aveva molto tempo per sé. E quello che faceva è rimasto: disegnava, costruiva oggetti, inventava, sperimentava. Crediamo di esserci evoluti, invece il capitalismo ha pensato solo ad annientarci».

Non era soltanto quel che diceva a rapire il pubblico, era lui stesso, il suo aspetto, la lucentezza dello sguardo, la bellezza. Sembrava che ai loro occhi rappresentasse la giovinezza e il coraggio del mondo. Per non parlare dei circoli femminili. Ripensandoci con una lunga paglia tra i denti, gli venne da sorridere. Ecco perché Charmian voleva seguirlo. Per stargli vicino lo avrebbe aspettato da una parente nell'Iowa. Una volta, senza vergogna e guardandolo dritto negli occhi, una donna gli aveva detto: «Non ce ne sono molti di uomini come lei, signor London, la sua è una virilità che sa di tabacco». Per poco Charmian non le aveva cavato gli occhi. Era stato Jack a fermarla tenendola per un braccio.

«Se vuoi venire in incognito a sentirmi, come una incognita ti devi comportare, intesi? Non voglio scenate.»

«Ma quella donna...»

«Quella donna e molte altre. Passo da una città all'altra e tu mi segui come un'ombra. Di cosa hai paura?»

Non glielo diceva, ma lo sapeva bene che per far nascere una scintilla ci voleva ben poco, e avere una donna accanto poteva addirittura essere un incoraggiamento. Soffiarlo a un'altra poteva essere ancora più lusinghiero che conquistarlo da libero. L'aveva contagiata il germe della gelosia, se la stava mangiando a piccoli morsi. Spesso se lo diceva da sé che non poteva vivere in quel modo per il resto dei suoi giorni, ma a quelle ultime quattro parole, *resto dei suoi giorni*, veniva colta da uno sgomento grande. Faceva un respiro profondo e pensava: "Sarebbe già molto se riuscissi a tenermelo per il resto dei miei giorni".

A cavallo, con le briglie tenute mollemente in mano, Jack pensava alla Tana del Lupo, all'architetto che avrebbe dovuto assumere, ai concorsi ai quali avrebbero partecipato i suoi animali, a quanti ne avrebbero vinti. Perché per i suoi allevamenti voleva il meglio. Aveva già cominciato a informarsi dove trovare e comprare ottimi esemplari. E doveva avere molta più terra, su questo non aveva dubbi. Da comprare ce n'era ancora, bastava solo mettersi sotto a scrivere. Ecco, per continuare a mantenere vivo il suo fosforico cervello doveva sapere che i soldi non bastavano. Era una situazione che poteva risultare strana. Aveva scritto giorno e notte quando faceva la fame perché nessuno voleva pubblicarlo, e adesso gli toccava la stessa sorte.

Doveva spendere più di quello che guadagnava, tritare soldi in grande quantità, assumere molte persone da far lavorare nella sua terra, dar da mangiare alle loro famiglie... Ecco, doveva infilarsi in questa trappola e avrebbe avuto di che scrivere per tutti gli anni che gli restavano da vivere. E poi pensava al male che aveva fatto a sua moglie, alle bambine che ormai vedeva poco perché così voleva Bessie. Dalla rabbia, si diede un pugno in testa che gli fece cadere la paglia dalla bocca. Avrebbe avuto voglia di bere un secchio intero di birra. No, una tinozza, da poterci stare dentro fino a prosciugarla. E poi pensava che doveva divorziare il prima possibile da Bessie e sposare Charmian. Quella donna aveva diritto a qualche sicurezza. Forse avrebbe smesso di essere così gelosa. Decise che avrebbe avviato le pratiche del divorzio il prima possibile. E cominciò ad accarezzare anche uno strano sogno. Avrebbe comprato molta più terra, almeno dieci volte tanta, e avrebbe costruito una casa per Bessie e le bambine dall'altra parte della proprietà. In questo modo, loro avrebbero tranquillamente potuto evitare di incontrare Charmian, ma lui avrebbe potuto vederle ogni volta che lo desiderava. Quando arrivò al casotto, l'aveva travolto una grandissima tristezza. Bessie gli avrebbe messo contro le bambine, e a lui non sarebbe rimasto che adottare tutti i figli dei suoi braccianti. Ce ne sarebbero stati di bambini, forse avrebbe anche dovuto far costruire una scuola. Ogni tanto, qualche corso avrebbe potuto tenerlo lui. Non sarebbe mai stato il padrone, ma una specie di... Non gli veniva la parola giusta e gli salì in gola un sapore amaro. "Ti credi il maestro dell'umanità, ma sei incapace di regolare la tua vita" pensò scendendo da cavallo. Fu allora che vide Eliza appoggiata a una staccionata e sul punto di fare lo stesso gesto che la perseguitava dall'infanzia ogni volta che si rivedevano: per un attimo sembrava si impuntasse, poi staccava una gran corsa verso di lui.

Gli finì tra le braccia e lui la sollevò da terra per farla roteare. Eliza restava per lui la migliore delle donne. Se la strinse al petto e baciò le sue guance fresche. Rientrarono in casa tenendosi a braccetto e trovarono Flora china sul forno che girava un pasticcio di carne per farlo cuocere meglio e rimestava in una teglia di patate dolci affogate nello strutto.

«E Charmian?» chiese subito non vedendo la ragazza.

«È dovuta tornare dalla zia» rispose Jack.

Flora fece un sorrisetto dei suoi tenendo gli stracci umidi in mano per non bruciarsi. Poi andò verso la tavola e tolse un coperto.

«Sarà meno lunatica quando te la sposerai» disse riponendo piatto, posate e bicchiere nella madia. «Ormai nei guai ti ci sei messo e non ti resta che andare fino in fondo.»

Jack guardò la sorella e si mise a ridere.

«La senti? Fa sempre l'uccellaccio del malaugurio» le disse sforzando allegria.

«Uccellaccio un corno. Gli altri corbellano e poi danno la colpa a chi le corbellate le aveva previste» rispose Flora mettendo in tavola. Poi, come presa da un altro pensiero, chiese a Eliza:

«Di' un po', ma anche tu come lui ricordi una infanzia con una tavola tanto povera? A me non sembra di avervi mai fatto mancare nulla».

Invece di rispondere, Eliza sorrise. Jack invece sbuffò chiedendo alla madre per quanto tempo ancora avrebbe rivangato quella storia. Se lo era scordato che la carne in casa loro mancava quasi sempre? Quel che era certo è che da ragazzo si alzava da tavola con la pancia vuota.

«Beh, tanto ci pensavi da solo a riempirtela. Figuriamoci, a poco più di quindici anni eri già un ladro di ostriche. Com'è che ti chiamavano?»

«Il Principe dei pirati delle ostriche.»

«E c'era di che andarne fiero. La pancia dovevi riempirtela per bene.»

Prima di sedersi a tavola, Jack le diede un bacio su una tempia. Era il suo modo, fin da ragazzo, di porre fine a ogni discussione. Sua madre non voleva ricordare che avevano fatto la fame? Aveva di certo le sue ragioni. Ogni volta che tornava a galla quel discorso, Jack malediceva il giorno in cui l'aveva tirato fuori.

Pranzarono con la porta di casa aperta. Una bella fetta di sole accendeva il pavimento di legno e si arrampicava sulle pareti. Mangiavano e bevevano senza dirsi molto, ma erano in buona armonia, stavano bene e lo sapevano. Non c'era bisogno di commenti. Presero il caffè e il dolce al cioccolato in veranda. Poi Flora disse che andava a riposare.

«Che nessuno metta in ordine la cucina, intesi? È tanto che non vi vedete. Avrete parecchie cose da raccontarvi.»

Le obbedirono, ma rientrarono almeno per sparecchiare e mettere i piatti nell'acquaio. Poi tornarono fuori e si accesero entrambi una sigaretta.

«Quelle che fumavi un tempo erano terribili. Queste sono buonissime» disse Eliza.

«Per forza, sono egiziane e costano almeno dieci volte tanto.»

«Bella contraddizione che sei.» Eliza scoppiò a ridere e gli diede un bacio su una mano. «Vai in giro a predicare che la proprietà è un furto, e poi ti sei comprato tutta questa terra, fumi sigarette egiziane... Come si fa a essere il profeta del socialismo americano e poi avere tanta terra?»

«Perché non sarò mai uno sfruttatore, darò da lavorare a tanta gente e la pagherò bene.»

«Sarai pur sempre un padrone.»

«Lascia stare Eliza, lo sai bene che sui soldi mi lascio fregare volentieri. Non sono quelli che contano. Mi servono...»

«Per fare una gran bella vita. Non c'è niente di male. Non devi mica diventare un conservatore. Potresti accontentarti di essere un radicale. Il socialismo va bene fino a che si appartiene a una certa classe sociale. Tu non ne fai più parte da un pezzo.»

«E le idee, Eliza? Che si fa con le proprie idee, si cambiano?»

«Questo no, magari si dovrebbe cercare di farle andare d'accordo con il proprio tenore di vita. Sei sempre lo scrittore de *Il popolo degli abissi*, ma non vivi più in quel modo da parecchio tempo. Dalla classe operaia, tu non vedevi l'ora di uscirne fuori. E ce l'hai fatta. La mamma e io siamo fiere di te.»

«Ti sbagli. Sarò pieno di contraddizioni, ma su altre cose. Io sono un mercante di ingegno, guadagno con quello che sogna la mia testa. E sono sempre al verde.»

«Potevi comprare meno terra e avere in testa una casa più piccola.»

«Ecco, così sarei proprio un borghese che non fa mai il passo più lungo della gamba e si assicura il futuro con i suoi risparmi.»

«Questo non vuol dire essere borghesi. Solo un po' previdenti.»

«Ho preso dal lato materno.»

«Non che quello paterno fosse meglio» disse Eliza facendosi andare il fumo di traverso.

«Era aiutato da lei. Non dimenticartelo.»

Rimasero in silenzio a guardare il panorama. A quell'ora il sole era spietato, ma la veranda era in ombra e si stava bene. Tirava anche un po' di vento fresco. Jack guardò sua sorella e pensò che anche lei aveva divorziato. Lui l'aveva sempre detto, quell'uomo era troppo vecchio per lei. L'unica volta che ne avevano parlato gli aveva confidato che con il marito aveva conosciuto il bene, non certo l'amore. E che per l'amore ormai non aveva più né il tempo né la voglia. Poi aveva aggiunto: «Però mi dispiace molto».

Jack si accese un'altra sigaretta e allungò il pacchetto a Eliza che fece di no con la testa. Pensò che ormai Eliza dovesse avere una quarantina d'anni, ma non era vero che non aveva più tempo. Era soltanto la voglia che le mancava. Gliela aveva fatta passare essersi sposata con un vecchio.

«E tu?» gli chiese lei all'improvviso.

«Io cosa?»

«Come stai? Di questa storia non abbiamo ancora mai parlato. Mi è dispiaciuto molto.»

«Lo so, a Bessie volevi bene.»

«Gliene voglio. Non credere che chiuderò con lei solo perché l'hai piantata. Sei stato imperdonabile, Jack.»

«Per averla lasciata?»
«No, per come lo hai fatto. Era l'ultima cosa che mi sarei aspettata dal più grande scrittore d'America che parla di Klondike, di natura bruta, del mondo selvaggio, di notti stellate e fa commuovere il lettore sul sentimento della lealtà. Credi che non me l'abbia detto? Non ti perdonerà mai.»
«Nemmeno io mi perdonerò. È stata debolezza.»
«Chiamala paura, Jack. Non ti sei mai tirato indietro quando c'era da scazzottare, ma evidentemente preferivi un occhio nero a guardare Bessie in faccia e dirle come stavano le cose.»
«È più complicata di quel che credi.»
«Cosa?»
«La mia vita. Non mi va molto di parlarne.»
«Sei almeno felice?»
Jack rovesciò la testa all'indietro e scoppiò a ridere. Poi restò a fissare il cielo. Gli occhi si appannarono, un respiro profondo gli fece gonfiare il petto.
«Se lo hai fatto per niente sei davvero imperdonabile» aggiunse Eliza.
«L'ho fatto perché ero pronto» le disse voltandosi cupo verso di lei. «Non lo ero prima e lo sono adesso. Sono cose che capitano. La vita non si incastra sempre a nostro piacere.»
«Quando eri ragazzo ero convinta che avresti sposato Mabel.»
«Sì, anche io. Ma mi sbagliavo. Eravamo troppo diversi. Una sera, a cena dagli Applegarth, ho incontrato uno strano giovane. A fine serata ci siamo ritrovati in strada insieme e mi ha invitato a bere qualcosa. Aveva tanti soldi e poca salute. Diceva che non gli restava molto da vivere, che era malato di petto. Era magro e aveva il volto giallastro. All'epoca vivevo in una stanza in affitto presso una poveretta che aveva tanti bambini e nessun paio di scarpe.»
«Stai parlando della portoghese?»
«Sì, proprio di lei. Povera e ignorante ma di gran cuore. Non fosse stato per lei... Beh, questo ragazzo veniva a trovarmi portando sempre una bottiglia di whisky. Parlavamo per ore, era una delle persone più colte che avessi mai incontrato. Dagli Applegarth era stato quell'unica volta e li considerava delle nullità. Sapendo che io ci andavo spesso, non faceva che chie-

dermene la ragione. Io restavo sulle mie, non avevo voglia di parlare di Mabel. Poi, un giorno lo capì da sé e si fece una risata. "Non venirmi a dire che sei innamorato di quella bambolina grinzosa." E io persi la testa. Era il mio più caro amico in quei giorni difficili, mi portava a cena fuori e pagava sempre lui. Non sapevo quando sarebbe venuto perché non lo diceva mai. Compariva e basta, e tutto riprendeva come se ci fossimo salutati il giorno prima. Ma a quelle parole lo presi per il collo e lo attaccai al muro. Non riusciva a respirare e mi rideva in faccia, come se gli stessi facendo un favore. Mi ripresi in tempo, mi scusai. Gli chiesi però di non parlarmi mai più di Mabel in quei termini. Allora gli dissi una cosa che lo fece ridere ancora di più, a dire il vero ridere e tossire perché l'avevo quasi strangolato. Gli dissi che se non avessi conosciuto Mabel non avrei mai cominciato a scrivere. Che era stata lei la mia ispirazione. O meglio, che mi ero messo a scrivere per conquistarla. Si rotolò sul mio letto, non la finiva più di ridere e tossire. A un certo punto mi disse: "Ammazzami pure tutte le volte che vuoi. Mi fai solo un favore. Mi fai troppo ridere, Jack. Credi davvero che gli studi universitari diano una superiorità intellettuale? Pensa agli amici della tua fidanzata. A me è bastata una serata. Possibile abbiano letto gli stessi libri che abbiamo letto noi senza ricavarne nulla? Pensaci e trai le tue conclusioni. Un giorno ti porterò da gente veramente illuminata. Un giorno ci andremo insieme, e allora capirai chi sono gli Applegarth, questi *conservatori illuminati*, come ti ha detto la tua Mabel".»

«E ci siete andati da questi amici suoi?»

«Soltanto una volta. Ne ho un ricordo confuso e molto emozionante. C'erano anche tante donne, diverse da Mabel. Era tutta gente che sapeva ragionare con la propria testa.»

«E lui, che fine ha fatto?»

«Scriveva poesie meravigliose. Credimi, le più belle che abbia mai letto. Ma non voleva pubblicarle. Era fiero e...»

«E non aveva bisogno di soldi.»

«No, non ne aveva bisogno. Ma non era per quello. Poi non l'ho più visto. Dopo qualche tempo ho saputo che si era suicidato.»

«Allora non voleva pubblicarle per non lasciare nessuna traccia» disse Eliza con una espressione triste.

«Non lo so. Le persone non dicono mai per intero quel che pensano. Sono un po' come gli alisei, che non soffiano mai tutto quel che hanno nei polmoni. Ne tengono sempre una riserva che non usano.»

Jack chiuse gli occhi. Nella mano destra teneva la sigaretta, la palma della sinistra era posata sul bracciolo della sedia. Eliza ci mise sopra la sua e gliela strinse con forza.

«Ho letto un libro di Stanley Waterloo. È la storia di un uomo più animale che individuo. L'idea è buona, ma il libro non ha mordente. Lo scriverò io e sarà un romanzo molto primitivo. Il più primitivo che sia mai stato scritto. È il mio omaggio a Darwin. Ma a dire il vero ho anche un'altra idea in testa. Un romanzo sul futuro. Dovrebbe svolgersi tra settecento anni.»

«Non ti ci vedo, Jack. Meglio la storia primitiva. Mi chiedo come potresti mai scrivere un romanzo su un futuro così lontano.»

«Scriverò l'uno e l'altro. Quanto al secondo, la risposta la sento con la voce di Flora.» E imitandola, sempre restando a occhi chiusi, disse: «Cos'è, nessuno si ricorda più che è il figlio di un astrologo?».

Il 18 novembre del 1905, a Chicago per una conferenza, Jack ricevette un telegramma che gli annunciava la concessione del divorzio. Telegrafò a Charmian e le chiese di raggiungerlo immediatamente per sposarlo.

Lo aveva colto la fretta di concludere quel capitolo della vita che tanto lo tormentava. Faceva avanti e indietro nella stanza d'albergo e si chiedeva se per caso anche quello fosse un matrimonio ragionevole. Certo, nessuno lo avrebbe considerato tale. In fondo, in *The Kempton-Wace Letters* aveva sostenuto una teoria antiborghese, perché il matrimonio per amore era una invenzione borghese. Adesso le cose stavano un po' a metà strada. Di Charmian amava certamente il suo sconsiderato amore per lui, lo lusingava, ma questo non voleva dire che, a parte le lettere che le aveva scritto, non riuscisse anche questa volta a stare a tre passi dalle emozioni. Charmian lo avrebbe seguito in qualsiasi avventura senza battere ciglio, in questo sarebbe stata una compagna impagabile perché era coraggiosa quasi quanto un uomo. Era sfuggito all'amore romantico ben due volte in vita sua. In parte se ne sentiva orgoglioso. Questa volta, però, c'erano i sensi. Charmian era una donna appassionata che curava molto il suo aspetto. Indossava biancheria elegante, si ornava i capelli con nastri colorati, aveva camicie da notte così impalpabili che si potevano tenere in una mano. Jack non era sufficientemente esperto per comprendere quale fosse il suo gioco, ma Charmian sapeva il fatto suo: aveva capito che la più grande qualità di una donna è quella di essere tante in una. E lei non si era ancora mai lasciata strappare l'ultimo velo. L'abilità stava proprio in quello: dare all'uomo l'impressione di averlo strappato per poi fargliene trovare subito uno nuovo. La dominava la gelosia, il terrore che Jack potesse finire tra le braccia di un'altra, e su questo pericolo, sui modi per evitarlo, ragionava in continuazione. Sarebbe riuscita, anche dopo il matrimonio, a tenersi stretto quell'ultimo, sempre penultimo, velo?

Charmian arrivò il giorno dopo, ma Jack non aveva la licenza di matrimonio. Era domenica e l'ufficio era chiuso. Non si diede per vinto, noleggiò una carrozza e fece il giro della città a caccia delle sue conoscenze più influenti. Lo muoveva l'impeto di una decisione che non doveva vacillare nemmeno per un momento. Sembrava non potesse esserci un domani per quel matrimonio, solo l'oggi, quella fretta impazzita, quel vortice, quel voluto riscaldamento del sangue. Fece uscire di casa, all'ora di cena, un funzionario municipale che conosceva abbastanza bene. Certo, lui sarebbe stato molto lieto di fare qualcosa per Jack London, ma si poteva sapere perché mai quella fretta quando il mattino successivo gli uffici sarebbero stati aperti e lui avrebbe avuto la sua benedetta licenza? Da abile oratore, Jack riuscì a rigirarselo a suo piacere, a fargli sentire sue le ragioni della fretta. Il funzionario salì in carrozza e volarono nella zona sud della città, tirarono giù dal letto l'impiegato dell'Ufficio matrimoni. Jack convinse anche lui. L'uomo si vestì e insieme andarono al municipio, aprirono l'ufficio e Jack ebbe finalmente la benedetta, urgentissima licenza. Non soddisfatto, volle trovare subito anche un giudice di pace. Lo trovò, e quel secondo uomo buttato giù dal letto li unì in matrimonio nella biblioteca di casa sua. Fu dunque un matrimonio notturno, senza festeggiamenti, fatto solo di furia. E a Charmian diede il capogiro dell'euforia. Lo avrebbe raccontato per il resto della sua vita. Quell'uomo, una volta ottenuto il divorzio da Bessie, non aveva potuto aspettare ventiquattro ore. Ricordava a tutti che in un romanzo Jack avrebbe poi scritto la storia di un tale che chiedeva in moglie una bellissima ragazza.

La ragazza non diceva subito di sì, gli rispondeva che aveva bisogno di tempo per pensare. Allora, l'uomo si era ripresentato a lei dopo nemmeno un paio di giorni dicendole che o lo sposava subito o si sarebbe sparato un colpo in testa. Ecco, il suo Jack si era ispirato proprio alla loro storia, e non era escluso che davvero si sarebbe sparato un colpo in testa se lei non lo avesse assecondato.

Il giorno dopo, il 20 novembre, la stampa si scatenò contro Jack London e definì quel matrimonio "di una fretta indecente". Ormai era chiaro a tutti: non era vero che la separazione da Bessie era dovuta a disaccordi che complicavano la convivenza dei coniugi. Jack aveva distrutto la sua famiglia per un'altra donna. Tra l'altro, dissero anche che il matrimonio era nullo perché secondo la legge dell'Illinois non poteva ritenersi valido se prima non era passato almeno un anno dalla sentenza di divorzio.

Dominato dal sangue, dall'istinto alla lotta, anche da una certa mania di persecuzione contro la quale si sarebbe ribellato per la vita intera, con tutto l'ardore che sapeva mettere in ogni sua scelta, Jack rispose ai giornalisti che se fosse stato necessario si sarebbe sposato con Charmian in ogni Stato d'America, e alla velocità che ci sarebbe voluta per spostarsi dall'uno all'altro.

Invece di aspettare di essere tornato in California, si diede in pasto agli attacchi che arrivavano da ogni parte. Era la sua natura, per ribellarsi doveva prima subire il martirio. E martire era stato ogni volta che era risorto, ogni volta che si era rimesso al mondo da solo. I giornali continuarono a deriderlo a lungo, lo definirono incapace di tenere a freno la sua vita privata. Un uomo che voleva sempre essere un esempio per gli altri ma che al dunque non ne aveva la stoffa.

Charmian fu accusata di essere una rubamariti senza scrupoli. E l'amato Partito socialista, che Jack tanto sosteneva nelle sue conferenze, subì per causa sua una bella legnata. La stampa capitalista usò la sua avventatezza per diffamarlo. Scrissero: "Ecco cosa significa essere socialisti! Ne avete un bell'esempio sotto gli occhi: abbandonare moglie e figli, diffondere l'immoralità e generare il caos. Il socialismo è anarchia e se non lo combatteremo insieme rischieremo di veder distrutta la nostra civiltà". Il partito cercò di difendersi ma non di difenderlo. Risposero che non potevano imputare al socialismo la discutibile condotta di London, perché il socialismo era contrario a questi comportamenti esattamente come il capitalismo.

Quel matrimonio gli costò anche la simpatia di molti lettori. Tra tutti, però, il colpo più pesante lo vibrò l'Averill Women Club. Le socie approvarono in quei giorni due mozioni. La prima riguardava la distribuzione gratuita dei libri di testo per le scuole di Stato, la seconda vietava il football e i libri di Jack London nelle università.

Di tutto questo Jack sorrise amaramente. Continuò a difendere la sua bravata da irlandese dalla pelle dura, perché ai suoi occhi sposare così rapidamente Charmian era un modo per mettersi a posto la coscienza, per riparare al male fatto a Bessie. Se si sposava con tanta urgenza, allora averla lasciata aveva un senso.

Ma non erano solo i giornali a tormentarlo, erano stati anche un paio di amici di vecchia data che avevano accusato Charmian di ipocrisia poco dopo la separazione da Bessie. Charmian si consegnò strategicamente a lui, gli disse che se non credeva nella sua sincerità, qualunque fosse stata la sua decisione finale l'avrebbe rispettata.

«Non potrei mai pensare di averti rovinato la vita» gli disse in lacrime. «Ma soprattutto, non potrei mai accettare l'idea che mi consideri una ipocrita.»

Jack le chiese un po' di tempo. Non doveva pensare, doveva valutare la situazione con distacco, capire. Ma poi, soggiogato dal suo coraggio che non giudicò calcolato, le disse anche che qualunque fosse stato il suo verdetto sarebbero rimasti insieme. Non passò molto tempo. Si presentò da lei una sera, stanco e provato, per dirle che la giudicava innocente. Le chiedeva però di perdonare, come aveva già fatto lui, gli amici che l'avevano tanto mal giudicata. Charmian, dalla soddisfazione, ebbe quasi un mancamento. O forse fu la vergogna. Del resto, lo sapevano entrambi: in quella dolorosa storia, nessuno di loro due era stato innocente.

Il giro di conferenze lo portò anche a New York. Riempì l'aula magna dell'università parlando dei quasi sette milioni di uomini che in tutti i Paesi del mondo lottavano contro le ingiustizie e la conquista del potere. Sette milioni di socialisti che avrebbero solo dovuto unirsi per fare la più grande rivoluzione che mai avesse segnato il corso della storia. Una rivoluzione che avrebbe fatto ombra anche a quella francese. Non era forse commovente che tutti questi uomini si chiamassero tra di loro compagni? E non era forse ormai evidente che il capitalismo aveva esaurito la sua funzione? Quanto doveva lavorare, oggi, un operaio per dare da mangiare alla sua famiglia? E quanto tempo aveva dedicato invece l'uomo delle caverne per procurarsi il cibo? Sui piatti della bilancia dovevano metterci le quasi dodici ore dell'operaio contro le massimo due di caccia dell'uomo delle caverne. Quali passi in avanti erano stati fatti per il miglioramento delle condizioni di vita di un uomo? Non lo sapevano forse che nelle industrie tessili venivano usati bambini di sei anni tanto per i turni di giorno come per quelli di notte? E sapevano anche come li tenevano svegli? Con getti di acqua gelata. Era forse quella una civiltà che poteva davvero definirsi tale? Qual era il senso della vita? C'era qualcuno in grado di dargli una risposta convincente? Quando concluse profetizzando la caduta del capitalismo nel 2000, la folla cadde in delirio.

Ma New York non gli faceva mai un bell'effetto. Quella città gli metteva addosso pensieri di morte. E allora fu il corpo a parlargli. La bocca gli si ricoperse di herpes e dovette annullare tutti gli impegni successivi. Era sempre quando la morte gli appariva come la grande soluzione che la vita riusciva a riprendere il sopravvento.

Non doveva impedire a New York di mangiarlo vivo, doveva impedirlo a ogni città, perché solo quello sapevano fare: divorare. Spense la luce e restò nella sua stanza d'albergo in balìa delle tempeste. Nel buio del soffitto, gli parve che dietro le palpebre chiuse dei suoi occhi scorressero le immagini degli avi anglosassoni che avevano conquistato l'America per vivere dei frutti di quella terra. Era un pensiero che lo commuoveva. Gente che era partita portandosi dietro un po' di mobilia, il motivo di una vecchia canzone, la grazia delle danze popolari...

Erano stati avventurosi e avevano vinto riuscendo a vivere liberi. Erano stati mossi dal bisogno, certo, ma anche dall'ardore. E poi c'era stato qualcosa che aveva riportato tutto indietro. Dalla libertà alla fame, alla schiavitù. Tante schiene che si erano spezzate invano.

«Esistono i poveri e i ricchi» aveva sentito dire una volta da un uomo in un bar. «Perché scandalizzarsi tanto? C'è forse qualcuno di voi che si chiede perché il fuoco brucia e il ghiaccio gela? E vi chiedete forse perché il topo nasce topo e il gatto nasce gatto? Ve lo dico io: non ve lo chiedete mai.» Ricordando queste parole si sentì in trappola, e la stanza d'albergo gli diede l'asfissia. Che la vita andasse riconquistata solo all'aperto? Che rincorsa... E verso cosa? La sua mente cercò di fare il conto degli anni, ma tutto era troppo voraginoso. Gli stava salendo la febbre. Bene, alla febbre poteva abbandonarsi. Questa volta non correva il rischio di lasciarsi affascinare come a Benicia, quando era soltanto un ragazzo con tutta quell'acqua a fior di labbra, e il cielo stellato, e l'euforia di immaginare il suo cadavere mollemente abballottato dalla risacca...

Dormì per otto ore di fila, come non gli capitava non sapeva nemmeno lui da quanto. Quando al mattino si svegliò, l'herpes gli aveva spaccato le labbra ma cominciava già a seccarsi. La febbre era passata. Si alzò per aprire la finestra. "Non ci cavi più niente di buono da una città" pensò guardando fuori. Poi andò in bagno, si infilò sotto il getto di acqua calda e chiuse gli occhi. All'improvviso si ricordò di Glen Ellen, del paradiso che stava per costruirsi. Insaponandosi velocemente sorrise ripetendo: «Il paradiso...». Ma poi le sue mani si fermarono perché si accorse che non gli bastava più nemmeno quello. Troppe chiacchiere, troppi pettegolezzi dopo il suo matrimonio. Rimase immobile ancora qualche secondo, poi, nel preciso istante in cui, aprendo gli occhi, si vide riflesso nelle mattonelle bagnate, concepì l'avventura che avrebbe fatto impallidire tutte le altre della sua vita. Prepotente, quasi tellurico, sentì salirgli fino al cuore l'urto violento del sangue.

Quando tornò in California andò a trovare Bessie e le bambine. Era felice di vederle, ma il tempo che trascorreva con loro andava via veloce, come l'estraneità. Sembrava non lasciare traccia. Bessie era gentile ma lontana, si scambiavano qualche informazione, guardavano Joan e Bess giocare. Non le avrebbe viste crescere. Già quella volta aveva notato in loro dei cambiamenti. I figli crescono in fretta a quell'età, basta perderli di vista anche per poche settimane e già sono diversi. Quel giorno pensò a quando, da un momento all'altro, avrebbe trovato Joan con l'aspetto di una ragazza. Era il prezzo che avrebbe pagato per il sacrificio che non aveva voluto fare. "Non ho avuto scelta" si diceva spesso. "Se fossi rimasto sarei impazzito."

E se lo ripeteva come un ritornello imparato a memoria. Certe volte, però, si chiedeva se fosse anche vero. Scuoteva all'improvviso la testa, come punto da un insetto, e allora sarebbe bastato poco. Sì, se non avesse avuto quella forza di volontà che tante volte aveva dimostrato in vita sua, una volontà capace di dominare anche gli istinti, sarebbe stato facile cadere nel rimpianto di ciò che non aveva avuto il coraggio di volere. Quando gli apparivano, come una mascherina fluttuante nell'aria, quegli occhi di velluto nero, Jack strizzava i suoi fino alla cecità. E in quel modo riusciva a incenerirli.

In quei giorni ebbe voglia di tornare a Oakland. Passeggiando per le strade della sua città si ritrovò davanti all'Athletic Club. Era serata di incontri, e in genere proponevano del buon pugilato. Match di quattro round, spesso anche più brevi se un colpo ben assestato poneva fine al combattimento. Non erano pugili professionisti, ma ragazzi molto gagliardi, Jack lo ricordava bene. Ogni volta che era riuscito ad assistere a quegli incontri ci aveva sempre trovato del gran bel sugo. Le gare si svolgevano in una sala al piano superiore, piuttosto piccola per tutta la gente che la affollava. Gli tornò in mente un uomo del pubblico seduto accanto a lui, qualche anno prima, che a un certo punto aveva detto: «Questa sala è così piccola... Accidenti, il posto ideale per un selvaggio lanciatore di bombe». Il ricordo lo fece sorridere. Gli venne voglia di entrare, come ai vecchi tempi, quando lavorava anche dodici ore al giorno ed era capace di dar fondo ai suoi risparmi per un biglietto. Certo, non uno di prima fila come poteva permettersi adesso. Ma quando fu davanti al botteghino gli dissero che di posti in prima fila non ce n'erano più. Proprio in quel momento arrivò Freed Goodcell, il responsabile della pagina sportiva dell'"Oakland Herald". Una sua vecchia conoscenza.

«Che ci fai qui?» gli chiese Freed.

«Sto cercando un posto in prima fila, ma pare siano terminati.»

«Serata fortunata. Il giornale mi ha dato un biglietto in più» gli rispose tirandone fuori due dal taschino della giacca.

Salirono le scale e occuparono i loro posti di fianco al ring. Quella sera si batteva un pugile soprannominato Il Topo, un ragazzo di origini italiane. Lo chiamavano così per la velocità dei movimenti. Metteva in difficoltà gli avversari con le sue straordinarie schivate. Loro tiravano ganci e montanti a vuoto e si sfinivano. Poi, al momento giusto, Il Topo assestava il suo formidabile diretto sinistro e il più delle volte l'incontro finiva lì. Il match era appena cominciato che Jack esclamò:

«Che bellezza!».

«Guarda che è Il Topo» gli disse Freed.

«E io ti dico che è una vera bellezza. Ma non hai occhi? Magnificamente modellato, giovane, pieno di vita. E poi, che passo veloce e cauto allo stesso tempo. E che simmetria perfetta in ogni parte del corpo.»

«Per me, ha una faccia da secondo premio. Molto ordinaria.»

«Perché guardi la faccia di un pugile?» gli rispose Jack. «Un pugile è il suo corpo. E Il Topo ha il perfetto fisico del pugile.»

«Tu vedi la bellezza dove io non la trovo. È un pugile, un bruto. Sale sul ring e fa a cazzotti con un altro. Chi ha più forza e destrezza vince. Ma tu sei uno scrittore, Jack. Forse sai trovare la bellezza dove gli altri non la vedono. Non me ne intendo di scrittori, ma deve essere così: vedete cose molto addobbate. Per voi, tutto diventa un bell'albero di Natale.»

Il Topo sfiancò il suo avversario al secondo assalto. All'inizio del terzo gli diede un gran sinistro in piena faccia e l'incontro finì.

«E ha anche classe» disse Jack mentre uscivano dall'Athletic Club.

«Perché non mi scrivi un articolo? Un resoconto dello spettacolo.»

«Accetto, ma parlerò solo del Topo. Non una parola sull'avversario, che non aveva un briciolo di personalità. Non capisco come tu abbia fatto a non accorgertene. È eroico.»

«Il Topo?»

«Proprio lui.»

«Senti Jack, ma quanto ti trattieni?»

«Un po'. Ho una certa voglia di vecchi tempi.»

«Un articolo per ogni biglietto in prima fila?»

«Affare fatto. E non dovrò nemmeno fare la fila per avere il biglietto» rispose Jack facendogli l'occhiolino.

Il giorno dopo, quando il barista dell'Athletic Club gli mostrò l'articolo, il Topo lo lesse due volte e disse di non averci capito nulla.

«Nemmeno io ci ho capito granché» rispose il barista. «E non sapevo nemmeno chi fosse questo giornalista che scrive cose così strane sulla boxe. Poi ho chiesto in giro. Pare sia proprio di qui. Era un poveraccio come noi, prima di diventare il più famoso scrittore d'America.»

Il Topo non fece molta strada come pugile. Perse presto la sua velocità, incassò male due o tre brutti pugni, trovò lavoro come cavallante, sposò una brava ragazza e ci fece un paio di figli. Quell'articolo, però, fu l'unica cosa che teneva incorniciata in casa sua. Stava appeso alla parete accanto al tavolo da pranzo. Visse abbastanza a lungo per mostrarlo a molte persone. Fu la gloria dei suoi figli e dei suoi nipoti. In pochi lo avevano visto combattere, ma tutti sapevano che proprio su di lui aveva scritto il leggendario Jack London.

Quando arrivò a Wake Robin, Charmian si accorse immediatamente della sua aria trionfale e pensò subito al successo delle sue conferenze, e dunque al corteggiamento delle ammiratrici. Cominciò a tallonarlo, pronta a cogliere il dettaglio che l'avrebbe tradito. Ma Jack si muoveva in piena armonia con se stesso. Qualcosa le stava nascondendo, ma aveva l'aria di chi, da un momento all'altro, doveva dare una magnifica notizia. Charmian, però, del suo istinto non si fidava molto quando c'era di mezzo la gelosia.

Fece apparecchiare all'aperto e pranzarono all'ombra di una bella quercia. Era una giornata calda, ma senza umidità. Un'aria salsa e acre arrivava dal mare. Jack mangiò di buon appetito e bevve un paio di bicchieri di vino. Ultimamente, il troppo alcol gli aveva appesantito le palpebre e cambiato l'intensità dell'azzurro degli occhi. Charmian lo osservava con l'attenzione dell'entomologo, nulla sfuggiva al suo sguardo sempre adorante anche quando era indagatore.

«Dovresti prenderti un po' di tempo libero» gli disse con dolcezza accarezzandogli una mano. «Ho pochissimi ricordi di te che non fai nulla. Anche quando sei in vacanza lavori tutto il giorno e poi la notte fai tardi con gli amici. E all'alba sei capace di rimetterti a lavorare.»

«Pochi ricordi, eh?» fece lui sorridendo. «Dimmene almeno uno.»

«Quel magnifico panorama alle Hawaii. Noi due sdraiati sul declivio eterno di un cratere tutto ricoperto di felci. Come si chiamava?»

Jack, divertito, gonfiò prima le guance e poi, buttando fuori il fiato, disse:

«Puuhuuluhulu. E se hai buona memoria, ricorderai anche

che all'epoca progettammo addirittura di costruire una villetta nel cratere. Quando arrivammo la prima volta, la barca si avvicinava e io a un certo punto ti dissi: "L'oceano è esploso di vita. Guarda, pesci volanti fendono l'aria come sciami che sfavillano"».

«Vorrei aggiungere qualche altro bel ricordo come questo» gli disse lei guardandolo con i suoi occhi da tartara.

«Se è per questo, puoi anche aggiungere che alle Hawaii ho scoperto il surf. Ho copiato quello che facevano laggiù i ragazzi, ma posso migliorarlo e farlo conoscere. Chi potrà resistere? Hai i piedi fermi e vai alla velocità del mare.»

«Sì» rispose lei sorridendo. «È come andare a cavallo, "un movimento doppio". Ma io intendevo creare momenti solo nostri. Jack, non ne abbiamo tanti.»

Chi serviva a tavola era Manyoungi, un ragazzo che Jack si era portato dalla Corea e stava diventando la sua ombra. Una volta che venne a trovarlo un amico, lo trovò in camera da letto mentre Manyoungi gli allacciava le scarpe.

«Che razza di socialista è un uomo che si fa allacciare le scarpe da un domestico?» gli chiese con stupore.

«Un uomo che vuole risparmiare anche sui secondi perché una intera giornata non gli basta mai. Sto scrivendo, e non ho un minuto da perdere» rispose Jack senza il minimo segno di nervosismo.

Quel giorno Manyoungi servì un pasticcio di carne accompagnato da patate dolci e un dessert coreano, il Baekseolgi, un dolce bianco che simboleggia la purezza e in Corea si prepara per le grandi ricorrenze familiari. Quando Jack lo vide arrivare in tavola, non poté fare a meno di dire:

«Manyoungi, amico mio, come potevi sapere che non c'era occasione migliore per preparare questo dolce?».

Charmian rimase con il respiro sospeso e guardò il ragazzo che sorrise compiaciuto.

«Non potevo prevedere nulla» disse Manyoungi. «È solo un omaggio alla signora Charmian, alla sua purezza nell'aspettare il ritorno del marito.»

Manyoungi fece per allontanarsi, ma Jack lo trattenne dicendogli che si trattava di una decisione di famiglia e lo invitò a sedere a tavola con loro, a versarsi da bere e ad assaggiare una fetta di dolce. E poi, per un bel po', continuò a mangiare e a bere lasciando tutti in attesa, godendosi quello che sarebbe stato un momento di assoluto stupore. Sorrideva nel pregustare l'istante che presto sarebbe stato bruciato con due parole. Charmian gli sembrava serena e tranquilla, ma quella donna aveva imparato a controllare ogni emozione anche se poi finiva per lasciarsi travolgere dai sospetti. Se ne stava lì, di fronte a lui, in una perfetta imitazione della placidezza orientale stampata sul volto. Poi Jack si accese una sigaretta e aderì allo schienale gettando la testa all'indietro, lo sguardo rivolto al cielo. Charmian vide il primo sbuffo di fumo salire bianco e verticale. Allora capì che era il momento di cedere appena un po' per dargli soddisfazione, e posando il tovagliolo con finta frenesia sul tavolo, rivolgendosi a Manyoungi disse:

«Quest'uomo oggi ha deciso di farci venire un colpo!». E poi, più dolcemente, cercando lo sguardo del marito, aggiunse: «Jack, sei troppo tantalizzante».

Rimettendosi composto sulla sedia, i gomiti appoggiati sulla tavola, la bella faccia sostenuta dai pugni chiusi, Jack disse:

«So benissimo che dobbiamo costruire la nostra Tana del Lupo nel ranch, e so anche che sarà una cosa costosa e lunga. I lavori cominceranno presto, Charmian, su questo non devi avere dubbi. Ma credo che siamo ancora molto giovani per ritirarci definitivamente qui».

Charmian sentì che le sue labbra si tiravano in un sorriso forzato.

«Lo faremo, certo. È qui che voglio vivere, scrivere, ricevere amici e dare da lavorare almeno a... almeno a cinquecento persone. Era il sogno di mio padre John, voglio realizzarglielo io. E vorrei che con noi venissero a vivere anche Eliza, suo figlio Irving e Flora. Naturalmente in una casa costruita apposta per loro. Sarà una specie di villaggio. Insomma, avremo tutta la vecchiaia per goderci il nostro paradiso. Senti, sono convinto che entro quattro o cinque anni la casa sarà pronta e non vedo perché non dovrebbe essere così anche in nostra assenza. Charmian, dopo tutto non saremo mai più giovani, non credi?»

«Spiegati meglio, Jack. Non ci sto capendo granché. Cosa vuoi fare?»

«Sono stato nuovamente avvinto dall'incantesimo dell'avventura» le disse spalancando platealmente le braccia. «Siepi, orto e vigna cresceranno anche senza di noi.»

«Per favore, dimmi cosa faremo.»

«La circumnavigazione del mondo su una piccola nave. Ho deciso di farla costruire subito. Da domani scriverò a una dozzina di riviste. Darò il resoconto di queste avventure a chi mi offrirà di più. Il progetto è questo: prima tappa le Hawaii, da lì proseguiremo attraverso il Pacifico per Samoa, Nuova Zelanda, Australia, Nuova Guinea, e poi su, verso le Filippine, fino al Giappone. Poi Corea e Cina, e poi giù fino all'India, il Mar Rosso, il Mediterraneo, il Mar Nero e il Baltico. Infine l'Atlantico, New York, e una volta doppiato Capo Horn, di nuovo a San Francisco. Ho intenzione di passare almeno un inverno a San Pietroburgo, poi vorrei seguire il Danubio fino al Mar Nero e arrivare a Vienna. Vorrei risalire il Nilo e poi la Senna. Non vedo perché non potremmo arrivare fino a Parigi, ancorare la nave al Quartiere Latino con la prua diretta a Notre-Dame e la poppa verso la Morgue. Ce la prenderemo con tutta calma, Charmian. Sarà magnifico. Ho calcolato che il viaggio durerà almeno sette anni.»

Raggiante, in uno stato quasi di euforia, Charmian si alzò e si gettò tra le braccia del marito travolta da lacrime di riconoscenza. Non pensava mai che questo tipo di avventure Jack le progettasse per il bisogno spossante che aveva di compierle. Per lei era sempre una dichiarazione d'amore, la rinuncia al mondo delle tentazioni. E il viaggio sarebbe durato ben sette anni... Era talmente eccitata che non poté fare a meno di dire:

«Ma perché farla costruire, Jack. Nella Baia di San Francisco ci sono diversi battelli, e di ottima fattura, che farebbero al caso nostro».

«Non se ne parla nemmeno» rispose lui diventando molto serio. «Non navigherò su un battello appartenuto a un altro, navigherò solo sul mio. E so che ci sono anche degli ottimi ingegneri, ma non mi affiderò nemmeno a loro. Charmian, è come se già lo vedessi. Sono ormai giorni e giorni che non penso ad altro, viaggeremo su un battello interamente progettato da me. Ne disegnerò uno che servirà da orientamento agli altri, un po' come tutti i progetti della mia vita, no? Ho in mente una tartana, anche se non credo di averne mai vista una. Mi sono informato, è una via di mezzo tra la iole e la goletta, ma ha i pregi di entrambe. Dici che ci vorrà un motore a quanti tempi? Due, tre, quattro? Per la direzione dei lavori potrei assumere il marito di tua zia a sessanta dollari al mese, deve soltanto sorvegliare che tutto proceda per il meglio. E...»

La patina dell'alcol si era un po' consumata, e Jack parlava e vedeva, come un profeta. Ma con le braccia e i muscoli di un carpentiere.

«Come la chiamerai?» gli chiese Charmian con le guance infiammate.

«*Snark*» rispose Jack compiaciuto. «Come il favoloso animale della *Caccia allo Snark* di Lewis Carroll. Non dimenticare che è stato pubblicato nel 1876, l'anno della mia nascita. E poi sai come la penso sui nomi dei battelli, devono essere di una sola sillaba. Nomi semplici, forti e squillanti. Giorni fa, parlandone con il direttore del "Cosmopolitan", mi sono sentito dire che secondo lui dovrei chiamarla come il giornale. Sai cosa gli ho risposto? Gli ho detto che se avessero pagato tutte le spese di costruzione non solo l'avrei chiamata "Cosmopolitan", ma lungo il viaggio gli avrei anche trovato nuovi abbonamenti.» E scoppiò a ridere.

«Hai calcolato quanto ci costerà?»

«Che moglie straordinaria sei, Charmian. Avventurosa, coraggiosa, ma previdente... Direi un settemila dollari. Ma poi si sa come vanno queste cose. Qualche imprevisto salta sempre fuori.»

«Questo succede prima e dopo.»

«Brava. E lo sai cosa ti dico? I contrattempi sono la parte migliore della navigazione. Sono punti di gioia. Tuo zio non dovrà badare a spese. Per l'arredamento andrà bene anche legno di abete. È per la struttura che non bisogna risparmiare. Gli dirò queste parole: "Roscoe, non preoccuparti mai di quanto possa costare renderla inaffondabile e forte. Scriverò e guadagnerò tutti i soldi che ci vorranno".»

Charmian congiunse le mani, sembrava stesse in preghiera. Sette anni lontani dal mondo… Avrebbe voluto insistere per una barca già pronta, ma capì che non c'era verso di convincerlo. Ancora tra le braccia del marito si guardò intorno raggiante. Lo era anche Jack. La Tana del Lupo poteva attendere.

«Sette anni, figuriamoci!» disse Flora guardando negli occhi la nuora. «Mio figlio non è mai stato lontano da casa sua per più di... Mah, non credo abbia mai superato i nove o dieci mesi. Se proprio questa volta dovrà allungare il brodo, ti dico che al massimo se ne resterà su quella barca per il doppio del tempo, che di mesi ne fanno diciotto.»

Charmian sapeva perfettamente che la suocera non era mai stata dalla sua parte. Cercò però di conservare la calma e si limitò ad aggiungere:

«Ce ne staremo su quella barca, signora Flora. Credo sappia che partiremo insieme».

«Ma guarda a che purghe ti devi sottoporre, povera donna, per seguire i capricci di un ragazzo. Ma già, tu non hai figli. Restare qui non ti servirebbe a nulla se non a farti il fegato marcio.»

«Ho solo cinque anni più di Jack» rispose Charmian. «Credo che ormai possiamo essere definiti entrambi adulti.»

«Sì, a Jack sono sempre piaciute quelle più vecchie. Anche Mabel aveva almeno un paio d'anni di più. Perfino la russa era un po' più vecchia. E poi, chissà quanto tempo ci vorrà prima che la barca sia pronta. Non la vedo bene questa storia. Vedo soltanto soldi che usciranno dalle tasche a vagonate.»

«Un pensiero buono, signora Flora. Ne faccia almeno uno.»

«La macchina delle idee» le rispose. «Questo mio figlio brucia come un fosforo.»

E su questo aveva ragione. Lo zio di Charmian aveva cominciato a seguire i lavori della barca e lui si era messo a scrivere il romanzo che gli era stato ispirato da *La storia di Ab* di Stanley Waterloo. In quei giorni lavorava all'aperto, si portava fuori una sedia e metteva i fogli sul tronco di un albero. Stava scomodo, spesso seduto per terra a gambe incrociate, a volte su una seggiola molto bassa, ma sembrava essergli ritornata l'aria energica dell'autentico californiano. Scriveva per molte ore di seguito, e per tutto il tempo gli restava stampata sul volto l'espressione infantile di chi si diverte. Accucciato accanto a lui c'era sempre Lupo Bruno. C'era arrivato da solo quel cane al ranch. Era apparso un mattino dopo la morte del suo padrone, un vecchio del Klondike, Jack gli era andato incontro portandogli da mangiare e l'animale aveva gradito, si era anche lasciato accarezzare. Un cane serio, che non giocava mai. Stava al ranch tutto il giorno e poi la sera, subito dopo il tramonto che ammirava seduto sotto un albero con una spalla appoggiata al tronco, se ne tornava nella sua vecchia casa dove ormai non c'era più nessuno. Al mattino, quando si svegliava, Jack si metteva in cammino e andava a riprenderselo. Poi, di quella manfrina si stancò e disse a Charmian: «Che faccia come vuole!». E quello stesso giorno il cane tornò per restare. Era un bel lupo di razza pura che dopo qualche tempo doveva essersi accoppiato con una cagnetta dei paraggi perché un giorno si era presentato con un cucciolo. Chissà, forse la madre era morta, e Lupo Bruno lo aveva portato nell'unico posto sicuro che conoscesse. Jack lo aveva allevato, e quando divenne robusto a sufficienza lo portò a Piedmont per regalarlo alle sue bambine.

Adesso, Lupo Bruno dormiva quasi tutto il giorno ai piedi di Jack che scriveva. Apriva un occhio giusto ogni tanto, quando lo sentiva recitare a voce alta parole che per lui non significavano nulla perché non erano richiami né ordini. Se ne stava per un po' in ascolto e poi si rimetteva a dormire. Cambiava di posto quando il sole lo coglieva in pieno, ma lo faceva pigramente, senza nemmeno alzarsi sulle zampe. Ogni tanto Jack allungava una mano per fargli una brusca carezza sulla testa. Si sfrenava solo quando calava il sole. Allora faceva corse pazze ed era capace di scomparire per qualche ora. Jack gli gridava dietro di non portargli altri bastardi in casa perché non sapeva più a chi darli. Qualche volta il cane si girava, come capisse. Non abbaiava mai, la voce Jack gliela aveva sentita solo una volta, quando era montato in sella a un cavallo che all'improvviso si era imbizzarrito. «Hai visto, Charmian?» aveva poi detto alla moglie con aria orgogliosa. «Ha avuto paura per me.»

Jack, invece, del sole o dell'ombra nemmeno si accorgeva. Stava scrivendo una storia alla quale aveva dato il titolo di *Prima di Adamo*. Parlava di un ragazzo che viveva in due tempi molto distanti. Di giorno stava nel presente, e la notte, quando sognava, si trasferiva nel mondo primitivo, nel secondo Pleistocene, nei primordi, alle origini della specie.

Jack era abile a mantenere una certa scientificità nel raccontare. Il fanciullo, nel sogno, viveva le storie degli antenati come fossero le sue. Una lunga catena della quale oggi gli uomini erano l'estremo, ultimo capo. Perché questo voleva dimostrare, che i ricordi, anche i più lontani, rimangono nella memoria come un marchio indelebile anche se indecifrabile. E se nel sogno il ricordo era colorato, al risveglio, invece, era freddo come una caduta brusca. E lontanissimo, irraggiungibile.

Alla fine della giornata, Charmian doveva dirgli che era ora di rientrare. Possibile ci vedesse ancora?

«Ti sembrerà strano» le rispose lui una sera, «ma sì, ci vedo. E anche benissimo.»

Nella casa che si erano fatti costruire nell'attesa che la Tana del Lupo fosse pronta, a cena Jack parlava del suo lavoro ai tanti amici che venivano da tutta l'America. Charmian si chiedeva come potesse circondarsi sempre di tanta gente, e Flora, una sera, le disse che lo faceva perché era un uomo molto solo.

«Non gli piace più nulla, non te ne accorgi? Non lo commuove più nemmeno la natura.»

«Sono momenti» rispose lei. «Guarirà quando salperemo sulla *Snark*.»

Flora scosse la testa. Quella sera la aiutò a sparecchiare e poi se ne andò in camera sua a parlare con John, a chiedergli di conservarle quel figlio sano di mente. Si era spaventata perché aveva saputo che nel Paese cominciavano ad aggirarsi uomini che somigliavano a Jack e dicevano di essere lui. Uno di questi aveva anche emesso un assegno con una firma identica a quella di suo figlio. Un assegno che poi era tornato indietro con la scritta CAPITALE MANCANTE. Nonostante glielo avesse sconsigliato, Jack aveva cercato di mettersi in contatto con questi suoi "duplicati", come li chiamava lui. Voleva conoscerli personalmente, cosa che la fece tremare di paura. Per fortuna, le sue lettere, benché non tornassero indietro, non ricevettero mai risposta.

Di notte, Jack dormiva sonni agitati. Se anche muoveva solo il mignolo di una mano, tutto il resto del corpo era obbligato ad andargli dietro. Charmian, che soffriva di insonnia, si vide costretta a dormire in un'altra stanza.

Alle cinque del mattino del 18 aprile 1906, a Wake Robin si sentì prima una scossa, poi fu come se una enorme mano avesse afferrato l'intero mondo per scuoterlo come il topo di Gargantua. Charmian venne svegliata da una assoluta immobilità atmosferica, da una quiete soprannaturale. Aperse gli occhi e pensò: "Quest'aria è irrespirabile". Sdraiata sul letto, rimase paralizzata dalla paura perché dietro i vetri della finestra vide le cime degli alberi che sembrava si picchiassero.

Jack, che dormiva in un'altra stanza, non si svegliò subito. Stava facendo un sogno molto movimentato che confuse con la realtà. Quando si ritrovò a occhi aperti non capì bene dove si trovava e restò in cerca di una direzione da dare al suo sguardo. Si tirò su col busto e vedendo il posto accanto a sé vuoto disse: «Anna!».

Poi le scosse cessarono. Charmian, Jack e i loro ospiti si ritrovarono tutti in salotto, molto spaventati.

«Voi restate qui» disse Jack rivolgendosi agli amici. «Charmian e io prendiamo i cavalli. Forse riusciremo a vedere qualcosa.»

Salirono su un'altura e da lassù videro una immensa colonna di fumo levarsi da San Francisco e un'altra dalle parti di Santa Rosa. Jack si voltò a guardare sua moglie e con aria sconvolta le disse:

«Potrebbe essere successo di tutto, anche che l'Atlantico scorra ai piedi delle Montagne Rocciose».

Sempre in sella, appoggiò la testa a quella del cavallo e cercò di girargli il muso. Dalle sue froge usciva un fiato caldo e dolciastro. Jack si mise a respirarlo a occhi chiusi.

«Che ti prende?» gli chiese Charmian. «Ti metti a respirare il fiato del cavallo?»

«Questo non è solo un semplice e dolce fiato di cavallo. Da qui escono notizie che vengono da un altro mondo. Mi piace ascoltarle.»

Charmian sorrise, ma nel farlo si spaventò. Senza avere uno specchio davanti, era sicura di aver fatto una espressione alla Flora Wellman.

Quando tornarono indietro per dire agli amici cosa avevano visto, si accorsero che erano venute giù anche le prime pareti della Tana del Lupo. Allora Jack andò a vedere da vicino e infuriato disse alla moglie:

«Possibile mai? Avevo chiesto il meglio e guarda cosa hanno fatto. Sono state tirate su con schegge di roccia, lattine, sabbia e rifiuti dei pasti degli operai. Charmian, io mi fido troppo degli altri. E pensare che non avevo nemmeno discusso sul prezzo. Perché mi hanno fatto una cosa simile?».

Decisero di andare a San Francisco, ma già sulla strada Jack le disse: «Non scriverò niente sul terremoto, a che scopo? Solo gli sciacalli scrivono sulle disgrazie naturali. Si dovrebbe scrivere quello che è successo, il numero dei feriti e dei morti, l'entità dei danni. Tutto il resto lo trovo offensivo. Io non scriverò nulla. Lo facciano gli altri».

Trovarono l'inferno. Seguivano con gli occhi quello che avveniva intorno a loro senza riuscire ad avere una visione dell'insieme. Era tutto così terribile che avevano l'impressione di entrare dentro ogni tragedia. Charmian vide un pompiere su una barella. Si era spezzato la schiena, stava morendo e si guardava intorno lucido e terrorizzato, concentrato ormai sugli ultimi suoi istanti di vita. Jack abbassò lo sguardo e strinse a sé Charmian che si era portata le mani agli occhi. La singola morte di un uomo, l'unica che passa accanto, mentre tutto intorno chissà quanti ne sono già morti o ne stanno morendo. Senza dirlo, pensò che per lui quel terremoto sarebbe stato per sempre lo sguardo di quell'uomo portato via in fretta ma senza speranza.

Camminarono tutto il giorno tra fumo e macerie e non riuscirono a dirsi quasi nulla. Si appoggiavano l'uno all'altra, si avvisavano reciprocamente quando la strada diventava pericolosa. Era soprattutto Jack a scegliere il percorso per i piedi di sua moglie. Tenendola per la vita, le faceva seguire i suoi stessi passi. Quando arrivò la sera erano talmente stremati che si addormentarono sulle scale di una casa accanto all'Hotel Fairmont che stava ancora in piedi anche se in fiamme. Si svegliarono quando un signore distinto infilò la chiave nella toppa del portone.

«Ci scusi» disse Charmian svegliandosi per prima. «Eravamo distrutti e ci siamo addormentati.»

«Accomodatevi» disse il signore. «Vengo a prendere le cose più importanti. Non so per quanto ancora reggerà la casa. Ma di sicuro avrò il tempo di prepararvi un tè con del pane e burro.»

Tornati a Glen Ellen, decisero che avrebbero fatto un viaggio di due settimane a cavallo sui luoghi del terremoto. Non ci volle molto a capire che tutto era cominciato dal fondo del mare a Fort Bragg, e che aveva poi attraversato, muovendosi a serpentina, tutto lo Stato.

«La moderna città imperiale di San Francisco» disse Jack, anche se dalla città erano lontani e nemmeno la vedevano.

«Che c'è?» gli chiese Charmian.

«Rivedo una gran quantità di cose del mio passato. Cose che pensavo ferme al loro posto. Dovrò verificare se almeno qualcuna posso ancora considerarla com'era. Mi aiuterai?» le domandò con occhi smarriti.

«Siamo stanchi, Jack. Fermiamoci un po'.»

«Sono come un cavallo di razza» le rispose lui con dolcezza, come chi parla con un bambino. «Lo sai come sono fatto. Quando mi stanco nemmeno me ne accorgo.»

Tornarono a casa e vennero a sapere da Manyoungi che l'amato cavallo di Jack, Washoe Ben, con il quale pensava di dare inizio al suo allevamento, era stato lasciato una notte intera fuori, nei pascoli, ed era rimasto prigioniero nel filo spinato. Per liberarsi aveva tirato così forte che si era segato una zampa fino all'osso.

«Bisogna abbatterlo» disse Manyoungi. «Non c'è altra scelta.»

Jack fece segno di sì. Poi cinse la vita di sua moglie e andarono sotto la quercia dove avevano l'abitudine di mangiare. Lupo Bruno li seguì con la coda tra le gambe. Si sedettero su un'unica sedia e si strinsero forte. Jack si ricordò del cane da caccia di un suo amico, tanti anni prima, che aveva subìto la stessa sorte. L'amico, in lacrime, gli aveva detto che non poteva farlo e gli aveva passato il fucile. "Dannazione" aveva pensato Jack accendendosi in volto, "non mi piace abbattere animali." Quando si era avvicinato, il cane era lì. Sapeva perfettamente come andavano le cose quando un animale era a terra: l'uomo si avvicinava con il fucile, glielo puntava contro e poi sparava. Il cane, che respirava a fatica, lo guardò fisso negli occhi fino a che Jack non gli puntò il fucile all'altezza del cranio. Fu un attimo prima del colpo che li chiuse.

E in quell'istante del ricordo, stretti l'uno all'altra, Jack e Charmian sentirono il colpo di fucile di Manyoungi e scoppiarono in lacrime.

Jack volle seppellirlo non lontano da casa. Scavò l'enorme buca insieme a Manyoungi, con Charmian e Flora che guardavano. A lavoro finito, con l'ultimo colpo di pala di Jack per appiattire la terra, la madre gli si avvicinò.

«E poi dici di non credere in Dio e nella vita dopo la morte» gli disse. «Un uomo che dà sepoltura a un cavallo...»

«No, non ci credo. Forse ci avrei creduto se tu non fossi stata mia madre. Ma non ci credo. Sono fatto così» le rispose teso, appoggiato con entrambe le mani al manico della pala conficcata nella terra appena smossa. «Non posso vederla in altro modo. È come la filosofia. Se ragioni con quella, sai quanto ti ci vuole per capire cosa devi fare? L'uomo, invece, impiega un istante solo per dire che una cosa gli piace. E se una cosa gli piace la fa, che sia diventare un ubriacone o indossare il cilicio del martire. Devo tenere i piedi sul concreto. Rassegnati.»

«Già, proprio sul concreto, figlio mio» disse Flora a denti stretti. «Immagina cosa sarebbe stato di te se avessi deciso di tenerli sull'astratto.»

La sera, Jack aveva preso l'abitudine di consegnare a Charmian le pagine che aveva scritto durante il giorno. Sapeva che il mattino seguente, mentre lui riprendeva a scrivere, lei gliele avrebbe restituite battute a macchina. Charmian ne era orgogliosa. L'idea di essere la prima al mondo a leggere quel che Jack London scriveva le dava una grandissima euforia. A fine giornata, quando gli portava il suo lavoro per ritirare altre pagine, sapeva che Jack passava in rivista quei fogli uno dopo l'altro. E quando si accorgeva che c'erano poche correzioni si complimentava con lei pieno di gratitudine. Ogni volta che succedeva, Charmian correva in camera sua, apriva il suo diario, metteva la data e poi scriveva: "Felice, sono felice come un angelo!".

Una volta, per caso, Jack trovò il diario aperto e lesse quella frase. Allora si mise a sfogliarlo e si accorse che ce ne erano parecchie. In quel momento arrivò Charmian, che arrossì.

«Non sono andato a ficcare il naso, lo giuro» disse appoggiandosi la mano destra sul petto. «L'ho trovato aperto e ho letto questa stupida frase. E poi ho visto, questo sì, per curiosità, che ce ne erano molte altre uguali. Non ti offendere, Charmian, ma cosa vuoi che ne sappiano gli angeli della felicità? Felicità e dolore sono solo qui, su questa terra.»

Charmian si sentì profondamente offesa. Ma doveva essere molte donne in una, se avesse mostrato irritazione sarebbe stata prevedibile. Mancava poco all'ora di cena. Allora lo prese per mano e lo portò in salotto dove suonò per lui i suoi pezzi preferiti: *L'aquila* e *Suonata del mare*.

Sapeva bene che non mostrare risentimento era cosa della quale un uomo non era mai pienamente grato, perché poco se ne accorgeva. Tutto ciò che gli facilitava la vita, invece, era dovuto. E infatti, per il resto della serata Jack mantenne un atteggiamento normale, quello di sempre. A cena disse che il terremoto aveva rallentato i lavori della *Snark* e quadruplicato le spese, e che i giornali già cominciavano a parlare di questa nuova, imminente impresa di Jack London.

«Non hai idea delle lettere che ricevo. Tutte persone che non conosco e vorrebbero imbarcarsi con noi sulla *Snark*. Dovrei costruire un transatlantico per accontentarli tutti. E non credere che vogliano essere pagati. Accetterebbero qualsiasi compito. Alcuni dicono che sarebbero anche disposti a pagare. Ieri ho scritto al direttore di un giornale e gli ho detto che da questo viaggio mi aspetto molte avventure, e che la mia forza è proprio quella di essere uno scrittore di avventure. Inoltre, gli ho ricordato che non solo sono uno scrittore, ma anche un marinaio. Mi ha promesso di mandarmi tremila dollari di anticipo. Gli ho risposto che i miei articoli saranno corredati di fotografie. Qualcuna potresti farla tu» le disse alzando finalmente gli occhi dal piatto. «Mi hanno già chiesto una foto con lo scafo. Ma non ho niente da mandare, i lavori procedono a rilento. Dovremo rimandare la partenza. Giorni fa, Cloudesley mi ha inviato il ritaglio di un giornale che mi era sfuggito. Sai qual era il titolo? *L'ipotetico viaggio di Jack London*. Si prendono già gioco di me. Ma io che ci posso fare se dopo il terremoto i prezzi sono aumentati e ogni cosa deve arrivare da fuori, dall'Est, perché questo disastro ha distrutto il mercato locale?»

Finirono di cenare e poi andarono a sedersi fuori. Lupo Bruno li seguì e si sdraiò ai loro piedi. Si addormentò quasi subito, e probabilmente fece qualche antico sogno perché emise suoni strani e agitò le zampe. Le palpebre chiuse tremavano. Jack notò che si gonfiavano un po', ma non tutte insieme, bensì dal centro verso l'esterno, come riempite da un'onda.

«Starà sognando anche lui il suo mondo prima di Adamo» disse facendo il primo sorriso della serata.

«Tua madre dice che più nulla ti commuove» gli rispose Charmian con una espressione accuratamente preoccupata.

«Mia madre, lo sai, parla con le grandi entità» disse lui in tono scherzoso. «Sono sempre loro che la informano di tutto. Devo però dire, e questo mi fa una certa impressione, che ha quasi sempre ragione. Ultimamente mi manca un po' di entusiasmo, anche se scrivo molto mi sento spento. Sto per finire un libro e ne ho già in mente un altro. E un altro ancora, al quale penso da tempo, ma che voglio scrivere sulla *Snark*. Sarà il più oscenamente autobiografico dei miei romanzi. Tutta la mancanza di entusiasmo e la disillusione che mi avvolgono cercherò di metterle lì dentro e di liberarmene gustando l'avventura di mare. Sto programmando di guarire. Credi sia possibile?» le chiese con un sorriso tristissimo.

«Dovresti bere meno.»

«Bevo giusto ogni tanto. Per consolare un po' lo spirito.»

«Ma di cosa, Jack? Eri un ragazzo che non aveva niente. Io ti ho conosciuto quando non avevi nulla. Adesso sei lo scrittore più pagato e tradotto d'America. Direttori di riviste ed editori pendono dalle tue labbra. Hai ottenuto tutto ciò per cui hai lottato.»

Lui sospirò e incrociò le braccia.

«E chi ti ha detto che le cose sofferte diano poi più soddisfazione di quelle che arrivano subito, come un regalo del destino? Credo che la gioia venga sempre dalla facilità. Ho l'impressione di aver imparato questo.»

Si versò un bicchiere di whisky che non riuscì a riempire completamente perché fermato dalla mano gentile di Charmian. Lui le sorrise di finta gratitudine pensando che avrebbe continuato a bere dopo, quando lei si fosse addormentata. Allora si accese una sigaretta e le raccontò, cercando di mantenere un tono allegro, il tradimento di Manyoungi. Povero ragazzo, non poteva fargliene una colpa. Pare non fosse minimamente interessato a quella lunga avventura di mare. Sarebbe rimasto a Wake Robin fino a un mese dalla partenza. Il tempo di dargli la possibilità di trovare un'altra persona da imbarcare con loro.

Poi le disse che si stava come sempre scrivendo con Cloudesley e che lo aveva messo al corrente del loro prossimo viaggio.

«Senti qui cosa mi risponde. Non ti leggo tutta la lettera, soltanto l'ultima parte: "Mi entusiasma sentirti parlare di questa prossima, grande avventura. Vorrei poter essere con te, amico mio. Sappi che sarei felice di partire. Hai già deciso quanto resterai fuori? Non mi hai parlato di tempi. E allora mi sono fatto due calcoli. Non mi hai indicato tutte le tappe, ma se ti conosco un po' direi che questo viaggio non dovrebbe superare i diciotto mesi. Non chiedermi perché mi sia venuto fuori un numero così preciso. Ti invidio, amico mio. Ti invidio moltissimo. Tuo Cloudesley".»

Jack si posò la lettera in grembo.

«Strano, eh?» disse a Charmian. «Diciotto mesi... Se così fosse, il nostro viaggio durerebbe solo poco più di un quarto di quello che abbiamo programmato.»

Charmian avvertì una specie di ronzio dentro le orecchie e poi un tremore che dal collo le scese fino alle mani. Gli disse che aveva freddo e rientrò in casa.

Flora stava terminando un centrotavola all'uncinetto. Non era possibile che avesse sentito le parole di Jack, stavano fuori e lui aveva parlato a bassa voce. Ma nel vederla rientrare alzò gli occhi dal lavoro e le sorrise.

«Stai allegra, mogliettina» le disse. «La pazienza è una tua grande virtù.» Poi, riabbassando lo sguardo sul centrino, aggiunse: «Sono proprio stanca. Ancora diciotto punti e me ne vado a dormire».

Jack finì di scrivere *Prima di Adamo*. Ne lesse giusto un paio di capitoli al Ruskin Club perché gli piaceva mettere alla prova le sue idee socialiste a Oakland, e poi mandò il manoscritto all'editore senza nemmeno rileggerlo. Per farlo, avrebbe avuto tutto il tempo durante la revisione, prima che il libro andasse in stampa. Sentiva già molte altre idee in arrivo e preferì prendersi una pausa.

Al mattino si svegliava presto e faceva lunghe camminate a passo veloce. Lo accompagnava Lupo Bruno, che ogni tanto staccava una corsa e scompariva per poi riapparire all'improvviso con il sole negli occhi, un'aria euforica. Divorava distanze con una rapidità sorprendente. Era il suo spirito di lupo, la voglia semplice e costante di andare, solo andare. «Di quale branco sei stato il capo?» gli domandava spesso Jack sfregandogli il mantello. Il cane lo guardava con l'espressione inquieta di chi chiede movimento. Il suo corpo muscoloso, da atleta, fremeva sempre di impazienza. Jack sorrideva di tanto orgasmo e pensava che erano simili. Cacciatori, certo, ma soprattutto nomadi. Quando riprendevano la strada del ritorno, Lupo Bruno era sempre un po' deluso.

«Mi sto facendo costruire una barca» gli disse una sera Jack prendendogli il muso tra le mani. «Ma a te non piacerebbe andare per mare. Non ti posso portare con me. Tu sei un lupo, non un lupo di mare.»

«Già, perché si dice così?» chiese Charmian versandosi da bere.

«Perché un marinaio esperto è furbo, astuto, e sa cavarsela in ogni situazione» le rispose Jack allungandole il suo bicchiere. «Proprio come un lupo.»

In quei giorni Charmian aveva un'unica cosa in testa: ricevere quelli che chiamava "i pacchi di Natale". Erano tutte le cose che stavano mano a mano ordinando per il viaggio. Diventava letteralmente pazza di gioia quando scartava quei tessuti sgargianti, le perline, le collane e i bracciali che avrebbero usato come merce di scambio per avvicinare i *selvaggi*.

«Mi sento un conquistatore!» disse un mattino Jack tirando fuori la testa da uno scatolone.

«E cosa conquisterai?» gli chiese lei stando al gioco, trattenendo a stento una risata di nervoso piacere.

«Storie. Molte storie» le rispose. «Come mi è già successo quando sono tornato senza nemmeno una pepita d'oro dal Klondike. Da ogni viaggio ho sempre riportato il portafogli vuoto ma tanta moneta sonante in testa.»

Nonostante l'entusiasmo per quella che credeva l'imminente partenza con la *Snark*, Jack scambiava lettere furibonde con la rivista "Cosmopolitan" che doveva pubblicargli *Cibo*. Gli avevano mandato indietro le bozze e si era accorto che si erano permessi di fare dei cambiamenti al suo testo. Prese carta e penna e scrisse:

> *Qualsiasi principiante può tagliare un manoscritto, ma per l'autore è un inferno. Se credete che i vostri pallidi revisori siano meglio di me, bene, che il racconto lo scrivano direttamente loro. Avete piena facoltà di rifiutare un articolo o un racconto se non è di vostro gradimento. Non di rifarlo, e peggiorandolo, avvalendovi di incapaci.*

Ormai si infuriava quando gli toccavano le parole, erano finiti i tempi in cui avrebbe acconsentito a qualsiasi cambiamento pur di essere pagato e subito. In quei giorni la sua suscettibilità era molto cresciuta. Quella barca gli stava costando ben più del previsto, e lui, che vedeva nell'azione l'unica forma reattiva di un uomo, aveva deciso di scrivere molto, anche più delle solite mille parole al giorno, pur di vendere racconti e articoli per riempire lo stomaco senza fondo della *Snark*. La barca doveva salpare il primo ottobre del 1906, ma quando il giorno arrivò i lavori non erano ancora finiti e i pochi che erano stati ultimati si stavano già deteriorando. A quel punto era già costata più di diecimila dollari e se Jack riuscì a mantenere la calma fu solo perché c'erano tutte quelle altre idee che gli ingombravano la testa, perché quello, per lui, era il modo migliore per combattere l'idea della morte: scrivere un libro dietro l'altro. Cominciare a sentirne la spinta quando il precedente stava finendo. Lo sapeva come andavano le cose in quei momenti, lo aveva ripetuto tante volte ad amici e giornalisti: «Vengo invaso da una fretta ingrata». Un po' se ne vergognava, perché sapeva benissimo cosa provava quando una nuova idea gli arrivava come un dono.

Ogni suo romanzo aveva attraversato quella magnifica fase. E non c'era nulla da fare, quando veniva visitato da una nuova storia il finale del libro che stava scrivendo veniva preso da un vortice, dalla fretta della conclusione che gli avrebbe permesso di non stare con il cervello diviso in due e dedicarsi pienamente al nuovo progetto. Più di una volta gli era successo che, mentre terminava un romanzo, l'idea incalzante del successivo lo obbligava a buttare giù almeno qualche appunto nel timore che poi avrebbe potuto dimenticarsene. I romanzi gli uscivano fuori come esplosioni, la sua maggior fatica era quella di riuscire ad arginarli.

Per questa ragione, anche se la *Snark* non soltanto non salpava ma la sua struttura stava addirittura cominciando a marcire perché lo zio di Charmian si era fatto fregare affidandosi a dei gran truffatori, Jack non ebbe nemmeno il tempo di andare a spaccare qualche faccia: l'arrivo de *Il tallone di ferro* lo tenne occupato fino alla prima settimana di dicembre. Certe volte, seduto a scrivere, apriva e chiudeva le mani. Ne aveva di nomi di fornitori ben stampati in testa. Se solo la scrittura gli avesse lasciato qualche ora libera, glielo avrebbe fatto vedere chi comandava, non certo quel rammollito di Roscoe. Quell'imbecille che si faceva imbrogliare da tutti. Un giorno, però, quando si chiese senza pietà chi avesse assunto Roscoe per quel lavoro, scosse la testa e si rimise a scrivere pensando che prima o poi la faccia avrebbe dovuto spaccarla soltanto a se stesso. "Sei il più grande romantico del mondo" gli aveva scritto un giorno Cloudesley. "Vicino a te Chateaubriand fa sorridere, lui e tutti gli altri: francesi, italiani, tedeschi. Scrivevano in un modo e vivevano in un altro. Tu sarai l'unico Grande Romantico perché sei tanti uomini in uno solo. Forse, per questo qualcuno potrà anche dire che sei pieno di contraddizioni, ma vita e letteratura in te camminano sempre insieme. E dunque sei leale, al lettore non dai mai fregature."

Jack terminò di scrivere *Il tallone di ferro* e si rese conto che quello sarebbe stato il suo maggior contributo alla rivoluzione economica. Lo mandò subito in lettura a Cloudesley e quest'ultimo gli rispose che non c'era capitolo eccitante come quello in cui il protagonista Ernest Everhard affronta il Club dei Filomati, la più potente oligarchia della costa del Pacifico. Volle ricopiare una frase nemica e scrisse: "Quando allungherete le vostre decantate forti mani sui nostri palazzi e le nostre porpore, vi faremo vedere cos'è la forza. Nel crepito delle bombe e delle granate, nel crepito delle mitragliatrici, lì sarà la nostra risposta. Schiacceremo i vostri rivoluzionari e calpesteremo le vostre facce. Il mondo è nostro, noi ne siamo i signori, e nostro resterà". Cloudesley se ne disse molto turbato. Era una cupa previsione quella che aveva appena fatto il suo amico Jack con quel romanzo. La lettera continuava con molte riflessioni e si concludeva così:

Questo romanzo, quanto ad avventura della mente, se paragonato al tuo progetto di viaggiare intorno al mondo per sette anni su un battello di quattordici metri, credimi, fa sembrare la futura impresa della Snark *la traversata di un vaporetto nella Baia di San Francisco. Ne sono rimasto turbato, Jack, la tua mente ha creato un prodigio. Spero tu sappia che con questo romanzo ti farai un bel po' di nemici. Ma sono sicuro che tutto ciò non potrà che eccitarti. So come la pensi: piacere a tutti è una rovina. Insomma, tieniti pronto. Stai per danneggiare la tua carriera, per pregiudicare il successo dei libri precedenti e bruciare quello dei libri che verranno. Non so se il tuo editore lo accetterà o se troverai una rivista disposta a pubblicarlo. So che hai bisogno di molti soldi per la costruzione di questa sanguisuga che ti è entrata nel cuore, ma credo che con questo romanzo non ricaverai nemmeno quelli che avrai consumato durante il periodo della stesura. Perdonami, amico mio, se ti parlo in questi termini di quello che considero un capolavoro. Ma viviamo in questo Paese. Certe idee, lo sai meglio di me, fanno paura a troppa gente, anche a quella che non vorrebbe averne.*

Cloudesley aveva ragione, non sbagliava nemmeno su quello che stava succedendo al suo conto in banca per colpa della *Snark*. Ma non si diede per vinto. Restando fermo nella convinzione che per renderla inaffondabile bisognasse utilizzare i materiali migliori, Jack ordinò il fasciame più costoso per il ponte affinché non vi fosse pericolo di infiltrazione. E fece arrivare da New York un costosissimo motore da settanta cavalli. Poi ordinò di costruire un bagno bellissimo e comprò anche una barca a remi e una piccola lancia a motore. I giornalisti che andavano a intervistarlo scrissero che Jack London quando parlava della sua barca tornava bambino. Tra le righe, si leggeva sempre lo stesso concetto: lo scrittore socialista, quello che tanto sbraitava a favore della classe operaia, si stava costruendo un giocattolo nuovo, molto costoso, ma che gli avrebbe garantito un gran divertimento.

Non bisogna dimenticare che, oltre a finanziare la costruzione della barca, Jack doveva mantenere Flora, la sua vecchia balia Mamma Jenny, Bessie e le bambine, Charmian, Roscoe e in un certo senso anche la signora Eames che ne era la moglie, e poi Glen Ellen con il fattore e tutti i braccianti che aravano, piantavano e avevano bisogno di molte attrezzature.

Incurante di tutto questo, era spinto sempre da un ottimismo folgorante che contagiava chiunque gli stesse accanto, soprattutto quando scoppiava a ridere. In quei giorni arrivarono al ranch parecchi amici che gli riempirono la casa. Al mattino, Jack se ne andava a caccia di anatre selvatiche che poi la sera faceva cucinare dall'uomo che aveva preso il posto di Manyoungi, il giapponese Tochigi (non poteva immaginarlo, ma quel ragazzo sarebbe diventato un ministro del clero episcopale), annaffiandole con il suo vino preferito, il Liebfraumilch, in grandi bicchieri opalini che tanto gli piacevano. Non amava nulla come la selvaggina. E quella, per fortuna, era proprio la stagione giusta, cosa che lo consolò molto della mancata partenza della *Snark*.

Jack e Charmian andavano spesso a nuotare. Ogni volta che si tuffavano, Jack diceva sempre che a un caloroso come lui il contatto del mare sulla pelle dava la sensazione della biancheria fresca. Charmian lo guardava interrogativa dopo questa affermazione. Ogni volta, lui le rispondeva: «Il passato ritorna».

Restavano ore in acqua, fino a che i loro polpastrelli sembravano gusci di noci, allora tornavano a riva talmente stanchi da lasciarsi asciugare al sole sul caldo della sabbia, qualche volta addormentandosi. Ogni tanto andavano anche a San Francisco, per vedere cosa era rimasto, dopo il terremoto, delle case dove Jack aveva abitato da piccolo. Era una ricognizione del passato dalla quale tornava sempre di malumore. Era l'effetto che gli faceva la sua infanzia, un'epoca della vita della quale sentiva sempre forte il peso e mai la mancanza. Era il periodo del vuoto e delle privazioni. Aveva ragione lui, era sua madre che faceva finta di non ricordare: sulla loro tavola il mangiare non era mai stato sufficiente, i tentativi per migliorare la situazione economica erano tutti falliti, il passare dei giorni aveva portato solo peggioramenti. Di tutti i ragazzini che frequentava a scuola, lui era l'unico che non conosceva suo padre. Essere diventato uno degli scrittori più famosi d'America non gli aveva pareggiato quel doloroso conto.

Quando non si muovevano di casa, i coniugi London si esercitavano alla lotta. Facevano dei veri e propri combattimenti di boxe nei quali Charmian non gli risparmiava un colpo. Tutto quello che il marito le aveva insegnato sulla lotta lo riversava sul corpo divertito del suo maestro. Più colpi incassava e più Jack rideva deliziato sotto gli occhi di sua madre che li giudicava due barbari, due tarati, due incarnazioni del male.

«Sembri proprio un cretino a prenderne così tante da una donna» gli diceva quando lui, sfinito dal divertimento, si accasciava a terra rotolandosi e ridendo senza freni. E di Charmian, lei continuava a pensare quello che aveva sempre pensato fin dal primo giorno: una rovinafamiglie senza scrupoli, una astuta tessitrice che in quattro e quattr'otto aveva messo su una di quelle tele di ragno così grandi che suo figlio non aveva avuto scampo. Le riconosceva un'unica qualità, aggiungendo sempre «se qualità si può chiamare»: era pazza di suo figlio. «Ma in un modo morboso» si affrettava a precisare. «È semplicemente l'uomo che le ha messo addosso il più gran numero di pruriti. Passano il tempo a grattarseli.»

Arrivò finalmente la grande notizia. La *Snark* venne varata a San Francisco e portata a East Oakland per essere completata. Jack e Charmian si trasferirono subito in barca e mangiarono una quantità di molluschi bolliti all'interno della cabina non ancora ultimata. Quando non seguivano di persona quegli infiniti lavori, che spesso venivano fatti e disfatti perché c'era sempre qualcosa che non andava, l'unica cosa da fare era riuscire a far passare il tempo senza scoraggiarsi troppo. Nella *Snark* Jack aveva riposto il suo ultimo sogno. Il destino glielo stava facendo sospirare parecchio, ma lui non doveva disincantarsi, guai se lo avesse fatto. Figlio di sua madre, sapeva che il gioco era tutto lì: nel non farsi disincantare. «Ci caschi anche solo un momento e sei fritto» gli aveva sempre detto Flora per ogni tipo di scoraggiamento. «Stammi a sentire, Jack: le cose possono andare male e anche a lungo, ma se ti mangia il disincanto non hai scampo. Guarda sempre dove metti i piedi. La vita è una specie di campo minato. Però qui non si salta per aria, si sprofonda. Ed è peggio ancora. Molto peggio.»

E allora, non sapendo proprio che fare, Jack decise di insegnare a Charmian ad andare in bicicletta. Fu suo vanto grandissimo raccontare a tutti che dopo nemmeno tre ore non aveva più bisogno di correrle dietro tenendole il sellino. «La ragazza si è staccata dalla mia presa e ha cominciato a pedalare che era una bellezza!» diceva concludendo con un unico, forte battere delle mani per poi lasciarsele ricadere lungo i fianchi.

Ma sembrava che il destino volesse metterlo duramente alla prova. L'attesa si allungava e Jack cominciava ad avere preoccupanti alti e bassi di umore che cercava di contenere con l'alcol. Una sera, disse a Charmian che se avessero messo ai voti una legge contro l'alcol, lui l'avrebbe firmata volentieri. «Io ho sempre avuto una magnifica costituzione» le disse.

«Molto superiore alla media. Poi ho condotto una vita sana, sempre all'aria aperta, e non dimentichiamo che da ragazzo, per fortuna, ho bevuto in modo irregolare. Ma credimi, se ci finisci dentro non c'è scampo, perché ti toglie la voglia di vivere. Ne ho visti che si sono ammazzati. E quella voglia lì arriva sempre in coda a una gran bevuta, quando nervi e cervello sono belli zuppi di veleno.»

Charmian lo guardava muta. Ma era spaventata. Jack aveva ripreso a non dormire quasi nulla, al mattino lo ritrovava spesso con la testa sui libri, se non sulla macchina da scrivere, e con una bottiglia di whisky vuota per terra.

Sembrò risorgere quando finalmente fecero un viaggio di prova a bordo della *Snark*. Dopo un'ora seduti a poppa uno accanto all'altra, Jack, con quell'entusiasmo che ritrovava in un secondo, le disse: «E faremo il viaggio dell'intero mondo. Ti rendi conto, donna? Noi due».

Ma le cose non andarono come Jack aveva fino all'ultimo sperato. I lavori e molte altre spese continuarono fino ad aprile, e loro non poterono far altro che tornare a Glen Ellen. Quando arrivarono trovarono ancora un po' di neve. Jack decise subito che sarebbero saliti in cima alla montagna. Era fatto così: privato della grande avventura, si accontentava anche delle briciole. Ma il primo impatto fu doloroso: Lupo Bruno era morto. Un domestico gli disse che da un giorno all'altro era scomparso. Da quando erano partiti si era intristito. Passava molto del suo tempo seduto fuori, con lo sguardo puntato nella direzione che avevano preso loro due quando erano andati via. Era diventato cupo, dentro di lui qualcosa aveva desistito. Aveva ritrovato il corpo quando la neve aveva cominciato a sciogliersi. Per caso, mentre camminava verso la montagna. Quel corpo di lupo affiorava tra le foglie con il pelo ancora coperto di un po' di neve. Non aveva avuto il coraggio di telegrafarglielo.

Jack ne rimase turbato. Il mondo degli uomini aveva strappato il cuore di quel cane per ben due volte. Il primo padrone l'aveva lasciato morendo, lui invece l'aveva proprio abbandonato. Nemmeno per un istante aveva pensato che quel suo viaggio avrebbe spento la vita di Lupo Bruno. E dire che doveva restare lontano da Glen Ellen per sette anni. Si morse il labbro inferiore, consapevole che per tutto quel tempo non aveva mai pensato nemmeno una volta che in sette anni Lupo Bruno sarebbe comunque morto e che al suo ritorno quella era la notizia che lo avrebbe atteso. Lo disse a Charmian, e lei lo consolò subito rispondendogli che gli aveva dato una casa, cibo, affetto. E poi gli disse la frase giusta, divenne la donna adatta a quell'occasione. Mettendogli un braccio intorno alla vita gli sussurrò:

«La vostra era una amicizia virile, Jack. E tra maschi, lo sai bene, ci sono momenti in cui ognuno deve andare per la sua strada. I lupi poi, me lo hai insegnato tu, se la sanno cavare in ogni situazione. Non sapevi nemmeno quanti anni avesse. Forse era vecchio e per morire è andato a nascondersi. Gli animali non sono come noi. Della morte si vergognano».

«Se ne è andato lassù» disse Jack indicando il luogo dove era stato ritrovato «e si è addormentato per l'ultima volta. Chissà come ci sarà arrivato, con quale andatura. Nella neve, io lo ricordo saltellante come i delfini sulla superficie del mare. Ti dico una cosa, Charmian, ti dico che se la cavava meglio lui a fare il lupo di quanto me la cavi io a fare l'essere umano.»

E poi volle essere lasciato solo. Si mise in tasca una bottiglia e andò a sedersi dove era stato ritrovato. Il domestico gli aveva garantito di averlo sepolto proprio lì. E Jack decise di credergli. Bevve e si ubriacò al punto da raggomitolarsi in terra e piombare nel sonno.

Nel dormiveglia, davanti alla tomba di Lupo Bruno, Jack ebbe la sensazione di guardare ed essere contemporaneamente guardato. Nei suoi occhi sentì riflessi altri occhi. Ed erano fulgidi, arditi, dardeggianti. In loro non c'era l'ombra del rimprovero. Solo dolore.

Fu Charmian a trovarlo dopo molte ore e ad aiutarlo a rimettersi in piedi.

«Non farmi mai più prendere un simile spavento, hai capito?» gli disse mentre se lo riportava a casa. «Adesso vedrai che i lavori finiranno e noi potremo finalmente partire, Jack. Sarà la più grande avventura della tua vita. Nessun altro scrittore potrà viverne una uguale. Lo sai com'è il mare, me lo hai sempre detto tu che è carico di voci. E tu sei uno scrittore dall'orecchio fino. Se quelle voci cominceranno a dettare, tu non ti tirerai indietro.»

«C'è una luna bellissima» le rispose lui con la voce impastata. «Quasi quasi mi metto a ululare.»

«Jack» gli disse lei decisa. «Non c'è nessuna luna. Sono le quattro del pomeriggio e quello è il sole.»

Quando gli amici che popolavano la casa di Glen Ellen gli dissero che non capivano perché mai dovesse fare un viaggio simile, Jack rispose che era convinto di seguire "la linea di minor resistenza". In quel momento della sua vita, era per lui molto più semplice andare per mare che restare sulla terraferma. Lo diceva abbassando gli occhi sul piatto che aveva davanti, e poi, tornando a guardarli negli occhi, aggiungeva che il movimento del mare gli era indispensabile. Voleva ritrovare il passo rollante di quando era un ragazzo appena sceso dalla *Sophie Sutherland*.

«Pochi giorni fa» disse dopo aver versato da bere a tutti «mi sono visto camminare e mi sono preoccupato. Mi sono detto: "Jack, non cammini più come un marinaio. Devi fare qualcosa". Adesso stiamo finalmente per partire, so che ritroverò quell'andatura. Se non lo capite mi dispiace. Provate almeno a entrare nella mia testa, siete miei amici. Se entraste anche per un solo istante nella mia testa, scoprireste che le cose che amo costituiscono la mia collezione privata. Non so che dirvi. Vi piaccia o no, la mia più grande soddisfazione sarà proprio questo viaggio. Alla fine, potrò dire di avercela fatta. Altro che scrivere. I veri successi personali sono quelli concreti. Avrei preferito vincere un importante incontro di boxe, oppure riuscire a restare in sella più di chiunque altro su un cavallo selvaggio. Un viaggio intorno al mondo... Riuscite a immaginare quanti momenti di straordinarie emozioni? E allora vi dico quella che per me è l'unica frase che conti nella vita: *Mi piace*. Mi piace è l'unica vera scelta di un uomo. Non c'è filosofia che tenga. È la frase definitiva. Sono ancora vivo e voglio ancora vedere tutto quello che posso. E sono anche molto fortunato, perché mia moglie non teme l'avventura. Anzi, mi incoraggia.»

Charmian non fece un unico commento. La pubblica lusinga le aveva chiuso la bocca. Jack le fece l'occhiolino e lei nemmeno se ne accorse.

Furono molte le ragioni per le quali la *Snark* gli costò danaro a vagonate. La rivista "Cosmopolitan", che aveva già comprato i suoi futuri articoli di viaggio, aveva messo in giro la voce che stava anche pagando i lavori di costruzione, e così, dato che a pagare era una rivista molto famosa, tutti i fornitori aumentarono i prezzi.

«Signor London, di che si lamenta?» gli dicevano. «Pagasse lei capiremmo, ma paga la rivista.»

Alla fine Jack aveva rinunciato a spiegare come andavano veramente le cose. La voglia di partire non lo faceva fermare davanti a nulla, ma dentro di sé cominciava ad andargli di traverso l'idea che tutti si approfittassero di lui. Nonostante il talento, le esperienze e il successo, restava un ingenuo che qualsiasi maniscalco avrebbe potuto "mangiarsi in insalata", come diceva Flora. Con la *Snark*, la cosa che gli riuscì meglio di tutte fu aprire il portafogli.

Charmian lo aiutò a mitizzare il viaggio. A ogni difficoltà gli ripeteva lo stesso ritornello: «Questa è la cosa più bella che possa capitare a un uomo e a una donna». Era una frase abile. L'uomo veniva prima della donna, ma la donna ne era l'appendice. Erano Adamo ed Eva, e prima o poi sarebbero riusciti a entrare nel loro paradiso terrestre.

«Tutto diverrà nostro in misura illimitata» gli disse una sera in cui lo vide cupo, una bottiglia in una mano e il bicchiere nell'altra. «I purpurei passaggi, lo spirito romantico, la pura emancipazione da ogni possibile, noiosa mediocrità.»

Jack probabilmente non se ne accorse. Ma quel viaggio fu per lui una emozione già consumata prima di partire. Si mostrava contento, ma faceva tutto con l'indifferenza dell'uomo logorato. Un giorno si voltò verso la moglie e le disse:

«Lo sai cosa diceva Conrad? Diceva che un artista è prima di tutto un uomo d'azione. Sia che crei delle personalità, un espediente, o trovi una via d'uscita in una situazione difficile».

Estasiata, Charmian gli rispose che nessuno come lui possedeva tanta capacità di concezione ed esecuzione.

La *Snark* si mise finalmente in viaggio. Dopo aver staccato molti assegni a creditori che avevano svolto male le loro mansioni, con pochi soldi in tasca e lavori provvisori che chissà quanto sarebbero durati, Jack issò in cima all'albero maestro la maglia del giocatore di football Jimmy Hopper per poi levare l'ancora a mano. La *Snark* uscì dall'estuario a fatica, tagliò la baia e cominciò finalmente a veleggiare sulla vasta, ondulata distesa del Pacifico, guidata a turno dal capitano Roscoe, da un vero uomo d'azione e dalla sua donna adorante.

Jack volle dimenticare che la *Snark* aveva trasformato la sua vita in un manicomio. Cancellò il disastro della prima, forzata partenza per Honolulu, dove avrebbe voluto concludere i lavori. E anche che appena presa questa decisione si aperse una falla nello scafo, e quando la ripararono e venne di nuovo spinta in acqua, la *Snark* andò a incagliarsi tra due golette che la danneggiarono gravemente per poi impantanarsi vergognosamente nella fanghiglia. Ci vollero due settimane. Ogni giorno, durante l'alta marea, due rimorchiatori spinsero e sollevarono quella sfortunata imbarcazione per tirarla fuori. Jack volle dimenticare anche quello che era successo quando decise di usare l'argano, quando disperato si affidò al motore da settanta cavalli. Volle dimenticare tutto. Disse a se stesso: «*Mi piace* dimenticare». E parve riuscirvi.

Dopo tanta fatica, però, ebbe finalmente lunghi, bellissimi momenti di silenzio in mare aperto. Riuscì a godersi la bonaccia nell'immensa distesa d'acqua sempre macchiata d'ombre, oppure un veloce, caldo acquazzone lanciato dal cielo. «Ci stiamo avvicinando alla pioggia» diceva a Charmian. «Guarda quelle nuvole laggiù. Sembra abbiano i tentacoli, invece è pioggia.» Spesso restava estasiato davanti agli alberi del battello che diventavano color fiamma ai primi raggi del mattino. Raggi che arrivavano da chissà quale isola selvaggia dimenticata da Dio. «Non escludo che con un po' di fortuna potremmo anche trovarne una. Le daremo il tuo nome: Isola Charmian» le diceva stringendola a sé e seguendo con il pollice, vertebra dopo vertebra, la sua flessuosa spina dorsale.

In un momento di lucidità, vedendolo timoneggiare con tanto ardore, quasi trattenendo il respiro mentre si dirigeva verso incantati banchi di corallo, Charmian si chiese se tutti i marinai provassero quelle emozioni, o se invece in Jack la letteratura dominasse ogni istante della sua vita.

Una sera, con una sottile striscia di terra che si intravedeva in lontananza, dopo aver frugalmente cenato sulla *Snark*, Jack si sdraiò sulla prua incrociando le mani dietro la testa. Alzò gli occhi verso lo stellato e disse ad alta voce: «Questo è il fumo della vita. Povera gente di terra che non sa bruciare». Charmian andò subito a sdraiarsi accanto a lui e gli accarezzò i capelli carichi di sale. Erano dei privilegiati e Jack le parve un semidio. E lei? Domandarselo le diede una forte emozione che le fece perdere almeno un paio di battiti in petto. In quei brevi intervalli di vuoto sentiva che si infiammava, che bruciava. Era dunque quello il fumo della vita: bruciare, evaporare, salire verso il cielo. L'essenza del piacere. Gli appoggiò la testa su una spalla, e facendolo ridere di cuore, proprio come un ragazzo, gli sussurrò all'orecchio: «Jack, tu sei sempre una romantica, squillante sfida».

Jack scriveva lunghe lettere agli amici George Sterling e Cloudesley firmandosi ormai *Lupo*. Li informava sulle difficoltà del viaggio e la sua abilità nel superarle. Loro si annoiavano un po' a leggere tutte quelle descrizioni marinaresche. Scrisse a entrambi una lettera quasi uguale in cui parlava di Roscoe che non aveva imparato nulla di navigazione nei mesi in cui era stato pagato per farlo. Si era ritrovato per le mani un capitano totalmente impreparato. Scrisse:

> *Ho tirato fuori i libri di nautica e mi sono messo a studiare. Navigare per mezzo dell'osservazione del sole, della luna e delle stelle, grazie agli astronomi e ai matematici, è un gioco da ragazzi. Sono stato un pomeriggio intero al timone, manovrando con una mano e studiando i logaritmi che tenevo nell'altra. Per due pomeriggi ho studiato la teoria generale della navigazione e il particolare procedimento per calcolare l'altezza meridiana. Poi ho preso il sestante, ho calcolato l'indice di errore e ho preso l'altezza del sole. Orgoglioso? Ho fatto miracoli. Avevo ascoltato le voci degli astri e loro mi avevano indicato la via per le strade del mare.*

Non gli importava che le sue lettere potessero annoiare gli amici, per lui erano rigeneranti. E più ne scriveva, più cresceva in lui questa convinzione. Descrisse a Sterling una pesca al delfino con la canna nei minimi dettagli, all'apice dell'esaltazione. Gli disse di come l'animale filava via una volta inghiottito l'amo. Gli fece un magnifico, assai crudele ritratto della lotta con un esemplare di quattro piedi e sei pollici. Gli disse che il delfino aveva fatto salti prodigiosi per liberarsi. Avevano lottato quasi venti minuti. Alla fine, era riuscito a issare a bordo quel bestione scintillante. Sul ponte, però, il suo colore azzurro pallido si era subito trasformato in oro.

Concluse la lettera con queste parole: "Mi riesce difficile addormentarmi dopo averne preso uno. Quella loro bellezza luccicante e saltante domina il mio pensiero a lungo".

Quando sbarcarono a Tahiti, Jack trovò una lettera di Bessie. Rimase per un momento a rigirarsela tra le mani pieno di brutti presagi.

Era scappato di nuovo. Gli tornarono in mente le espressioni tristi delle sue bambine il giorno in cui era andato a salutarle. Joan, stringendolo a sé, gli aveva detto: «Ma come potrai fare a meno di noi per sette anni? Siamo le tue figlie». Forse qualcosa di tremendo era accaduto e lui era lontano. Con un forte senso di colpa strappò la busta e si mise a leggere con Charmian che gli stava incollata. Bessie gli annunciava semplicemente il suo prossimo matrimonio.

Jack chiuse la lettera e disse:

«Voglio vederci chiaro. Voglio conoscere quest'uomo che sarà il patrigno delle mie bambine».

«È assurdo, anche tu ti sei risposato.»

«Ma le mie figlie non vivono con noi. Invece vivranno con la madre e il suo nuovo marito.»

«E tu cosa puoi farci?»

«Non lo so, ma voglio vederci chiaro. Tu puoi restare qui se vuoi, hai il nostro piccolo equipaggio. Io prenderò la *Mariposa* fino a San Francisco. Il tempo di capire meglio questa faccenda e sarò di ritorno.»

Charmian si impuntò. Non sarebbe rimasta sulla *Snark* per tutto quel tempo senza di lui. Il viaggio sulla *Mariposa* sarebbe durato una trentina di giorni, doveva poi raddoppiarlo per il ritorno, più il tempo che sarebbe rimasto a terra. Aveva ragione, c'era il loro piccolo equipaggio, sarebbe stato sufficiente a tenere a bada la *Snark* che doveva solo restare ferma a Tahiti.

Il viaggio sulla *Mariposa* fu lungo e noioso. Jack scrisse subito una lettera a Cloudesley per dirgli che la *Snark* non poteva essere abbandonata, ne sentiva una profonda nostalgia. Avrebbe già voluto essere di ritorno. Ben presto sarebbero ripartiti per Samoa, le Isole Figi, la Nuova Caledonia e le Isole Salomone. Gli disse poi che stava scrivendo un romanzo che avrebbe raggiunto almeno le centoquarantacinquemila parole. Sarebbe stato un grande attacco alla borghesia, a ciò che il potere borghese teneva nascosto. Finì dicendo che, in fondo, quel viaggio di ritorno da San Francisco non era del tutto inutile. I sabordi della *Mariposa* gli stavano ispirando un gran finale. "Come se non avessi mai visto dei sabordi..." aggiunse ironico. Ma quella volta erano stati una rivelazione, la chiave giusta per la soluzione che stava cercando. Non poteva dire altro. Non appena l'avesse concluso (mancava pochissimo) glielo avrebbe mandato. Poteva giusto dirgli il titolo: *Martin Eden*.

Quando arrivò da Bessie, trovò in casa anche Flora. Le bambine gli andarono incontro senza troppo slancio e gli chiesero subito se aveva portato dei regali. Jack si mise le mani nei capelli. Non ne aveva avuto il tempo. Era partito in tutta fretta per vederle, disse sollevando gli occhi colpevoli in direzione di sua madre. Ma al suo ritorno le avrebbe ricoperte dei più bei regali del mondo. Le bambine non si entusiasmarono molto all'idea, poi la nonna le chiamò per la merenda che consumarono in veranda, dove rimase anche lei, per lasciare Jack e Bessie da soli. Se ne era accorta subito, appena suo figlio aveva messo piede in casa lo aveva capito: non si aspettava minimamente che Bessie potesse sostituirlo. Ecco perché era arrivato con tanta fretta, voleva vedere in faccia l'uomo che avrebbe preso il suo posto. Ma Flora aveva detto a Bessie che non doveva assolutamente presentarglielo, non aveva nessun dovere verso l'uomo che l'aveva abbandonata con due bambine così piccole. E che non si dimenticasse dell'umiliazione. Essere stata addirittura consolata da quella gatta miagolante. Su questo, però, ci poteva mettere le mani sul fuoco: non era stata un'idea di suo figlio. Era stata lei, la gatta. Ma lui avrebbe dovuto impedirglielo. E poi si mise a scuotere la testa, anzi, la sgrullò con forza, come potesse espellere così ogni residuo di dubbio.

«Allora ti sposi» disse Jack a Bessie restando in piedi.

«Pare di sì.»
«E chi sarebbe?»
«Un brav'uomo, un lavoratore, affezionato e me e molto paziente con le bambine.»
«Sono venuto qui per conoscerlo.»
«Peccato, perché è fuori per lavoro e non so quando ritornerà.»
Jack si voltò d'istinto verso la madre. Non si videro, ma sentirono entrambi, come fossero felini, il rumore dei loro padiglioni che roteando si cercavano.
«Non ci sarebbe stato niente di male se lo avessi conosciuto. Pensavi che lo avrei preso a pugni?»
«E per quale ragione?» rispose Bessie. «Te ne sei andato tu, sei felicemente sposato, sei uno scrittore di successo e stai facendo il giro del mondo. Un uomo felice non prende a pugni il nuovo marito della vecchia moglie.»
«È l'uomo che vivrà con le mie bambine.»
«Sì, ma non l'uomo che prenderà il tuo posto. Tu non ci vivi da un pezzo con le tue bambine.»
Jack contemplò la casa che aveva fatto costruire per lei. Non era venuto meno ai suoi impegni economici. Ciò nonostante, non si sentiva a posto. Mancava sempre qualcosa. Gli venne una fitta alla nuca, come di tenaglie che stringevano forte. E gli sembrò così bollente da friggergli il cervello. In quel momento sua madre rientrò in casa per prendere altro latte. Jack ebbe una allucinazione. Al posto di sua madre vide Anna Strunsky con una bottiglia di latte in mano. Flora gli sorrise e sfiatò col naso.
«Ti faccio una proposta» disse Jack a Bessie. «Mi è venuta in mente proprio in questo istante. Quando tornerò da questo viaggio, andrò a vivere a Glen Ellen dove ho un ranch di una cinquantina di ettari. Ma ho già sentito di altri quaranta in vendita, il ranch Lamotte, e di sicuro lo comprerò anche se sarò in viaggio. Incaricherò qualcuno al posto mio.»
«La signora Eames, immagino.»
«Sì, sarà lei. Farò il coltivatore e l'allevatore. Ho già tutto in testa. Alla fine avrò almeno cinquecento ettari di terra, perché ho sentito parlare anche di un vigneto di più di trecento ettari a Sonoma Valley. Avrò tanta di quella gente che lavorerà per me che mi toccherà costruire molte case. Che ne diresti se ne

facessi costruire una anche per te? In questo modo potrei vedere più spesso le bambine. Ovviamente la farei costruire il più lontano possibile dalla mia, di modo che tu non debba mai...»

«Non se ne parla nemmeno. Io non vivrò mai nella stessa terra dove vive Charmian Kittredge. Ti ho già detto una volta che non l'avrei mai più voluta vedere.»

«Appunto. Non dovresti mai vederla.»

«Ma ne sentirei l'odore.»

Sarebbe dovuto andare a Glen Ellen per vedere questo famoso vigneto del quale gli avevano tanto parlato. Invece ci mandò Charmian, perché aveva voglia di stare solo. Magari anche di rivedere le bambine prima di ripartire. Allora andò a trovare dei vecchi vicini e fece il giro di tre o quattro case. Quello che gli dissero, però, lo lasciò sgomento. Sua madre, che da sempre manteneva senza mai averle fatto mancare nulla, andava in giro a lamentarsi che suo figlio non si occupava di lei. Uno dei vicini, guardandolo storto, gli disse:

«Di' un po', Jack. Ho sentito dire che nonostante quel libro sanguinario che hai scritto i socialisti ti hanno perdonato».

«Non ho mai scritto libri sanguinari.»

«Certo che lo hai fatto, la stampa di Oakland l'ho letta. Con *Il tallone di ferro* sei riuscito a far andare d'accordo socialisti e capitalisti. Ce l'avevano entrambi con te. Però sembra che i tuoi ti abbiano perdonato, e ho sentito dire che vogliono addirittura candidarti alla presidenza del nostro Paese per la loro lista.»

«Tutte balle» disse Jack con un sorriso amaro sulle labbra. «Pensa che quando tornerò da questo giro del mondo che sto facendo... Avrai letto anche questo sui giornali, no?»

«Già. Ti fai ridere dietro da tutti. Un socialista che spende tanti soldi per una barca... Mah, io lo dico sempre, da uno che pianta la moglie e le figlie in quel modo...»

«Non preoccuparti. Non ti chiederò il voto. Quando tornerò da questo lungo viaggio, ho deciso che mi metterò a coltivare la terra.»

Telegrafò a Charmian chiedendole di rientrare subito, e senza nemmeno passare da Bessie per un altro saluto alle bambine riprese la *Mariposa*. Dopo un mese furono di nuovo sulla *Snark*. Il piccolo equipaggio aveva organizzato una festa in loro onore, e quella sera la gente salì e scese dalla barca fino all'alba. Jack, nonostante reggesse bene l'alcol, si era sbronzato per malinconia. Non sapeva più dove voleva stare. Da troppo tempo, qualcosa dentro di lui aveva preso a incrinarsi. Si sentiva come un muro attraversato da una crepa. Se avvicinava lo sguardo la vedeva correre, allargarsi. Trascorse tutta la notte con il bicchiere in mano, e uno sguardo vitreo che durante la festa poteva sembrare anche allegro. "Inventare uno scopo" pensò prima di addormentarsi di schianto sul ponte. E poi non si accorse più di nulla. La festa continuò ancora per un paio di ore. Charmian e Tochigi provarono a portarlo a letto, ma la sua volontà di rimanere dov'era lo rese più pesante del piombo. Alla fine, stanchi anche loro, gli misero una coperta addosso e il giorno dopo salparono.

«Se la natura ascoltasse quel che un uomo ha in petto, allora sarebbero guai» disse Jack a Charmian un mattino, mentre la *Snark* filava liscia sull'azzurro tessuto del mare.

«Perché?»

«Perché all'uomo si adeguerebbe, ma schiacciandolo ogni giorno. Ho sempre cercato il lato esaltante della vita. Le cose che mi piacciono e che...»

«Come questo viaggio.»

«Sì. Il mare. Il corpo a corpo con un antagonista più forte. Lo so quello che pensate tutti di me.»

«Jack, io...»

«Non devi giustificarti. Ho ottenuto molto più di quanto sperassi. Ma la soddisfazione è un sentimento talmente statico. Potrebbe andar bene solo per chi ha vinto tutto con un biglietto della lotteria.»

In quel momento, Jack non pensò certo di essere stato ascoltato dalla natura, sapeva bene che non aveva orecchi. Ma dopo qualche giorno li colse una tempesta che sembrava decisa ad affondare la *Snark*. I cinque uomini dell'equipaggio, colpiti dal mal di mare, scesero in cuccetta dove rimasero chiusi a tirare fuori anche le budella. E quella fu la grande occasione di

Charmian. Per tutti gli anni che gli rimasero da vivere, ogni volta che ripensò a quello scampato naufragio, Jack la definì "una donna straordinaria". Charmian fece il suo turno regolare al timone e ai remi riuscendo a mantenere sempre la rotta anche in mezzo a quella burrasca. Roscoe, invece, per alleggerire l'imbarcazione aveva gettato in mare tutti i viveri inscatolati che Jack aveva pagato centinaia di dollari, e poi si era chiuso nella sua cabina a mangiare cibo fresco. Quando la tempesta cessò, Jack scese da lui e gli chiese di dare una mano agli altri che stavano già spazzando il ponte e ripulendo la *Snark*. Ma Roscoe, in realtà, di quel viaggio si era già pentito da tempo, e non faceva che chiedersi perché mai avesse accettato la proposta di Jack. Gli rispose che non poteva aiutare proprio nessuno perché non si sentiva bene.

In tutta quella sporcizia e nella grande confusione che regnava sulla *Snark*, guardandosi intorno sconsolato e pensando che un altro colpo così la sua barca non lo avrebbe retto, Jack, seduto sul boccaporto della sua magnifica prua tagliavento, riprese a scrivere *Martin Eden*. Scriveva come sempre a mano, e capace come era di concentrarsi anche nelle situazioni più complicate, si isolava nella scrittura non sentendo e non vedendo più nulla di quanto lo circondava.

Il sole riapparve solo dopo una settimana e trovò Jack che scriveva le sue mille parole al giorno ogni mattino. Sembrava lo facesse sotto dettatura. La sera, in cabina, ne parlava con Charmian definendolo il romanzo più antiborghese che avesse mai scritto. Gliene leggeva qualche brano.

«Ed è anche il più autobiografico» commentò una sera.

«Forse hai ragione ma lo scopo è un altro. Quante volte in un romanzo gli scrittori scrivono una cosa per dirne un'altra? Di parlare di me quasi non me ne accorgo. Quando rileggo per correggere, allora sì, mi dico che quell'uomo sta raccontando la mia storia.»

«Anche se la storia non è in prima persona, è di te che parli.»

Jack sorrise, posò le pagine in terra e spense la luce. Aspettò che Charmian si fosse addormentata, che tutti dormissero, e salì sul ponte. Respirò l'umido della notte, quel cielo di poche stelle, i refoli di una brezza che gli arrivava a spirale, come se la tempesta avesse lasciato nell'aria ancora qualche ricciolo della sua folta chioma. Il dondolio della *Snark* gli scioglieva i nodi che nel corso della vita aveva accumulato in petto. In un momento di lucidità si chiese perché mai la sua vita fosse stata tutta una sfida, perché quell'ultimo, reboante giro di giostra agli occhi del mondo per dimostrare che ce la poteva ancora fare, che tutto quello che Jack London si metteva in testa finiva sempre col realizzarlo. E fu allora che per il viaggio sulla *Snark* coniò il nome giusto: Passo di Addio. E chi lo seguiva era una moglie talmente adorante che di quella strampalata avventura si stava innamorando davvero. Anche lei voleva dimostrare qualcosa, ma solo a lui. Che sui giornali scrivessero che la signora London era quasi più audace del marito, poco le importava. Lo mostrava a lui, gli leggeva quelle poche parole ad alta voce e poi si gettava tra le sue braccia quasi in lacrime dalla commozione e gli chiedeva se era orgoglioso di lei.

«Certo» le rispondeva Jack quasi sempre pensando ad altro.

«Davvero?»

«Davvero.»

Nel buio della notte, circondato dal mare, gli ribollivano le idee che avrebbe scritto al mattino. Diventava un forno affamato che ingurgitava tutto. E in quel rimescolio era anche capace di discernere quel che avrebbe tenuto. Spesso prendeva appunti su un taccuino, ma il giorno dopo faceva una gran fatica a decifrarli. Una volta disse a Charmian che in letteratura aveva lo stomaco di un rettile. Ingurgitava tutto ma poi vomitava le cose inutili. Riusciva a tirare fuori soltanto quelle. Da bambino lo faceva con il cibo di troppo. Una notte si era svegliato ed era corso in bagno. Sentendo rumore, Flora lo aveva raggiunto.

«Che ti senti?» gli aveva chiesto.

«Niente di speciale. Ho solo mangiato troppa frittata e un po' l'ho vomitata.»

«Come fai a sapere di aver vomitato soltanto quella?»

«Perché era la cosa che mi era rimasta sullo stomaco. Se non ci credi puoi vederlo da te.»

Ed era vero, nel water Flora aveva visto galleggiare dei pezzi di frittata nemmeno tanto ben masticati.

«Devo aver partorito un rettile» aveva detto spegnendo la luce e tornando a letto. «Solo i rettili lo sanno fare.»

Jack non appurò mai se fosse vero o no. Ma per lui rimase così per sempre. Era la più grande abilità dei rettili. E anche la sua.

Non poteva negarlo, in quel libro stava parlando di sé, delle sue lotte per colmare la mancanza di letture, per imparare ad assorbire il sapere con maggior rapidità perché sentiva di avere meno tempo degli altri. E delle case borghesi che ai suoi occhi di ragazzo erano apparse come il regno della cultura e della verità solo perché le tavole erano ben apparecchiate, c'era qualcuno che serviva le vivande, si mangiava e beveva tutti i giorni ogni ben di dio e nessuno se ne andava mai a letto con i morsi della fame. E perché le donne erano tutte molto eleganti, parlavano di poesia, suonavano il piano e avevano belle voci per cantare. Il suo romanzo cominciava con tutto quel fumo negli occhi di un ragazzo ingenuo e ignorante. Ma soprattutto pieno di furia e pronto a imparare da chiunque affrontasse un argomento a lui sconosciuto. La protagonista, Ruth Morse, era Mabel Applegarth, e chi gli avrebbe fatto scoprire quale fosse il vero mondo di Ruth e della sua famiglia, quanto lontano si trovasse da ciò che lui stava cercando, era il suo amico George Sterling nei panni del tragico poeta Brissenden. Fu una associazione così forte che Jack li avrebbe confusi per il resto dei suoi giorni. Arrivava a dire di Sterling cose che appartenevano al personaggio. Una volta, a libro finito, gli scrisse: "Faccio davvero molta fatica a immaginarti vivo e vegeto, amico mio. Perdonami". Insomma, fu la storia di un amore che dall'accecamento passava al sottile disgusto. Se lo ricordava bene il trattamento ricevuto dai genitori di Mabel, dal suo mondo. L'imbarazzo di cene durante le quali ascoltava discussioni raccapriccianti che contestava senza paura. E poi il mondo ostile che si trasforma e gli apre tutte le porte. La borghesia che conosce l'arte della rappresentazione. La famiglia di Ruth ordisce una specie di complotto per gettargliela tra le braccia. E quello sarà proprio il tocco finale per il suo Martin. No, ormai non era più nemmeno il rettile del quale gli aveva parlato Flora. Nel suo stomaco non poteva più decidere cosa tirare fuori e cosa lasciare dentro. Ormai era costretto a vomitare tutto.

Al mattino si svegliava presto. Tochigi gli portava il caffè a prua, anche qualche bel sasso per tenere i fogli fermi. Jack gli sorrideva raggiante. Era alla fine del romanzo. Un'altra idea cominciava a lampeggiargli nella mente, ma per il momento non poteva accendere nessun altro interruttore. Quel finale era troppo importante, lo ossessionava, ci lavorava ormai da settimane. Andava a mettersi seduto a poppa per guardare il mare nel buio della notte, e il respiro gli si faceva più lento. Diventava seduzione.

Un giorno avrebbe presentato quel romanzo al Women's Club di San José. A parlarne con lui ci sarebbe stata una esperta di letteratura, Mira MacClay, che avrebbe accusato la protagonista femminile di essere una vile, una debole, e di aver rovinato definitivamente la vita di Martin Eden. Non poteva certo avere la minima idea di chi fosse la pallida e intristita donna seduta in prima fila. Soltanto Jack avrebbe saputo che chi lo stava guardando con la morte negli occhi era Mabel Applegarth, la donna che aveva creduto di amare e poi aveva dimenticato. A questo avrebbe pensato in quel momento: che forse lei, nonostante la sua debolezza, lo aveva amato davvero. In fondo, non si era ancora sposata. Né mai lo avrebbe fatto.

Quando finì di scrivere *Martin Eden* era una tarda mattinata di sole altissimo. Sollevò lo sguardo e, sebbene fosse una giornata calda, gli parve che l'aria fosse piena solo di luce gelata. "Un abbaglio" pensò. "Troppa immedesimazione."

Terminò di bere il caffè e si accese una sigaretta. Solo quando finiva di scrivere un romanzo la vita gli concedeva qualche ora di vera beatitudine. Con lo sguardo puntato sulla scaletta, aspettò di veder salire Charmian che arrivò dopo non molto. Aveva i capelli scarmigliati, gli occhi ancora non completamente aperti e una gran voglia di caffè, che si mise a bere di gusto tenendo la tazza con entrambe le mani seduta accanto a lui, nel tepore del sole.

«Ho finito il romanzo» le disse allungandole il manoscritto.

Charmian bevve il caffè di un fiato e tornò in cabina dicendo a tutti che non la disturbassero per nessuna ragione.

Risalì sul ponte che era già notte fonda. Jack era lì, seduto in terra, con una bottiglia di whisky e due bicchieri. Lo sguardo azzurro era stemperato dall'alcol, reso più liquido da una stanchezza beata.

«Che romanzo triste hai scritto...» gli disse Charmian andando a sedersi accanto a lui e prendendogli una mano.

Lui le versò da bere e le rivolse uno sguardo cupo.

«Quell'uomo non poteva fare altra fine.»

«Jack, ma quell'uomo sei tu...»

Qualcosa impedì a Jack di compiere fino in fondo il lungo viaggio che aveva in mente. Ma per uno determinato come lui la causa poteva essere soltanto una: ci si era messo di mezzo il suo organismo sensitivo.

Poche esperienze lo avevano eccitato come ritrovarsi alle Isole Salomone circondato da tagliatori di teste e cannibali. L'equipaggio viveva armato giorno e notte, ma proprio in tutto quel pericolo, con un fucile carico accanto a sé che accarezzava come fosse Lupo Bruno, gli occhi rivolti alle stelle, l'espressione di chi consuona con l'intero universo, pensò: "Sto vivendo il grande momento della mia vita". Non si trattava più di uccidere coccodrilli e metterne a salare le pelli, lì c'era in gioco la vita anche se loro avevano i fucili e gli indigeni lance, frecce e clave. Furono proprio queste ultime a farlo sentire d'altro tempo. Lo scrisse anche a Sterling:

> *Mai visto nulla di più selvaggio. Faccio fatica a ricordare come si vive da noi. So che non potrai mai averne un'idea, ma da questo luogo ti riporterò la cosa più sorprendente. Sono riuscito a ottenere qualche clava. Una sarà tutta per te.*

Scamparono il pericolo delle Isole Salomone, che Jack lasciò a malincuore, ma dopo qualche giorno l'equipaggio della *Snark*, Jack e Charmian inclusi, si prese la malaria. In quel periodo il più grande scrittore americano divenne anche un buon medico dilettante, cosa che lo appassionò non poco. Curava tutti con dedizione, non stava mai fermo. Cercava medicine vere e rimedi selvaggi che sperimentava prima su se stesso. La *Snark* era ormeggiata, ma di lavoro continuava a essercene tanto.

In quel momento non poteva certo immaginare che la grande, memorabile e leggendaria sfida programmata così a lungo stesse per volgere alla fine. In viaggio verso le Isole Figi, Jack si grattò per la puntura di un insetto e il suo corpo si ricoperse di framboesia. All'inizio gli piacque, gli sembrarono addirittura le naturali conseguenze delle romantiche avventure di un esploratore. Mostrava a Charmian i suoi enormi ponfi con orgoglio. Arrivato a Sydney, però, dovette farsi ricoverare in ospedale e operarsi per una doppia pustola causata da non si sapeva cosa. Gli effetti di quella puntura, invece, furono più gravi dell'operazione e dovette rimanere in ospedale per cinque settimane. E poi in un albergo per cinque mesi. Nessuno capiva cosa gli stesse succedendo, i medici gli dissero che purtroppo non era una malattia parassitica, ma di origine nervosa. Jack non poteva credere che il suo corpo così perfetto ed esuberante potesse essere fiaccato dalla mente.

«In California non ho mai avuto nulla» non faceva che ripetere ai medici. «Deve trattarsi di qualcosa che ha a che fare con i Tropici. Io sono sempre stato un uomo molto forte.»

I medici scuotevano la testa, uno di loro gli disse un giorno che il corpo umano era capace di strani cambiamenti, e da un momento all'altro.

«Ecco, da un momento all'altro» disse Jack. «Ma con una causa che deve essere trovata. Nella mia mente non c'è un bel nulla. Se non mi trovate subito la cura adatta, allora sì che mi si ammaleranno anche i pensieri. E non posso permettermelo. Ho molte idee in testa e devo dettarle tutte a mia moglie Charmian.»

La malattia di Jack London era strana. Gli si gonfiavano all'improvviso le mani fino a diventare il doppio. Ed erano mani inservibili, con le quali non poteva fare nulla, nemmeno reggersi a un corrimano per scendere le scale. Poi, una volta gonfie, gli venivano via tutti e sette gli strati di pelle morta, come si scollassero. Avvenne poi la stessa cosa ai piedi, che in più mostravano una impressionante crescita delle unghie. Non faceva in tempo a tagliarle e limarle che il giorno dopo erano di nuovo lunghissime, e spesse, dure come ossa. Era furibondo, si era trasformato in un mostro, ma soprattutto era diventato inservibile. Dopo cinque mesi di cure che non portarono a nulla, i medici gli dissero che in quelle condizioni non poteva continuare il suo viaggio. Doveva tornare in California.

Quella stessa sera lo disse a Charmian. Lo fece con una certa naturalezza, come se anche lui non trovasse altra soluzione al problema. Preferì non mostrarle che la sua delusione lo aveva di nuovo sepolto nell'antica, mai superata convinzione di essere un perseguitato. L'intero mondo cospirava contro di lui. Charmian impallidì e gli occhi le si riempirono di lacrime. Rimase però composta, seduta su una sedia accanto al letto di Jack senza nemmeno singhiozzare, ma pianse ininterrottamente. Jack non riuscì a fare nulla per placarla. Anzi, cominciò quasi a dargli sui nervi. Gli stava facendo del male. Non lo capiva che la fine di quel viaggio era terribile soprattutto per lui? Non le disse nulla ma lo diede a vedere. Si voltò dall'altra parte, verso il muro, e si mise un cuscino in testa. Come se quel pianto silenzioso gli stesse sfondando i timpani.

Quel giorno segnò il cambiamento definitivo di Charmian. La gelosia che le covava dentro fin dal primo giorno non ebbe più argini. Divenne la sua ossessione. E le avrebbe tolto l'appetito, il sonno, ma mai l'adorazione incondizionata che nutriva per suo marito, una adorazione quasi malata che la tenne in vita nel cuore devastato di Jack. Charmian cominciò fin da quella sera ad avere atteggiamenti remissivi. Era stata la perfetta compagna di avventure. Era consapevole che nessuna donna avrebbe potuto fare altrettanto. Era stata così abile che tutte quelle avversità era riuscita ad amarle, a farle profondamente sue. Tutto quello che strappava Jack dal mondo delle tentazioni diveniva ai suoi occhi l'autentico Paradiso. Avrebbe remato in un mare in tempesta per il resto dei suoi giorni purché quel viaggio non finisse. Non doveva durare sette anni, ma dieci, quindici, il resto della loro vita. Da quel giorno, Charmian divenne più bambina che donna. Se le avventure erano finite, doveva trovare un altro campo di conquista. La donna temeraria doveva affidarsi all'uomo forte, deporre ormai le inutili armi dell'acquisito coraggio. Tante donne in una. Se lo ricordava bene l'antico proposito. E adesso doveva essere fragile, fargli capire con ogni suo gesto che la vita senza di lui sarebbe stata la fine della sua stessa vita. In California si sarebbe fatta cucire abiti seducenti, cappelli eleganti, avrebbe indossato solo scarpe raffinate e comprato biancheria di seta. Avrebbe continuato a battere a macchina i suoi manoscritti e si sarebbe entusiasmata per ogni singola parola. La sera, prima di andare a dormire, gli avrebbe commentato le magnifiche pagine che aveva avuto l'onore di ricopiare. Avrebbe continuato a farlo sentire il re. Quale altra donna sarebbe riuscita in una impresa simile? Eppure era lapalissiano: indebolirsi mentre lui si indeboliva per farlo sentire più forte. Certo, forse per un determinato periodo ci sarebbe riuscita anche un'altra donna, ma poi le cose finiscono sempre con l'essere date per scontate. Era lì che chiunque altra non ce l'avrebbe fatta. Lei no, lei avrebbe lavorato su questo fronte che le era rimasto per ogni millimetro della sua vita. Ecco, la sua vita non l'avrebbe mai più divisa in tempi, ma in millimetri, quelli di una cucitrice, di una rammendatrice, di una tessitrice.

Il viaggio era durato circa ventisette mesi, ma il tempo trascorso realmente sulla *Snark* era stato di diciotto. Charmian si chiese se anche suo marito avesse già fatto quel conto.

Jack licenziò l'equipaggio, ormeggiò la barca tra le insenature di Sydney e fece spedire in California il loro bagaglio. La *Snark* venne poi venduta a tremila dollari, un decimo di quanto era costata. In seguito venne a sapere che finì per trasportare schiavi dalle Nuove Ebridi. E quello fu il suggello del fallimento.

Di tutto l'equipaggio portò con sé solo il mozzo giapponese Nakata. All'epoca era soltanto un ragazzo di diciotto anni. Jack lo avrebbe fatto studiare, ne avrebbe cavato un uomo. E lo avrebbe amato come un figlio.

Durante il viaggio di ritorno sulla *Tymerie*, che durò quarantatré giorni, Charmian ebbe un crollo e venne colta da una fortissima febbre malarica che la costrinse a restare in cuccetta a lungo. Jack fu molto premuroso con quella nuova moglie bambina. Lei se ne accorse, e quando cominciò a sentirsi un po' meglio gli disse che l'aveva curata con una tenerezza "quasi femminile". Poi, tenendogli stretta una mano, a bassa voce gli disse:

«Stiamo tornando a casa, ma ricordati che tu per me sarai sempre l'unico uomo al mondo imparentato con gli uragani e gli infiniti».

E per il resto del viaggio Jack divenne i suoi occhi. Saliva sul ponte e poi scendeva da lei a riferirle le meraviglie dei paesaggi che stavano costeggiando.

«Passiamo accanto a piccole isole, Charmian. Sono bellissime, hanno nomi come Ducie, Pitcaim. Il profumo di fiori e cocco arriva sotto il mio naso attraverso l'acqua, che poi lo rilascia tutto nel tepore dell'aria.»

Arrivati in California, Jack stava meglio ma non era ancora guarito del tutto. Fece come sempre di testa sua e decise di mettersi a studiare libri di medicina sui problemi della pelle. Quando trovò *Effetti della luce tropicale sugli uomini bianchi* di Charles E. Woodruff lo lesse in un solo giorno e dopo averlo chiuso disse a Charmian:

«I medici australiani non ci hanno capito un'acca. Resterò per sempre di questa opinione. A chiunque dovesse avere problemi di salute, l'unica cosa che dirò sarà di non mettersi mai nelle mani di un medico australiano».

Scoperse così di avere soltanto una forte predisposizione alla distruzione dei tessuti per effetto della luce tropicale. Insomma, una specie di brutta psoriasi. Gli bastò respirare l'aria di Glen Ellen e godere del suo bel sole per guarire completamente.

A casa c'era molto da fare. Jack era un uomo che riusciva a essere presente anche nell'assenza. Durante il suo viaggio non aveva mai trascurato i progetti del ranch, aveva gestito da lontano acquisti di terre, alberi e bestiame, molto bestiame. C'erano già parecchi puledri, vitelli, polli, anatre, maiali e piccioni. E di ogni animale aveva preteso che si comprassero gli esemplari migliori, perché un ranch modello cominciava proprio dalla qualità. Girava a cavallo per le sue terre, cercava di capire come tenere testa alle altre aziende agricole, si informava, parlava con i contadini, con altri produttori, andava alle riunioni e ai convegni sulle linee della nuova agricoltura. Ma non trascurava il suo lavoro di scrittore, quello che, come diceva lui: «Per un bel pezzo mi ha fatto fare la fame e ora è l'unico che la placa non soltanto a me, ma anche a tutti coloro che per me lavorano».

Portò a termine un romanzo che aveva cominciato a Quito: *Radiosa Aurora*. La storia di un uomo, Helam Hernish, che diventa ricco con l'oro del Klondike ma che solo grazie alla forza dell'amore di una donna scoprirà che è meglio tornare a essere quello che era prima, l'uomo radioso, umile, sobrio e coraggioso, per non perdersi nella menzogna della ricchezza materiale. Lavorava al romanzo al ritmo delle sue solite mille parole al giorno. Scriveva all'aperto, spesso sul vecchio tronco tagliato che già per altri libri gli aveva fatto da tavolino. E seduto per terra, come piaceva a lui, circondato da animali e dalla luce del sole che gli arrivava a lievi, piccole sbarre incandescenti, attraverso le cime degli alberi. Un mattino non si accorse che Charmian, alle sue spalle, lo guardava scrivere veloce e assorto. Quando sentì la sua presenza, si voltò verso di lei e le disse: «Non potrebbero fermarmi nemmeno le trombe del Giudizio!».

Il primo terzo del romanzo venne scritto in uno stato di grazia. Le pagine in cui si racconta la storia dell'Alaska prima della corsa all'oro nel Klondike e quelle in cui Radiosa Aurora si precipita con un postale da Circle City a Dyea sono le più emozionanti mai scritte sul gelido Nord. Sebbene i climi miti fossero tra le sue mete preferite, furono i ghiacci del Nord che continuarono a germogliargli sempre nella mente. «Mi piace stare al caldo a scrivere del freddo» amava dire.

Al rientro dal grande viaggio sulla *Snark*, Jack trovò molta posta. Rimase sorpreso dal numero di lettori che lo rimproveravano di aver fatto morire Martin Eden.

«Non credevo che il finale felice fosse così importante.»

«Come, non lo credevi?» gli rispose Cloudesley che in quei giorni era suo ospite. «Più di una volta mi hai letto le lettere che scrivi ai giovani scrittori quando ti chiedono qualche consiglio. Ricordo una tua frase che dice più o meno così: "Se lei avesse letto con attenzione quello che si pubblica sulle riviste, avrebbe evitato di mandare il suo racconto perché avrebbe capito che è invendibile. Lei ha avuto la presunzione di scrivere senza leggere quello che si pubblica". Solo che ora tu sei famoso e puoi permetterti di scrivere anche ciò che fa paura. Jack, siamo in America. Un uomo che dopo tanta fatica ottiene il successo non si può suicidare. Siamo nella pragmatica, lucida America lavoratrice.»

«Ci ho lavorato con tanta convinzione e la critica lo considera un tradimento al socialismo. Le donnette, un tradimento alla vita. Sono stanco di rispondere a queste stupide lettere che mi chiedono come ho avuto il coraggio di farlo morire. È una idiozia credere nel risarcimento del successo. Qualche volta non è così. Può anche capitare che, dopo aver versato tanto sangue per ottenerlo, si diventi pericolosamente anemici. Per questi lettori che si lamentano, ho preparato una breve, lapidaria risposta uguale per tutti. Dimmi se ti piace: "Caro lettore/lettrice, l'unica cosa che posso risponderle è che lei confonde il suo Martin Eden con il mio. Per come la vedo io, lei è il genere di persona che per insegnare a un uomo a nuotare lo butta in mare. Quell'uomo non potrà fare altro che morire affogato. Martin Eden era un individualista costituzionale. Per capire quel che intendo le consiglio la lettura di Nietzsche".»

Alla fine, però, leggermente influenzato dalle lettere che riceveva, prese una copia del libro e ci scrisse una dedica per Charmian: *Martin Eden non ti ebbe!*

E in quel modo tracciò una bella linea di demarcazione tra autore e opera.

Charmian ne fu lusingata, e lui capì che per tenerla buona doveva scriverle dediche che colpissero il suo cuore di donna innamorata. Spesso gli faceva una gran tenerezza perché capiva che viveva per lui. Fece questo ragionamento un mattino, mentre camminava per la sua proprietà in cerca di idee. Si fermò all'improvviso e disse quasi ad alta voce: «Se un uomo non è amato, venerato dalla sua donna, non andrà da nessuna parte. Siamo povere cose nelle loro mani. Io ho trovato mani buone». Allora tirò fuori dalla tasca un taccuino e decise di scrivere qualcosa che le avrebbe fatto piacere:

Mia donna, di te amo le abili mani, le mani che hanno lavorato per me per tante lunghe ore, rapidamente e destramente e leggiadramente nel far musica, le mani che hanno guidato la Snark *attraverso passi difficili e quanto mai tempestosi, che hanno tremato sul grilletto dell'arma, che sono forti e sicure nel tenere le redini di un purosangue o di uno stallone, le mani che sono dolci d'amore mentre passano tra i miei capelli, che sono forti di cameratismo mentre stringono le mie.*

La rilesse prima di riprendere il cammino e si disse che il più grande pregio di Charmian era quello di essere una donna sorprendente. Le aveva scritto una breve lettera virile. Era certo che lei avrebbe apprezzato.

L'abbandono forzato della *Snark* fu un dolore che solo un'altra sfida avrebbe potuto fargli superare. Jack aveva il dono dell'improvvisazione, sapeva che con molto studio e concentrazione si poteva raggiungere qualsiasi risultato. E così, divenne un formidabile domatore di cavalli. Dedicava a questa attività ore e ore, giornate intere, dimenticandosi addirittura di mangiare. Spesso non tornando nemmeno per l'ora di cena e continuando il suo lavoro anche al buio. Charmian era molto preoccupata quando non lo vedeva rientrare. Lo teneva per sé, ma era sempre convinta si fosse rotto l'osso del collo. Alla fine, invece, tornava. Magari un po' ammaccato: una caviglia gonfia, una spalla dolente, un'anca contusa. Ma la frase con la quale rientrava e che pronunciava fin dalla porta di casa era sempre la stessa:

«Li prendo per sfinimento».

Ed era vero. Alla fine, quando capivano il metodo i cavalli si arrendevano per forza. Capivano che sarebbe stato disposto ad andare avanti all'infinito. Poteva metterci anche dei mesi per domare un cavallo, ma alla fine l'animale perdeva l'abitudine di lanciarsi giù per le colline col muso in aria.

E poi arrivò il grande premio. L'unico che avrebbe potuto prendere Jack con la forza e farlo uscire dalla pericolosa oscurità che lo stava avvolgendo: Charmian rimase finalmente incinta. La felicità di Jack non ebbe più limiti, sembrava diventato un uomo nuovo e che l'entusiasmo fosse tornato a riempirgli il bicchiere della vita. Per Charmian era lo stesso Jack di sempre, ma con qualcosa in più. Aveva appena pubblicato *Rivoluzione* e lo dedicò alla madre del suo futuro figlio con queste parole:

Compagna. Io non sarò capace di dire nulla sulla rivoluzione a te che tra poche settimane sarai il motore principale che sconvolgerà la nostra vita con la rivoluzione più deliziosa e più amabile che possiamo mai sperare di provare.

Durante la gravidanza, Charmian cambiò davvero molto la sua percezione del mondo. E si concentrò su quella che le parve proprio una stranezza: vedeva e sentiva ogni cosa in modo ingrandito. Camminava tra gli eucalipti che avevano piantato da poco e ancora le arrivavano al ginocchio, eppure già li sentiva e vedeva alti. E la commuoveva che avessero solo pochi mesi in più del suo bambino che doveva ancora nascere.

Una sera Jack le disse:

«Ti porto a Petaluma a vedere uno spettacolo di artisti girovaghi. Hai bisogno di distrarti un po', futura madre. Facciamo sentire qualche bella risata a questo bambino».

Alla fine dello spettacolo, Jack era talmente carico di entusiasmo da non riuscire più a frenarlo. Applaudiva in modo frenetico, stando in piedi, e voltandosi continuamente verso Charmian per vedere se anche lei aveva apprezzato quanto lui. Poi non si trattenne più e le disse:

«Secondo me questi ragazzi non hanno il becco di un quattrino ma una fame da lupi. Che ne diresti se li invitassimo tutti a cena a casa nostra? Volendo, potrebbero anche fermarsi a dormire».

Jack avrebbe voluto festeggiare in ogni momento. Questo figlio sarebbe stato un maschio, non aveva dubbi. Ma questa volta fece in modo che Flora non vedesse mai che forma prendeva la pancia di Charmian. Quando lei gli scriveva per chiedere notizie, lui le rispondeva evasivo. In quei giorni scrisse una commedia che intitolò *Furto*. La scrisse più per bruciare le molte energie che sentiva esplodergli dentro che per vederla rappresentare in teatro. Cosa che, tra l'altro, non avvenne mai. O forse per poterla dedicare a Charmian, perché da quando stava per diventare madre le avrebbe dedicato ogni cosa. Quando fece aprire il primo sentiero della sua proprietà, gli diede il nome Sentiero Charmian. E sul dattiloscritto di *Furto* scrisse per lei queste parole: "Cara donna mia, come i nostri giorni diventano sempre più completi e sempre più dolci".

Di fronte a quelle parole Charmian pensò che, se il destino glielo avesse concesso, avrebbe dato a Jack un figlio maschio ogni due anni. Era quella la strada giusta per tenerlo legato a sé. Bessie, naturalmente, non le passò neanche per la testa. Jack non l'aveva mai amata, e poi da lei aveva avuto solo figlie femmine.

Jack si concentrò con un entusiasmo sempre maggiore nella costruzione della Tana del Lupo.

«È ciò che fa il maschio quando la femmina resta gravida» le disse un giorno con orgoglio. «Prima di tutto aggiusta la tana.»

«Sei sicuro che non siano le femmine a farlo?» lo contestò Charmian accarezzandosi il ventre. «Forse ti confondi con le rondini. Lì è il maschio che prepara il nido ancora prima di aver trovato la femmina.»

«I lupi lavorano insieme» tagliò corto lui. «Non so cosa sia tu, ma io sono un lupo e figlio del lupo. Così mi hanno sempre chiamato gli indiani d'Alaska: Lupo conquistatore.»

Per quella casa era disposto a spendere qualsiasi cifra. Doveva essere costruita con le grandi pietre rosse della Sonoma Valley, la sua Valle della Luna. Bisognava abbattere sequoie di più di duemila anni e l'esterno doveva mimetizzarsi perfettamente con la natura. Certe volte, in tanto fervore di progetto sorrideva tra sé. Si fermava e pensava che come individualista si stava costruendo un castello e come socialista avrebbe dato lavoro a moltissima gente. Contattò un architetto di origini italiane, il signor Forni, al quale diede un generoso anticipo, e partecipò lui stesso ai disegni della costruzione. Quando arrivava la sera, sull'ora del tramonto, andava a sedersi da solo su una piccola altura dalla quale poteva vedere i due picchi del Monte Diablo. Con tutto quel fuoco che si scioglieva per far posto alle ombre, vedeva di fronte a sé ogni progetto già realizzato. Teneva lo sguardo fermo, sembrava quasi appannato e che non vedesse nulla. Invece se ne stava lì a riprendere il futuro come fosse una veloce macchina da presa. Era così che gli piaceva vivere: fosforicamente.

In quei giorni ricevette una lettera di Eliza. Gli comunicava che da quando si era separata dal marito stava attraversando un momento difficile. Gli disse anche che la mamma stava peggiorando. Non faceva che lamentarsi dei pochi soldi che aveva. Lo pregava di non dolersene perché lei sapeva bene quanti gliene mandava, ma Flora aveva cominciato a fargli proprio una cattiva pubblicità. "Non stupirti se a Oakland tutti ti stanno considerando un figlio ingrato." Non sapeva spiegargli cosa le fosse preso. Tra le tante cose che diceva c'era sempre la vecchia storia della tavola con poco cibo. Suo figlio le diceva che lei non gli aveva mai dato abbastanza da mangiare, e allora forse si stava vendicando. Ma non era tutto. Per guadagnare qualcosa, Flora aveva preso in affitto un forno e si era messa a fare il pane. La gente di Oakland andava a comprarlo volentieri, perché diceva che bisognava dare una mano alla madre di un figlio ricco e famoso che le riservava un trattamento tanto inumano. "Ne sono tutti scandalizzati" gli scrisse.

Jack le rispose di raggiungerlo a Wake Robin con il figlio Irving. E le disse che potevano trasferirsi entrambi da loro. Era ormai troppo tempo che vivevano lontani e lì c'erano già tante piccole case, di spazio proprio non ne mancava. "Hai quarantatré anni" le scrisse. "Quanto altro tempo vogliamo perdere prima di stare un po' insieme? Ora che Charmian aspetta un bambino, c'è proprio bisogno di un'altra donna di famiglia in questa casa. Non puoi che essere tu."

Poi prese un altro foglio e rimase a guardarlo con la penna in mano. Gli sembrò di avere delle chele d'acciaio intorno al cuore. Si sentì stringere così forte che gli parve di non riuscire a respirare. Venne colto dall'emozione, da molti sentimenti del passato che arrivarono tutti insieme, e si chiese quanto potessero essere cambiati con il tempo. Non era forse stato sempre pazzo di sua madre? O alla fine, anche quella era diventata soltanto una frase che incorniciava un'epoca? Decise che era ancora pazzo di lei, la vita li aveva solo un po' allontanati, e le cose, quando c'è di mezzo la distanza, restano puntellate nel passato perché al presente rischiano di sgretolarsi. Prima che gli montassero troppa nostalgia e rimpianto, si mise a scrivere.

Cara mamma,
so che fare i conti ti piace e allora ti chiedo di farne un po' insieme a me. Eliza mi ha informato del forno e mi ha detto che nei mesi migliori ci ricavi sette dollari e mezzo e ne paghi ventisei per l'affitto. Stai lavorando in perdita, in più te ne stai tante ore lì dentro a fare il pane per tutta Oakland. Prima o poi dovrai prendere qualcuno che si occupi delle faccende di casa. Ti chiedo di rinunciare al forno, è un lavoro troppo faticoso. Stavo anche pensando di aumentarti l'assegno mensile.

Tuo Jack

Con una come Flora, una lettera stucchevole non sarebbe servita a niente. Conti così precisi, invece, avrebbero fatto presa su quello che lei chiamava "il mio spiccato senso per gli affari". Rinunciò al forno ma le cose non cambiarono molto. Poco tempo dopo le venne in mente di aprire una edicola. Jack riuscì a dissuaderla anche da quel progetto e le aumentò di nuovo l'assegno mensile. Ma presto cominciarono ad arrivare al ranch esattori che consegnavano a Jack conti di articoli che Flora aveva acquistato senza averne nessun bisogno. Tra questi c'era anche un gioiello di diamanti per il valore di seicento dollari. Allora le chele presero a stringere con maggior forza il suo cuore, e a lui sembrava di vedersela davanti: una donna dagli occhi piccoli e curiosi, che strizzava per mettere tutto meglio a fuoco dietro spesse lenti dalla montatura in metallo. Una donna sola e anziana che ancora trascorreva le sue giornate nella convinzione di riuscire a farsi venire delle brillanti idee. Nella lettera non aveva nemmeno accennato al fatto che lo stava ingiustamente diffamando in tutta Oakland. Con John non ne avevano mai fatto parola, ma di certo dovevano averlo pensato entrambi: "Siamo pazzi di lei, ma le febbri tifoidee devono averle minato un po' anche il cervello".

Forse era così, quelle febbri l'avevano resa molto emotiva e senza pace, altrimenti come spiegare il fatto che avesse abbandonato la sua benestante famiglia di origine per mettersi a vagabondare verso ovest? Ma pensarlo adesso, con una distanza che non era fatta tanto di chilometri ma di tempo, quello che ognuno impiega per sé e poco gliene resta da spartire, gli diede una forte fitta alla radice dei denti. Fu il primo dei suoi numerosi attacchi, quelli che i medici giudicarono di origine nervosa, e lo perseguitarono fino alla fine dei suoi giorni. Fu un dolore lancinante quanto il rimorso, e allora, con la forte volontà che possedeva, cancellò il pensiero. E al suo posto ce ne mise un altro: era la donna migliore che avesse mai conosciuto. L'unica che aveva sempre creduto in lui e gli era stata amica. Una dolce, amorosa e ragionevole madre.

Nel giugno del 1910, dopo aver comprato il vigneto di Kohler, del quale la signora Eames gli aveva tanto scritto quando era in mare sulla *Snark*, Jack cominciò a scrivere lettere frenetiche, quasi compulsive, ai suoi editori.

Aveva bisogno di soldi, dovevano dargli degli anticipi, aveva appena comprato un terreno, e "doveva" comprarne presto un altro. Aveva implorato i suoi creditori ottenendo una dilazione, ma entro il 26 giugno doveva saldare, altrimenti avrebbe perso la terra e il danaro già versato. Charmian si era trasferita a Oakland per prepararsi al parto. Jack voleva che desse alla luce suo figlio in ospedale, senza correre rischi. L'avrebbe raggiunta al momento opportuno e le sarebbe stato accanto dall'inizio alla fine. Per il momento, però, era meglio che lui restasse. C'erano tante cose da fare a Glen Ellen. Prima di tutto, aprire un sentiero per unire tutti i ranch comprati e farlo finire intorno alla Tana del Lupo. Avrebbe fatto trovare questa bella sorpresa a Charmian quando fosse tornata a casa con suo figlio. E questa volta non aveva un solo dubbio: da una donna tenace e forte come lei avrebbe finalmente avuto il figlio maschio che desiderava ancora prima di sposare Bessie. Adesso, nei pochi momenti di pausa che si concedeva, si metteva seduto su una sedia a dondolo all'aperto, incrociava le mani dietro la testa e a occhi chiusi, la faccia rivolta al sole, sognava il giorno in cui, in sella a un pony, suo figlio avrebbe cavalcato accanto a lui negli ettari di quello che sarebbe stato il loro regno. Era un pensiero che lo sfibrava per la troppa euforia. Gli piaceva talmente tanto da non riuscire a staccarsene. Ogni volta che gli sembrava di averlo portato a termine, c'era sempre qualche particolare che sentiva di non aver ricamato abbastanza. E allora doveva ricominciare da capo, fino a che non diventava perfetto.

Il 19 giugno, Charmian diede alla luce una bambina alla quale diede il nome di Joy. Era un nome che doveva parlare chiaro a suo marito: un figlio, maschio o femmina che fosse, rappresentava comunque una *gioia*. Jack si presentò a lei con il primo mazzo di fiori che avesse mai portato a una donna. Le fece un largo sorriso sforzandosi di mostrarsi contento. In fondo, con la separazione da Bessie, le sue figlie le aveva quasi perse. E poi quella non sarebbe stata la loro unica figlia, prima o poi sarebbe arrivato anche il maschio tanto desiderato. Questa volta, però, la delusione di essere padre di un'altra femmina durò pochissimo. Non ebbe nemmeno il tempo di abituarsi all'idea che Joy morì, a sole trentotto ore di vita.

Charmian volle mostrarsi forte anche di fronte a quella tragedia. Gli strinse una mano, se la portò alle labbra ancora screpolate per lo sforzo del parto e gliela baciò dicendogli:

«I nostri momenti migliori devono ancora arrivare».

Jack venne colto da uno strazio profondo. Per la prima volta in vita sua avrebbe avuto voglia di risponderle male. Lo trattenne la consapevolezza della sua adorazione. Quella donna lo amava così tanto da mettere sull'altare dei suoi sacrifici anche il corpo della loro bambina morta. Del suo volto voleva mostrargli sempre l'espressione sorridente, ma lui lo sapeva perfettamente cosa stava pensando. Lo guardava negli occhi sforzandosi di non piangere e dentro di sé si diceva: "Peggio di Bessie. Lei, almeno, le due figlie gliele ha date vive".

Rimase con lei in ospedale, la vide addormentarsi dopo un sedativo. Il medico gli disse che era molto provata. Dopo il parto avrebbe dovuto subire anche un piccolo intervento. Jack fece di sì con la testa a ogni parola. Poi, quando Charmian si addormentò, si sdraiò sul divano accanto al suo letto.

Gli tornò in mente il giorno in cui le aveva detto dell'idea che gli era venuta per un romanzo.

«Prima di tutto sarà la storia del grande amore tra l'ex pugile Billy e la stiratrice Saxon. Un romanzo puramente californiano che comincerà a Oakland e finirà qui, a Sonoma, nella nostra Valle della Luna. Sarà il romanzo del ritorno alla terra.»

Aveva subito intuito quel che aveva pensato Charmian: la storia di quella coppia perfetta era certamente ispirata a loro due. Mai come quel giorno si era sentita amata. Chissà, forse era anche riuscita a placare, almeno per un po', i suoi tormenti della gelosia. Jack ricordò anche quello che lui aveva fatto subito dopo: aveva attaccato i cavalli al calesse, attraversato la Valle di Sonoma per arrivare al paese più vicino e fare il giro dei bar per sbronzarsi con qualche conoscente del posto. Non gli era mai piaciuto il sapore dell'alcol, ma ormai non poteva fare a meno del sollievo che gli dava. "Un giorno ci scriverò qualcosa" aveva pensato al secondo whisky nel chiasso del locale. E a chi gli stava intorno, alzando il bicchiere disse: «Al sollievo che dà. Al fatto che se non è duraturo è certamente ripetibile!». Qualsiasi cosa dicesse, tutti applaudivano il famoso scrittore americano che beveva insieme a loro e proprio come fosse uno di loro. Quella sera se ne tornò a casa con almeno tre litri di whisky in corpo. Charmian era stata in pensiero tutto il tempo, era tornato così tardi che lo aveva dato per morto. O forse, peggio ancora, tra le braccia di un'altra che avrebbe potuto dargli un figlio maschio.

Cominciò a farlo spesso. C'erano giorni in cui non trovava pace fino a che non aveva fatto il giro di tutti i bar offrendo almeno un paio di bevute ai presenti. L'alcol lo reggeva bene, ma al terzo bar gli si scioglieva la lingua e cominciava a tenere vere e proprie conferenze sul socialismo, sul fallimento della vita cittadina e del capitalismo. Alla fine, nessuno stava veramente a sentirlo, accettavano le bevute gratis e poi se ne restavano storditi, lo sguardo un po' spento nel vuoto, senza nemmeno preoccuparsi di fingere attenzione. Quegli uomini semplici, abituati alla vita all'aperto, cotti dal sole californiano, se non si addormentavano con la testa sul tavolo era solo perché erano davvero molto orgogliosi che lo scrittore Jack London stesse lì a perdere il suo tempo a parlare per loro. La frase che poi, da lucidi, il giorno dopo si ripetevano sbattendosi il berretto contro le cosce dalla soddisfazione, era sempre la stessa: «Accidenti, è proprio un tipo che dà udienza a tutti!».

In quei giorni, negli occhi di Charmian Jack leggeva un ricorrente pensiero, lo leggeva così bene che gli sembrava di sentirlo: suo marito non si concedeva mai un momento di pura contemplazione accanto a lei. Quando non scriveva, rispondeva alle centinaia di lettere che gli mandavano i suoi ammiratori. Era capace di occuparsi dei loro problemi come fossero i suoi. Veri o finti che fossero. Alla fine, se c'era da mandare un assegno non si tirava mai indietro. E la loro casa era sempre piena di gente, come se starsene un po' in pace con sua moglie fosse l'ultima cosa che gli passava per la testa. A tavola erano sempre in molti, a volte anche persone di passaggio. E quelli erano gli unici momenti che Jack dedicava agli altri, anche a lei. In quelle occasioni aveva un sorriso e una espressione di grande affetto per tutti, ma dentro si stava allontanando da molte cose. L'entusiasmo, quel prendere la vita "con orgasmo", come aveva sempre detto, lo stava abbandonando, e lui non riusciva più a convincerlo a tornare indietro. Anche scrivere, sebbene le idee non gli mancassero, aveva l'impressione che fosse diventato un gesto meccanico. Il vero furore creativo apparteneva al passato. Aveva accumulato troppe delusioni. Fino a che erano state una dietro l'altra quasi non se ne era accorto. Ma in quei giorni, all'improvviso, da tempo ormai scrittore di grande successo, si era reso conto che erano state troppe. Era diventato famoso a dispetto di tutti, cos'altro voleva? E lui ripeteva sempre la stessa frase: «Ma lo capite o no che era tutto lavoro già fatto?».

Sorridevano, nessuno poteva comprendere il tormento che provava ogni volta che veniva invitato a pranzo da una famiglia di Oakland che prima non lo avrebbe mai degnato di uno sguardo. L'ipocrisia lo disgustava. Anche i genitori di Mabel, proprio come aveva scritto in *Martin Eden*, incontrandolo casualmente per strada lo avevano invitato. Ora sì che avrebbero acconsentito a quel matrimonio tanto osteggiato ai tempi. Erano pronti ad ammettere di essersi sbagliati, non si erano resi conto che in quel ragazzo c'era la stoffa del vincente. Quel che invece non capivano, era che quella stoffa aveva cominciato a sbiadirsi. E Jack aveva declinato l'invito. Era stato gentile, cordiale. Aveva risposto che stava costruendo un ranch nel posto più bello del mondo, nella Valle della Luna, e che gli era venuta l'idea di scriverci un romanzo.

«Sempre socialista, Jack?» gli aveva chiesto bonariamente il signor Applegarth.

«Un socialista deluso» aveva risposto. «Non certo dall'ideale, ma dagli uomini. C'è molta corruzione nel mondo, non crede? E non consola granché essere rimasto uno degli ultimi mohicani.»

«Certo, certo» aveva risposto il signor Applegarth senza capire. «Molta corruzione.»

Poi si erano salutati educatamente, Jack con l'amarezza in cuore di chi sapeva che molta corruzione c'era stata anche nell'aver impedito un matrimonio che ora, invece, avrebbero considerato decisamente opportuno.

Il desiderio di bere lo coglieva all'improvviso. Ma sì. Prima o poi doveva scrivere anche un libro su quell'involontario vizio: un trattato, una autobiografia, qualcosa che avrebbe spinto gli altri ad allontanarsi da quel mostro di John Barleycorn. A suo parere, tutti erano bevitori involontari. Bastava essere felici della propria vita per farne a meno. Allora sì che sarebbe stato facile. Si ricordò delle sbronze gioiose prese da ragazzo, ma quelle erano state un'altra cosa: dimostrazione di forza, virilità che metteva in circolo il furore. Bevute selvagge. Da molto tempo, invece, erano diventate bevute tristi. E cominciava anche a sentire strani fastidi quando urinava. Un po' di bruciore, qualche repentina fitta all'altezza dei lombi. A quelle bevute aveva voluto trovare un nome, le aveva chiamate: Senso di Colpa. Quello che continuava a provare verso Bessie e le sue figlie.

Una sera, mentre a letto Charmian lo accarezzava e gli baciava il collo con trasporto, un rigurgito di alcol lo aveva fatto saltare in piedi per poi correre in bagno. Era stato allora che, davanti allo specchio e a una luce che lo rendeva giallastro, pensando ad Anna Strunsky si era detto: «Forse il suo vero nome è Atto Mancato».

«Quale atto mancato?» gli aveva chiesto subito Charmian che lo aveva sentito.

«Non saprei» le aveva risposto lui. «Credo ce ne siano molti. Forse mi sarebbe bastato un figlio maschio.»

E allora Charmian aveva chiuso gli occhi per il sollievo e aveva fatto un grande sospiro. Quel figlio maschio glielo avrebbe dato lei. E il prima possibile. Magari quella stessa sera. Ma Jack era tornato a letto con una forte acidità di stomaco. Si era limitato ad abbracciarla, ad accarezzarle i capelli ripetendole: «La mia gaia ragazza. La mia bella e gaia ragazza».

Eliza si occupò del funerale della bambina. Jack, sconsolato, roso già da tempo dal suo male invisibile, uscì dall'ospedale che era quasi notte e si mise a vagabondare nella zona del porto. Entrò in un vecchio bar tenendo sotto braccio un bel po' di manifesti di quello che veniva definito il combattimento del secolo, l'attesa sfida tra "il gigante di Galveston", Jack Johnson, il primo campione nero di pesi massimi, e James Jeffries, considerato "la speranza bianca". A quell'incontro, Jack doveva assistere il 22 giugno per il "New York Herald". Quei manifesti non se li era portati dietro apposta, ce li aveva quando era andato a trovare Charmian in ospedale, glieli aveva portati per distrarla, ma poi si era dimenticato di mostrarglieli. Il gestore del bar, un certo Muldowney, lo accusò di volerli attaccare nel suo locale. Ne nacque una discussione alla quale si unirono altri quattro balordi, volarono molti insulti. E Jack ne prese tante, lo gonfiarono come poche volte gli era capitato in vita sua. Cinque contro uno. Fece immediatamente arrestare Muldowney, ma il giudice liquidò la faccenda con troppa semplicità, disse che si era trattato di una normale rissa tra ubriachi e che la corte non doveva avere niente a che fare con quella storia. Jack avrebbe anche potuto accettarlo, ma il giorno dopo la notizia andò a finire sui giornali. Dissero che Jack London andava in giro a sbronzarsi e a fare a pugni quando sua moglie era in ospedale e gli era morta una bambina appena nata.

Fece delle ricerche e la scoperta non fu piacevole: il giudice era il proprietario dello stabile nel quale, a piano terra, c'era il bar. Per tutta risposta, Jack scrisse una lettera al magistrato e ne mandò una copia anche alla stampa. Che stessero tutti molto attenti, la cosa non sarebbe passata liscia così facilmente. Sarebbe andato per vie legali, non avrebbe mai fatto nulla di irregolare, ma potevano starne sicuri: di quell'ingiustizia si sarebbe vendicato. Tutto venne insabbiato e l'unica vendetta che riuscì a prendersi fu quella di usare la sola arma che non gli si scaricava mai. Scrisse un racconto, *Il beneficio del dubbio*, nel quale trattò a dovere l'uomo di legge e lo pubblicò sul "Post". Se lo fece pagare settecentocinquanta dollari.

Il giorno dopo la scazzottata, tornò a trovare Charmian.

«Non è come pensi» le disse entrando nella stanza dell'ospedale con la faccia e gli occhi gonfi.

Le raccontò come era andata e poi le disse con voce calma e pacata che il 22 giugno sarebbe partito per Reno. Forse lei non se lo ricordava, ma glielo aveva detto già da tempo. Sarebbe rimasto via una decina di giorni, forse due settimane. Avrebbe assistito all'allenamento dei due pugili e poi all'incontro per scriverne un articolo per il "New York Herald" che gli avrebbero pagato molto bene. Le disse:

«Lo sai quanto amo la boxe. Stare lì insieme ad altri corrispondenti, molti di loro sono miei amici, assistere agli allenamenti, vivere con i pugili... Mi farà molto bene, mi aiuterà a superare questo difficile momento».

Charmian lo ascoltò senza alterare minimamente l'espressione estatica del volto. Gli rimandò il solito sguardo placido e neutro, lo sguardo di chi comprende e giustifica ogni cosa.

«Fai benissimo ad andare» gli rispose. «Qui con me ci sarà Eliza. Tra donne, queste cose funzionano molto meglio.»

Partì per Reno, nel Nevada, con un'unica certezza che lo percorse dalla testa ai piedi: non avrebbe mai generato un figlio maschio. In lui le idee erano sempre così, cominciavano dal cervello e poi gli invadevano l'intero corpo. Partì sentendosi arido e impotente. Aveva già scritto ventiquattro libri, ma tutta la sua produzione passata, presente e futura, non gli avrebbe mai colmato quel vuoto. Quel desiderio, ormai lo sapeva per certo, non si sarebbe mai realizzato.

La sera del 22 giugno, in prima fila sotto il ring, Jack seguì l'incontro del secolo con poco entusiasmo. Jeffries andò al tappeto al quindicesimo round. Fu uno dei primi eventi sportivi a essere ripreso, ma la sua diffusione venne proibita. Nessuno doveva vedere un *negro* che vinceva un bianco.

Quando tornò a casa, la sua testa aveva già galoppato parecchio. Trovò Charmian che lo aspettava. Era provata, il suo colorito era spento e quando camminava stava un po' curva. Jack si sentì allora ancora più autorizzato a darle la grande notizia. Le andò incontro e la abbracciò con molto trasporto. Non era di tipo amoroso, e l'effetto che le fece fu quello del ricovero. Solo che non capì chi fosse il ricoverato: se lei o Jack. Come era solita, si abbandonò a quegli entusiasmi sempre più rari del marito convincendosi che potessero essere anche i suoi. Quando gli vedeva quella luce negli occhi, lo sapeva: stavano per fare le valigie. Era l'ultima cosa della quale sentiva il bisogno, malridotta com'era, ma si disse che, di qualunque cosa si trattasse, di certo Jack l'aveva scelta pensando al loro bene.

Stringendola per la vita, accarezzandole la schiena con piccoli, cadenzati tocchi dei polpastrelli, le annunciò:

«Sto per comprare la mia quarta barca a vela. Una barca adatta alla navigazione interna. Non c'è bisogno di andare dall'altra parte del molto per navigare quanto si vuole. Ha un bellissimo nome e non ho intenzione di cambiarlo. Si chiama *Roamer*. Porteremo Nakata con noi, magari anche un'altra persona. Ma tu, Charmian, sarai il mio unico marinaio».

«Così malandata come sono?»

«Ricordati che chi è stato marinaio una volta sarà marinaio per sempre. Il sapore del sale non diventa mai insipido.»

«Hai ragione» rispose lei sorridendogli piena di gratitudine e stando subito al gioco. «In effetti, già da un po' mi chiedevo se i pesci persici corrono ancora sul Wingo Slough. E poi leggo ogni giorno i giornali per sapere dell'arrivo del primo stormo di anatre dal Nord.»

«Bene, allora si parte!» esclamò Jack con quel sorriso che lo riportava subito all'infanzia. «Ho già fatto comprare una stufa da mettere a bordo. Faremo un magnifico giro nella nostra bella baia. E ci staremo tutto il tempo che vorremo. Forse non hai idea degli splendidi posti che ci sono da visitare. A volte, si è convinti di trovare chissà quale meraviglia solo perché i chilometri sono tanti... Ma ti assicuro, avrai grandi sorprese. Resterai strabiliata.»

Le aveva parlato per tutto il tempo tenendo un braccio dietro la schiena. Charmian aveva capito che nascondeva qualcosa, ma aveva preferito aspettare. Con gli occhi che gli brillavano, Jack le porse un libro fresco di stampa, un libro dalla copertina azzurro chiaro, intitolato *Radiosa Aurora.*

Rimase rapito dall'espressione da fanciulla che quel libro aveva riacceso sul volto sciupato di Charmian.

«Partiremo in autunno» le disse infilandosi con violenza le mani nelle tasche sformate. «Vedrai, ci sembrerà di essere di nuovo sulla *Snark.*»

Fu una estate dolorosa. Charmian si riprendeva a fatica perché il suo corpo era dominato dalla malinconia. Flora lo aveva scritto a Jack in una lettera molto lunga e confusa. Parlava dei suoi progetti per il futuro, ma faceva anche previsioni. O meglio, come diceva lei, riportava quello che le dicevano i morti. Certe volte non la lasciavano nemmeno dormire, non si accontentavano di parlarle in sogno. Volevano proprio che fosse sveglia. E così, uno di loro le aveva detto che da un po' di tempo Charmian non ci stava più tanto con la testa. E adesso, con la morte della bambina, quella testa si era messa ad attaccarle il corpo.

Del resto come a te, Jack. Devi essere ragionevole. Hai due belle figlie che hai praticamente abbandonato, te ne costruisci un'altra e ti muore. Non può fare bene alla tua testa né al tuo corpo. Ma di te mi preoccupo meno. Le tue non saranno sofferenze lunghe. Tua moglie invece ha già delle terribili voragini dentro il cervello per colpa tua. A starti dietro non ce la fa. Povera donna, non sarà l'unico tentativo. Prima o poi ti resta incinta di nuovo (cosa non farebbe per te), ma questa volta la gravidanza nemmeno la porterà a termine. La bambina l'abortisce prima.

Bessie sta molto bene con il nuovo marito e le tue figlie crescono a meraviglia. Sono molto legate alla loro vecchia nonna. Vengono a trovarmi spesso e la domenica vado a pranzo da loro. Bessie è una ottima cuoca. Poi andiamo a fare delle lunghe passeggiate tutti insieme. Il marito è di poche parole, ma un gran brav'uomo.

Noi due ci vediamo poco, eppure siamo ancora molto legati, vero Jack? Come sarebbe bello poterti dire che un giorno me ne andrò all'altro mondo e ti lascerò su questa terra. È il segno che tutti noi genitori vorremmo lasciare. È stato proprio uno stupido, tuo padre. Io glielo avevo fatto un bel figlio maschio. E lui se ne è fregato, ha permesso che ti allevasse un altro, che ti desse il suo nome. Figurati, era convinto che tu non fossi nemmeno figlio suo.

Non lo so come faccio a spendere tanti soldi. Ma corrono via come l'acqua. Mandami mille dollari. Non è bello che tua madre debba sentire le nocche dei creditori battere alla sua porta.

Con la mia benedizione

Tua madre

Jack provò rabbia e dolcezza insieme. L'aveva lasciata troppo sola, una donna forte come lei era una donna a rischio. La forza, quando è eccessiva, quando se ne fa un uso smodato perché sembra senza fondo, può andarsene da un momento all'altro senza nemmeno dare il preavviso. La forza era come un lavoratore con un buon cervello dentro la testa. Quando capisce di essere sfruttata si mette in sciopero. A chi ha sempre retto l'urto caparbio della vita in tutte le sue giravolte, fa un brutto effetto ritrovarsene improvvisamente in balìa. Un giorno avrebbe fatto anche lui la stessa fine? Si sentì percorrere dall'elettricità di un fulmine lungo la spina dorsale e all'improvviso gli tornò in mente una conversazione ascoltata da bambino. L'aveva dimenticata o chiusa nel famoso scrigno? Stava leggendo un libro di avventure sdraiato sul letto. A un certo punto, quelle pagine gli avevano messo dentro una tale euforia che per buttarla tutta fuori c'era un solo modo: uscire di casa e fare una corsa spossante fino al mare. Ma quando era arrivato alla porta di casa era stato fermato dalla voce di sua madre, dal fatto che parlasse senza emozione pure se stava piangendo. Teneva la testa contro uno dei pali di legno del portico e John era lì, accanto a lei. Le accarezzava i capelli.

«Ma come puoi dire una cosa simile?» le aveva chiesto.

«Ci sono cose che si sentono.»

«Non hai la palla di vetro, Flora. Piantala con questa storia dei morti che ti parlano, delle visioni e delle voci. Sono cose che ti fanno male.»

«Me lo hanno detto chiaro e tondo: Jack morirà giovane.»

Gli parve di risentire quelle parole come fossero state pronunciate adesso accanto a lui, sussurrate al suo orecchio.

«Mamma!» disse voltandosi quasi con paura.

Scosse la testa. Era seduto alla sua scrivania. Oltre alla lettera di Flora, aveva davanti a sé qualche pagina del romanzo *Bureau dell'assassinio*, il libro che stava scrivendo prima che Joy morisse e che non avrebbe mai portato a termine. Ogni volta che lo riprendeva in mano aveva la sensazione che quelle ultime parole scritte con animo ignaro fossero proprio le ultime. Come può andare avanti un romanzo quando un dolore lo interrompe così?

Al ranch arrivava gente da ogni parte del pianeta. Certe volte Jack pensava che forse si era un po' stancato di viaggiare, e allora lasciava che il mondo andasse da lui. E in casa sua ne arrivavano molte di persone strane. Una volta ci fu un italiano che si era messo in testa di costruire una casa che andasse da San Francisco a New York. Jack ne era incantato, gli chiedeva spesso di descrivergliela questa straordinaria casa, di fargliene un disegno. L'uomo era abbastanza bravo a parole, ma con carta e matita faceva cose senza senso. Jack, però, le conservava e guardava a lungo di notte.

Accoglieva tutti. Aveva un debole per i famosi specialisti dai quali diceva di voler "assorbire la scienza". Ma la cosa che gli piaceva di più era assistere a una battaglia tra due intelligenze, che commentava quasi sempre con le stesse parole: «Prenderò le parti di entrambi!». Lo diceva nell'assoluta certezza che di ogni discussione ciò che lo interessava era solo la sostanza, mai la vittoria.

E nonostante quel dolore che sembrava mangiarlo vivo, quando entrava all'improvviso in una stanza una corrente elettrica investiva chiunque fosse presente. Tutti si animavano, perché da lui promanava la più grande energia che si potesse immaginare. Una volta, un anarchico di poche parole che aveva ospitato insieme alla madre malata gli aveva detto: «Hai uno splendido modo di essere vivo. Non te lo so spiegare bene. Ma ogni volta che ti vedo penso sempre la stessa cosa: Jack è una montagna di vita». E allora Jack gli fece quello che chiamava "lo scherzo all'anarchico". Non ce ne era stato nemmeno uno che passando per casa sua l'avesse scampato. Quella sera, a cena, l'anarchico di turno si trovò sul piatto un libro con su scritto a lettere cubitali A LOUD NOISE. Jack fece fatica a trattenersi, rischiava sempre di scoppiare a ridere prima del tempo. Stringeva ogni volta le mascelle quasi fino a farsi male. Quel libro, quando veniva aperto, faceva scoppiare un petardo. E allora Jack rideva, rideva più di chiunque altro. Non c'era cosa che lo divertisse di più al mondo della faccia che faceva un anarchico quando gli scoppiava un petardo sul piatto.

Il giorno dopo si fece perdonare. Sellò lui stesso due cavalli e lo portò in cima al Monte Sonoma, e poi lungo il crinale che dominava la Baia di San Francisco. Sulla strada del ritorno, l'anarchico gli disse: «Anche quando non parli, sento che il tuo cervello gira a cento chilometri al minuto. Nessuno può tenerti testa. Se è possibile essere pieni di qualcuno, io lo sono certamente di te».

In realtà, ultimamente Jack si sentiva sempre più stanco. Un tempo l'alcol lo rinvigoriva, gli dava lucidità di pensiero, gli lubrificava il cervello. Bere era un divertimento, una vacanza, quasi un riposo che poi gli metteva in moto un assalto di idee. Adesso, invece, salutava gli amici di passaggio a casa sua che ancora parlavano e bevevano, dava un bacio sulla fronte di Charmian che aveva accettato a malincuore di dormire in due stanze diverse e si ritirava.

«La mia gaia ragazza fa tanta fatica a dormire» le aveva detto lui per giustificarsi. «Io scrivo o leggo fino a tardi e poi al mattino mi sveglio molto presto per riordinare quel che ho scritto di notte.»

Quando non lo faceva Nakata, era Charmian in persona a preparargli tutto quello che gli occorreva per la notte: matite appuntite, quaderni di varie dimensioni, due pacchetti di sigarette, una pila di giornali con in cima il più nuovo, un puntaspilli di velluto rosso con gli spilli che gli servivano a tenere insieme i fogli, molte bibite gelate con le quali si rinfrescava la gola irritata dal fumo. Da quando Joy era morta, Jack aveva dei mal di denti che gli toglievano la ragione. Ma non si lamentava, non gridava dal dolore, soffriva e basta. E quando non erano i denti erano gli orzaioli, e i reni, che avevano cominciato a funzionare male. A Glen Ellen non era facile far venire un medico, a meno che non fosse una urgenza. Arrivavano le persone più strane del mondo, «Ma un medico» diceva sempre Charmian «dove vado a cercarlo?». Jack sopportava ogni genere di dolore senza lamentarsi, dava alla sua vescica il tempo necessario per svuotarsi, anche se aveva l'impressione che i lombi gli si fossero atrofizzati. Ma quando si trovava finalmente solo nella sua stanza, con una notte davanti per scrivere, unici suoni il fruscio dei passi leggeri di Charmian che non dormiva quasi mai e si aggirava per la casa sfregandosi le mani fino a spellarle, e qualche verso di un animale lontano, allora dava un lungo sorso a una delle sue bevande con ghiaccio e scriveva per ore, fino a che gli occhi gli si riempivano di granelli di sabbia. E poi si addormentava di schianto, ma per poco tempo. Nei giorni che precedettero la loro partenza, non ebbe scampo. Poteva dormire anche pochi minuti, ma la prima immagine che gli appariva nel sonno era sempre quella altera, un po' beffarda e ammaliante di Anna Strunsky.

Charmian aveva ragione a essere gelosa, Jack non era come il suo amico poeta George Sterling che faceva impazzire la sua giunonica moglie andando dietro a tutte le donne che incontrava. Quando li ospitavano a Glen Ellen, Charmian rabbrividiva a ogni loro sfuriata. Ma se George Sterling era afflitto da un incurabile dongiovannismo, Jack voleva un figlio maschio sano e forte. E quando attaccava uno o due cavalli al suo calesse per andare a Santa Rosa o negli altri paesi vicini per andare in cerca, come diceva a Charmian, di "inibizioni", parola che all'epoca usava spesso per dire fare una chiacchierata tra uomini, offrire da bere a tutti, parlare del socialismo che avrebbe distrutto la proprietà privata, della guerra e della miseria come causa della delinquenza, di biologia e di organizzazione del lavoro, della corruzione giudiziaria, di letteratura e di utopia... beh, alla fine di queste *inibizioni* salutava tutti prima del previsto, e con il molto alcol che gli era andato a finire nel sangue, con quella ritrovata radiosità che aveva una durata breve ma felice, andava a trovare una ragazza. Era una figliola piena di salute che lui, nell'euforia dell'alcol, vedeva come una sana giumenta. Gli piacevano il suo corpo robusto, i fianchi capienti, il sorriso franco, e il suo modo di darsi che era anche un prendere, cosa insolita nelle donne che aveva conosciuto. Non provava amore, non era più in grado di fabbricarne per nessuna da molto tempo, e in casa doveva addirittura fingere di provarne ancora per quella bambina di sua moglie che un po' cominciava a irritarlo ma gli faceva anche molta tenerezza. "In che modo invecchierà?" si chiedeva spesso. Sarebbe riuscito a sopportare una donnina fintamente gaia che aveva cominciato a bamboleggiare per paura di perderlo?

Quando lasciava i cavalli a brucare davanti alla porta della robusta ragazza, si sentiva proprio simile a uno di loro, e prima di prenderla con tutto l'impeto che poteva racimolare nella volontà, convinto che più impeto ci fosse stato e maggiori sarebbero state le possibilità di ingravidarla, Jack si ricordava ogni volta di uno stallone quasi impazzito per via di una femmina in calore nel recinto accanto al suo. Ma poi aveva visto il cavallante prenderlo per la cavezza, metterlo sotto un altro giro del vento a poche decine di metri di distanza e il cavallo, placidamente, si era subito rimesso a brucare. Anche lui era così, infuriava in quel letto e dopo, risalendo sul calesse, sentiva che ogni veemenza svaniva per lasciare il posto solo alla malinconia. Ma una malinconia pericolosa, di quelle che da tempo avevano dismesso la dolcezza e si erano trasformate in scarnificazione. Da quando Joy era morta, si era accorto di essere già caduto almeno un paio di volte in quello stato d'animo. Diceva a se stesso che non aver avuto un figlio maschio gli aveva fatto riaprire lo scrigno immaginario dove credeva di aver nascosto per sempre la triste consapevolezza della sua nascita illegittima. Ma quello era il più invincibile dei veleni, nemmeno l'alcol poteva nulla. E allora, anche se gli altri dicevano che era sempre allegro, addirittura "una montagna di vita", lui cominciò a detestare tutto: dalla scrittura al socialismo. L'unica cosa che in quei momenti rivendicava era il diritto al suicidio. Ma era lucido abbastanza da sapere che a mettergli in moto quella depressione era proprio l'alcol, *the white logic*, come lo chiamava lui. In quei giorni stava scrivendo la storia del suo rapporto con l'alcol dall'infanzia fino ad allora. Continuava a stupirlo il fatto di essere diventato vittima di John Barleycorn senza essere mai riuscito ad apprezzarne davvero il sapore. Se avesse saputo che quel romanzo avrebbe aiutato il proibizionismo, forse non lo avrebbe mai scritto. O forse lo avrebbe scritto con maggior ferocia. Niente era mai stato più altalenante in vita sua: rapimento e disgusto, lucidità e perdita di senso. L'alcol era un corroborante corrosivo. E il suo bello era l'illusione, quel bere e bere senza venirne quasi toccati, la certezza che reggerlo significasse non subirlo. «Non c'è nessuno più intelligente dell'alcol» disse un giorno a Charmian. «Se te lo fai nemico ti sbranerà. Il formidabile, e qui domina la sua intelligenza, è che nessuno se ne accorge mai. Fino alla fine.»

E poi arrivò ottobre, e finalmente Jack e Charmian partirono a bordo del *Roamer*. Sul volto di entrambi, nella fotografia scattata da Nakata, c'è una strana espressione. Hanno un sorriso lievemente all'ingiù. Che sia un sorriso si capisce soprattutto dalla brillantezza degli occhi, ma anche quelli, a guardarli bene, hanno una luce solo esterna, quasi una patina mal verniciata. Stanno per salpare e sono sufficientemente equipaggiati.

«Soltanto il necessario» aveva detto Jack a Nakata. «Voglio pescare e cacciare anatre. E spesso mi fermerò da qualche parte per dormire in albergo o in casa di amici. Voglio che questo viaggio sia soprattutto una vacanza per Charmian. La ragazza se la merita.»

Per tutta la durata del viaggio, Jack lesse quasi esclusivamente libri di agricoltura. Si informava sull'emigrazione nelle pianure occidentali, sullo sviluppo di un ranch, sull'allevamento del bestiame. Charmian era la confidente entusiasta di tutto quello che imparava e di ogni suo piano per il futuro. In questo non avrebbe mai avuto rivali. Mai gli aveva negato il suo appoggio. Un giorno, mentre Jack attaccava un'esca all'amo, un attimo prima di fare il solito lungo, atletico lancio in mare, una bella luce gli arrivò negli occhi da chissà quale passato. Charmian lo guardò con più adorazione del solito. Lui se ne accorse e con una schietta simpatia infantile sul volto le disse:

«Lo so, ho fatto molti errori e commesso molte follie».

Agli occhi di Charmian era troppo attraente perché lei non approvasse tutto quello che faceva. Non le sembrò vero potergli rispondere:

«Ma almeno puoi dire che errori e follie sono stati grandiosi. Davvero grandiosi».

Anche sul *Roamer*, Jack non conosceva la ricreazione. Per lui il riposo era sempre un cambiamento di pensieri e di occupazione. Charmian lo guardava mentre se ne stava al timone, dritto sulle belle gambe tornite, con le spalle robuste, muscolose, inclinate sotto il vento del Nord. La sera prima lo aveva visto scrivere un racconto che lei, subito dopo, sempre insonne, aveva battuto a macchina. Con i fogli in mano gli andò incontro e lo abbracciò da dietro.

«Scrivi per guadagnare e mandare avanti i lavori del ranch» gli disse appoggiandogli la fronte sulla schiena, «ma sembra sempre che tu stia guidando un tiro di stelle. Quello che scrivi è fatto della stessa sostanza.»

Solo quando lo portava via dal mondo Charmian ritrovava un po' di pace. Ma lo sapeva da sé: quando la pace era perduta, quella che si poteva ritrovare ogni tanto non era altro che, come la chiamava lei, «una pace a mezzo servizio».

Se c'era una cosa che irritava Jack era una cattiva abitudine di Charmian quando stavano "nel mondo di terra". Che fossero a casa con i loro tanti ospiti, a una festa o a una conferenza, alle donne che gli si avvicinavano per parlare con lui non concedeva più di due minuti. Sembrava che Charmian li cronometrasse, poi si metteva in mezzo e prendeva lei la parola, spesso a sproposito perché non sapeva di cosa stavano parlando. In ogni caso, quando interveniva lei, la donna in questione prima o poi si ritirava.

«Ma cosa credi di fare?» urlava Jack quando restavano soli.

«Di cosa parli?»

«Sei gelosa, Charmian. La gelosia ti sta inutilmente mangiando viva.»

«Allora non mi conosci. Sono troppo sicura di me per essere gelosa.»

«E allora perché non posso mai parlare con una donna per più di due minuti? Senti, ormai non so nemmeno più quel che dico quando una donna mi si avvicina. È più forte di me, mi metto subito a contare. E credimi, quando arrivo a centoventi appari tu. Come me lo spieghi?»

«Non ci ho mai fatto caso. Sarà per il mio innato senso della socialità. Credo sia questo, Jack.»

Il discorso si chiudeva sempre lì, lei negava e lui scuoteva la testa portandosi dietro il senso di colpa per via di quella ragazza sana e robusta che sognava di mettere incinta. "E se dovessi riuscirci?" si domandava spesso. Le prospettive erano solo due: o Charmian accettava di allevare quel bambino come fosse suo, o la ragazza avrebbe preso il suo posto diventando la signora London. In quei momenti si sentiva spietato. L'aveva già fatto con Bessie, e quando succede la prima volta un uomo sa che potrà replicare. Il tempo era passato, ma ai suoi occhi Charmian conservava sempre le sue grandi qualità: navigava, andava a cavallo e si gettava in ogni avventura come un uomo, non aveva mai osteggiato i suoi progetti, non si era mai tirata indietro davanti a qualsiasi pericolo. Era per questo che a lungo gli era sembrata, ragionevolmente, la donna giusta per lui. Ma la donna giusta per lui chissà che fine aveva fatto, quanti figli aveva avuto. Si chiedeva se il velluto dei suoi occhi fosse ancora così fulgido come lo ricordava lui. Ogni tanto, pensava pure che era quella giusta per lui soltanto perché non l'aveva mai avuta. "Certe cose ti si incistano nella testa" pensava la sera a letto, quando stentava ad addormentarsi e le idee per i suoi romanzi si facevano volatili. Avrebbe dovuto prendere troppi appunti per ricordarle tutte il giorno dopo. A volte le lasciava andare nella consapevolezza che sarebbero state perdute per sempre.

Il viaggio sul *Roamer* durò da ottobre a dicembre. Fu una vacanza che vollero bella. Al mattino stavano a turno al timone, poi pescavano e leggevano per tutto il pomeriggio. La sera attraccavano, lasciavano la barca nelle mani di Nakata e spesso raggiungevano la casa di uno dei loro tanti amici o andavano in albergo. Charmian si era portata anche molti abiti eleganti. In un tardo pomeriggio, provarono una grande emozione quando si fermarono presso una comunità di hawaiani. Li videro da lontano e diressero subito il *Roamer* verso di loro. «Le Hawaii...» disse Jack avvicinandosi a terra. «Te le ricordi, Charmian?» Vennero accolti con il saluto *aloha*, e festeggiati come fossero stati re che tornavano da un lungo viaggio. Nonostante l'entusiasmo, però, quella sera rientrarono in barca. Tornarono a bordo un po' ubriachi, e prima di andare a dormire si lasciarono cullare dal mare, entrambi con lo sguardo perso nel buio orizzonte. Poi, raggiunto il letto, Jack si addormentò quasi subito. Charmian, invece, frugò tra le sue carte, soprattutto tra le lettere. Non aveva dubbi: suo marito intratteneva delle relazioni con qualche ammiratrice, ma si scrivevano in codice. Decise di non essere intelligente abbastanza per decifrare quel linguaggio. Ma molte delle frasi che le sembravano sospette, però, le ricopiò su un quaderno che leggeva nelle sue notti sempre insonni. Se Jack non fosse stato ogni giorno più vittima di un malessere che lo strappava dal mondo, forse si sarebbe accorto del grave disagio di Charmian. Ma in quei giorni la "gaia ragazza" gli sembrava piuttosto insopportabile. Non all'altezza della situazione. Anche se poi, subito dopo, si chiedeva quale sarebbe stata l'altezza giusta. O se non era semplicemente il tempo che gli aveva usurato gli atti mancati facendoglieli sembrare gli unici per cui sarebbe valsa la pena. Charmian era perfetta, cosa poteva chiedere di più a una moglie? Ma era passato il tempo. L'incanto artefatto era durato fin troppo. Proprio in quei giorni decise che per tutto quello che gli aveva dato non l'avrebbe lasciata mai. Avrebbe sopportato quella donna bambina e bamboleggiante per il resto dei suoi giorni, l'avrebbe anche vezzeggiata. Era uno degli scrittori americani più noti nel mondo, sarebbe stato in grado di reggere questa pietosa, e in fondo sì, anche amorosa, bugia.

Tornati dal viaggio sul *Roamer*, vennero riassorbiti dai lavori del ranch. La Tana del Lupo andava avanti. Aveva tutto in mano Eliza. Lui glielo aveva detto fin dal primo giorno:

«Nessuno meglio di me sa cosa voglio e potrebbe portare avanti questi lavori con uguale profitto. Ma tu lo sai come sono fatto. Sono inquieto, non so mai quanto riesco a fermarmi in un posto, e allora le redini di questa epopea le devi prendere tu. Per qualsiasi problema, telegrafami ovunque. E poi conosci i fondamentali: un ranch modello e una casa indistruttibile. Hai un buon architetto italiano accanto a te. Voglio una casa eterna, a prova di terremoto e di incendio. E un ranch come non ce ne sono mai stati prima».

Eliza era rimasta a guardarlo piena di tenerezza. Lo aveva sempre amato come un figlio, continuava ad amarlo così anche se ormai un figlio ce l'aveva. Gli aveva preso una mano e se l'era portata alle labbra. L'aveva sempre fatto, fin da quando Jack era soltanto un bambino. Quando per lui sentiva traboccare la dolcezza, gli baciava una mano proprio come un principe avrebbe fatto con una principessa. E poi aveva detto:

«Jack, sei l'uomo più solo al mondo. Tutte le cose che il tuo cuore voleva, non le hai mai avute».

«E tu come diavolo fai a saperlo?» le aveva risposto imitando il magnetismo di quando era ragazzo.

«Lo so.»

«Quel che è fatto è fatto, tanto non vivrò a lungo. È difficile spiegarlo, ma sarà così. Volevo una vita breve e felice. Credi sia stupido usare questa parola? Ho sempre voluto ardere in fretta, risplendere e bruciare prima che la morte potesse cogliermi impreparato.»

«Non metti in conto l'enorme quantità di libri che potresti ancora scrivere.»

«Sì, ci ho pensato. Anche un romanzo su Cristo. Ma voglio confessarti un segreto: avrei voluto scrivere poesie.»

«E perché non lo hai fatto?»

«Perché non rendono. Non me lo sono mai potuto permettere. Mi sono sempre detto: Jack, appena avrai soldi a sufficienza, ti metterai a scrivere solo poesie.»

«Se non ti fossi messo in testa di avere tutto questo...»

«Brava. Ma c'era altra via? Io ne ho bisogno. Ormai non riesco quasi mai a scrivere per più di due ore al giorno. Ai lavori del ranch, invece, ne dedico almeno dieci.»

«Lo vuoi fare per nostro padre.»

«Anche. Per quel brav'uomo che mia madre...»
«Lasciala perdere. Lui l'ha amata moltissimo, la risposerebbe anche adesso, dall'altro mondo.»
«Questo non toglie che lei ne abbia fatto carne di porco.»
«A te non è mai successo?»

La Tana del Lupo sembrava destinata a non finire mai. Jack la guardava crescere con l'amore che avrebbe tanto voluto provare per un figlio. Ormai, non conosceva nemmeno tutta la gente che lavorava per lui. A cavallo tra i suoi possedimenti, ogni tanto veniva avvicinato da un ragazzino, da un vecchio o da una donna che aveva l'impressione di vedere per la prima volta. Ma loro sapevano tutti chi era lui, e vedendolo passare smettevano ogni attività e gli andavano incontro. Jack aveva una parola per ognuno. Quella sua terra nella Valle della Luna stava diventando il pensiero più importante della sua vita. Un ranch al posto di un figlio maschio. I figli dei suoi lavoratori, tutti figli suoi. Le sue giornate non erano scandite, erano ossessionate dal ranch, dalla possibilità di migliorarlo. Sapeva bene quello che voleva: voleva che fosse un successo. Si stava preparando affinché tutti i giornali ne parlassero. Jack London, il più celebre scrittore americano, era anche un rivoluzionario dell'agricoltura. Non solo voleva essere il coltivatore con il ranch più grande della California, voleva essere il migliore. Colui che aveva cambiato la letteratura americana, voleva cimentarsi anche con le radici americane, quelle che affondano nella terra. E voleva creare qualcosa di assolutamente perfetto. La sua vita divisa in tre tappe fondamentali: il Klondike, il giro di almeno mezzo mondo con la *Snark* e il ranch. Così voleva essere ricordato, come l'uomo delle grandi sfide, l'uomo che aveva vissuto inseguendo nella realtà ciò che scriveva. La letteratura come garanzia di verità. Lo aveva detto fin da subito, quando sapeva che avrebbe scritto ma non aveva ancora i mezzi espressivi per farlo. La fedeltà a se stesso, sempre e dovunque. Una volta lo scrisse a Sterling:

La fedeltà a te stesso è quel che rimane anche dopo la morte. Non credo esista nulla, ma in quel nulla te la porti dietro nella memoria di chi resta. Ogni passo fatto in vita influenzerà il ricordo che lasceremo di noi. Un uomo è tutto in ciò che fa. È come nasce, ma è anche come muore. Mi dispiace non avere un figlio, avrei voluto insegnargli a essere sempre se stesso. Insomma la coerenza. E non dirmi che posso insegnarla al mondo. Lo sai bene quello che scrivono di me i giornalisti dalla penna avvelenata. Un figlio sarebbe stato tutt'altra cosa. Ma forse mi sto solo facendo dei sogni, vero, amico mio? Come sarebbero poi andate le cose nessuno può saperlo. È che mi sento in colpa per le mie figlie. Ho cercato di amarle come ho potuto. Ma sono stato frenato dal fatto che fossero femmine e nate da un matrimonio destinato a fallire. E non ho mai smesso di sentirmi in colpa verso Bessie. Ma per un motivo che non mi fa onore: ero certo che, prima o poi, un bel maschio me l'avrebbe dato. E con quello sarebbe cambiata l'intera mia vita, anche per le ragazze mi si sarebbe acceso un sentimento diverso. Sono un uomo moderno e molto all'antica. Senza un figlio maschio, credo che un uomo non possa nemmeno cominciare a essere padre. Perdonami. Tu sei più elevato di me perché sei un poeta. Lo sarei stato anche io, ma la differenza tra noi due è che io ho rinunciato perché la poesia non portava danaro. Ho sempre rimandato quel giorno. Poi, le grandi idee che mi sono messo in testa lo hanno escluso per sempre. Credimi, amico mio, certe volte non ho più nessuna voglia di scrivere. Ma devo farlo per pagare questo sogno del ranch. È un sogno. Non posso abbandonarlo. Il modo in cui sono cresciuto, questa mia terra, tutto mi ha insegnato a non rinunciare ai sogni. Almeno qualcuno lo devi far arrivare in porto sano e salvo. Della mia vita, non voglio lamentarmi troppo.

Eliza aveva ragione, voleva diventare il fattore perfetto, proprio come lo aveva sognato suo padre John. Arrivavano in continuazione capi di bestiame costosissimi, aveva fatto piantare altri duemila eucalipti. Ma lei conosceva bene suo fratello, non ci sarebbe mai stato un punto di arrivo. Se ci pensava, cancellava subito quell'idea dalla sua mente. Eppure, nonostante tutto l'amore che Jack metteva nelle cose, le cose gli si spegnevano tra le braccia: gli animali si ammalavano e morivano, anche i migliori venivano travolti da epidemie incontrollabili. Sembrava che ad aggiungere un pezzo al progetto quello precedente dovesse subito andare in frantumi. "Tutta la mia vita come la *Snark*" pensò Jack un mattino molto presto, mandando il cavallo a un trotto cadenzato. Ascoltando con soddisfazione il cuoio della sella che con l'aria fresca del mattino crepitava, si disse: "Pago sempre più del dovuto e ogni cosa mi marcisce".

Charmian si lamentava della bambina morta, accusava il destino che contro di lei si era accanito. Certe volte lo faceva con un tono così tagliente che irritava Jack. Sembrava quasi gliene desse la colpa.

«Voi donne siete tutte uguali» le disse una sera senza più trattenersi. «Siete convinte che i vostri mariti siano i responsabili di ogni vostra disgrazia. Credimi, questo è puro isterismo!»

Se ne pentì subito. Da quanto tempo non dormivano più insieme? Con la scusa della comodità, dei diversi orari... Alla fine della giornata, dopo aver cenato e ascoltato tanta gente parlare, arrivava il momento in cui si davano la buona notte. Un bacio a fior di labbra, un sorriso, molta apprensione. Sempre. E poi le lunghe ore notturne che trascorrevano separati, ognuno nei propri dolori. Si stava forse innamorando della robusta ragazza che non riusciva a dargli un figlio maschio? Fece un fischio leggero, poi un respiro profondo. E sentì l'odore forte del mare mescolato a quello dell'uva ursina che inondava tutta la sua bella Valle della Luna. «Ci volevano i tuoi occhi neri» disse accarezzando la criniera al cavallo. E poi sorrise, perché si accorse che stava per piangere. Una valanga di anni passati gli invase il petto. Erano così tanti, e cadevano uno sull'altro con tale fragore che sembrava avessero una voce. "Ma tante voci sono un boato" pensò con un po' di spavento.

Era calato il sole da almeno mezz'ora, c'era quella bella luce fosca e violacea del congedo, la luce che tutto condensa e allunga. La chiamava "luce don Chisciotte", e ogni volta pensava che solo il crepuscolo poteva creare un personaggio così.

Poi, d'istinto, si portò una mano all'altezza della tasca interna della giacca, ne toccò il rigonfiamento e a bassa voce, con una certa vanità, disse: «Chissà se un giorno qualcuno dirà che Jack London non ha mai usato il portafogli, bensì il suo vecchio sacchetto di pelle scamosciata per la polvere d'oro che non ha mai trovato nel Klondike...». Lo tirò fuori per osservarlo. «Tintinnanti monete» disse muovendolo all'altezza di un orecchio del cavallo. «Le tintinnanti monete guadagnate con le parole e spese per costruire una casa e mettere su un ranch. Sarò il solo anche in questo? Chissà se qualcuno un giorno dirà che Jack London faceva sempre il passo più lungo della gamba. Magari morirò e il titolo di un giornale sarà: *Ha guadagnato un milione di dollari e ne ha spesi molti di più*. Proprio come ha sempre detto mia madre.»

Fece voltare il cavallo e tornò a casa pieno di amarezza. In salotto trovò Charmian che suonava il piano, gli ospiti la ascoltavano bevendo vino bianco. Gli parve tutto grottesco. Ebbe per un solo istante, poi mai più nella vita, l'idea precisa del tanto ma cattivo. Ma purché fosse tanto, e riempisse tutto il suo vuoto.

Il giorno dopo annunciò a Charmian che avrebbero fatto un viaggio in carrozza. La casa restava in mano a Eliza e agli ospiti. Poi sarebbero tornati e avrebbero trovato quei minimi cambiamenti che saltano subito all'occhio di chi è stato lontano.

«Sarà un modo per notare dei progressi» le disse stringendola a sé. «La mia gaia ragazza ancora in viaggio con il suo uomo. Che te ne pare?»

Invece di rispondere, Charmian cominciò a tremare tra le sue braccia. Era completamente sedotta da quell'uomo, e non passava giorno che non si chiedesse come era stato possibile conoscerlo e non sentirsene subito rapita. Quale diffidenza si era accesa in lei per essere riuscita a guardarlo con falso, non poteva essere altrimenti, disinteresse? Accolse la notizia della partenza con i soliti capogiri di gioia. E la ragione era sempre la stessa: loro due da soli, il pericoloso mondo lontano. La casa sempre così piena di donne... Lontane le occasioni di convegni, letture, presentazioni. Irraggiungibili. Avrebbe vissuto nel disagio fino all'ultimo dei suoi giorni pur di essere per sempre nomade con lui. Temeva anche la fine della costruzione della Tana del Lupo, una casa immensa che avrebbe potuto ospitare troppa gente. Ne entrava già tanta nella famosa Casa dell'Attesa che si erano costruiti adattando una struttura già esistente, e c'erano già una quantità incalcolabile di dépendance che non erano mai vuote. Cosa sarebbe stata la loro vita una volta che la Tana del Lupo fosse stata pronta? Ma ogni volta che Jack le proponeva un viaggio lei galoppava, arrivava fino al famoso punto di non ritorno. Trovare un luogo inaccessibile agli altri, di quelli che avrebbero scoraggiato qualsiasi visitatore. Se solo lo avessero trovato, allora lo avrebbe convinto a restare, gli avrebbe detto che era il luogo migliore per scrivere. Del resto, uno come lui, che scriveva con la stessa sostanza delle stelle… Aver ottenuto un gran successo non toglieva nulla al suo talento. Che razza di ragionamento macabro voleva fare?

«Vuoi essere l'unico al mondo che perde forza soltanto perché ha raggiunto quel che voleva?» gli chiese preparando le valigie.

«È molto difficile sapere se realmente abbiamo raggiunto quel che volevamo» le rispose Jack. «La vita fa strani giri, mia gaia ragazza. Siamo convinti di volere una cosa, ma se poi non la otteniamo all'istante, che vuoi che ti dica, con la nascita stessa del desiderio spesso spunta, indesiderato, anche il desiderio stesso di consumarla. E magari di pura testa.»

«Che discorso contorto» disse lei mentre piegava gli abiti che sapeva sarebbero usciti da quella prigione. «Solo uno scrittore bravo come te può essere insoddisfatto.»

«Io non lo sono per nulla. Sono molto consapevole del mio valore. Non sono immodesto, ma nemmeno umile. Detesto gli umili. Sai, quei ragazzotti che mi mandano i loro dattiloscritti con la convinzione che io debba leggerli per forza. Sono falsi. Chi mai manderebbe un dattiloscritto a Jack London se non fosse sicuro di aver scritto un capolavoro? Io ho cominciato a scrivere nella certezza che la strada del capolavoro sarebbe stata lunghissima. Studiavo le parole, le misuravo, le mettevo alla prova, mi stupivo di come suonassero diversamente quando cambiavo loro di posto. A volte, il ritmo dipende da queste piccole manovre. Sono molto duro con questa gente.»

«E fai bene. Non hai mica tempo da perdere.»

«È quel che dico. Trovatevi qualcun altro, cari ragazzi. Se

dovessi leggere tutto quel che scrivete, la mia famiglia creperebbe di fame. Solo qualche volta, quando resto davvero folgorato, vado avanti nella lettura. Ma sono troppo giovani e troppo frettolosi, non c'è mai folgorazione che duri fino alla fine.»

«Questa giacca vuoi portarla?» gli disse lei sollevandola come un trofeo.

«Ho già tirato fuori quella di fustagno. Non carichiamoci troppo.»

«Bene, stavi dicendo?»

«Stavo dicendo che per godersi la vita la fortuna non dovrebbe mai nascondersi nemmeno per un secondo. Per essere felici... sì, questa ridicola parola che non esiste, per esserlo per davvero, bisognerebbe vincere una lotteria dietro l'altra. Nasce un desiderio e subito si realizza, e dunque te lo puoi godere nel vero, non soltanto nell'immaginazione, e quando ne sei bello sazio ne metti in cantiere uno nuovo che subito si realizza. E così via.»

«Non credi possa essere noioso tutto questo albero della cuccagna?»

«L'albero della cuccagna è già di per sé molto noioso e faticoso, ti ci devi arrampicare, e per rendere l'operazione più difficile ci passano sopra il sapone. Non è quello che voglio. Ho parlato di lotteria. Mi piacerebbe avere un cassetto pieno di questi biglietti, affondare ogni tanto la mano, tirarne fuori uno e saperlo vincente. Pensa alla *Snark*, la sua difficile realizzazione mi ha rovinato metà del viaggio, per non parlare del fatto che, tra una cosa e l'altra, è durato un terzo di quello che avevo immaginato. Ventisette mesi di cui soltanto...»

«Soltanto diciotto sulla *Snark*. Strano numero, vero?»

«Un vaticinio.»

«Jack, a cosa stai pensando?»

«A stare in barca, a godere dell'azzurro del Pacifico. A quel paradiso che sempre indietreggia.»

«Cosa credi?» disse Charmian esaltata. «Io sono come te, non ho paura di nulla.»

«E quella volta che invece di restarmi accanto ti sei gettata dalla carrozza quando il cavallo si era imbizzarrito?»

«Beh, questo perché anche io ho dei nervi, ma non vuol dire che sia una vigliacca.»

Scoppiando a ridere, Jack le disse una frase che le piacque molto, ma che in realtà denunciava un altro *ragionevole* matrimonio.

«Tu sei più affine a me di qualunque altra persona abbia mai conosciuto.»

Partirono dopo pochi giorni per il loro viaggio in carrozza. Eliza aveva scritto a Flora annunciandole che forse sarebbero passati a trovarla. Lei aveva risposto: "Figuriamoci. A Jack non passo più nemmeno per l'anticamera del cervello. Gli piace vivere in questa turbolenza. Lasciamolo fare".

Da Glen Ellen arrivarono fino a Gualala, dove si poteva pescare e affittare una barca anche se l'acqua non era sempre altissima e bisognava stare sottocosta per non incagliarsi nel fango. Raggiunsero il fiume Eel, dove i cervi andavano a bere. Charmian volle ucciderne uno da sola, senza l'aiuto e la mira di Jack. Lo centrò in mezzo alla fronte e quella sera lo portarono a casa di amici, dove lo arrostirono e lo mangiarono fino all'alba annaffiato da un buon rosso francese. Da qui raggiunsero la riserva indiana di Hoopah. Poi presero delle canoe e scesero i fiumi Trinity e Klamath. Poi attraversarono tutta la Petrified Forest e finalmente, a dicembre, tornarono a Glen Ellen.

Jack fece complimenti spropositati a Eliza per il grande lavoro che aveva fatto in sua assenza.

«Quanto potrà mai mancare alla fine della costruzione?» le chiese raggiante.

«Difficile quantificarlo in giorni, ma credo che potreste anche cominciare a impacchettare le vostre cose. Tutti quei bei mobili che vengono dai vostri magnifici viaggi. Sarà la casa più cosmopolita di tutta la California. Porte dipinte a mano che vengono dall'Oriente, tappeti, stoffe preziose, avorio e pietre di grande valore, cornici, gong, tende, sedie... Siete riusciti a portare di tutto.»

Gli piacque il catalogo che aveva fatto Eliza, ma sulla parola gong si accese la sua immaginazione. Da quel giorno diede ordine che alle dodici e mezzo in punto dovesse essere servito il pranzo, e per radunare le molte persone ospiti nel ranch lui stesso avrebbe suonato il gong comprato in Corea.

Durante il giorno lavorava fino all'ultimo minuto, e poi, dopo aver suonato il gong, si presentava alla sua tavola sempre così piena di gente, pronto in ogni istante a far posto ai nuovi arrivati che non mancavano mai. Quel momento era il suo orgoglio. Il suono del gong l'aveva ascoltato per la prima volta in vita sua in casa di Anna Strunsky.

Prima di sedersi a tavola, gli occhi di Jack erano sempre di acciaio e rugiada, dolcezza e ferocia nascosta. C'era il piacere dell'ospitalità e la durezza del capobranco, il compiacimento. Un giorno, un commensale gli disse che i suoi occhi mascheravano segreti profondi, forse terribili. Charmian si affrettò a rispondergli:

«Mi stupisco di lei. Forse non lo sa che gli occhi degli uomini erano tutti così quando il mondo era giovane?».

«Oh certo» rispose l'uomo divertito. «Quando il mondo era tutto un campo di battaglia. Comunque, suo marito è un grand'uomo. È veramente insolito che i suoi amici lo amino lo stesso.»

Charmian ebbe un fremito di rabbia, poi, sapendo di far cosa gradita a Jack, chiuse il discorso con la frase che generava sempre la discordia tra i commensali di quella generosa tavola:

«Mio marito è talmente famoso che voi non avete nemmeno idea di quanta gente gli scriva per sapere esattamente come è fatto. Sì, avete capito benissimo, vogliono sapere le sue misure. E Jack non si tira indietro, mi ha fatto scrivere una nota a macchina e io la spedisco a chi chiede queste informazioni. È giusto che i suoi ammiratori possano immaginarlo».

Sempre avido di novità e di esperimenti, Jack, mentre la Tana del Lupo veniva ultimata diventando proprio come aveva sempre immaginato lui: il castello rustico più bello della California, ebbe una nuova idea. Decise che ogni tanto avrebbe fatto arrivare al ranch un uomo "a parola". Si trattava di carcerati del penitenziario di San Quentin. Se Jack aveva una idea molto chiara era sulle prigioni. «Ne ho poca fiducia» diceva a Charmian per giustificare quelle presenze nella loro casa. «Le prigioni sono un sintomo. Quando si cerca di migliorarle si prova a migliorare il sintomo, ma la malattia resta.»

E il primo carcerato che arrivò in casa London fu Ed Morrell. Jack ne fu profondamente affascinato. Lo ascoltava per ore, soprattutto perché aveva fatto parte della banda che assaltava i treni, la Sontag-Evans, composta appunto da due criminali che avevano dato gran filo da torcere alla giustizia. Ed raccontò degli abusi subiti in carcere, e Jack ricordò la sua triste esperienza alle cascate del Niagara, quando si era fatto un mese di prigione soltanto perché non aveva documenti con sé ed era stato considerato un vagabondo. Pendeva letteralmente dalle labbra di Ed, e la sera, quando restava da solo nella sua stanza, prendeva appunti cercando di ricordare tutto quello che gli aveva raccontato. Quell'uomo aveva qualcosa di particolare, era uno ma sembrava anche molti altri uomini insieme. E Jack cominciò a pensare che riuscire a essere molti altri fosse stata la sua salvezza mentale in carcere. Di Ed apprezzava lo spirito pacato, la capacità che aveva di raccontare anche le cose più terribili con grande distacco, come non fossero accadute a lui. Il giorno che glielo chiese, si sentì rispondere:

«Non viviamo una sola vita, signor London. Non facciamo che andare a tornare. Non le è mai capitato di fare qualche strana esperienza fuori dal corpo? È un processo di proiezione astrale, che vuol dire uscire da questa vecchia carcassa per fluttuare un po'. Come un palloncino, un aquilone. E poi dipende dalla forza che abbiamo dentro, da quanto sappiamo calcolarla. Se siamo in grado di farlo, allora il cordone che tiene la nostra anima legata al corpo lo possiamo sciogliere, farci qualche bel giro. E poi tornare quando ne abbiamo voglia e riprenderci quel che avevamo messo a dormire».

«E lei è stato capace di farlo?» gli chiese Jack stupito.

«Molte volte. Vede, lassù» disse indicando il cielo «c'è una specie di pollaio delle anime, un allevamento. Uno se ne sta lì ad aspettare che esca il suo numero, poi scende e si fa una vita intera quaggiù. Ma non è quasi mai la prima volta e...»

«Questo vuol dire che quando si esce dal corpo il corpo muore?» gli chiese Jack, che all'idea del pollaio delle anime si era distratto.

«Non è una vera e propria morte. È una piccola morte.»

«Una piccola morte...» gli fece eco Jack. «E dove si va?»

«Io me ne andavo dove volevo. Altre epoche, mondi lontanissimi, oppure questo mondo, ma dall'altra parte del pianeta.

Ho sbirciato in vite precedenti, in quelle future. E mi riconosco sempre. Anche se non ho tutti questi brutti segni addosso.»

«Quali segni?»

«Questi» disse Ed sollevandosi la camicia. «In carcere, affinché non potessi difendermi, mi mettevano una camicia di forza. Ma il dolore non lo sentivo più. Sta tutto qui dentro» disse indicandosi prima la testa e poi il cuore. «Qui le cose si possono scatenare o essere ben governate.»

«Le piace stare qui, nel ranch?»

«Ci sto molto bene, signor London.»

Una sera, Charmian sentì un lamento venire dalla stanza di Jack. Aperse piano la porta e lo trovò seduto sul bordo del letto, i gomiti appoggiati sulle ginocchia, la testa tra le mani. Singhiozzava.

«Che succede?» gli chiese sedendosi accanto a lui.

«È un uomo superiore» le rispose Jack senza nemmeno voltarsi a guardarla. «Gli capitano cose indicibili. Nessuno dovrebbe essere trattato così in prigione. Prima o poi ci costruiremo un'altra barca e faremo un altro giro del mondo. Nel frattempo comincerò a chiamare molti uomini "a parola". Voglio che ognuno abbia la sua opportunità. Almeno in questo, essere Jack London servirà pur a qualcosa, no? Anche se credo che uno come Ed non lo troverò mai più.»

«Hai deciso di farci ammazzare tutti? Cosa ti sei messo in testa, Jack? Qualcuno sarà pure finito in carcere senza aver commesso nessun crimine. Ma gli altri? Voi credere che siano tutti innocenti?»

«Ed non è innocente, ma la redenzione non si può negare a nessuno. Credo che appena se ne andrà comincerò a scrivere un romanzo su di lui. E voglio che sia uno dei miei migliori. Tu non hai idea di quello che riesce a fare quell'uomo.»

«Che fa?»

«Cose da non credere. Esce dal suo corpo, visita altre vite, vite che sono state o che saranno le sue, capisci?»

«E tu gli credi? Jack, sei proprio il figlio di tua madre. Questo romanzo...»

«Le ho già telegrafato. Gliel'ho raccontato nei minimi particolari. Non ho ancora scritto una sola parola ma ho già tutto in testa. Di titoli me ne sono venuti in mente parecchi e glieli ho scritti. Ma lei non ha avuto dubbi. Senti cosa mi ha scritto:

> *Jack, tutti questi titoli non rendono giustizia a una storia così straordinaria. Mi hai fatto venire i brividi e ti chiederei di mandarmi, se puoi, una fotografia di questo Ed Morrell. Ne avevo sentito parlare da tuo padre di questi esperimenti. Non è un caso che quest'uomo sia finito in casa tua. Da quanto mi hai raccontato, ho l'impressione che tu sia stato destinato a scriverlo questo romanzo. Ma non sarà tutta roba tua, capisci? Anche tua, certo. Ma questo è un romanzo che vogliono che tu scriva. Non chiedermi chi, tanto hai capito. C'è una accolita di gente che giù, nei bassifondi, o negli altifondi (si potrà dire?), ti sta chiedendo di scrivere questo libro molto metafisico. E tu non puoi fare altro che obbedire. Del resto, mi dici che hai già tutto in testa. Sei invaso. L'obbligo è quello di liberarsene. Non puoi tenerti queste cose dentro troppo a lungo. E non farti illusioni, le capacità di questo cavalcatore del tempo e dello spazio non le avrai mai. Anzi, se ci provi puoi anche rischiare... Ma lasciamo perdere, non provarci e basta. Tanto non sai nemmeno da che parte si comincia. Ma i titoli che suggerisci sono bruttissimi, figlio mio. A me ne è venuto in mente uno, ti dico che non può essercene un altro:* Il vagabondo delle stelle. *Ormai al successo sei abituato. Ma questa volta aspettati qualcosa di più.»*

«Potresti trascorrere un po' di tempo da lei. Scriverlo a casa sua questo romanzo» disse Charmian in tono provocatorio.

«Non dimenticare mai attraverso quante esperienze sono passato. Potrebbe anche capitare che mi colga la tentazione di lasciarmi trascinare via di nuovo. È sempre stato così. Non posso prometterti niente. Questa tentazione potrebbe tornare e io potrei sparire per un giorno, due. O chissà per quanto.»

Charmian si portò le mani alla gola sentendosi soffocare.

«Non dirlo nemmeno per scherzo.»

«Potresti farlo anche tu, Charmian. Non avrei nulla da ridire.»

«Ma io non lo farei mai!»

Qualche giorno dopo Jack tornò a casa molto tardi. Si era incontrato con la robusta ragazza che non riusciva a mettere incinta, ma che gli piaceva ogni giorno di più.

«Dove sei stato?» gli chiese Charmian con voce quasi gracchiante dalla rabbia.

«In giro... Un giorno, chissà, magari quando avremo settant'anni, te lo dirò.»

A questa frase, Charmian venne colta da un attacco di gelosia che andò a sfogare fuori. Uscì in giardino, si allontanò dalla casa e cominciò a prendere a calci i tronchi degli alberi. Il giorno dopo rimase a letto senza rivolgere la parola a nessuno, nemmeno a Nakata che rimase con lei quasi per tutto il tempo cercando di farla mangiare. Non mangiò nulla per due giorni, e a Jack fu vietato visitarla. A forza di tirare quei calci i piedi le si erano gonfiati in modo mostruoso.

Si rimise dopo una settimana e Nakata le disse che il signore era fuori da due giorni, ma aveva detto che sarebbe tornato per pranzo.

«Il pranzo di oggi?» chiese Charmian.

«Di oggi. Sta per arrivare.»

Charmian si mise seduta vicino alla finestra e poco dopo lo vide arrivare con il calesse, il cappello calato esageratamente sulla testa. Quando entrò in casa se lo tolse in modo plateale mostrando un cranio completamente rasato.

«Cosa ti è venuto in mente?» gli chiese Charmian sconvolta.

«Un po' è stato il desiderio di cambiare, un po' quello di rischiare.»

«Rischiare cosa?»

«Mi sono fatto radere la barba da un uomo al quale tremavano le mani.»

«Avrebbe potuto tagliarti la gola, perché non te ne sei andato?»

«Ricordati quel che ti raccontai di Stevenson. Un giorno fumò una sigaretta insieme a un lebbroso pur di non metterlo in difficoltà. E sai cosa significa?»

«Significa essere pazzi.»

«No, c'è una sola parola: coraggio.»

A vederlo pelato, gonfio di alcol e con qualche lieve ferita sulle guance, Charmian scoppiò in un pianto che durò tre ore di seguito. Poi si alzò dal divano e minacciò di fare la stessa cosa.

«Mi raperò a zero anche io!» urlò prendendo un paio di forbici in mano.

Jack fu veloce, la rincorse e gliele tolse dalle mani. Charmian scoppiò a piangere di nuovo e Jack pensò che quella "gaia ragazza" era diventata una lagna. E come ogni volta che le cose con lei non funzionavano, organizzò un breve viaggio per mare. Questa volta sulla *Dirigo*, che da Baltimora sarebbe arrivata a Seattle via Capo Horn. Ma dato che non era una nave passeggeri, grazie alla compiacenza del capitano Omar Chapman riuscirono a farsi registrare come marinai. Fare cose da scavezzacollo, essere un po' guasconi, riusciva a unirli ancora. Si arrampicavano fino alle coffe dell'albero maestro e lassù leggevano poesie ad alta voce. Per tutta la durata del viaggio non fecero altro che arrampicarsi. Charmian gli stava dietro come sempre, mostrandogli che una donna valeva come un uomo. Durante quel viaggio Jack fece una cosa che amava molto: il medico. Estraeva i denti ai marinai e cercava di curare il mal di stomaco del capitano Chapman. Ma ne fece soprattutto un'altra che gli diede un enorme piacere. Pochi giorni prima di partire, in un negozio di libri usati, aveva trovato una copia di *Signa*. E non si limitò a leggere le famose ultime quaranta pagine che gli mancavano, lo rilesse tutto dal principio alla fine, e con lo stesso avido ardore dei suoi anni fanciulleschi.

Quando tornarono dal viaggio, Charmian si accorse di essere incinta. Insieme alla gioia ebbe anche un brutto presentimento. Tutti quegli arrampicamenti non le avevano certo fatto bene. Non fece in tempo a dirlo a Jack che pochi giorni dopo perse quella che, fin dal primo momento, aveva sentito sarebbe stata la sorellina di Joy.

Quella stessa sera, su un quaderno, Jack scrisse:

Non mi è rimasta molta tenerezza di cuore per i miei simili. E adesso mi tocca veder estirpata anche questa cosa così piccola. E allora mi chiedo: una moltitudine di angeli può danzare sulla punta di un ago?

«Me lo sento» disse Jack a sua madre e a Charmian mentre facevano colazione. «Questo sarà un anno cattivo. Del resto, non ci vuole nemmeno molta intuizione, è cominciato malissimo.»

Sua madre alzò gli occhi al cielo e si fece il segno della croce. Poi disse:

«Non è che un anno comincia male solo perché muore una persona che conoscevi abbastanza bene. Non era nemmeno una tua carissima amica, era una conoscente alla quale ti eri affezionato. Sei fatto così, figlio mio, vuoi bene a tutti. Questo vuol dire moltiplicare le nostre possibilità di sofferenza. Però sono d'accordo con te, anche io non ho buoni presentimenti. Il 1913 non mi piace. La somma dà 14, che sommata dà 5. E il 5 è un bruttissimo numero.»

«Povera ragazza» continuò Jack. «Nata inferma e poi morta.»

«Potrebbe essere stata una liberazione» osò dire Charmian.

Flora la fulminò con una occhiataccia.

«La scorsa notte ho fatto una cosa che non avrei mai creduto di fare» disse Jack. «Ho concentrato tutti i miei pensieri su quella povera ragazza per richiamarla.»

«Richiamarla in che senso?» chiese Charmian che non capiva.

«Richiamarla in vita» disse subito Flora. «Come lo vuoi richiamare un morto, in morte?»

«Purtroppo non c'è stata nessuna risposta» continuò Jack. «Devo essere stato raggirato dalle inconsapevoli eredità.»

«Neanche per sogno» rispose Flora. «Sei ancora sotto l'effetto di quell'Ed Morrell e del romanzo che stai scrivendo. Gli scrittori sono come spugne. Dovresti saperlo.»

Eliza, che quel giorno non aveva appetito, stava seduta in poltrona a leggere un giornale e d'istinto si portò una mano al petto. Fuori la giornata era bellissima, non fosse stato per la temperatura che si era abbassata all'improvviso, quel che si vedeva dalla finestra dava l'impressione della primavera. Cercò lo sguardo del fratello, ma Jack si era rimesso a mangiare a testa china, gli occhi fissi su quel che ingurgitava con poco interesse.

«Sembra primavera» disse Eliza rivolgendosi a tutti.

«Brutto segno» rispose Flora. «Quando le stagioni perdono ritmo e direzione non c'è mai niente di buono in arrivo. È una mia impressione o sta cominciando a mancare l'acqua?»

«No, non sta mancando. Lo sai com'è. A volte ce n'è meno. Va un po' a giornate» disse Jack accendendosi una sigaretta.

«Sarà...»

«Credo che quest'anno, invece di scrivere nel mio studio, lo farò sul *Roamer*. C'è ancora la stufa che ho fatto mettere. Ho voglia di starmene circondato dall'acqua. Solo Nakata» disse guardando il ragazzo, «se ne ha voglia, potrà venire con me.»

Charmian rimase colpita dalla dolcezza dello sguardo di Jack. Quel ragazzo era ormai per lui come un figlio. Prima aveva provato a convincere Bessie a vivere nel ranch, l'aveva quasi implorata. Poi, rinunciando all'idea, l'aveva incontrata per chiederle di far vivere almeno le ragazze con lui. Se avesse acconsentito avrebbe cambiato il testamento, ora a nome di Charmian, a favore delle figlie.

«Tentare me non serve» gli aveva risposto Bessie piena di orgoglio. «Ormai sono grandi abbastanza. Decideranno loro. Ma ti conoscono poco, Jack, hanno sempre vissuto con me. Tu sei stato lontano. In tutti i sensi. Cos'è, ora ti accontenti delle figlie femmine? Girano un po' di voci su di te. Vedi di non farle arrivare a tua moglie.»

Stava per andarsene quando si voltò all'improvviso.

«Dimenticavo, Jack. Joan ti ringrazia per aver letto il dramma che ti ha mandato. È la prima cosa che scrive e il giudizio positivo di un padre importante come te le ha fatto un gran piacere.»

Quella volta, Jack fece un passo falso, scrisse una lunga lettera a sua figlia Joan nella quale le diceva di capire quanto fosse difficile, alla sua età, trovarsi in una simile situazione, ma sperava che lei non fosse una piccola persona in un piccolo mondo. Le disse che in quel caso avrebbe commesso un grave errore, e ciò che era peggio per aver dato ascolto alla madre, che definì "una piccola persona in un piccolo posto in una piccola parte del mondo". Una donna che per la sua gelosia verso un'altra donna avrebbe sacrificato il futuro della figlia. Lui le offriva le grandi cose del mondo, le grandi cose delle persone grandi.

Dopo quella lettera ne scrisse tante altre, tutte molto supplichevoli e ansiose. Per molto tempo, Joan non rispose. Alla fine, stanca di quell'insistenza, lo fece e riempì tutta una pagina per dirgli che sia lei che la sorella si trovavano molto bene dove stavano e non avevano nessuna intenzione di cambiare. Aggiunse che le sue considerazioni su Bessie la addoloravano molto, perché lei la amava e la considerava una ottima madre. Concluse dicendo che sperava di non ricevere altre orribili lettere che alla fine la avevano proprio costretta a rispondere. Con quel foglio tra le mani, Jack si rese conto che le sue figlie gli stavano dicendo addio.

«Non ho nessuna voglia di dirti che te lo meritavi» gli disse Flora dopo aver letto la lettera della nipote. «Sei mio figlio e l'ultima cosa che voglio è vederti soffrire. Però non posso fare altro che darti torto. Hai sbagliato. Nella vita succede e a te è andata così. Non so cosa tu abbia tanto inseguito in tutti questi anni. Magari mi risponderesti che hai inseguito la magnificenza. E allora, figlio mio, se è così, mi sa tanto che dovrai fartela bastare.»

Il presentimento di Jack era fondato: l'anno non fu dei migliori. Irving, il figlio di Eliza, rischiò di morire per una scossa elettrica presa a scuola. Gli ci vollero molti mesi per rimettersi, i medici temevano che non avrebbe mai più avuto la forza di stare in piedi. Eliza riuscì a mantenere una calma apparente. Continuava a occuparsi del ranch, ma fino a che suo figlio non riprese a fare la vita di sempre sembrava venisse avvolta da una benda che ogni giorno nascondeva una parte del suo corpo. A due mesi dall'incidente scrisse una lettera a Flora, che da poco era tornata a casa sua. Una lettera nella quale, per la prima volta, le chiese di parlare con i morti. Flora le rispose rassicurandola. Irving ci avrebbe messo dei mesi, ma sarebbe tornato come prima. Quando così avvenne, la benda cominciò a srotolarsi e anche Eliza tornò a essere la donna forte di sempre. Il grande spavento, però, la fece sentire improvvisamente sola. Quei mesi di attesa la invecchiarono. Un giorno si guardò allo specchio, e smettendo di pettinarsi disse alla sua immagine: «Non ne vale più la pena. Sei vecchia».

Poi Jack si operò di appendicite e su un giornale scrissero: *Il richiamo dell'appendicite selvaggia.* Andò in bestia. Fece a pezzi il giornale e per giorni non parlò d'altro. I medici dissero che non avevano mai conosciuto un paziente così poco interessato alla propria salute. Più loro gli dicevano che l'operazione era riuscita perfettamente e più lui diventava idrofobo per quel titolo. Con Charmian, che non lo abbandonò un secondo, una sera, dopo essere stato muto tutto il pomeriggio, esplose:

«E tu? Nemmeno una parola da dire?».

«Le hai già dette tutte tu, Jack. Deve essere stato l'effetto dell'anestesia. Non riesco a spiegarmelo diversamente.»

Sempre nello stesso periodo, una bellissima cavalla che stava per partorire venne trovata morta nella stalla, uccisa da un proiettile. E poi arrivò la prima, impressionante siccità, e una finta primavera che fece spuntare fiori e frutti che poi appassirono per via delle forti piogge cadute in ritardo. Come se non bastasse, una invasione di cavallette attraversò le valli della California come un flagello.

«La beneficenza della natura» disse Jack a Charmian «quest'anno è più che bilanciata dalla sua crudeltà. Per non parlare dei conti che proprio non tornano mai. Guadagno settantacinquemila dollari all'anno ma ne spendiamo centomila.»

«Non usare il plurale solo per le spese» gli rispose Charmian.

Anche se con lei i problemi erano cominciati già da un bel pezzo, anche se la vita insieme non lo entusiasmava più, continuava a volerle bene, a sopportare la moglie diversa e petulante che era diventata. Lo infastidiva che mettesse bocca su tutto, cosa che prima della morte della bambina non aveva mai fatto. Jack non poteva sapere che il dolore aveva rivelato la vera donna che aveva avuto accanto. Al posto della geisha si era ritrovato una persona ferita e gelosa, una specie di poliziotto che frugava ormai dappertutto senza nemmeno più l'accortezza di rimettere le cose dove le aveva trovate.

«Ma che ti prende? Non faccio in tempo ad allontanarmi che nel mio studio sembra siano entrati i ladri!»

Il più delle volte lei non sapeva cosa dire e correva via in lacrime, a passi piccolissimi. E Jack scuoteva la testa cercando di non ascoltare i dubbi che lo tormentavano. Charmian era ormai sempre tetra e di malumore. Altro che gaia ragazza. La sua insonnia ostacolava anche il progresso dei lavori. Di notte non riusciva a dormire e così pretendeva che al mattino gli operai cominciassero alle nove e non alle sette. Una volta che Jack cercò di farle capire che quei lavori erano importanti e andavano fatti il prima possibile, Charmian, senza dire una parola, prese le sue cose e se ne andò a dormire nel solaio. Jack non le andò dietro, ma diede ordine agli operai di stare lontani dalla casa fino a che sua moglie non si fosse alzata. Gli uomini si guardarono tra di loro, e quando Jack si allontanò dissero che forse gli scrittori non avevano tutte le rotelle a posto: li pagava per starsene almeno un paio d'ore a non fare un bel niente.

Un mattino Jack si svegliò alle cinque. Sapeva che non si sarebbe riaddormentato e che non aveva voglia di scrivere. Non bevve nemmeno il caffè, che gli era stato lasciato sul comodino in un thermos, e uscì. Stava per sorgere il sole, che era sempre il più bello spettacolo del mondo. Anche se non c'era più nulla a entusiasmarlo, sapeva che svegliarsi casualmente a quell'ora era un dono della vita. Camminando a passi lenti, le mani in tasca, sentì di essere un uomo appesantito. Non c'era bisogno di stare davanti a uno specchio, bastava camminare per capire che il suo corpo si era trasformato. L'agilità atletica aveva lasciato il posto all'imbolsimento dell'alcol, del cibo, all'improvviso distacco che senza preavviso interviene tra lo spirito e il cuore rendendoli due emarginati. Fu mentre pensava al peso insolito delle sue gambe, ai dolori che sentiva all'altezza dei reni e alla vescica che aveva appena svuotato prima di uscire di casa e ora era già piena da scoppiare, che la vide. Si nascose dietro un albero e socchiuse gli occhi per mettere quell'immagine a fuoco. Charmian era lì, guardava anche lei il sorgere del sole con espressione rapita, la testa appoggiata sulla spalla di un giovanotto che le cingeva la vita.

Jack non provò nemmeno un moto di gelosia. Si allontanò pensando che forse quegli incontri potevano farle bene. Sorrise al pensiero della sua espressione rasserenata che in casa non vedeva più. Cercò di calcolare da quanto tempo non facevano più l'amore, ma non riuscì, era un conto troppo complicato. Lui si incontrava ancora con la robusta ragazza. Aveva rinunciato all'idea che potesse restare incinta e dargli il famoso figlio maschio. Forse avrebbe dovuto cercarsene un'altra fertile, ma ormai si era affezionato. Una volta alla settimana prendeva il calesse e la raggiungeva nella sua piccola casa, dove lo attendevano prima uno spuntino e poi un bel corpo giunonico. Sapeva perfettamente che quegli incontri erano armoniosi proprio perché saltuari. Certo, se gli avesse dato un figlio non avrebbe avuto dubbi: sarebbe diventata la signora London. Ma non sarebbe successo, e forse non era nemmeno colpa della robusta ragazza, forse era proprio lui che, sfiancato nei lombi, non aveva più vita da dare.

L'immagine così intima di Charmian con quel ragazzo lo aveva intenerito. Pensò che sua moglie meritasse quell'effusione. E se prima di quel casto abbraccio davanti al sorgere del sole c'era stato dell'altro, non stava a lui giudicare. Se ne tornò a casa contento. Forse, più che contento, molto sollevato. A un certo punto, proprio mentre stava per arrivare, si fermò all'improvviso colto da un pensiero: tutti i difetti per i quali aveva sempre criticato Bessie (vestirsi male e non essere una buona padrona di casa), li ritrovò uno per uno in Charmian. Inoltre, e gli parve di accorgersene soltanto in quell'istante, per gelosia non gli aveva mai permesso di avere una segretaria. Da quel giorno cominciò ad aumentare la già consistente dose di alcol giornaliera.

Passava le sue giornate chiuso nello studio a scrivere *La pic-*

cola signora della grande casa, il romanzo sulla rinascita dell'agricoltura americana che divenne invece la storia di un triangolo amoroso. Quel romanzo gli si trasformò a suo piacere tra le mani. A fine giornata, Jack si ripeteva sempre lo stesso pensiero: "Questo libro si scrive da sé". La critica lo avrebbe definito un romanzo artificiale, tanto lezioso che non sembrava nemmeno scritto da Jack London.

Eppure, in quel 1913 Jack raggiunse l'apice della sua carriera. Pur svogliato com'era, pubblicò quattro romanzi. Sorrise quando la critica lo definì "una vera forza della natura". Lui non si sentiva più così da tempo.

La sua più grande soddisfazione di quei giorni fu che Ed Morrell venne liberato e uscì da San Quentin dopo cinque anni di isolamento. Si diedero appuntamento al ristorante preferito di Jack, il Saddle Rock di Oakland, dove rinsaldarono la loro amicizia. Ed Morrell tornò poi al ranch e assistette alla stesura de *Il vagabondo delle stelle*, quello che sarebbe stato l'ultimo grande romanzo di Jack London. Era molto lusingato quando la sera, dopo cena, Jack gli leggeva quanto aveva scritto di giorno. Lo divertiva l'idea che quel professore universitario, tale Darrell Standing, fosse proprio ispirato a lui. Ogni volta che sentiva Jack leggere, pensava: "Prima o poi lo devo scrivere anche io un libro sulla mia vita".

Ad ascoltare quelle letture non era il solo. Jack non aveva mai perso l'abitudine di leggere ai suoi ospiti ogni capitolo che terminava. La vecchia abitudine di Piedmont non lo aveva abbandonato. Alla fine, ebbe l'impressione che quel romanzo gli avesse fatto bene. Gli sembrò che le angosce fisiche e morali fossero scomparse. Inevitabilmente, il suo pensiero andò a Flora. E per la prima volta in vita sua si chiese con onestà se in quelle cose anche lui credeva oppure no. Non seppe darsi una risposta soddisfacente, ma giunse almeno alla conclusione che nulla di ciò che accade nell'infanzia passa lasciando indenni. E allora non era più questione di credere o no. Quel poco latte che aveva avuto da dargli sua madre era stato sufficiente e gli era andato in circolo nel sangue quanto bastava. Per non parlare della sua balia, che vedeva in Flora una specie di bestia rara che conosceva tutto: passato, presente e futuro.

Una sera, proprio a Ed Morrell fece una singolare confessione: «Per questa casa che sto costruendo e per questo ranch sto spendendo così tanto che i soldi non mi bastano mai. Ormai sarei anche un po' stufo di scrivere racconti, anzi, proprio non mi piace più. Devo farlo per pagare i conti. Ma credi che la storia per un racconto ti arrivi così, a comando? Nemmeno per sogno. Personalmente, credo di aver esaurito ogni storia. E allora le compro. Non mi guardare così, non me le faccio scrivere. Compro l'idea. C'è un tale, si chiama Sinclair Lewis, che le vende a sette dollari e mezzo l'una. Ti manda la traccia di vari soggetti e tu puoi scegliere. È un tipo simpatico che vive a New York. Una volta gli ho preso due storie e lui mi ha detto che con quei soldi si era comprato un cappotto contro il freddo di quella maledetta città. Lo sai io come la chiamo? La chiamo "il terribile Maelström". Un giorno mi mandò ventitré tracce tutte insieme. Si capiva che aveva un gran bisogno di soldi. Gliele comprai tutte. Le tengo lì. Anche io ho bisogno di soldi».

Con Charmian non fece mai parola di quel che aveva visto all'alba. Se ogni tanto quell'immagine gli tornava nelle retine, era solo con grande dolcezza che la guardava. Povera la sua gaia ragazza. La cosa più dolorosa era che il tempo trasformava le persone, o forse le mostrava come realmente erano, perché pochi sono quelli che riescono a recitare la stessa parte a lungo. Pensava a queste cose mentre si radeva e all'improvviso si chiese se il verbo *recitare* fosse quello giusto. Forse si trattava soltanto del desiderio di mostrare il meglio di sé. Poteva essere considerato una colpa? Quando terminò di radersi andò in studio, prese una delle sue tante matite dalla punta perfetta e scrisse:

Il tema amoroso è la cosa più alta che possa esistere tra esseri normali. L'amore non conduce o dirige. L'amore soddisfa come nessuna altra cosa. L'amore è la definitiva benedizione della vita.

Poi lo rilesse e gli venne da sorridere. Stava diventando un po' matto? Forse stava solo diventando troppo triste e l'Atto Mancato bussava ancora alla sua porta rimettendo in moto un passato indomabile. In quel momento non fu la dolcezza della nostalgia a smuovergli il cuore. Fu il rimpianto. Rilesse ancora quel che aveva scritto, e per bontà, o forse per ironia, o per la crudeltà che gli atti mancati sanno fabbricare, portò quel biglietto a Charmian il mattino seguente, insieme al caffè.

Jack sperperava il danaro per dimostrare a tutti di non esserne schiavo. Viveva con apprensione le sue umili origini, e detestava l'idea che qualcuno potesse pensare a lui come a un borghese risparmiatore. Con il ranch dava da lavorare a talmente tanti uomini che la sua coscienza era limpida. Inoltre li pagava sempre il giusto. Se mai c'era stato uno sfruttato quello era stato lui e, da socialista convinto, spesso se ne vantava: «Mi faccio fregare volentieri, perché quando paghi è anche giusto che chi lavora per te voglia avere il maggior numero di vantaggi. È che a volte esagero, e pago anche parecchi incompetenti. Ma non importa, il mio sogno sta per avverarsi. In questo difficile anno, il mese di agosto si preannuncia pieno di soddisfazione». Questo scrisse l'8 agosto al mattino, appena sveglio, con il caffè bollente, le uova strapazzate e i biscotti fatti in casa su un vassoio che Nakata gli aveva messo sul comodino. Si sentiva soddisfatto anche se si era svegliato con una spina nel cuore. Aveva preso sottogamba una richiesta di aiuto e ora se ne sentiva in colpa. Circa un mese prima, gli aveva telegrafato la moglie del pugile Bob Fitzsimmons per chiedergli cento dollari, ma senza dare troppe spiegazioni. Lui in quel momento era al verde, e ne provò una tale vergogna che nemmeno rispose. Ma qualche tempo dopo lesse su un giornale che quella donna aveva subìto una delicata operazione all'ospedale dei poveri e non se lo perdonò mai. Da qual momento, quando qualcuno gli chiedeva dei soldi e lui non ne aveva, se li faceva prestare.

In quei giorni cercò di pensare a sé, a come era sempre stato, alla sua idolatria per la bellezza, la forza e i piaceri. Primo tra tutti quello di ridere, ma non in modo moderato, lui aveva sempre amato ridere smodatamente, a pieni polmoni, e da troppo tempo non lo faceva più. Da buon californiano, inoltre, disprezzava la codardia fisica e morale. Ogni volta che doveva definire il coraggio, sceglieva le parole di Platone: "Il coraggio è la conoscenza di ciò che si deve temere e di ciò che si deve osare". Ma quando di lui dicevano che aveva il coraggio di un orso, allora si considerava un pioniere e un condottiero. Il coraggio era fare ciò che è lodevole e gli piaceva fondere due termini, il greco *andreia* e il latino *fortitudo*, che significavano rispettivamente virilità e forza. Insomma, una certa implicazione soldatesca del coraggio, il suo lato più giovanile e selvaggio che in quei giorni sentiva rifiorirgli dentro. Quando una sera, chiuso in camera sua al buio e senza dormire, pensò che il coraggio era un impulso irrazionale verso ciò che è nobile, un puro dono dello Spirito, gli parve di ritrovare l'animosità dei suoi vent'anni. Il coraggio, quello che fa fare ciò che è lodevole e respingere ciò che è spregevole, se lo sentì riversare tutto nel suo miglior contenitore: il cuore.

«Avere coraggio significa avere cuore» aveva detto a Charmian prima di augurarle la buona notte.

«Anche molto cervello» aggiunse lei. «Proprio come te.»

«In francese la parola coraggio viene da *cœur*, cuore. Credimi, comincia da lì. E io mi sento molto animato in questi giorni, quasi felice. Charmian, si può usare questa stupida parola?»

«Tu stai contando i giorni.»

«Sì, e ne mancano pochi. Mi hanno garantito che tra il 22 e il 23 di agosto potremo fare il trasloco e portare tutte le nostre belle cose nella Tana del Lupo. Ti rendi conto? Un sogno avverato. Eppure, per quanto tempo lo abbiamo visto irraggiungibile?»

«E allora perché all'improvviso ti intristisci?»

«Oh, niente. Sai, quella mia vecchia teoria. È una cosa malata che mi corrode dentro, ma stavolta non voglio lasciarla entrare. Non dovrà guastarmi il piacere di questa vittoria.»

«Ma di quale teoria parli?»

«Lascia perdere. Poi finisce che mi rovino tutto. Te la dico così, al contrario: le cose sudate sono le migliori. Fine del discorso.»

Charmian uscì in veranda, si mise seduta e pensò che in fondo le dispiaceva lasciare quella casa tanto a lungo provvisoria. La sconfortava l'idea della enormità della Tana del Lupo. Se già lì erano sempre pieni di gente, cosa sarebbe successo in una casa grande come un castello? A cosa serviva fuggire dalla città, dal mondo, se poi entrambi dovevano riversarsi proprio lì? Venne colta da una furia che non conosceva. Lei, sempre così remissiva, plasmabile, una vera e propria creatura di Jack, fatta quasi a sua immagine e somiglianza solo per piacergli. Pensò a se stessa come a una confezione di biscotti industriali e a quello che le aveva risposto Jack a un suo commento.

«Non ti pare che siano più buoni di quelli che ti faccio io in casa?» gli aveva chiesto un po' delusa.

«Ti sbagli di grosso, mia gaia ragazza» le aveva risposto. «Questi sono fatti per piacere. I tuoi sono onestamente buoni. Stiamo semplicemente mangiando dei biscotti *seduttivi*. Ti prego di non comprarne mai più. Quando non avrai tempo di farne in casa, pane e burro andrà benissimo.»

Ecco cosa era stata lei per tutti quegli anni: una donna costruita per piacere. Ma a Jack, sarebbe mai piaciuta la vera Charmian? Se lo chiese con grande spavento, perché si rese conto che negli ultimi tempi era molto cambiata, molto più simile a se stessa, molto più evidente. Non doveva pensarci. La notte sarebbe stata come sempre insonne, ma le prime luci dell'alba laconiche e dolci l'avrebbero vista tra le braccia di quel ragazzo che non amava.

E intanto Jack si riempiva la vita di impegni e stava facendo diventare i suoi editori degli esperti in agricoltura. Lo chiamavano "il socialista dalle mani bucate", e a lui non importava, prima o poi quella tessera del socialismo l'avrebbe anche data indietro. La vita era solo accumulare una delusione dietro l'altra. Nessuno era come si mostrava. Un giorno disse a Charmian:

«Un tempo ho usato il mondo con tutti i suoi uomini e le sue donne per tenermi legato al gioco della vita. Ora credo non mi resti altro che la terra. Ecco, devo costruire il primo silos in pietra della California, oppure un sistema di drenaggio con tubi in terracotta per impedire che la superficie del mio terreno venga portata via dalle inondazioni. E devo comprare un frantumatore meccanico. Sai cosa mi ha risposto il mio caro editore proprio ieri? Stai a sentire quello che mi dice: "Signor London, se vuole comprare un'altra figliata di maiali noi non possiamo farci niente. Quanto all'aratura dei suoi terreni, non ci pare debba essere una nostra responsabilità"».

Smise di leggere e le sue labbra presero una piega amara.

«Non devi giustificarti con nessuno. Non hai bisogno di dirgli a cosa ti servono i soldi» gli rispose Charmian.

«È una nobile causa, dovrebbero esserne fieri. Quanti scrittori hanno avuto il coraggio di fare questo per l'agricoltura della California? Dovrei essere sorretto, sovvenzionato.»

La sua casa intanto continuava a riempirsi di gente: amici, parenti di amici e amici di amici. La generosità gli era indispensabile come il cibo e l'aria. Certe volte, Charmian se ne chiedeva la ragione. Le uniche risposte che le venivano in mente erano tre: era un megalomane, aveva bisogno di essere indispensabile... No, di essere idolatrato. Chiunque gli proponesse qualcosa, lui la comprava per non deluderlo. Le briglie, per esempio, le comprava dai carcerati. Mandava assegni mensili a scrittori sconosciuti. Se dei dirigenti socialisti venivano arrestati, senza nemmeno volerne sapere il perché pagava i loro avvocati. Quando uno sciopero falliva, mandava dei soldi per costruire una mensa. E inviò cinquanta dollari al mese, per molto tempo, a una australiana che aveva perso il figlio. Ricevette la lettera di un anziano indigente, e siccome in quel momento era al verde, scrisse al suo editore di mandare dei soldi a quell'uomo, soldi che avrebbe tolto ai suoi futuri guadagni. Accolse in casa la famiglia di uno sconosciuto, moglie e quattro figli, per i quattro mesi in cui quest'uomo sarebbe andato in Arizona a curarsi la tubercolosi. A chi glieli chiedeva, regalava anche pezzi della sua terra. Sua sorella Eliza, che teneva i libri mastri, non sapeva più come far quadrare i conti.

«Jack, perché tutto questo spreco?» gli chiese un giorno sperando di farlo ragionare.

«Per andare di pari passo con la vita. È tutto uno spreco, e questa convinzione che i soldi debbano essere accumulati, dammi retta, è proprio una visione piccolo-borghese.»

«Non è così. E se vivessi molto a lungo? Di cosa credi di poter vivere? Nessuno si preoccuperà di te. E se non ci sarò più io...»

Scoppiò in singhiozzi. Jack non aveva mai visto sua sorella piangere. Gli fece uno stranissimo effetto. Quella donna era sempre stata per lui una specie di essere superiore. La riteneva addirittura superiore a sé.

«Non piangere» disse. «Ti scongiuro di non farmi vedere le tue lacrime e ti prometto che sarò più oculato.»

«Jack» rispose lei non riuscendo a non ridere anche mentre piangeva, «ma se hai appena dato al Circolo della Stampa di San Francisco, che non ti ha mai invitato nemmeno una sola volta, duemila dollari per costruire dei locali...»

«La cosa mi ha reso felice. Credo sia una risposta plausibile. Guardati intorno, Eliza. Non stiamo forse compiendo un miracolo?»

L'agosto del 1913 fu un mese molto caldo, dai colori forti e accecanti. Jack si svegliava presto e si faceva portare fuori, in veranda, il bricco del caffè, quello della panna, due uova alla coque e mezza pagnotta. Nakata gli apparecchiava all'ombra del pergolato e lui si godeva gli ultimi istanti di frescura di una giornata che presto sarebbe diventata torrida. In quei momenti credeva sinceramente di essere felice. Per la prima volta in vita sua, trovò che le cose sudate e sofferte potevano dare un piacere simile a quelle vinte alla lotteria. La Tana del Lupo era finalmente pronta, e il fatto che al dunque gli fosse costata ottantamila dollari era un particolare senza troppa importanza. Quel che contava era il risultato, e ora la bella casa rosso porpora era davanti ai suoi occhi. Charmian cercava di partecipare alla soddisfazione del marito, ma in quei giorni l'insonnia la tormentava più del solito. Di notte, si aggirava per la casa strofinandosi le mani fin quasi a farle spellare. Quando vedeva la sua ombra riflessa in uno specchio si trovava rimpicciolita. Non aveva dubbi, Jack doveva avere un'altra donna, forse anche più di una. Che quelli fossero i suoi ultimi giorni accanto a lui? Che la Tana del Lupo significasse in realtà il ripudio della moglie? Qualche giorno prima era rimasta di ghiaccio di fronte a una affermazione di Jack:

«Voglio adottare tutti i figli dei miei lavoratori!».

«Jack, non puoi farlo» aveva risposto lei con le labbra che le tremavano, «quei bambini hanno tutti dei genitori.»

«E continueranno ad averli, ma porteranno il mio cognome. Saranno tutti figli miei.»

Non aveva voluto chiedere altro, era caduta in un mutismo solo esteriore, in realtà molto formicolante nella testa. Lei era la donna che gli aveva dato due figlie morte, una era morta ancora prima di nascere. Lei era la donna che, anche senza volerlo, lo aveva allontanato dalle sue due uniche figlie. Bessie, che aveva sempre fatto quella nobile di cuore, in realtà non aveva mai mosso un dito affinché padre e figlie si riavvicinassero. Ma i fatti erano quelli, Jack si ritrovava a mani vuote. E ora che aveva quella grande casa avrebbe voluto riempirla di figli. Qualche giorno dopo, più calma, gli aveva detto mentre stavano entrambi sulla stessa amaca a leggere un libro:

«Perché non adotti Nakata? Lui è davvero come un figlio per te».

«E infatti è così che lo amo. Ma sento che un giorno se ne andrà. L'ho allevato e istruito affinché prima o poi prenda il volo.»

«Proprio come tutti i figli.»

«Io, invece, voglio i bambini che restano. Di bambini, al ranch ce ne saranno sempre. Quelli che se ne andranno verranno sostituiti dai nuovi nati.»

E Charmian si sentì gelare il sangue. Era lì che aveva le sue amanti, proprio nel ranch? Da domani avrebbe cominciato a scrutare meglio tutti quei bambini.

Nella notte del 22 agosto, quando mancavano solo due giorni al trasloco nella Tana del Lupo, quella che Jack aveva definito "la più bella casa dell'Ovest", Charmian venne svegliata da voci che venivano dal portico. Si alzò ed entrò di corsa in camera del marito. Lì trovò Eliza che, seduta sul letto, muta, rigida, indicava in direzione della Tana del Lupo. Charmian seguì con lo sguardo il braccio della cognata, e vide fiamme e fumo levarsi verso un cielo stellato e senza vento dando a ogni cosa il colore del sangue.

Sellarono subito i cavalli. Tutti si muovevano in fretta tranne Jack.

«A che scopo affrettarci tanto? Non abbiamo acqua. Se è la nostra casa che sta bruciando, nulla potrà fermare il fuoco.»

Accorsero i vicini, poi gli operai che avevano costruito la casa, e gli uomini che lavoravano nel ranch. Arrivarono tutti seguiti dalle famiglie che avevano tirato giù dal letto. E avevano gli occhi carichi di odio. Se in quel momento avessero trovato chi aveva appiccato il fuoco lo avrebbero linciato.

Quando arrivarono, parte del bel tetto di tegole rosse era già sprofondata dentro i muri incandescenti. Quell'immagine si capovolse negli occhi di Jack, a ciò che vide si sovrappose per un istante la casa appena finita, proprio come l'aveva vista fino al giorno prima. Una casa viva, quasi palpitante nella bellissima luce del tramonto estivo di Glen Ellen. Adesso, dal tetto che continuava a crollare, si vedeva un cielo affumicato, e blocchi arroventati che cadevano in rumorosi boati, come appesantite meteore. Le poche cose che avevano già portato nella nuova casa si erano allungate in fiamme altissime. Guardò sgomento il magnifico lampadario che aveva fatto appendere nell'enorme salotto. Adesso giaceva a terra in molti pezzi, e nella magnificenza del suo cristallo si rispecchiavano le fiamme. Sembrava giocassero, perché una sola era capace di riflettersi in più punti, come in una grottesca riproduzione di ombre cinesi. La Tana del Lupo si era trasformata in un enorme braciere. Il fumo altissimo che da quella casa si alzava era quel che restava di una tragica ecatombe offerta agli dèi. E nel distruggersi la casa si muoveva, emetteva lancinanti suoni. Stava morendo. E morente gli diceva addio.

Di fronte a quello sfacelo, Jack parve tranquillo. Mentre il suo castello svaniva in fumo in quella caldissima notte di agosto, proprio lui si mise a fare coraggio a tutti gli altri.

Verso le quattro del mattino, venne abbandonato senza preavviso dalla tensione che lo aveva tenuto in forze. Allora, spaventato, si gettò tra le braccia di Charmian che lo vide e sentì piangere come un bambino.

«Non è per i soldi» le disse tra i singhiozzi. «È per la distruzione di tanta bellezza.»

In quel momento, Charmian pensò che chi aveva appiccato il fuoco alla Tana del Lupo aveva invece spento il cuore di Jack. E capì che se fino ad allora era stata una donna molto paziente, adesso cominciava il vero lavoro. Solo lei ed Eliza avrebbero conosciuto la grandezza della futura afflizione di quell'uomo. L'atteggiamento che Jack assunse fin dai primi giorni fu non soltanto quello di un padre che aveva perso un figlio, ma di un uomo che rischiava di perdere anche il senno. Il grande ritorno alla terra, il progetto nel quale aveva creduto più che in ogni altro, era fallito.

Toccava a Charmian fargli ritrovare la forza per continuare. La casa era andata in fumo, ma non la terra. Doveva fargli capire questo, e magari, in futuro, convincerlo a fare qualche altro piccolo viaggio. Svernare a Honolulu, dove erano già stati e il clima gli aveva tanto giovato. Fare in modo che non smettesse l'attività fisica. Charmian sapeva che quello sarebbe stato il peggior segnale. Al mare avrebbero nuotato, fatto lunghe passeggiate sulla spiaggia. E poi era troppo tempo che per comodità dormivano separati. Presto sarebbe arrivato il momento di fargli qualche visita notturna.

In una delle notti insonni che seguirono l'incendio, Charmian trovò Eliza in cucina già mezza ubriaca davanti a una bottiglia di whisky.

«Che stai facendo?» le chiese mettendosi seduta di fronte a lei.

«Annego il più grande dei miei dolori.»

«Non esagerare.»

«No. Proprio il più grande. Temo che ad appiccare il fuoco sia stato Shepard.»

«Il tuo ex marito?»

«Sì, e ti prego di non dirlo mai a Jack. Ne morirebbe.»

Jack disse che non avrebbe mai ricostruito la Tana del Lupo e poi si mise a letto, dove rimase per quattro giorni. All'improvviso, tutti i mali contratti nel Klondike, in Corea e nelle Isole Salomone si risvegliarono per tormentarlo. Convinto che la sua casa fosse stata data alle fiamme, lottò in quel sudario con una rabbia devastante. A ferirlo fin nel profondo non era più la perdita della casa, ma la repentina diffidenza nei confronti dell'umanità. In quei pochi giorni seppe che la fiducia negli altri non l'avrebbe mai più ritrovata e gli parve di invecchiare improvvisamente.

Il quarto giorno si alzò dal letto, sellò un cavallo e andò a vedere lo scheletro della sua casa che da quel giorno avrebbe chiamato Le Rovine. Per il danno subìto avrebbe anche potuto dichiarare bancarotta, ma pagò fino all'ultimo centesimo tutti i fornitori. Se ne andava in giro per la sua fattoria e gli sembrava che gli uomini battessero la fiacca. Girava voce che la fattoria fosse l'hobby di un riccone. Jack faceva andare il cavallo al passo, captava ogni reazione, ogni occhiata. E si convinse che la sua stessa vita potesse chiamarsi *Snark*. La Tana del Lupo aveva fatto la stessa fine.

Stremato, fragile, indebolito, Jack scrisse ad Anna Strunsky. Come al solito non parlò dell'atto mancato che avrebbe tenuto per sé sino alla fine, né di quel breve istante della loro vita in cui era parso a entrambi che qualcosa potesse nascere. Quel giorno, così provato dalla vita, Jack volle scriverle per sentire vicina l'unica anima che aveva creduto gemella.

Cara Anna,

la grande casa che avevo costruito, la Tana del Lupo, è andata in fiamme pochissimi giorni dopo il suo completamento. Sono convinto che il fuoco l'abbiano appiccato. Ho anche qualche sospetto. Prima di tutto, un operaio che avevo licenziato qualche giorno prima perché aveva picchiato la moglie. E poi l'architetto, il signor Forni, un italiano, perché ha giustificato l'incendio come autocombustione, cosa che ho trovato davvero "ingiustificabile". Ma potrebbero anche essere stati dei socialisti invidiosi. È probabile che io sia destinato a non saperlo mai. Quel che volevo dirti, mia cara e insostituibile amica, riguarda il mio pensiero sulla tolleranza verso gli altri. Scopro che la mia sta diminuendo e tenerla in vita mi costa molta fatica. Inizio a credere che i miei amici abbiano tutti approfittato di me. Pensa che, una volta, mia moglie Charmian aveva bisogno di trecento dollari. Le ho detto di chiederli a un tale al quale ne avevo dati (non prestati) cinquemila. Ne ha ottenuti solo cinquanta. Sono sempre stato io a dare, gli altri hanno soltanto preso. I miei pensieri si stanno facendo sempre più cupi. Le antiche crisi di malumore, che duravano poco, stanno cominciando a mangiarmi vivo. Non mi metterò a ricostruire la casa, non ne ho più le forze. E non credo più nella felicità. Credo nella soddisfazione che l'uomo si procura da solo nella vita, con il suo ingegno e le sue braccia. Ma se qualche volta mi lascio ancora sedurre da tale pensiero, ti assicuro, è soltanto un ragionamento di passaggio che faccio per consolarmi. Solo le cose che ci piovono dal cielo possono renderci felici, quelle che ci costano fatica hanno tutto un altro sapore.

Chissà se ci rivedremo mai. Tempo fa, a Honolulu, mentre me ne stavo in kimono su un'amaca a leggere distrattamente un libro, Nakata, un ragazzo giapponese che vive da anni con noi, è venuto a dirmi: «C'è una signora russa che vorrebbe parlare con lei». Per un istante ho pensato fossi tu, e ho sentito che il corso del sangue mi stava cambiando di strada. Ma non eri tu, era una ammiratrice che passava da quelle parti e aveva saputo che Jack London era in vacanza proprio lì.

Il tempo invecchia solo per noi. Voglio dire che lui si fa la sua eterna vita da ragazzo, ma agli occhi nostri invecchia insieme a noi. Razza di illusione, eh?

Ci rivedremo? Tu che dici, Anna, ci rivedremo? O credi forse che il nostro tempo sia già terribilmente vecchio da tanto?

Il tuo affezionato e fedele amico

Jack London

Capitava che Jack ed Eliza passeggiassero insieme, prendevano un sentiero e si lasciavano guidare dalla luce che filtrava dalla chioma degli alberi, dal rumore di un ruscello, il battito di un paio di ali che spiccavano il volo. In genere, camminavano in silenzio.

«Jack, non che io sia preoccupata» gli disse Eliza un mattino. «Ma credi che negli anni futuri riuscirai a metterti almeno in pari finanziariamente con i tuoi progetti per il ranch?»

«Mai. Spero che questo luogo possa un giorno mantenersi da solo. Ma quanto a rendere danaro, credo proprio che non ci riuscirò. Ci sono troppe migliorie che vorrei fare, troppi esperimenti che mi tentano. Ricordati sempre che io sono un costruttore: di libri, di terreni, di strade, di barche. Cose che dovrebbero durare... Senti, chi verrà qui dopo di noi?»

«Hai lasciato tutto a Charmian e non alle tue figlie. Credo che ci rimarrà lei.»

«E dopo di lei? Ci penso molto, sai? Immagino altri passi, altri sguardi. Spero almeno sia gente che capisca quanto può essere dolce la vita qui, a Glen Ellen...»

Rallentò il passo e prese a guardare fisso nel vuoto. Poi si voltò sorridente verso di lei e le disse:

«Se rientri a casa, di' a Charmian che mi piacerebbe molto se stasera suonasse per noi la *Rubáiyát Suite* di Arthur Foote».

«Hai voglia di musica? È un buon segno.»

«Sì, ho deciso di non lasciarmi abbattere. Raddoppio l'attività del ranch. È arrivato il momento di rialzare la testa. Sai, Eliza, ho finalmente capito chi sono.»

«E chi sei?» gli chiese lei divertita, felice di rivederlo così.

«Sono un marinaio a cavallo. E puoi starne certa, farò fiorire questo deserto sterile. Sono quasi sicuro che d'ora in avanti la bellezza, per me, sarà solo produrre cibo.»

E poi scoppiò a ridere. Dopo molto tempo, la sua risata somigliò a quelle fragorose, con la testa gettata all'indietro e gli occhi che si schiarivano rivolti al cielo, che avevano sempre conquistato e travolto l'intero mondo.

Ultimamente, i suoi sogni di grandezza andavano di pari passo con i sogni notturni. Diceva che era proprio da quelli che prendeva la forza per affrontare il giorno. Al mattino, quando si svegliava, scendeva in cucina indossando il suo kimono celeste e cercando di mostrarsi allegro diceva a Eliza:

«Con i sogni che faccio di notte, credimi, la mia vita raddoppia».

«E cosa sogni?»

«Terre, meravigliose terre destinate a un prodigioso miglioramento agricolo. Capisci? Quello che faccio di giorno mi si realizza di notte. Lascerò questo grande segno, il nostro ranch sarà il modello per tutti nel futuro.»

Poco tempo dopo fondò la sua stalla di cavalli comprando il purosangue Neuadd Hillside, campione della California, e la femmina Cockerington Princess. Jack entrò subito in uno stato di grande eccitazione, era sempre più convinto che il vero scopo dell'uomo fosse quello di prendere una cosa nel suo principio per poi darle vigore, ordine e qualità. Ne parlò a lungo con Eliza, cercando di inculcarle quello che lui definiva "il principio del miglioramento". «Credimi» le disse un giorno, «al miglioramento non c'è limite, se lo scegli puoi andare a oltranza. E ricordati, tutto quello che facciamo deve essere ordinato e permanente.»

Nessuno lo aveva mai contraddetto, e tanto meno adesso, dopo la catastrofe dell'incendio. Se Jack voleva ancora credere nella perfezione, Eliza sarebbe stata dalla sua parte. Anzi, pensò che l'agricoltura potesse essere la sua salvezza. Non le venne nemmeno in mente che ormai, invece, si trattava soltanto di una ossessione. A dover lavorare sulla realtà c'era rimasta solo lei.

Charmian era cambiata. Per non abbandonare le orme del marito, stava diventando sempre più puerile. Regrediva. Parlava solo di gioielli e cappellini alla moda. Voleva essere femminile ed esercitare eternamente il suo fascino. Assumeva pose imbarazzanti, di grande civetteria. Voleva apparire la bella e gaia ragazza di sempre. Una sera, mentre Jack e sua sorella parlavano di concime, si era presentata davanti a loro per fare i conti delle perdite, ma avvolta in abiti di velluto molto pregiato. Jack guardò Eliza e le mormorò: «È la nostra bambina. Dovremo prenderci cura di lei. Andava bene per il mio mondo quando era una avventura. Adesso avrei bisogno di un altro genere di donna». La sorella lo guardò con tenerezza. Era un uomo solo.

Un mattino, Eliza gli portò in camera da letto l'articolo di un giornale agricolo. A un certo punto diceva queste precise parole: "Jack London ha delle nuove idee sulla professione dell'agricoltore che faranno un gran bene al mondo. Anche più di ciò che ha scritto e scriverà".

Ne fu entusiasta. Si alzò subito dal letto, uscì fuori ancora in pigiama e lo lesse a tutti gli uomini che lavoravano la terra e costruivano per lui. «Dovete mettervelo bene in testa» disse. «Quando ho comprato questa terra l'ho fatta dissodare per cercare di ottenere il fieno per i miei cavalli. Ma ho potuto recuperare appena le sementi. E sapete perché? Perché la terra era esausta, coltivata da anni e con metodi antiquati. Dalla terra non si può solo prendere, bisogna anche darle qualcosa in cambio. E quel che vuole, come ogni buon lavoratore, è avere anche lei un po' di riposo. E pensare che mi avevano detto di sceglierne una più giovane. Certo, per distruggere anche quella. Lo sapete che in Cina la terra è coltivata da quattromila anni ed è ancora fertile? A una donna che ha seppellito cinque figli, chiedereste forse consiglio su come allevarne uno? Avevo ragione io. Ho studiato sui libri e ho capito. Senza chiedere nulla alla terra, l'ho fatta semplicemente cospargere di concime. E l'ho fatto prima che la sua forza si esaurisse per sempre. E vi dico che lo stesso vale per il bestiame. Se allevo una scrofa per nove mesi e poi la vendo a quaranta dollari, ci ho guadagnato. Allevarla per due anni e venderla a meno non serve. È questo che dice l'articolo che vi ho appena letto. E non è stato per vantarmi, ma per farvi capire che le mie idee sono quelle giuste. Se alla maggior parte degli uomini il cervello non funziona perché sono pazzi, vorrà dire che dovranno essere guidati dai pochi che sono saggi. Questo è il naturale principio della sovranità. Credete forse che il lupo capobranco sia il più forte e il più feroce? Vi sbagliate. È sempre e solo il più previdente.»

Lo applaudirono a lungo, molti tirarono il cappello in aria. Jack, pieno di soddisfazione, pensò che se avessero avuto delle pistole quei cappelli sarebbero tornati a casa tutti bucati.

Come agricoltore, continuò ad avere qualche altra soddisfazione. Quando uscì *La valle della Luna*, per esempio, un'altra rivista agricola scrisse queste parole: "Questo libro vale almeno una dozzina di quelle conferenze che vengono tenute agli studenti".

Era la riprova della sua capacità di apprendimento. Tutta la sua vita era andata così. Lo aveva sempre detto: «I laureati hanno letto le stesse cose che ho letto io, e non è nemmeno detto che le abbiano capite quanto me. Io non mi sono laureato perché il tempo mi faceva correre in fretta, ma credo di aver studiato molto più di loro». Conosceva la sua velocità, se l'era coltivata con rabbia. Sempre. Come quando, da ragazzino, ingurgitava centinaia di pagine al giorno. Aveva un suo modo di procedere: associava. Aveva imparato la tecnica dei Loci di Cicerone. Quando doveva spiegarla, con aria da furfante, il ciuffo ribelle sulla fronte, quegli occhi magnificamente audaci che tornavano al galoppo dalla giovinezza, diceva: «A ogni pensiero affido un cassetto. A ogni cassetto un numero. Così mi basta ricordare il numero del cassetto, e il pensiero viene fuori da sé».

Se c'era una cosa che a Jack non riusciva, era far passare il tempo quando sua moglie batteva a macchina un suo manoscritto. Per fortuna Charmian era molto veloce, altrimenti si sarebbe fatto venire un'ulcera. Dal momento in cui sentiva il primo ticchettio dei tasti cominciava a friggere. Se ne restava lì in attesa del responso, anche se sapeva che per lei ogni sua parola era il miracolo. Adesso ne aveva bisogno più che mai. Aveva fatto una serie di investimenti sbagliati, e quasi con furore. Beveva troppo e bere gli causava disturbi uremici che a volte gli toglievano la forza di respirare. Ultimamente rideva poco, e in modo così sforzato che i suoi occhi non brillavano più. Si inorgoglì giusto quando venne inaugurata la porcilaia che aveva progettato lui, una costruzione talmente all'avanguardia che venne chiamata il Palazzo dei Maiali. Ma poco dopo i maiali contrassero la polmonite e morirono tutti. Lo splendido gregge di capre venne sterminato da una epidemia. Lo stallone inglese fu trovato morto nei campi. Il suo toro più bello scivolò, si infilò un corno nella terra e si ruppe l'osso del collo. E gli eucalipti, che dovevano crescere da soli e fruttare una fortuna entro vent'anni, servirono solo come legna da ardere. Si sentiva e sapeva annientato, ma non voleva ammetterlo. E per salvare il ranch si mise a scrivere forsennatamente, di pura volontà, non riuscendo però quasi mai a raggiungere quelle mille parole al giorno che ai tempi sembravano uscirgli dalle mani come a doversene liberare. Un giorno, poco prima di consegnarle il dattiloscritto da copiare a macchina, aveva detto a Charmian:

«I critici non mi fanno più i complimenti di una volta. Possibile che gli altri scrittori siano diventati tutti più bravi di me?».

«Ma se *La valle della Luna* ha avuto un grandissimo successo! Te lo sei dimenticato?» gli rispose lei inarcando due sopracciglia mal disegnate.

«Sì, hai ragione. Forse le cose belle tendo a dimenticarle.»

Ultimamente era torturato dalla paura di perdere la ragione. Ma lo aveva detto solo a Eliza. Una sera l'aveva fatta entrare in camera sua. Lei si era seduta sul bordo del letto e Jack le aveva preso una mano.

«Se impazzisco, promettimi di non mandarmi in manicomio» le aveva detto.

E lei, senza emettere un suono, aveva risposto affermativamente con un cenno veloce del mento.

«Senti, mi tiene in vita solo una cosa. Ma non posso più tenerla soltanto per me. C'è un'altra donna. Non so ancora se la amo, l'amore non lo so più distinguere. È come se mi fossi inasprito. Ma se questa donna sarà in grado di darmi un figlio maschio, allora mi devi aiutare a liberarmi di Charmian. Solo se non avrò questo figlio maschio Charmian potrà restare nel ranch. So che per lei sarebbe un dolore enorme. Ma se davvero riuscissi ad avere un figlio maschio, se...»

«Adesso ascoltami tu» lo interruppe Eliza. «Sei stanco e provato. La fine della Tana del Lupo è stata dura per tutti, ma il sogno era il tuo sogno, non quello degli altri. Partire ti ha fatto sempre un gran bene. Lo sai, qui, a mandare avanti le cose, ci sono sempre stata io. Prendi tua moglie e andate alle Hawaii. Un paio di mesi, Jack. Tornerai come nuovo.»

«Non lo so. Magari un altro giro sul *Roamer*. È la navigazione che fa miracoli.»

Quando finalmente Charmian si presentò a lui con il dattiloscritto, Jack lasciò cadere a terra il giornale che non riusciva nemmeno a leggere.

«Santo cielo, quanto ci hai messo!» disse spazientito. «Stai diventando molto più lenta di un tempo.»

«Non ci ho messo così tanto.»

«Accidenti, a me è sembrata una eternità. E dunque. Cosa te ne pare?»

«È un libro molto feroce. I tuoi libri lo sono. Ma questo mi sembra più feroce degli altri. Ti confesso che le piccole morti mi hanno spaventata molto. Non sono tua madre che prevede il futuro, dovresti farlo leggere a lei per sapere come andrà. Ma per me è troppo feroce.»

«Se le mie storie sono feroci, vuol dire che la vita lo è. Ma io voglio credere ancora che la vita sia forte, Charmian, non feroce. E allora cerco di rendere le mie storie forti, proprio come la vita.»

Prima di partire per il loro breve viaggio sul *Roamer*, Jack e Charmian andarono a una mostra di cavalli, buoi e maiali. Fu durante quella visita che lei notò qualcosa di strano nel marito. Jack si muoveva troppo lentamente.

«Cosa c'è che non va?» gli chiese in mezzo a tutto quel polverone.

«È da un po' di tempo, da qualche mese, a intervalli abbastanza regolari sento degli affanni nella zona del cuore. Li ho chiamati "gli improvvisi sprazzi di presentimento". Non hai mai notato che ho preso l'abitudine di portarmi la mano al petto?»

«Non sarà nulla, credimi. È solo troppa nicotina.»

Charmian non era una veggente, ma quella volta non sbagliò la diagnosi. O meglio, si limitò a dire che non era nulla. In realtà, nemmeno la nicotina aveva grandi colpe in quei momentanei disturbi. Il cuore di Jack non pativa nessun affanno fisico, erano antichi e nuovi ribollimenti suoi che gli acceleravano il ritmo e gli spezzavano il respiro con le aritmie. E non erano soltanto il figlio maschio mai avuto, la morte di Joy, l'aborto di Charmian e la tragica fine della Tana del Lupo. Era soprattutto il lupo che aveva sempre sentito di essere, del quale si era dichiarato figlio fin dalla sua prima raccolta di racconti. Quel lupo si era un po' spento, e proprio nei giri che il sangue gli faceva intorno al cuore.

Qualche giorno dopo essere salpati sul *Roamer*, un mattino, al timone e con un'aria che Charmian definì "piena di grazia", Jack le disse:

«Io vivrò cent'anni».

«Perché lo dici?»

«Perché lo voglio, e la vita mi scorre nelle vene in un flusso magnifico.»

«Allora ricordati che molto probabilmente rimarrai vedovo.»

Charmian aspettò una risposta, un ripensamento. Ma Jack, le mani sul timone, continuava a guardare il mare. Era così assorto in quel momento di entusiasmo che non l'aveva nemmeno sentita.

Durante quel breve viaggio, Jack parlò poco. Fecero un giro simile al precedente, ma molto meno lungo. Dopo due settimane erano già di ritorno. Ne riportarono un bottino semplice: erano riusciti a convincersi entrambi che quel cambiamento d'aria fosse stato estremamente benefico.

Poco dopo Jack dovette partire per New York, la città tanto odiata, per discutere di certi diritti cinematografici con il suo editore.

«Ho proprio l'impressione che mi voglia fregare» disse a Charmian e a Eliza.

Non chiese alla moglie di seguirlo. Ma pochi giorni dopo, per via di un incidente d'auto in compagnia dell'editore e di un paio di belle attrici, finì su tutti i giornali. Per timore che Charmian potesse cabalizzarci troppo sopra, decise di provocarla scrivendole un biglietto:

> *Non mi sono mai dato alla pazza gioia. Ma prima o poi lo farò, mia gaia ragazza. Rassegnati, ti ritornerò a casa con una pantofola di raso rosa in tasca.*

Quanto al problema con l'editore che faceva "il duro d'orecchi", Jack sistemò la questione minacciandolo fisicamente. Lo spaventò a tal punto da fargli firmare all'istante gli accordi richiesti. Scrisse poi una lunga lettera a Charmian sull'argomento. Le confessò che non si era mai divertito tanto come mentre faceva le sue oneste richieste a quel ladro. Apriva e chiudeva le mani, e quando entrambe avevano formato due bei pugni dalle nocche aguzze si era messo a guardare un po' quelle e un po' il suo interlocutore. Par fargli maggior spavento si era tolto i due denti mobili che da un pezzo avevano preso il posto di quelli veri. Se lo ricordava quel giorno, quando dopo essere stato dal dentista era tornato a casa? «Donna!» le aveva detto. «Tu non saprai mai quanto sei fortunata ad avere dei buoni denti!» E poi aggiunse che proprio per quella ragione aveva fatto molta fatica a non ridere. E allora, a costo di un enorme sforzo, si era limitato a sorridere, cosa che, agli occhi di quel poveretto, aveva reso ancora più minaccioso il suo aspetto. Concluse la lettera dicendo: "Devi credermi sulla parola. Sembravo un autentico assassino".

Quando tornò a casa, però, lo riprese l'umor nero. Il colera si era portato via tutte le sue capre. Passò un paio di giorni su un'amaca a guardare i contadini che si davano un gran daffare seguendo le direttive di Eliza. Gli passò anche il suo bell'appetito perché, all'improvviso, quello stomaco che digeriva anche il ferro con tutta la sua ruggine aveva cominciato a dolergli ogni volta che ci metteva qualcosa dentro. Sotto l'amaca teneva una bottiglia di whisky che aumentava solo i suoi bruciori. Dopo due giorni di laconismo che spaventarono le sue due donne, si alzò facendo un po' fatica a tenersi in piedi e andò a chiudersi nello studio. Rimase seduto alla scrivania un paio d'ore con una matita ben appuntita tra le labbra. Restò per tutto quel tempo a guardare fuori dalla finestra un panorama che avrebbe potuto dipingere a occhi chiusi. E poi, abbassando la testa su un quaderno aperto, riprese a scrivere *La piccola signora della grande casa.*

Quella sera, avviandosi verso la sua camera da letto, sentì la voce di Charmian che dal buio del corridoio gli diceva:

«Cosa è tutta questa cupezza?».

«Cupezza.»

«Ma non eri quello che voleva vivere cent'anni?»

«Sì, ero io. Ma se fossero una imposizione?» le rispose. Poi scosse la testa. «Sto pretendendo troppo da te, gaia ragazza. Moglie, amica, confessore... Se un giorno dovessi esagerare, lasciami solo a smaltire il mio cattivo umore. Sei una saggia donna.»

«Cosa faccio di tanto saggio?»

«Sai che un marito è meglio lasciarlo nel suo brodo, a rovinarsi a modo suo, piuttosto che stare tutto il tempo a rimproverarlo. Questa è saggezza.»

Ma lo disse biascicando, e con i piedi che sembrava non riuscire a staccare bene da terra. La vestaglia aperta metteva in mostra un ventre un po' gonfio. Lo erano anche le caviglie. Ma quel che non diceva era il terribile dolore che provava all'altezza dei reni quando urinava. Di notte era capace di mandare giù tre litri di acqua ghiacciata per diluire tutto l'alcol che beveva di giorno. Ma non scarsi risultati.

Quando venivano invitati a pranzo fuori Jack non toccava mai cibo, ma rassicurava giovialmente la padrona di casa. Con un sorriso accattivante, le diceva che per tutto il resto era ancora un uomo normalissimo. In questi pranzi a volte lo vedevano bere fiumi di alcol, altri non toccarne nemmeno un goccio.

«Riuscite a bere tanto e a non bere nulla» gli disse un giorno un'ospite. «Come fate?»

«A volte sono saturo di alcol. Oggi, per esempio, le mie membrane si stanno ribellando. E io ascolto sempre molto volentieri le mie membrane. Del resto, la mia vera opinione sull'alcol è di assoluto proibizionismo. Le mezze misure non dovrebbero esistere, sono sleali. Spero che un giorno sia veramente proibito bere alcolici e che i ragazzi che verranno dopo di noi dell'alcol non sappiano mai nulla, soltanto che era lo stupido vizio di antenati selvaggi.» Poi distese lo sguardo, come solo lui sapeva fare. Sembrava glielo allagasse il cielo. E concluse: «Ma sia ben chiaro, fino a che non lo proibiranno, e nei giorni in cui le mie membrane terranno la bocca chiusa, io continuerò a bere».

Alla fine, Charmian decise che l'unica cosa da fare era tornare alle Hawaii. Erano necessarie altre rappresentazioni: compiere lo stesso percorso convinti che tutto potesse ripetersi. Ma Jack faceva sempre più fatica a muoversi. La sera, seduto in un locale, osservava la moglie danzare, e lo faceva con l'aria di chi avrebbe voluto afferrare qualcosa di stabile in un mondo vacillante. Scuoteva la testa, e pensava: "Stabile lei mentre danza, vacillante io da seduto". Si limitava ogni tanto a guardarla mentre giocava a carte.

In quel suo corpo senza forza, gli era presa una frenesia di veder fare. Allora pretendeva che Charmian invitasse continuamente gente a colazione, che organizzasse nuotate nel pomeriggio e partite a carte e poi cene, magari seguite da un teatro e che finivano con un bagno di mezzanotte. Lui si limitava a stare seduto. Ai pranzi, nei locali, a teatro, in spiaggia. Voleva sfuggire a se stesso, e allora cercava di occupare ogni attimo della sua vita. Aveva una terribile paura di avere troppe date libere. E poi era il figlio di una spiritista e di un astrologo, lo sapeva bene che la morte doveva essere ingannata.

«Più ti vede occupato, più cambia volentieri strada. Poi, dopo una certa età, pare che a volte si dimentichi» disse una sera a Charmian in veranda, con un bicchiere in mano mentre guardava l'oleosità del mare.

«Vuoi dire che ti depenna?»

«No, non sarebbe mai nelle sue intenzioni. Dico che potrebbe dimenticarsi proprio di te.»

«Beh, ma alla fine se ne ricorda. Non ho mai sentito dire di nessuno che non sia morto.»

«Sì, ne hai sentito parlare da chi è andato oltre i cent'anni. Quelle sono le sue dimenticanze.»

«Già, mi ero scordata che la mia Meteora ora si è messa in testa di vivere cent'anni» gli rispose lei sorridendo e baciandogli la fronte.

Una cosa, in quei giorni, gli fece davvero bene: lavorare in veranda a circa un miglio dal luogo in cui Robert Louis Stevenson aveva scritto, davanti alle acque di Waikiki. Era una idea eccitante, movimento mentale. Sentiva quel bel pensiero sbattergli dentro la testa come tante pallonate. Allora gli pesava meno che il suo corpo si fosse appesantito, che urinare lo facesse piangere e che sempre più spesso, all'altezza dei reni, sentisse delle stilettate. A volte, ne godeva così tanto che smetteva di scrivere, e quando i suoi occhi incontravano quelli di Charmian che si aggirava nelle stanze della casa le lanciava baci nell'aria.

Eppure, non faceva niente per rimandare una malattia che poteva essere fatale se non curata. Quello spirito indomito, che da giovane aveva tanto inutilmente provato a fiaccare, ora desiderava la fine. A quel male ai reni non volle opporre nessuna resistenza. Una cosa, invece, cambiò radicalmente. Quell'improvvisa debolezza, il pensare più volte al giorno che qualcosa da un momento all'altro si era inceppato, fece nascere in lui un desiderio di luna di miele con Charmian. Decise che almeno per lei doveva finire così: con la convinzione di essere stata la donna più amata. Una sera, tra le lacrime, le lesse una poesia di George Sterling: *In autunno*. Quando terminò, invece di commentarla nei minimi particolari come aveva sempre fatto, le prese una mano e le disse:

«Donna, se sapessi come ti amo. Un giorno, quando avremo settant'anni, ti dirò qualcosa di me, di come sono arrivato a questa conclusione. Sto pensando di fare un altro lungo viaggio, sai? Su una goletta, dove farei caricare anche il tuo pianoforte, una lancia e, perché no, anche una automobile. Charmian, se riesco a organizzarlo, sarà un viaggio lunghissimo. Durerà anni e anni...».

Per tutto il mese e mezzo che restarono a Honolulu, tranne in qualche rara occasione, Jack non si vestì mai. Indossò solo il costume da bagno, il suo amato kimono azzurro e i sandali. Provava insofferenza per ogni cosa, ogni abito gli opprimeva la vescica. Ma nella tasca del kimono non mancavano mai un quaderno di appunti e una matita. Diceva sempre che la carta, anche se a buon mercato, deperiva meno della materia grigia, e che i segni della matita erano più duraturi della memoria. Ogni scrittore doveva saperlo che poi, al momento giusto, aprendo quel quaderno avrebbe fatto una ottima pesca trovando la giusta frase da inserire nelle pagine che stava scrivendo. «L'importante, poi, è ricordarsi di depennare» diceva sempre a conclusione. «Le belle frasi hanno il potere di farsi usare più volte. E questo non va bene.»

Certe volte sembrava tornato quello di un tempo. Si era anche messo a scrivere *Michele, fratello di Jerry*, uno dei tre articoli sulle isole che avrebbe pubblicato sul "Cosmopolitan Magazine".

Un giorno che stava seduto in veranda, vedendo passare Charmian l'afferrò per un braccio.

«Credo di aver trovato la miglior definizione dell'essere umano» le disse. «"L'uomo, l'ultimo delle effimere, è pietosamente una creatura di febbre che incide il suo breve giorno sul termometro." E adesso dimmi se non lo spiega magnificamente questo verso di Sterling: *I sistemi fuggevoli decadono come schiume*. Sai, prima di venire qui ho fatto benissimo a dimettermi dal Partito socialista. So che le mie ragioni hanno sorpreso molte persone. Qualcuno si sarà anche messo a ridere dicendo che sto diventando un moderato. Sono degli imbecilli. Eppure glielo avevo scritto con chiarezza, ricordi? "Mi dimetto dal partito a causa della sua mancanza di calore e spirito battagliero e per la perdita di enfasi nella lotta di classe." Più chiaro di così.»

«E adesso chi sei?»

«Temo di non essere nulla. Gli individui mi deludono. Dentro di me so che mi rivolgo sempre più spesso alla terra. Se invece fossi un operaio, uno schiavo lavoratore, allora non potrei fare a meno di distruggere il macchinario di produzione.»

«Ho capito» gli rispose Charmian in modo distratto e lontano. «Ti chiamerò Sabotatore.»

Lo tormentava ogni genere di pensiero cupo. Spesso, quando era in bagno, si spogliava completamente e si metteva nella posizione di guardia di un pugile. Assumeva la stessa posa di una vecchia fotografia di quando aveva... Non se lo ricordava nemmeno quanti anni aveva, ma era molto giovane. "Che anno poteva essere?" si chiedeva restando immobile, schiacciando leggermente il mento contro il petto, tenendo i pugni all'altezza del volto per coprirsi meglio da un ipotetico colpo avversario. "Il 1903, il 1904? Ero forte e muscoloso come un toro." Poi abbassava le braccia e guardava quel che di lui era rimasto: una pancia prominente, le caviglie sempre gonfie e la faccia da alcolizzato. Prima di coprirsi con il kimono, si rimetteva per un attimo in posa, e a quell'immagine riflessa nello specchio diceva: «Jack, hai sempre avuto mani troppo piccole».

Non voleva ammetterlo nemmeno a se stesso, ma pensava molto alla morte e alle sue figlie. Erano due pensieri che andavano sempre insieme. E poi ne arrivava subito un terzo: Nakata. Se ne era andato da nemmeno sei mesi. Aveva finito gli studi, trovato un buon lavoro e una brava ragazza. Aveva cominciato la sua nuova vita con la benedizione di Jack, che gli aveva chiesto di farlo diventare presto nonno. Nakata era arrossito, e a testa bassa si era messo a guardare la punta delle sue scarpe. Non era un addio, era un ragazzo che usciva dalla casa paterna per farsi la sua vita, ma sapeva perfettamente cosa tutto questo significasse per quell'uomo che aveva sentito davvero come un padre, sebbene lo avesse sempre chiamato, per tutti quegli anni, "signor London".

Questi tre pensieri in principio sembravano ordinati: arrivavano uno dopo l'altro. Ma poi si mescolavano e Jack sentiva dei forti dolori tra la gola e il petto, e quelle stilettate ai reni diventavano insopportabili. Si era messo in testa che a non mangiare quasi niente avrebbe migliorato la situazione. Lo sapeva benissimo che doveva prima di tutto smettere di bere e poi rivolgersi a un medico. Ma da tempo, ormai, l'unico suo medico era il solfato di morfina al quale, ogni tanto, aggiungeva quello di atropina. Non gli piaceva farsi vedere sofferente da Charmian. Gli era capitato una sola volta. Era stato svegliato in piena notte da una fitta ai reni insopportabile e con le poche forze rimaste si era trascinato verso la stanza della moglie. Era entrato spalancando la porta. «Mi dispiace perché so che fai tanta fatica a dormire, ma...»

E poi era caduto in ginocchio, piegato in due. Charmian lo aveva portato a letto ed era rimasta con lui fino a che i dolori si erano attenuati.

«Domani devi farti vedere da un medico» gli disse.

«Non ce n'è nessun bisogno. Era solo un malessere passeggero.»

E così, volle che quella notte restasse ben incisa nella memoria di sua moglie come la notte in cui suo marito ebbe "solo un malessere passeggero". Ma Charmian sapeva bene di cosa si trattava, così come lo sapeva Eliza. Ne avevano parlato tante volte.

«Devi convincerlo a curarsi prima che sia troppo tardi» le diceva sempre Eliza. «Sei sua moglie.»

«Provaci tu. Magari a te darà retta. Sei sua sorella.»

Quando tornarono a Glen Ellen, Charmian sembrava molto più sicura di sé. A differenza di Jack, aveva anche un ottimo aspetto. Eliza guardò il fratello con apprensione. Era peggiorato, non voleva darlo a vedere ma ormai quella era la realtà. E allora, quasi rivedendo l'incendio della Tana del Lupo, pensò: "Quando si è accorto di dover affrontare la realtà, sogni e vita erano già andati". Gli andò incontro sorridente, lo prese sottobraccio e gli disse:

«Sei proprio bravo ad andare sempre in vacanza e a lasciarmi qui con tutto il lavoro da fare».

Poi si chiusero in studio, e senza troppi preamboli, dopo essersi messo seduto, Jack le chiese:

«Secondo te, quella notte chi ha appiccato il fuoco?».

«Non lo so» rispose lei rabbrividendo.

«Non faccio che pensarci. Chi poteva odiarmi così tanto?»

«Non lo so, Jack. Non dovresti pensarci più.»

«E invece non faccio altro. Ma sono arrivato a tre possibilità, e questo mi fa impazzire perché non so quale sia la più plausibile. E allora, per trovare un po' di pace, voglio che tra queste possibilità ne scelga una tu.»

«È una assurdità...»

«Potrebbe essere stato quell'operaio.»

«Quale operaio?»

«Quello che licenziai qualche giorno prima perché picchiava la moglie. Oppure l'architetto stesso, quel Forni. Ti ricordi cosa disse? "La casa è bruciata per autocombustione." O forse qualche socialista invidioso...»

«È stato sicuramente qualche socialista invidioso» si affrettò a rispondere Eliza.

«Perché tanta sicurezza?»

«Perché... perché nessuno ha mai capito veramente se eri un socialista o un individualista. Non sono due cose che agli occhi del mondo vanno molto d'accordo.»

«Tu cosa dici che sono?»

«L'uno e l'altro. Ma in modo magnifico, Jack. Magnifico. E se c'è una cosa bella e umile che hai sempre fatto è stato afferrare le conclusioni degli spiriti superiori per inserirle nel mosaico del tuo spirito. Ci vuole un'anima molto grande per ammettere la superiorità di qualcun altro.»

«Che ti succede?»

«Niente. Per una volta che non parliamo di concime e conti che non tornano mai...»
«Dunque un socialista, eh?»
«Jack, se le possibilità sono soltanto queste tre, io non avrei un solo dubbio.»
«Tu ne vedi altre?»
«Nessun'altra.»

Ci volle la forza di Eliza per convincerlo a partecipare a una mostra del bestiame a Sacramento, in un settembre tanto afoso.

Durante il viaggio, Jack, sfinito, come uscito da un breve sonno chiese:

«In che anno siamo?».

«Che scherzo è?» gli rispose Charmian.

«Cos'è, non ci si può confondere per un momento?»

«Siamo nel 1916. Estate 1916, Jack.»

«Certo. Estate 1916.»

E poi si richiuse nei suoi pensieri. Pensieri che lo ossessionavano. Cominciava sempre con la stessa frase, e li portava avanti parlando tra sé e sé: «Se c'è una cosa che ci fa male, sono i segreti dell'anima. E il problema è che lo sono proprio per la nostra anima, sono i nostri pensieri dolorosi e segreti. Ogni nervosismo svanirebbe se l'anima potesse liberarsi dei suoi segreti senza soffrirne. In ogni cosa che ho scritto ho parlato dell'importanza che hanno nella nostra vita le antiche, primitive emozioni che crediamo estinte solo per il fatto di non averle mai vissute. Metti l'anima a nudo e capisci che non c'è estinzione. Un buon cervello è analitico e sintetico».

«Cosa stai balbettando?» gli chiese Eliza.

«Ha scoperto la psicologia» rispose Charmian. «Ha letto Freud e Jung. Non pensa ad altro perché questa faccenda gli sta rivoluzionando un po' tutto. Figurati tu, un materialista alle prese con l'inconscio.»

«È vero, Jack?»

«Mi sto interrogando su quello che ho imparato dal dolore» rispose lui. «Forse nulla avviene proprio per caso. E credo di aver imparato che non ci deve separare dagli altri. Non additare nessuno con disprezzo è una delle più grandi conquiste della vita.»

Poi chiuse gli occhi per non essere disturbato e continuò a seguire i suoi ragionamenti. Da qualche tempo, grazie a quelle letture, era ossessionato anche dall'idea di penetrare nel cervello di Eliza e Charmian. Spesso si ripeteva: "Darei la mia mano destra per sapere quel che realmente pensano di me".

Quando arrivarono in albergo, Jack era sfinito. A portare il carro con le bestie alla mostra ci pensò Eliza. Le fece entrare nelle stalle, le governò per bene strigliandole a dovere, le fece bere e mangiare. E poi restò lì, seduta su una staccionata a guardare il cielo di Sacramento. Sentiva l'odore forte del fiume arrivarle sotto al naso, un odore d'acqua notturna. Le venne voglia di una sigaretta e la chiese a un cow-boy di passaggio che gliela fece accendere facendo esplodere un fiammifero contro il suo cinturone. Era un uomo con una gran pancia, ma conservava ancora i tratti di una bellezza giovanile. "Il bianco nei capelli biondi ha proprio un bell'effetto" pensò Eliza fumando accanto a quello sconosciuto dagli occhi azzurri. Ogni tanto si sorridevano imbarazzati. E poi lui le disse che era vedovo e lei che era divorziata e con un figlio. «Bene, bene» rispose lui, e dal taschino della camicia tirò fuori una fiaschetta con un po' di whisky. «Per brindare a questo nostro incontro» le disse porgendogliela. E lei bevve proprio da dove aveva bevuto lui, senza vergogna e senza schifo. Le parve di essere tornata indietro di vent'anni e non provava nessun imbarazzo nel pensarlo. L'uomo, seduto anche lui sulla staccionata, le cinse la vita e lei gli appoggiò la testa sulla spalla. Si disse che era quanto di più bello potesse accadere tra un uomo e una donna. Tutto il resto era un corollario. E la parola *corollario* le piacque parecchio.

In quel momento, affacciandosi alla finestra della loro stanza, Charmian vide le fiamme già alte di un incendio. E pensò: "No, questo non può essere". Jack stava sdraiato sul letto, sembrava addormentato. Lei gli andò accanto, lo scosse per un braccio.

«Jack, c'è un incendio, viene proprio dalla mostra. Forse è meglio andare a vedere. Vestiti, potrebbe essere il bestiame che se ne va in fumo.»

«Ci penserà Eliza» le rispose lui voltandosi dall'altra parte. «Lei sa cosa deve fare.»

Charmian aspettò che si fosse assopito e poi uscì di corsa in direzione dell'incendio. Trovò Eliza che con l'aiuto di un bell'uomo panciuto era riuscita ad aprirsi una strada attraverso i cordoni della polizia e aveva riunito i pochi uomini che si era portata dietro, più quell'aitante signore, per portare i preziosi animali in uno spazio all'aperto non minacciato dalle fiamme.

«Grazie a Dio!» disse Charmian appena la vide. «Grazie a Dio. Non so cosa sarebbe successo se invece che a una esposizione Jack avesse dovuto assistere a una grigliata.»

Questa espressione fece scoppiare a ridere il cow-boy, che contagiò subito Eliza. Sembravano due ragazzi. Charmian lo pensò con una certa dose di invidia. C'era una strana, animalesca complicità tra quei due corpi che non si erano mai sfiorati. Cosa sarebbe successo quella notte? La signora Shepard, come chiamava Eliza quando provava per lei più antipatia del solito, aveva ormai i suoi bei cinquant'anni. Ed eccola lì, con atteggiamenti che non le aveva mai nemmeno immaginato, ad amoreggiare come una adolescente di primo pelo con un omaccione nemmeno tanto male. Le diede fastidio l'aria di sesso che si respirava tra quei due. Pensò che tali desideri potesse provocarli solo lei. Il suo arrivo, invece, non aveva per nulla distolto le attenzioni di quell'uomo per la signora Shepard.

«Puoi tornartene indietro tranquilla, Charmian» le disse Eliza rossa in volto. «Qui è tutto a posto.»

«E tu non torni in albergo?»

«Do ancora un'occhiata. Mi bevo una birra.»

«Ti bevi una birra con quello lì?»

«Signora» disse l'omaccione facendosi avanti. «Sono un brav'uomo. E ho le migliori intenzioni di questo mondo.»

«Posso chiederle quanti anni ha?»

«Quarantacinque. E quasi tutti di duro lavoro. Per servirla» fece lui togliendosi un po' platealmente il cappello.

«Eliza, cerca di sapere quel che fai.»

Senza dire altro fece marcia indietro, e con una camminata stizzita che i due, appena fu abbastanza lontana, imitarono ridendo fino alle lacrime.

Eliza regalò a Jack una delle sue ultime, grandi soddisfazioni. Nessuno fu orgoglioso quanto lui per quella manciata di medaglie d'oro e nastri azzurri che dimostrarono quanto il ranch di Jack London fosse "sulla pista giusta". Questo scrissero il giorno dopo sui giornali. Si rammaricò solo di non aver visto la premiazione con i suoi occhi, perché era dovuto restare in albergo per via di un fortissimo attacco di reumatismo alla caviglia sinistra.

«È giusto un doloretto intermittente» aveva detto a Charmian per farla stare tranquilla. «Appena torniamo a casa mi faccio fare una iniezione sottocutanea dal dottor Thompson.»

Dopo un paio di notti in quell'albergo, senza mai riuscire a prendere sonno dal dolore, decise che non era in grado di affrontare il viaggio di ritorno a casa. Charmian fece chiamare un medico che lo visitò con molta attenzione. Il dottore disse che per prima cosa doveva eliminare dalla sua alimentazione ogni tipo di grasso animale. Pesava ormai quasi novanta chili e non aveva certo l'ossatura per portarsi tanto peso addosso. In tutto rimasero dunque a Sacramento otto giorni. La sera prima di partire, Jack chiese a Charmian:

«Ma che fine ha fatto Eliza? Non passa a trovarmi quasi mai».

«È diventata una libellula. Vedrai che quando torneremo a casa metterà via le ali.»

La sera prima di tornare a Glen Ellen carichi di vittorie, Jack, mentre Charmian si era assopita, scrisse sul suo quaderno di appunti:

Asserisco con Hobbes che non è possibile separare il pensiero dalla materia che pensa. Asserisco con Bacone che ogni comprensione umana ha origine dal mondo delle sensazioni. Asserisco con Locke che ogni idea umana è dovuta alle funzioni dei sensi. Asserisco con Kant l'origine meccanica dell'universo e che la creazione è un processo naturale e storico. Asserisco con Laplace che non occorrono le ipotesi di un creatore. E finalmente asserisco, in seguito a quanto appena detto, che la forma è effimera. La forma passa. Quindi, noi passiamo. Sono un materialista senza speranza. Per me l'anima è la somma delle attività dell'organismo, più le abitudini personali, le memorie e le esperienze dell'organismo. Credo che quando sono morto, sono morto. Credo che con la morte io sono distrutto come l'ultima zanzara che qualcuno ha schiacciato. E questo credo di averlo già detto.

Quando al mattino Charmian trovò quella pagina, ne chiese a Jack la ragione.

«Niente di speciale» rispose. «Ho sentito la necessità di fare un riassunto. Una specie di rapido testamento delle idee.»

Quando tutto fu pronto per la partenza, Jack chiese con insofferenza a Charmian:

«Insomma, ma dov'è finita Eliza? Non lo sa che oggi si parte?».

«È andata a salutare una persona.»

Tornare a Glen Ellen fu rimettere in marcia la luna di miele. Jack sentiva di doverglielo. Non che Charmian non si fosse sentita amata. E non era nemmeno vero che non lo fosse stata. In fondo, era stata l'unica vera donna di Jack. E di qualità per piacergli ne aveva avute molte. Ogni tanto sentiva la necessità di farne l'elenco: bellezza, sensualità, disponibilità, fortissimo senso dell'avventura, un coraggio quasi maschile, una buona cultura, una capacità di assorbire come nemmeno una spugna, una abilità rara nel condividere, una bella voce, una ottima pianista, una cavallerizza, una donna che sapeva tirare di boxe con vero talento. Ultimamente aveva perduto un po' di questi fascini, soprattutto per via di quel bamboleggiare che la rendeva un po' ridicola. Ma Jack la giustificava sempre e continuava a dirle che, pur non credendo in un'altra vita dopo la morte, se per caso ce ne fosse stata una, il primo volto sul quale avrebbe voluto posare lo sguardo una volta entrato nel "mondo del silenzio" era certamente il suo. Charmian scuoteva la testa. Non poteva concepire che l'uomo che aveva scritto *Il vagabondo delle stelle* non credesse nella vita dopo la morte. Jack cercava di spiegarglielo ogni volta.

«Nelle altre vite qui, su questa terra. In questo credo. Andiamo via per ritornare. Mai per restare dall'altra parte.»

«Scusa, Jack, ma quando ce ne andiamo, prima di tornare quaggiù, dove stiamo?»

«In una specie di pollaio dove si aspetta l'estrazione.»

«E questo pollaio dove starebbe?»

«In una fascia intermedia.»

«E perché non lo vediamo? E tutte le idee di un uomo che fine fanno dopo la sua morte?»

«Tornano. Non si spreca nulla. Siamo destinati all'eterno ritorno. E siamo sempre gli stessi, ti rendi conto? E legati forse da un destino.»

«Saremo già stati sposati?»

«Non lo so. Ma di certo abbiamo avuto a che fare l'uno con l'altra.»

«E perché non ci siamo sposati? Con chi sei stato sposato tu in un'altra vita?»

«Una vita soltanto? Ti sembra che uno come me possa aver avuto solo un'altra vita prima di questa? Sono vecchio di almeno tremila o quattromila anni.»

«Lo sai che ti dico? Secondo me tutte le persone che ti hanno conosciuto e cercato di capirti hanno finito per diventare migliori. Quando qualcuno mi dice di non averti mai incontrato, io gli rispondo che mi rincresce molto per lui» gli disse Charmian stringendolo a sé. Poi, allontanandosi da lui per guardarlo meglio negli occhi, aggiunse: «Ma in tutte queste tue precedenti vite, almeno una volta ci saremo già sposati, non credi? E comunque sono convinta di essere stata il tuo più grande amore. Non ne avrai un altro così nemmeno in tutte le prossime vite».

«Bene» rispose lui accarezzandole le labbra sperando di farla sorridere al posto suo. «Quando morirò, tieni gli occhi sempre ben aperti.»

Era strana la vita. Ora che le aveva dato tante rassicurazioni, all'improvviso si rifiutava di accompagnarlo a New York per prendere certi accordi con il suo editore, anche se sapeva bene quale effetto di pericolosa solitudine gli facesse quella città. Questa manifestazione di indipendenza, alla quale Jack non era abituato, lo turbò molto. Ma Charmian adesso la rivendicava, diceva di averne bisogno dopo un'unione che l'aveva tenuta come incantata e paralizzata. Una sera che si ritrovò da sola in cucina con Eliza non riuscì a trattenersi e glielo disse. Ma partendo da lontano.

«Sai, l'altro giorno Jack mi ha detto una cosa importante.»

«Oh... fosse una soltanto» le rispose Eliza.

«Mi ha detto: "Per la prima volta in vita mia vedo il valore reale, per l'anima umana, del confessionale".»

«Buon segno» rispose Eliza distrattamente. «Segno che invecchia.»

«Buon segno un corno» rispose Charmian stizzita. «Per uno che ha sempre creduto ben poco nel libero arbitrio... E lo sai nel frattempo cosa sta succedendo a me? Mi sento libera. Ho, come dire... un'anima ambiziosa e libera. Non vedo l'ora che vada a New York. Credo che mi metterò a scrivere.»

«E cosa vorresti scrivere, Charmian?» le chiese Eliza con gli occhiali da vista appoggiati sulla punta del naso.

«L'avventurosa vita di Jack London.»

Eliza trasalì. Le venne una brutta smorfia sul volto che la fece somigliare, chissà mai perché, a Flora. Non la vedevano da un po', da quando era tornata a Piedmont perché aveva detto che vivere a Glen Ellen le dava l'impressione di non essere già più di questo mondo.

«Lo sai che Jack è molto malato, vero? Lascia queste tue nuove ambizioni per quando sarai vedova. Credimi, non manca nemmeno molto.»

«Tu non sei la figlia di una spiritista e di un astrologo, quindi ti pregherei di non stare a vaticinare sciocchezze. Jack vivrà cent'anni, e a settanta ha promesso che mi dirà una cosa molto importante.»

Eliza si rimise al lavoro, dando così a intendere che non aveva nessuna voglia di continuare quella stupida conversazione. Lei era sempre stata dalla parte di Bessie. Che importava se Jack non ne era innamorato? Non bastavano quelle due belle figlie? Bessie non gli avrebbe permesso di fare quella vita. Lo avrebbe tenuto più tranquillo. E adesso lui non si sarebbe ammalato. A quella parola, *ammalato*, le venne una forte acidità di stomaco. Cosa sarebbe stato di lei senza suo fratello? Certo, aveva un figlio, ma il suo primo figlio era stato Jack. Continuò a fare i conti e si sentì prudere il naso. Ma non era il naso, era un pensiero insistente come un insetto: avrebbe forse dovuto continuare a vivere con sua cognata anche dopo la morte di Jack? Piuttosto, avrebbe dato fuoco a tutta Glen Ellen con le sue mani. Prima di ritirarsi per la notte, passò davanti alla camera di Jack. C'era ancora la luce accesa. Bussò.

«Entra, Eliza.»

«Come fai a sapere sempre quando sono io?»

«Lo so e basta. Che succede?»

«Devi farti vedere dal dottor Thomson. Cambiare cure. Prendi solo dei palliativi. Praticamente non fai nessuna cura per l'uremia. Credi che passerà da sola?»

«Ho molta fiducia nel corpo umano. E nella mente. Credo che il corpo la segua con passione.»

«Io non vorrei proprio che il tuo corpo seguisse la tua mente. Facciamoli andare ognuno per conto suo. Domani chiamo il dottore.»

«Non chiamerai nessuno perché io sto benissimo.»

«Non me la dai a bere. Non ci vedo niente di buono in questo tuo atteggiamento. Mi fai pensare brutte cose.»

«Non pensarle e cambiamo argomento» le disse Jack già sapendo cosa l'avrebbe distratta. «Dimmi, non ti pare che mia moglie stia diventando un po' troppo indipendente?»

«È colpa tua» rispose lei abboccando subito. «Ci parli troppo.»

«Che vuoi dire?»

«Che nessun uomo parla tanto a una donna. Sei stato tu a metterle certe cose in mente. Magari non te ne sei nemmeno accorto, ma le racconti veramente tutto. Adesso, poi, ci mancava questo *io* e la psicanalisi. Chissà cosa starà architettando. Capace che vorrà scrivere pure lei. Niente di più facile. Dopo tutti questi anni accanto allo scrittore di successo…»

«Accidenti, Eliza, parli proprio come una vecchia e brutta zitella americana.»

Ma nel dirlo scoppiò a ridere, e in un modo così contagiante che sua sorella non poté fare altro che seguirlo. Allora Jack si alzò a fatica dal letto e la abbracciò con grande trasporto.

«Non è che per caso sei un po' gelosa del vecchio Jack, eh?» le chiese tenendo la fronte incollata alla sua.

Eliza gli diede un gran bel bacio su una guancia. Poi si sciolse dall'abbraccio e uscendo dalla camera da letto disse:

«Sai che novità...».

Quando il crepuscolo cominciò ad avanzare su di lui a passi troppo lunghi, una sera, per la prima volta in vita sua, Jack chiamò Charmian con un altro nome: Darling. E da quel momento continuò a chiamarla così fino alla fine.

E cominciò anche ad amare molto le canzoni popolari, a canticchiarle lui stesso, sdraiato sul divano accanto a lei, dicendole che il mondo era sempre stato così, proprio come in quelle canzoni: il genere umano curvo sotto qualche terribile giogo, sofferente e in cerca di pace. In quei giorni, poi, era morto all'improvviso Neuadd Hillside, il suo magnifico stallone. Forse un'ernia. Per Jack fu un duro colpo, quella morte sconcertava i suoi piani di allevamento.

«E se scrivessi un romanzo su di lui?» le chiese guardandola, la testa affondata in un cuscino. «Buttami giù qualche appunto. Ti va?»

Darling gli sorrise quasi spaventata. Lo vide per la prima volta come un uomo diverso. Le parve non avesse più la forza di fare nulla.

Riprese vita solo a ottobre, con l'apertura della caccia alle anatre. Non andò a caccia personalmente, ma ne mangiò molte, mandando all'aria ogni prudenza per la sua salute. Avvelenato com'era dall'uremia, quel regime alimentare equivaleva a un suicidio.

«Sono stato bravo da Sacramento in poi, ora che è la stagione lasciamele mangiare un po', Darling. Mi piacciono tanto. Devo scrivere molto perché voglio comprare qualche altro macchinario agricolo per il ranch. Devo tenermi su, non ti pare? Simpatizza anche tu con la fragilità umana.»

Lei non riuscì a dire nulla, conservò l'immagine della saggia donna che lascia libero il marito di rovinarsi con le sue mani. E lui si rimise a mangiare di gusto. Dopo un po' risollevò la testa, e con gli occhi carichi di dolore le disse:

«Non credi anche tu che chi accetta un beneficio non perdonerà mai il suo benefattore?».

«Perché lo dici?»

«Tiro le somme. Mi hanno rinnegato quasi tutti. Gli intimi, i cari, tutti.»

«Se stai pensando a tua...»

«Ti prego, Darling. È un dolore troppo grande, cerco di assorbirlo pensando che con gli anni è diventata ancora più pazza. Una vecchia pazza, ma so che da qualche parte, nel suo cuore, mi cerca ancora.»

«Beh, ricordati che qualcuno dei tuoi cari ti è rimasto accanto. Cerca di non crogiolarti. Da un po' di tempo ti stai lamentando come mai in vita tua. Non mi piace. Ti stai facendo venire quella mania di persecuzione che hai sempre criticato tanto.»

E poi tacque, e si mise solo a guardarlo. Nel suo volto notò una specie di inerzia, una assenza di vita che ultimamente aveva finto di non vedere. Sembrava il morto più eloquente del mondo.

«Non fare quella faccia, Darling. Te l'ho promesso. Vivrò cent'anni.»

Darling gli sorrise, quell'uomo aveva una inesauribile riserva di alimento mentale. E se lo ricordò un giorno, mentre stava guidando due cavalli da tiro attaccati a una macchina per la concimazione. Questo faceva suo marito: che scrivesse o arasse, era colui che rivoltava la terra.

Lo abbandonava il corpo, ma non le idee grandiose. Fece il calcolo di quanti bambini vivevano nel ranch e pensò di aprire una scuola. Doveva essere un luogo, «non una comunità», come disse a sua sorella, dove tutti potevano avere una casa, comprare i prodotti della terra a poco prezzo, far crescere e istruire i propri figli. «E quando muoiono» aveva aggiunto, «avere il diritto di essere sepolti sulla nostra piccola collina.» Eliza era quasi infastidita dall'incessante lavorio mentale di Jack. «Arriva alla mania» aveva detto alla cognata. «Per tutto quel che riguarda il ranch, arriva all'ossessione. Io cerco di compiacerlo fin dove mi è possibile. Ma come fa a credere che io possa fare tutto questo? E mi chiedo come faccia a pensare a queste enormità, malato com'è. Non ci riuscirebbe nessun altro, solo lui.»

I medici avevano diagnosticato una uremia gastro-intestinale. I sintomi si erano manifestati già da molto tempo: dolori allo stomaco, insonnia, dissenteria, reumatismi alle caviglie, terribili mal di testa che si alternavano alla velocità delle idee che avrebbe voluto vedere subito realizzate. E una malinconia che lo coglieva all'improvviso rendendogli nemico l'universo mondo.

La sera del 21 novembre, dopo che Eliza era andata a letto, Jack rimase solo con Darling e non le chiese nemmeno di ascoltare un po' di musica, si limitò a giocare con Possum, una cagnolina bianca che da qualche tempo rallegrava le sue serate. Si divertiva della sua respirazione affannosa, del desiderio costante di intuire i suoi desideri. Quel piccolo animale era ormai l'unica cosa che riusciva a commuoverlo. Darling faceva finta di non accorgersi di nulla quando lui si passava il dorso delle mani sugli occhi. Quella sera, poi, lo commosse più che mai perché Possum aveva appena messo al mondo tre bei cuccioli. «Domani dobbiamo scegliere un nome per ognuno dei suoi tre figli» le disse mentre guardava Possum con le mammelle già piene di latte. Ma il buon umore durò solo mezz'ora. Poi, i suoi occhi si misero in caccia di qualcosa, come volessero trovare una ragione per non cadere nella malinconia. Restò in silenzio e fece molti pensieri. Pensò che il passare del tempo lo deprimeva molto, ma che la consapevolezza della morte gli faceva anche tanta compagnia. Pensò che quel mattino aveva scritto una lettera affettuosa a sua figlia Joan. La domenica successiva voleva invitare lei e Bess a pranzo a Oakland, al Saddle Rock. Poi pensò che aveva dedicato il resto della mattinata a una storia che stava scrivendo, ambientata alle Hawaii. Si chiamava *Cherry*. Il pomeriggio aveva dormito tutto il tempo. Da un anno, quando non lavorava preferiva dormire. Di stare sveglio senza fare qualcosa aveva paura, perché da quasi un anno Mabel Applegarth era morta di tubercolosi. E lui non riusciva a pensarci senza provare un fortissimo dolore, senza mettere insieme un bel numero di sensi di colpa, tanti quanti tutti i respiri di quella povera donna quando la malattia era avanzata senza lasciarle molto altro spazio. Mabel Applegarth era morta. Ne aveva appresa la notizia e aveva pensato: "Questa la aggiungiamo alla *Snark* e alla Tana del Lupo". E poi, seduto in poltrona, si era assopito per pochi minuti.

Il sonno leggero gli impediva di immaginarsi in un altro luogo, ma gli occhi del sogno gli mostrarono un viale autunnale, con molte foglie cadute in terra. Sentì rumore di passi. C'era la nebbia e ci mise un po' a mettere a fuoco la figura che gli camminava accanto. Poi, l'inconfondibile profilo di Mabel si voltò verso di lui. «È stato terribile, Jack. Continua a esserlo.»

Quella sera, guardando gli occhi di Darling che lo fissavano inquieti, prese un pacco di libri, lo sollevò e disse:

«Guarda. Guarda cosa mi tocca leggere stanotte!».

«Non sei mica obbligato. Ma so che lo farai lo stesso. Qualsiasi cosa pur di non riposare, eh? È la solita storia.»

«Allora, se nemmeno tu mi capisci più...»

«Ti capisco fin troppo. Sei troppo legato alla ruota, nel lavorare e nel pensare. Stai andando troppo rapidamente, Jack. Sei malato, se non cambi ritmo qualcosa rischia di spezzarsi. Riposa un po'. Fallo per me. Sei stanco.»

Un'ombra verde che veniva dal giardino copriva il volto di Jack, e Darling non riuscì a vedere i suoi occhi. Capì il suo stato d'animo dalla piega amara della bocca. Restarono in silenzio per più di un'ora. Poi lui si alzò dicendo che era stanco per mancanza di sonno. Forse aveva proprio ragione lei. Gli sarebbe bastata una bella dormita. «Una bella dormita ti fa guarire da ogni male» le disse alzandosi in piedi a fatica. «Anche dal peggiore.» Rimase in piedi, fermo, come a rimettere insieme l'equilibrio. Poi, lentamente, si mise in viaggio verso la sua camera da letto. Quando raggiunse la porta del salotto, si voltò verso di lei appoggiandosi alla maniglia. E allora le regalò un magnifico sorriso che lo ringiovanì, e con un bel tono di voce alto, quasi squillante, le disse:

«Grazie a Dio, non abbiamo paura di nulla!».

Darling gli sorrise, poi si mise uno scialle pesante sulle spalle e uscì fuori in giardino a fare quattro passi sotto un cielo così stellato che in quella stagione non sembrava nemmeno vero. "È una notte un po' vuota" disse tra sé. "Tante stelle e solo una falce di luna reclinata sulla cresta del Sonoma." Camminava tenendo lo sguardo sempre verso l'alto, respirando il buon profumo dell'uva ursina e degli eucalipti. Pensò che avrebbe riconosciuto quel luogo solo dall'odore, bendata, e dopo chissà quanto tempo di lontananza. Si strinse nelle spalle dicendo a bassa voce che non aveva nessun motivo per pensarlo, quello era il suo posto nel mondo. Da fuori vide la luce accesa nella stanza di Jack. Le sarebbe piaciuto bussare alla sua porta per il bacio della buona notte, ma si trattenne, avrebbero cominciato a discutere e a quell'ora non avrebbe portato a nulla di buono. "Domani" pensò muovendo appena le labbra. "Domani gli dirò che se vuole continuare a vivere deve cambiare vita, accettare che tutto cambia, anche la resistenza di Jack London." Continuò a camminare stretta nello scialle, guardando la mobilità notturna delle ombre. "È probabile che domani mattina ci sarà un po' di nebbia" pensò. E allora le venne in mente una frase de *Il lupo dei mari*: "Fantastico sul romantico della nebbia". La ripeté due volte. Poi disse a bassa voce: «È vero, c'è del romantico nella nebbia». Sul suo volto si disegnò allora il libero, dolce giuoco delle passioni. Un attimo prima di rientrare, in lontananza e con la corsa del fuggiasco, le parve di vedere la sagoma di un lupo. "Figuriamoci" pensò. "Un lupo in California... Ce ne saranno?"

In camera di Jack la luce era ancora accesa e dalla fessura della porta socchiusa lo vide, seduto alla sua scrivania, il volto piegato sul petto, gli occhi chiusi. Stava riposando. Molte volte lo aveva visto così mentre lavorava. A volte gli bastavano pochi minuti, addirittura qualche secondo. Gli dichiarò il suo amore di solo pensiero, certa che gli sarebbe arrivato. Gli disse: «Buona notte, mio fanciullo». E sentì che tutto quel desiderio di indipendenza provato qualche giorno prima stava svanendo. La abbandonava come fanno certi parassiti sul corpo di un animale morto. Passò davanti alla cucina e vide Possum che allattava i suoi piccoli. Cosa che a lei non era mai toccata. Aveva dato questo unico, grande dolore al suo Jack.

Quando si mise a letto, seppe che quella sarebbe stata una notte di poco sonno. Le venne in mente la parola *vacanza*. Che voleva dire? Forse era un modo nuovo di vedere l'insonnia, l'intera vita? "Se ogni cosa che ci rema contro la vediamo come una vacanza, sarà di minor peso" pensò. "Domani devo dirlo a Jack, gli piacerà molto. Gli dirò che dovrà imparare a riposare di più e prenderla come una vacanza. Come mai non ci ho pensato prima? Ma questa è la soluzione a ogni problema. Finirò col sentirmi sempre in vacanza." E rimase sdraiata sul letto, ad aspettare il sonno senza nessuna apprensione, godendo dei molti salti che faceva la sua mente, cercando poi di ricucirli tutti. Anche se questo, come Jack le aveva spiegato molte volte, era un lavoro impossibile. Bisognava essere dotati di una grande psicosi per riuscire a dare una cronologia a pensieri spuntati fuori come i funghi.

Si addormentò che era quasi l'alba, e verso le otto del mattino venne svegliata da due presenze: Eliza e Sekine, il ragazzo che da poco aveva preso il posto di Nakata.

«Che c'è?» disse tirandosi su.

«Sekine non è riuscito a svegliare Jack» le disse Eliza. «Perché non ci provi tu?»

Prima che raggiungessero la stanza, lo sentirono russare. Darling sorrise sentendo che nel suo cuore l'apprensione si scioglieva come la plastica nel fuoco. Non pensò che, sebbene squagliata, una volta tolta dalle fiamme la plastica riprendeva la sua consistenza ma con un'altra forma.

Il telefono era guasto e il segretario di Jack fece una corsa di sedici miglia per andare a Sonoma a chiamare i medici Thomson e Hayes.

Cominciò una lotta per la vita su un corpo in disaccordo con la sua volontà. Cercarono di sostenerlo per farlo restare seduto sul letto. Poi provarono anche a metterlo in piedi. E senza dare troppe spiegazioni a moglie e sorella, i medici gli fecero una lavanda gastrica. Eliza guardava tutto quell'accanimento pensando che forse stavano sbagliando, stavano oltraggiando quel che era già al di là di ogni salvezza.

Tutti aspettavano il respiro che avrebbe fatto nascere una speranza. Ora l'avevano portato in veranda, e all'improvviso i suoi occhi si apersero, rotearono guardandosi intorno, probabilmente non riconoscendo già più nulla. E la sua bocca disse: «Ciao».

In quel momento Eliza lo stava tenendo per mano e Darling non faceva che camminare avanti e indietro, come se tutto quel movimento potesse travasarlo nel corpo di Jack. Allora si avvicinò subito a lui, gli sorrise. Jack non disse altro. Gli occhi erano aperti, ma senza espressione.

«Ciao?» disse Darling. «Che vuol dire *ciao*? Eliza, vedi di rimetterlo in sesto e di farlo parlare. Ci mancherebbe solo che tutto quel che ha da dirmi è un *ciao*. Per favore, digli che sua moglie vuole parlargli, intesi? Aspetterò qui.»

E poi si mise a camminare nel portico e nel giardino, ma senza mai allontanarsi. Si strofinava le mani, se le torceva. Poco dopo si riavvicinò.

«Ti ho detto di farlo parlare. Lo hai sentito tu stessa che ha parlato, no? Ha detto "ciao". Voglio ben sperare che uno come lui abbia ancora molte altre cose da dirmi.»

«È in coma, Charmian. È la fine.»

«Figuriamoci, deve vivere altri sessant'anni. Chiamate Flora e fatelo rimettere in sesto.»

«Ha preso troppa di quella robaccia» disse Eliza indicando due flaconi di solfato di morfina e di atropina. «Il dottore ha trovato anche quel foglietto di calcoli.»

«Calcoli di cosa? Cosa state insinuando?»

Darling prese in mano quei fogli che le annebbiarono la vista. Non ci capiva niente lei di quelle cose. Allora andò dal dottor Thomson.

«Che calcoli sono questi?» gli disse sventolandogli il foglietto sotto il naso.

«Sono le dosi. Ha fatto un calcolo delle dosi.»

«Ah, certo, le sue medicine» gli fece eco lei. «Dice che ne ha prese troppe?»

«È probabile» rispose il medico senza riuscire a guardarla negli occhi.

«L'avrà fatto pensando di poter stare meglio.»

«Certamente.»

«Per i dolori gliene bastava mezzo flacone» disse Eliza che continuava a stringere la mano del fratello.

«Eliza» disse Darling impaziente, «per favore, fallo parlare subito. Digli che ho ancora molte cose da raccontargli. Chiamami quando sarà pronto per parlarmi civilmente. Mi aveva promesso di dirmi una cosa importantissima quando avremmo avuto settant'anni. La voglio sapere adesso.»

Jack si era fermato a quel *ciao*. E per tutte le persone che gli ronzavano intorno nella speranza di rimetterlo in vita, quella sarebbe stata la sua ultima parola. Da quel momento in poi il suo volto era rimasto immobile. Dentro di sé, invece, di cose ne vide ancora molte.

La prima lo fece ridere, perché gli passò davanti un lupo che gli disse: «Tu sai chi sei e di chi sei figlio». E a lui venne proprio da ridere perché non lo avrebbe mai immaginato che un lupo potesse parlare. Eppure lo aveva fatto, ma era una cosa così buffa che rise fino alle lacrime. Poi vide due ragazzine che giocavano a rincorrersi. E quelle avrebbe voluto tanto accarezzarle, ma allungò una mano senza nemmeno riuscire a sfiorarle. Erano troppo vive e stavano prendendo tutta un'altra strada.

La voce di qualcuno che gli si affannava intorno per riportarlo su questa terra e non lasciarlo partire per i sentieri del silenzio gli sembrava di sentirla. Ma non sapeva a chi appartenesse. Era molto concentrato sulle cose che stava vedendo, su quelle che aspettava di vedere. Vide una piccola donna rabbiosa che faceva il pane e che voltandosi di scatto gli diceva: «Mi telegraferanno tra poco pensando di darmi la notizia fresca. Ma io sono già tre giorni che ti piango, Jack». E lui provò un moto di ribellione, non le voleva vedere quelle lacrime scorrere sul suo volto. «Come vuoi che la prenda una madre?» le sentì dire con la durezza di sempre. E anche questo lo fece sorridere. Poi non vide, ma pensò, pensò proprio di scrivere una lettera a Cloudesley che poteva cominciare in questo modo: "Caro Cloud, ti dispiace se ti chiamo così? Volevo dirti che qui le cose stanno cambiando e che io..."

ma non gli venne in mente nient'altro e fece una smorfia di scontento arricciando un po' il naso. Che posto era mai quello se nemmeno si riusciva a scrivere una lettera? Allora gli venne in mente che potesse essere Samoa, e si ricordò di quella volta che avevano visto un vulcano attivo. Con chi era? Per via dell'eruzione avevano fatto fatica ad avvicinarsi alla terra, ma una volta arrivati si erano accorti che il vulcano aveva distrutto ogni cosa tranne il cimitero. Proprio prima del cimitero, il flusso si era diviso e lo aveva evitato. Ma con chi era? E soprattutto, come l'avrebbe commentata Flora una cosa simile? "Caro Cloud, ti dispiace se ti chiamo così?..."

E poi gli apparve una immagine. Era un volto di donna, ma proprio non sapeva di chi fosse. Strizzò gli occhi, come per mettere meglio a fuoco e pensò: "Chi sei?". Fece un piccolo respiro e cercò di trattenerlo dentro di sé. Fu allora che capì. Non era un volto, erano due sovrapposti. Continuò a fissarli con forza, come se il magnetismo del suo sguardo, anche lì... E i due volti lentamente si separarono. Lui arricciò di nuovo il naso verso il primo volto, e fece un cenno con la testa come a dire: "Scusa, ma tu sei venuta proprio a sproposito, signorina...". Ma non ne ricordava il nome e nel vederla andare via a testa china sentì soltanto un forte odore di succo di ciliegia. Di volto, allora, ne rimase solo uno. Ed era di un fascino incandescente che gli fece quasi venire voglia di piangere. Fissò i suoi magnifici occhi così grandi, neri e scintillanti, come quelli di un daino. E le chiese: «Eri davvero così bella da togliermi il fiato?». La fascinosa sorrise, enigmatica. Lui rimase incantato, ancora con quel piccolo, ultimo respiro trattenuto in gola. Lo fece uscire in due tempi. Dopo la prima metà pensò la parola ologramma. *Quando sentì che ormai era obbligato a privarsi anche della seconda, spalancò gli occhi. E poi, a occhi aperti, non vide più nulla.*

Eliza continuava a tenergli una mano, poi, con l'altra, gli toccò il collo con due dita. Darling stava lì, in piedi. Si ritrovò tra la cognata e il fratello. Da una parte gli occhi di Jack ancora così pieni di luce, quasi rallegrati in un volto che sembrava tornato quello del ragazzino di Oakland, dall'altra l'invecchiamento precoce di una donna che il dolore stava facendo impazzire.

Eliza cercò di guardarla con tenerezza, quella che forse non aveva mai provato per l'intera sua vita, e le disse:

«Se ne è andato».

«Bene, vorrà dire che dovrà tornare, non credi?» le chiese Darling con le mani che le tremavano. Poi, con la voce intirizzita, i pugni stretti, aggiunse: «Vado a letto. Che nessuno mi disturbi. Voglio dormire almeno quindici ore di fila. Credo che la mia terribile insonnia sia finita».

Fece qualche piccolissimo passo di corsa. Poi si fermò e si voltò verso Eliza:

«Non ci sarebbe nemmeno bisogno di dirlo, ma lo dico lo stesso. Svegliatemi solo quando si riprenderà e vorrà parlarmi. In quel caso, svegliatemi anche se dovessi dormire profondamente».

Mondadori Libri S.p.A.

Questo volume è stato stampato
presso ELCOGRAF S.p.A.
Stabilimento - Cles (TN)

Stampato in Italia - Printed in Italy